Barbara Dehmelt • grenz:zeiten

Barbara Dehmelt

grenz:zeiten

Roman

Bibliografische Information der Deutschen Nationalbibliothek
Die Deutsche Bibliothek verzeichnet diese Publikation in der Deutschen Nationalbibliografie; detaillierte bibliografische Daten sind im Internet über http://dnb.ddb.de abrufbar.

www.wenz-verlag.de

Barbara Dehmelt
grenz:zeiten
Roman

Dreieich bei Frankfurt/M.
Lektorat: Stefanie Konstanze Völker
Umschlagmotiv: © Renate Schell
Umschlaggestaltung: im Verlag

Printed in EU

ISBN 978-3-937791-46-3

meiner Mutter

„Das ist ja gerade das tolle am Leben: Was auch darüber gesagt oder geschrieben wird, es ist immer anders gewesen."

Helga Königsdorf

Sie sackt erschöpft auf den Stuhl, starrt auf das Gesicht mit dem aufgerissenen Mund, den geschlossenen Augen und lauscht dem rasselnden Atem des alten Mannes. In ihr dröhnen noch die Worte: „Oh, das kann noch lange dauern! Glauben Sie ja nicht, dass das so schnell geht, wir hatten Fälle … die zogen sich noch über ein halbes Jahr hin!“

Ein halbes Jahr! Das sind sechs Monate, sechsundzwanzig Wochen, unendlich viele Tage, tausende Stunden – eine Ewigkeit!

Sie rappelt sich mühsam hoch. Ihr Blick verhakt sich in der Gestalt unter der Bettdecke, berührt kurz das faltige Gesicht, sie sieht unruhige Hände und nimmt das sanfte Licht der Nachttischlampe aus dem Augenwinkel wahr. Sie öffnet die Tür und geht. Diesen stechenden Geruch des Alters will und kann sie nicht mehr ertragen.

Sich vorsichtig an der Wand entlangtastend, schleicht sie durch den langen düsteren Flur ins Wohnzimmer, ergreift die Flasche mit dem Weinbrand auf dem kleinen Schrank gleich neben der Tür, dazu ein Glas, und sie sitzt wie selbstverständlich in *seinem* Sessel.

Das tut gut! Die geschwollenen Beine hochlegen, für die schmerzenden Hüften eine erträgliche Sitzposition finden, sich zurücklehnen, die Augen für einen Moment schließen und die Stille hören. Das Dämmerlicht und das gleichmäßige Ticken der Uhr auf dem Kamin lassen sie ruhiger werden.

Dann der Griff zur Zigarette, der erste Zug, der erste Schluck. Sie genießt das Schwächegefühl, wenn die Wärme durch die Kehle fließt und der Alkohol in die Beine wandert und fühlt sich besser – wie so oft. Sie spürt deutlich, sie hat viel zu lange gedauert, diese endlose nicht-aufhören-wollende Geschichte ihrer Ehe!

***

Ob ich ihn geliebt habe? Ich weiß nicht genau, doch, in den ersten Wochen und Monaten schon.

Es war Sommer, damals in Göhren auf Rügen, mit den weitesten Dünen und dem weißesten Sand, mit feuchten Strandkörben, nassen Badeanzügen und einem Hauch von Sonnenöl. Und wenn wir hinter den Dünen durch den duftenden, sonnendurchfluteten Kiefernwald streiften, brüllte Mutter immer: „Nicht barfuß! Kreuzottern!!"

Da haben wir uns kennengelernt, und ja, damals war ich in ihn verliebt. Sah ja auch schmuck aus, stattlich und wahnsinnig interessant. Kein bisschen von den jungen Grünschnäbeln, die ich so kannte, war eben ein richtiger Mann! Kein Wunder, er war ja schon dreiunddreißig und ich erst sechzehn! Sein Charme, sein Witz, sein Auftreten! Das konnte eine wie mich schon beeindrucken. Kam mir vor wie Greta Garbo, wie ein Entlein, das plötzlich zum Schwan wurde.

1941 war's.

Wie so oft verlebte ich mit Mutter den Sommer auf Rügen. Am Strand sprach er mich dann an, sicher weil ich so weit rausgeschwommen war. Als richtige Wasserratte bemerkte ich oft die bewundernden Blicke anderer, weil ich die einzige war, die sich so weit in die Ostsee traute. Gäste aus unserem Hotel grinsten jedes Mal und fragten: „Lebste noch?"

Imponierte ihm wohl.

Das Datum weiß ich noch genau: der 22. Juni.

Wir schlenderten gemeinsam vom Strand zurück, ich noch mit ganz nassen Haaren, den Bademantel überm Arm, als plötzlich aus den Lautsprechern eine Fanfare für eine Sondermeldung losschmetterte: Der Feldzug gegen Russland, das Unternehmen Barbarossa!

Auf der Promenade schien es plötzlich kalt zu werden, wir spürten jähe Kälte mit Gänsehaut an Armen und Beinen, blickten in versteinerte Gesichter mit gesenkten Blicken, lauschten den Stimmen im Lautsprecher und wussten, dass diese Nachricht keine gute Nachricht war. Während er sich hastig mit leicht zittrigen Fingern eine Zigarette anzündete, den Rauch heftig aus den Nasenlöchern blies, hörte ich ihn leise murmeln: „Jetzt ist es ganz aus, jetzt wird die ganze Welt gegen uns sein!“

Ich hatte den Krieg in Berlin schon fast vergessen. Vereinzelte Fliegeralarme, die keiner so recht ernst nahm, fielen mir wieder ein; schien doch alles so positiv: Die Wehrmacht siegte schließlich an allen Fronten, jeden Tag Erfolgsmeldungen.

Und hier flanierten die Damen in feinen Kleidern mit passenden Handtäschchen und riesigen Hüten, umweht vom Duft berühmter Parfums. Plötzlich klang das Klackern der hochhackigen Sandalen laut und falsch.

Der umherschweifende Blick prallte auf aufgerissene Augen, Schultern fielen nach vorn – Angst krallte sich in den Magen.

Alles sehr unpassend für eine beginnende Liebesgeschichte.

Später erzählte er, dass er mich schon einige Male in der „Linde“ beobachtet hätte.

Meine Mutter und ich aßen ab und zu in der „Linde“ zu Mittag, in einem großen holzgetäfelten Raum mit weiß gedeckten, blumengeschmückten Tischen. Konnte mich beileibe nicht an ihn erinnern. Aber welche Sechzehnjährige schaut sich schon so alte Männer an! Mich interessierten immer nur verrückte Hüte mit tausend angeklebten Obstvarianten, ausladenden Krempen und natürlich den dazugehörigen todschicken Frauen. Männer spielten keine Rolle! Trotzdem spürte ich ein angenehmes Kribbeln im Bauch, wenn er seinen Charme an mir Berliner Göre ausprobierte.

Einmal lud er mich ein: zu einem köstlichen Entenbraten! Und das im Krieg und natürlich nicht auf Marken!

Als meine Mutter und ich unser Speiselokal betraten, da duftete alles nach Entenbraten. Das war so herrlich, dass mir die

Tränen kamen; wie er das fertig gebracht hatte, weiß ich bis heute nicht.

Und dann reichte mir die nette Kellnerin den Teller mit Klößen, Rotkohl und einem kleinen Entenbrüstchen, es war wie im Himmel! Meine Mutter hatte Pech, sie bekam nur das übliche Markenessen. Ente, allein nur für mich! Ein ganz kleines Stückchen durfte sie probieren, aber wirklich nur ein Fitzelchen. Und als er dann auch noch auf seinen Nachtisch verzichtete … da liebte ich ihn!

***

Ihr Blick schweift langsam durch den Raum mit dem großen Blüthner-Flügel, der viel Platz einnimmt, aber ihr noch immer gefällt, auch wenn sie selbst noch nie darauf gespielt hat. Das war immer seine Sache!

Der Tisch in der Essecke: wie oft haben sie hier gesessen, mit den Kindern oder Freunden gespielt; aber auch viel geschwiegen, viel gestritten, jeder wollte Recht behalten … bis heute hat sich das nicht geändert.

„Wenigstens etwas, was sich nicht geändert hat", murmelt sie und zündet sich eine neue Zigarette an, beobachtet die Rauchkringel und nimmt einen Schluck.

„Ich muss die Kinder anrufen! Zu dumm, dass sie nun ihren Weihnachtsurlaub abbrechen müssen; und Mika muss auch kommen! Wenn es dem Vater schlecht geht, hat der Sohn da zu sein, Betrieb hin oder her."

Sie erhebt sich mühsam aus seinem Sessel, atmet schwer und spürt das unregelmäßige Pochen ihres Herzens. Als sie sich dem kleinen Schrank neben der Terrassentür nähert, schrillt das Telefon. Sie zuckt zusammen, ergreift den Hörer und starrt auf das Display.

„Ja? Ach, gut, dass du anrufst … nein, es geht nicht gut, sieht nicht gut aus … ja, wäre schön, wenn ihr kommen könntet, tut mir ja leid wegen eures Urlaubs … ja, ja, es dauert, bis ihr hier seid, ich verstehe, aber es ist besser so, bin ziemlich kaputt, freu mich auf euch, danke, bis bald, tschüs", sie legt auf und fühlt sich ein bisschen erleichtert. Nein, lange hält sie's nicht mehr aus, auch wenn ihr die Schwestern vom sozialen Dienst wesentliche Aufgaben abnehmen.

Wo sie nun einmal steht, will sie noch einmal bei ihm vorbeischauen, vielleicht ist er ja ansprechbar. Sie schlurft durch den langen Flur, öffnet leise die Tür und sieht im Licht der kleinen Nachttischlampe, wie er sie beobachtet.

„Wie geht's?"

„Es geht. Wer hat angerufen?"

„Bea! Sie kommen bald, ist wohl besser so. Mir wächst das alles über den Kopf." Er nickt kaum merklich, schließt die Augen und murmelt: „Ja, ist wohl besser so."

Sie zupft ihm das Kissen zurecht und richtet die Bettdecke.

„Hast du Schmerzen?"

Er schüttelt leicht den Kopf. „Aber ich muss mal."

Auch das noch, und keine Hilfe im Haus! Mit großer Kraftanstrengung hievt sie ihn hoch.

„Nun hilf doch mal mit! Drück dich mit den Händen ab, ja, so, nun die Beine ganz langsam zur Bettkante, so ist gut. Halt dich fest."

Sie richtet sich auf, angelt mit einer Hand nach dem Rollstuhl und schiebt ihn durch Hin- und Herruckeln an sein Bett. Jetzt kommt der schwierigste Moment: ihn auf den Sitz bugsieren! Rollstuhl fixieren, den Mann schieben und schubsen, der hilft, so gut er kann … dann sitzt er, zwar ein bisschen schief, aber er sitzt. Sie rollt ihn zum Badezimmer, es liegt Gott sei Dank neben seinem Schlafzimmer, fährt ihn dicht neben die Toilette, und nun schafft er es allein, sich mithilfe der Haltegriffe aufs Klo zu drücken.

Zusammengesunken starrt er auf seine dünnen Beine. So ist das also …

„Muss ich ins Krankenhaus?", fragt er leise.

„Nein, mach dir keine Sorgen. Der Doktor kommt morgen und versorgt dich, und die Schwestern sind ja auch noch da."

Er nickt mit dem Kopf und versucht, sich von der Kloschüssel zu stemmen. Sie ruckelt den Rollstuhl in die richtige Position, aber der Klovorleger verklemmt sich in den Vorderrädern.

„Diese elenden Scheißdinger, zum Kotzen! Morgen schmeiße ich sie in den Müll!" Sie schießt schnaufend die Wolldinger in die Ecke.

„Ich mache dir viel Arbeit, nicht?", murmelt er.

„Quatsch! Mach hin! So… drehen, drehen hab ich gesagt, noch ein Stück nach rechts, noch ein bisschen … ja, so geht's."

Sie kämpft sich mit dem Rollstuhl in den Schlafraum. Nach gemeinsamem Kraftakt liegt er endlich in seinem Bett. Erleichtert schließt er die Augen, ihm kommen die Tränen.

„Danke", flüstert er, während seine rechte Hand unruhig über die Bettdecke fährt.

„Schon gut, schlaf jetzt," sie streicht kurz über seine rubbelige Wange. Ob sich rasieren noch lohnt?

Sie schüttelt unwillig den Kopf. „Schlaf gut!"

Draußen lehnt sie sich kurz gegen die Wand, schnappt nach Luft und steuert Schritt für Schritt auf die kleine Küche zu.

Irgendwas muss ich essen, sonst fall ich vom Hocker.

Sie öffnet den Kühlschrank in der Ecke.

Was is 'n noch da? Schmalz und Stinkekäse, das is prima und ne Stulle mit Blutwurscht, das reicht.

Sie nimmt ein Brettchen, holt Messer und Brot und beginnt, das Schmalz auf zwei Scheiben zu streichen, ordentlich dick und mit viel Salz; den Harzerroller auf die eine, die Blutwurst auf die andere.

„Sehr gesund", kichert sie, „is mir aber vollkommen wurscht!"

Sie stellt das Brettchen in die Durchreiche, noch ein alkoholfreies Bier dazu und bewegt sich in Richtung Wohnzimmer.

„Schon stockdunkel, dabei ist es erst fünf", murmelt sie, macht die Stehlampe an, ehe sie das Brot und das Bier holt, gießt sich noch einen Schnaps ein – für nachher – und fällt in den Sessel. Während sie langsam vor sich hin schmatzt, steigen in ihr die Erinnerungen wie Luftblasen auf. „Harzer mit Musike", das ist Stinkekäse mit Zwiebeln auf Schwarzbrot. Wie lang ist das her?

***

„Harzer mit Musike", wie der Berliner sagt, verputzten meine beste Freundin Inge und ich, als sie Karl zum ersten Mal zu Gesicht bekam. Inge gehörte fast zur Familie. Ich hatte ja keine Geschwister, also kam sie jedes Mal mit; wir waren ein Ei und ein Kuchen.

Inge fand ihn auch ganz dufte und ungeheuer interessant.

Lachend begrüßte er uns, reichte uns seine Rechte, während seine Linke versuchte, die vom Wind zerzausten Haare zu glätten, wobei uns seine hohe Stirn – nein, Glatze konnte man nicht sagen, die hatte er auch sechzig Jahren später noch nicht – tief gebräunt anstrahlte.

Wind rüttelte an seiner beigefarbenen Sommerhose und beulte das helle, am Hals korrekt geschlossene, dafür an den Ärmeln aufgekrempelte Oberhemd aus. Während er sich einen Stuhl angelte, blitzten uns seine etwas tief liegenden graublauen Augen lachend an – oder war der Blick doch eher kritisch? Nein, damals kannte ich ihn noch nicht: seinen kalten, oft abweisenden Gesichtsausdruck, der jeden in seine Schranken wies.

Damals lachten seine Augen über der etwas unpassenden knubbeligen Nase, die schmalen Lippen gaben den Blick auf recht ebenmäßige Zähne frei, doch seine Eckzähne hatten etwas Bedrohliches. Er konnte zubeißen, das sah man sofort.

Während er sein Bier trank, fielen uns besonders seine schlanken Hände auf, die langen Finger mit wirklich schön geformten Nägeln.

Typische Klavierspielerhände!

Und das konnte er! Keine Note lesen, aber drauflosspielen und Leute unterhalten. Immer wieder landete er „auf der Reeperbahn nachts um halb eins“, egal, ob er mit Kinderliedern, Weihnachtsliedern oder Chansons begonnen hatte; sehr witzig, aber mitsingen war unmöglich! Dabei war Singen MEINE Leidenschaft, konnte ja alle Operettentexte und Lieder der Zwanziger und Dreißiger auswendig.

Als er dann drei Wochen später bei meinen Eltern in Berlin um meine Hand anhielt und meine eher skeptische Mutter ihn „Kalbfleischjäger“ nannte, rettete er die Situation, indem er diesen Ausspruch mit einem Handkuss quittierte, auf das Klavier losstürmte und wie wild „Oh wie so trügerisch sind Weiberherherzen …“ auf die Tasten drosch.

Damit hat er sie rumgekriegt.

Auch Vater konnte sich das Grinsen nicht verkneifen.

„Sie vastehen wat von Weibern, det muss man Ihnen lassen. Aber bitteschön: Wat wollen Sie als jestandener Mann mit so eener jungschen Karotte? Sie sind doch viel zu alt!!“

Ja, was wollte er mit mir Kindskopf? Ich weiß es bis heute nicht.

In seinem Soldbuch fand ich später nicht mein Foto, sondern das einer anderen Frau, die mir ähnelte, das stimmt. Wollte sie ihn nicht?

Und nun wollte er mich, jung und formbar. Die würde sich an ihn gewöhnen; die zu erziehen – kein Problem!

Nach diesem kuriosen Auftakt marschierten wir alle in den blauen Salon, der so hieß, weil das Biedermeiersofa und die langen Vorhänge in blau gehalten waren, setzten uns an den ovalen, mit weißem Damast gedeckten Kirschbaumtisch und tranken echten Bohnenkaffee mit selbstgebackenem Kuchen.

Die ganze Wohnung duftete nach Hefekuchen, der meiner Mutter diesmal gelungen war – normalerweise gelang ihr der selten –, aber heute sah er nicht nur gut aus, er schmeckte himmlisch.

Fein hatten wir uns ausstaffiert: Mutter trug ihr Complet in Blau mit weißen Stulpen und weißem Kragen, dazu die passenden Schuhe; ja, sie machte schon was her. Auch Vater ließ sich nicht lumpen: sein bester Anzug mit Weste und natürlich die hohen Schuhe, damit sein Problem nicht so sichtbar wurde. Er maß ja gerade mal ein Meter fünfundsechzig und hinkte leicht, weil er im ersten Weltkrieg einen Hüftschuss erlitten hatte. Und dieser kleine Mann liebte nur große Frauen. Meine Mutter war fast einen Kopf größer und recht korpulent, ein ungleiches Paar.

Was machte ich eigentlich hier?

Ich sah mich da sitzen, überflüssig, unnütz, hielt mich gerade, studierte intensiv meine braunen Pumps, alles immer passend zum Kleid, schielte zu den dreien, die sich bestens zu verstehen schienen, drehte Würstchen in meine kastanienfarbenen Haare, fehlte nur noch der Finger im Mund.

Vater spielte den lockeren, alles wissenden Grandseigneur. Meine Mutter scharwenzelte um Karl herum, animierte laufend: „Nun greifen Sie doch zu, bitte, dieses Stück ist besonders lecker!"

So ein Blödsinn, es gab ja nur dieses Kuchenblech! Sehr merkwürdig!

„Nu erzähln Se ma!"

Und dann ging's los! Mein Vater examinierte Karl über sein Leben, seine Arbeit, sein Auskommen, seine Vergangenheit, seine Ziele. Mein Gott war mir das peinlich, als mein Vater so ungeniert drauflos fragte.

Dabei hatte meine Mutter doch schon erzählt: dass er Diplomingenieur in Merkers in Thüringen sei, dass er *uk*, also unabkömmlich, gestellt und so nicht eingezogen werden konnte, dass er aus Essen stamme und dass er katholisch sei. Nun gut, wir waren evangelisch, aber mehr auf dem Papier. Das letzte Mal waren wir bei meiner Konfirmation in der Kirche, hatten also mit dem Verein nicht viel am Hut, was man von seiner Familie mitnichten behaupten konnte, wie ich später mit Macht zu spüren bekommen sollte.

In unsere Bibliothek, die auch als Raucherzimmer diente, zogen sich mein Vater und mein Zukünftiger nicht nur zum Rauchen zurück, sondern auch um die „Heiratsbedingungen" auszuhandeln:

1. ein Jahr kennenlernen mit Besuchen in Berlin;
2. dann Verlobung, wieder ein Jahr lang;
3. dann Hochzeit.

Meine Familie organisierte mein Leben. War ja erst sechzehn Jahre, und selbst mit achtzehn Jahren damals noch nicht volljährig.

Ich wurde nicht gefragt, ich war der zu verhandelnde Gegenstand; nee, stimmte nicht ganz, er hatte mich schon gefragt, im blauen Zimmer, nicht gerade romantisch, aber doch mit Blumen, die allein für mich waren. Und ich stimmte zu. Fand es ja auch aufregend, von einem älteren und so beeindruckenden Mann ausgewählt zu werden.

Außerdem: Ich hatte gar keine Wahl!

Meine Eltern wollten sich nämlich scheiden lassen, weil mein Vater schon lange eine Freundin und die schon ein Kind von ihm hatte.

Und jeden Morgen, wenn ich zum Frühstück kam, hörte ich das Lamento: Wenn die Quade – mein Spitzname – doch endlich unter die Haube käme, wenn sie doch endlich jemanden fände!

Und nun hatte sie einen gefunden, auch noch einen mit Beruf und uk gestellt, den konnte man doch nicht einfach aus der Hand geben!

Aber alles musste seine Ordnung haben: erst das Kind aus dem Haus, dann die gemeinsamen Eheprobleme lösen!

Schön war das nicht.

Nach Vollzugsmeldung über mein weiteres Leben – offensichtlich zu aller Zufriedenheit – machte sich Karl wieder auf in Richtung Merkers, allerdings nicht ohne mich kurz zu umarmen, mir einen Kuss aufzudrücken und zu flüstern: „Das kriegen wir schon hin!"

Konnte man es Glück nennen, dass er noch hier war?

Andere hatten dieses Glück nicht. Die krepierten in Russland oder in anderen Ländern. Rolf, ein Freund aus Kindertagen, gehörte zu ihnen. Er war auf dem Feld der Ehre geblieben; bei diesem Spruch konnte ich gar nicht aufhören zu kotzen. Ich schwärmte für Rolf, wollte ihn sogar heiraten ... er war doch noch so jung!

Ob es mit ihm besser geworden wäre?

In den ersten Jahren hatte Karl sich wirklich angestrengt.

Er besuchte uns einige Male im Jahr in Berlin, immer korrekt mit Blumenstrauß und allem Heidideldeidi! Dann saßen wir alle im Erkerzimmer, aßen und tranken, was die Marken so hergaben, bis sich die beiden Männer zum Rauchen ins Herrenzimmer zurückzogen, wobei sie sich sicherlich auch das ein oder andere Schnäpschen genehmigten.

Die beiden konnten miteinander, denn ihre Ansichten zur politischen Lage waren ähnlich. Vater hatte nie offen gegen die Nazis gewettert, aber er wehrte sich auf seine Art, indem er z. B. dafür sorgte, dass ich nicht zum Bund Deutscher Mädel musste, weil er mir einen Herzfehler andichtete. Damals war ich sauer, hätte gern mitgemacht beim Sport und den gemeinsamen Nachmittagen, schließlich waren alle meine Freundinnen dabei.

Nein, Helden waren die beiden nicht. Sie liefen mit, aber suchten kleine Nischen, in denen sie sich verbargen, wie so viele.

Ab und zu durften wir allein spazieren gehen; das hätte romantisch sein können, wäre da nicht immer die Angst gewesen, eine Bombe auf'n Kopp zu kriegen; außerdem hatte er es sowieso nicht so mit Gefühlen.

Fiel mir damals nicht auf, denn wenn wir mal konditern gingen, legte er sich wahnsinnig ins Zeug, riss mir die Tür auf, bugsierte mich durch das Café, half mir mit liebenswürdigem Lächeln aus Mantel, Hut und Schal, rückte meinen Stuhl zurecht und tat alles, um mir zu imponieren.

Nach der Hochzeit änderte sich das schlagartig. Da wusste er nichts mehr von solchen Schnurzpfeifereien! Da schlug er mir die Türe vor der Nase zu, und wunderte sich, wenn er mir aus dem Mantel helfen sollte. „Das wirste ja wohl alleine können, bist doch noch jung!"

Alles Theater!!

Dabei hätte ich es wissen müssen! Alles hätte ich wissen müssen, seit diesem schrecklichen Nachmittag bei seiner Wirtin, Frau Lange.

Sie war Klavierlehrerin, bei der er ein Zimmer mietete, wenn er uns in Berlin besuchte; eine wirklich nette Frau, die Verständnis hatte, wenn wir Verlobten mal allein sein wollten.

Ja, mittlerweile waren wir verlobt; seit dem 28.August 1942 mit Anzeige und allem Pipapo. Karl nannte meinen Vater nun Erich und meine Mutter Erna.

Obwohl wir uns ja nun ein Jahr kannten, hatten wir kaum Zeit für uns, schon gar nicht für Zärtlichkeiten, denn meine Eltern passten höllisch auf!

Frau Lange schenkte uns ein wenig Freiheit und das bedeutete dann heimliches Schmusen und Kuscheln.

Ich fand's schön, Kribbeln im Bauch, und alles fühlte sich warm an, wenn er mich umarmte, streichelte und küsste.

Damals, an dem besagten Nachmittag, kletterten wir im düsteren Treppenhaus in den zweiten Stock und hörten schon von weitem die Fingerübungen eines Klavierschülers. Da wussten wir, das Klimpern spricht für uns, wir sind für eine Weile ungestört. Ich hatte vielleicht Herzklopfen und Schiss sowieso, aber mit einem solchen Überfall hatte ich nicht gerechnet! Nix mit liebevollem Herantasten, zärtlichem Vorgeplänkel, Umarmungen und so ...

Die Tür war noch nicht ganz geschlossen, da presste er sich an mich, küsste wie wild mein Gesicht und meinen Hals, während seine Hände an meiner Bluse zerrten, die Knöpfe fast abriss, um an meinen kleinen Brüsten herumzudrücken. Und ehe ich mich versah, lag ich auch schon auf seinem Bett, fühlte seine Hände unter meinem Rock und wusste gar nicht, wie mir geschah! Das zunächst angenehme Prickeln verlor sich durch seine hektischen und gewalttätigen Hände. Als er dann nach einigen vergeblichen Versuchen in mich eindrang, tat nur alles weh ... und der stümperhaft gehämmerte „Fröhliche Landmann" aus dem Nebenzimmer verstärkte das Gefühl der Ohnmacht.

Aber das Schlimmste kam ja noch.

Denn nach der Prozedur des Kleiderordnens, schließlich hingen meine Bluse, mein Rock, meine Strümpfe, irgendwie an mir rum und mussten sortiert werden ... und noch immer verfolgte uns der „Fröhliche Landmann", verließen wir das Zimmer. Auf der Treppe dann der Satz: *„Ich hätte nicht gedacht, dass es so leicht ist, dich rumzukriegen!"*

Eiseskälte und Leere! In ein Loch gefallen, das tiefer nicht sein konnte! Wie erschlagen torkelte ich die Treppe runter ... alles tot, er auch!

Mein Körper vergaß nichts.

Trotzdem bin ich geblieben. Was hätte ich denn tun sollen? Alles rückgängig machen? Wo sollte ich hin? Vater mit neuer

Familie wollte die große Wohnung, Mutter sollte die kleine der Freundin bekommen.

Und ich?

Für mich gab's nur: verdrängen, schweigen, und irgendwie vorwärts taumeln. So meine Devise!

Und an der hielt ich fest, mein ganzes Leben.

Illusionen? Vergiss es!!

***

Sie spürt, wie sie nach Luft ringt, spürt, wie die Erinnerung sie wie eine Welle erfasst und zu überrollen droht. Alte Wut kommt hoch.

Erneute Zigarette. Das Schnapsglas ist leer. Sie kämpft sich aus seinem Sessel, schenkt nach, nimmt einen großen Schluck. Nach außen ist sie ganz ruhig, im Innern brodelt's. Gedanken fressen sie. Sie kennt das.

Dann schleppt sie sich noch einmal ins Zimmer ihres Mannes, hört sein lautes Prusten, fragt noch mit ihrer antrainierten, oft falsch klingenden Freundlichkeit: „Alles in Ordnung?" Flüchtiger Blick auf sein Gesicht, das durch die kleine Lampe fremd erscheint. „Wie gut, er schläft!"

Noch ein halbes Jahr? Unvorstellbar.

Am Morgen wuseln die Sozialschwestern mit aufgesetzter Fröhlichkeit durchs Haus.

„Wie geht's uns denn heute, gut geschlafen? Da wollen wir mal, wir machen Sie frisch und schön," meckerndes Lachen, aber fachgerechtes Anpacken. Waschen, Kämmen, Zähne putzen.

„Kein Gebiss? Donnerwetter! Und das in Ihrem Alter!"

Der Toilettengang läuft wie geschmiert, wenn viele Hände das Richtige tun.

„Frau Jansen, Ihr Mann braucht dringend ein Wasserbett. Das lange Liegen könnte seine Füße, seinen Rücken und seine Schultern wundscheuern. Besprechen Sie das mit dem Doktor! Ich finde, es ist absolut not-wen-dig!"

Die schrille Stimme schreckt sie auf. Blick zum Mann.

„Aber sein Bett hat sich ihm genauestens angepasst, da fühlt er sich wohl, da tut ihm nichts weh", hilflos zieht sie die Schultern hoch.

„Ahhh, da kommt er ja! Heeerr Doktor, sehen Sie sich das an, sehen Sie, wie sich der alte Herr in diesem Bett quält. Es dauert nicht lange, dann ist er ab-solut wund. Das will doch wirklich niemand, oder?"

Der fast zwei Meter lange, noch sehr junge Arzt, schlaksig in seinen Bewegungen, stellt seine Tasche neben das Bett, beugt sich herunter.

„Tag, Herr Jansen, wie fühlen Sie sich?"

Er fasst die Hand des Alten, lächelt freundlich, hört „Geht so, muss ja", fühlt den Puls, fasst seine Stirn, setzt sich aufs Bett.

„Ich kann mir gut vorstellen, dass Sie Ihr eigenes Bett vorziehen. Aber ein richtiges Krankenbett würde vieles erleichtern. Auch für Ihre Knochen wäre es besser, Sie könnten sich wund liegen; und das Betten wäre für die Schwestern leichter. Wenn es Ihnen recht ist, werde ich eine flexible Wasserbettmatratze ordern. Ist das in Ordnung?"

„Wenn's nicht anders geht, Sie sind der Chef", grinst er gottergeben.

„Na sehn Sie, hab ich's nicht gesagt?" Fast triumphierend gleitet der Blick der Schwester von einem zum andern. „Man weiß ja nie, wie lange er noch liegen muss."

Sie nimmt das ausgefüllte Rezept, flötet ein „Auf Wiedersehen, bis nachher" und schlingert aus dem Haus.

„Frau Jansen", der Doktor ergreift ihre Hand, sieht mit Sorge ihr erschöpftes Gesicht, führt sie behutsam aus dem Raum ins

Wohnzimmer und setzt sich zu ihr. „Es ist besser so, glauben Sie mir."

„Muss er nicht ins Krankenhaus?"

„Nein! Ich bin jederzeit für Sie da und die Schwestern kommen zweimal am Tag. Wie ist es mit den Kindern?"

„Sie sind unterwegs, müssen bald da sein. Dann schaffen wir das."

Gott sei Dank, nicht ins Krankenhaus; das wollte sie ihm nun wirklich nicht antun.

„Sie glauben nicht, dass er wieder auf die Beine kommt?"

Er sieht sie zögernd an.

„Ich glaube nicht, er ist ein alter Mann. Mit seinen fast 94 Jahren geht es irgendwann zu Ende. Aber wie lange das dauert, kann keiner sagen. Wir werden ihm die Zeit erleichtern." Er streicht ihr vorsichtig über die Schulter, spürt leichtes Zittern und unterdrücktes Schluchzen.

„Jetzt brauch ich 'n Schnaps!" Sie wühlt sich aus ihrem Tief und der sanften Berührung. Er springt auf, schnappt die schöne Glasflasche, in der immer Weinbrand zu finden ist, öffnet den Schrank, angelt nach einem Glas und gießt ein. Er weiß, ihr tut es gut, auch die Zigarette, obwohl er es strikt verbieten müsste.

„Versuchen Sie wenigstens, nicht zuviel zu rauchen. Sie merken es ja selbst, das unregelmäßige Schlagen Ihres Herzens, die Atemnot – alles nicht das Beste!"

Sein jungenhaftes Lächeln, seine freundlich blickenden braunen Augen streicheln ihre Seele.

„Unkraut vergeht nicht", grinst sie, müht sich aus dem Sofa und schaut zu ihm auf. „Mein Jott, wat sind Sie für ein langer Lulatsch! Da kricht man ja Nackenkrämpfe!"

Beide lachen, sie dankt, er verabschiedet sich, muss weiter.

Sie genießt die Pause, betrachtet ihre Zigarette.

„Bin süchtig, ich weiß, rauche schon eine Ewigkeit."

Sie schließt die Augen und erinnert sich, dass sie damals in den vierziger Jahren häufig ein schwarzes Tuch über den Kopf stülpte, um innerlich zur Ruhe zu kommen. Dann schimpfte ihr Mann: „Was machst du da? Haste nichts zu tun?"

Da fing sie an zu rauchen. Saß und rauchte, und nach der obligatorischen Frage „Haste nichts zu tun?" kam die obligatorische Antwort „Siehste doch, ich rauche."

Zufriedenheit auf beiden Seiten.

Natürlich hätte sie schon längst aufhören müssen. Weiß schließlich jeder – rauchen ist ungesund, kann sogar töten.

Aber es fällt schwer. Und sie will es gar nicht, auch wenn Karl sich über die vielen Brandlöcher auf Tischdecken, Tischplatten und Fußböden fürchterlich aufregte.

Es klingelt.

Sie rappelt sich hoch, hangelt sich am Sessel, dann dem kleinen quer stehenden Sofa entlang zur Tür.

„Da sind wir, wir bringen die Wasserbettmatratze und alles Nötige. Sie wissen ja, die Unterlagen, abwaschbare Tücher, Gurte und Klemmen zur Befestigung, alles, was das Herz begehrt", die Schwester lacht scheppernd und stürmt mit Hilfskräften in das Schlafzimmer.

Sie schaut dem Haufen hinterher: idiotisch!

„So, Herr Jansen, nun möchten wir mal aufstehen, wir helfen Ihnen hoch, damit wir Ihr neues Bett einrichten können und Sie sich leichter und besser fühlen", gurrt die Schwester und beginnt voller Tatendrang.

„Sie können mir gleich auf die Toilette helfen, ich müsste mal", brummelt der Alte, gar nicht erfreut, dass da plötzlich so viele Fremde um ihn herumschwirren.

Ruckzuck in den Rollstuhl. Ruckzuck sitzt er auf dem Klo. Ruckzuck das Bett hochgerissen. Ruckzuck die Matratze drauf. Ruckzuck befestigt! Er stiert fasziniert durch die offene Tür, kann gar nicht so schnell gucken, wie die da rumwerkeln. Betrachtet seine Frau, die von der anderen Tür des Badezimmers reinschaut. „Die spinnen, oder?"

„Was is'n hier los?"

Die Stimmen der Tochter Beate und des Schwiegersohns Horst hallen durch den Flur, unterbrechen das geordnete Durcheinander.

Nun geniert sich der Alte doch, so bei offener Tür, auf dem Klo. Er ergreift seine Krücke, donnert sie gegen die Tür und brüllt: „Tüüür zu!!"

Die Mutter lässt sich von den beiden umarmen.

„Bin so froh, dass ihr da seid, ist alles ein bisschen viel", schiebt dann beide in Richtung Wohnzimmer.

„Die Schwestern sind schon eine große Hilfe. Und der Doktor kommt oft. Und nun bauen sie ihm noch ein Wasserbett, damit er sich nicht wund liegt. Ick wees nich, ob det wirklich besser is? Für's Bettenmachen vielleicht, aber für ihn?"

Sie setzt sich in seinen Sessel, legt die Beine auf den Hocker, stöhnt und massiert ihre geschwollenen Füße und blickt erleichtert auf die Kinder.

„Lass die erst mal da hinten werkeln, dann geh'n wir zu ihm."

„Wie sieht's denn aus? Eben wirkte er ja noch ganz kregel. Was sagt denn der Doktor?"

Während sie sich eine Zigarette anzündet, berichtet sie von dem Gespräch mit dem Arzt, von der Hilfe der Schwestern und von ihrem Enkel, der ihr einige Tage unter die Arme gegriffen habe. Aber schließlich lebe er ja in Berlin und könne nicht ewig hier helfen.

Sie lehnt den Kopf zurück und murmelt: „Schön, dass ihr gekommen seid. Ich weiß ja, eure Ferien sind wichtig. Habe Mika auch angerufen, er kommt, sobald er kann."

Sie schließt die Augen und spürt zum ersten Mal seit langer Zeit ein Quäntchen Ruhe ...Verantwortung abgeben.

Müde sieht sie aus. Das schmale Gesicht eingefallen, die Falten um Mund und Nase tief gekerbt, das kurze weißgraue Haar klebt am Kopf.

Die Tochter streicht ihr über die Stirn, schiebt eine Haarsträhne beiseite, berührt mit der Fingerkuppe ihre Nasenspitze, rubbelt dann ihre Hände und Arme, umarmt sie und brummelt „Das schaffen wir schon!“

Es klopft.

„Frau Jansen, wir haben al-les erledigt! Ihr Mann liegt jetzt wun-der-bar in seinem neuen Bettchen. Und glauben Sie mir, er wird sich ganz schnell an die neue Situation gewöhnen, ich weiß, wovon ich rede!“, dröhnt es durch den Raum, das strahlende Lächeln der Schwester, unpassend.

„Bitte hier noch eine Unterschrift, dann sind wir weg.“

Sie reicht ein Formular, das von der Hausherrin, „Wo is meine Brille?“, sogleich unterschrieben wird.

„Morgen früh sehen wir uns wieder. Und wenn etwas ist, rufen Sie einfach an. Aber Sie haben ja jetzt tatkräftige Unterstützung,“ sie nickt der Tochter und deren Mann kumpelhaft zu, ergreift das Papier und rauscht davon.

„Puhhh! Ich weiß ja, sie meinen es nur gut. Sie helfen mir sehr und sind absolut notwendig. Aber ich kann das Getue einfach nicht ab. Das macht mich fertsch!“

Und dann stehen sie vor seinem neuen Wasserbett und sind erschrocken über den Anblick des Greises, der beim letzten Besuch noch so lebendig wirkte.

„Na, Alterchen, wie ist es?“ Die Tochter setzt sich auf sein Bett, streichelt seine Hand und spürt einen dicken Kloß im Hals.

Er nickt und murmelt leise: „Schön, dass ihr da seid. Für Helga ist es jetzt schwierig. Sie ist ja auch nicht gesund“, dankbar schaut er in ihre Richtung, dann in die Ferne, erkennt seinen Schwiegersohn und grüßt ihn mit einem schiefen Lächeln.

„Doppelkopf ist heute wohl nicht. Vielleicht einandermal." Er schüttelt leicht den Kopf und schließt erschöpft die Augen.

„Macht ja nichts, Karl, Hauptsache wir sind jetzt hier", brummt der Angesprochene, drückt ihm sanft die Hand, ehe er und Helga leise flüsternd den Raum verlassen.

Keine angenehme Situation.

Die Tochter bleibt, streicht über die Bettdecke, schüttelt das Kopfkissen, hebt seinen Kopf an, um ihm ein Löffelchen Tee einzuflößen.

„Ich hole einen Kassettenrecorder und spiele deine Lieblingsmusik; was meinst du: Mendelssohns Violinkonzert e-Moll und auch Mozart?"

Sie wartet seine Antwort gar nicht ab, bringt den Recorder und die CDs; es dauert eine Weile, bis sie die richtige gefunden und alles installiert hat.

Und plötzlich erklingt ganz leise der erste Satz des Violinkonzerts.

Wohltuende Ruhe. Zarte Töne lassen die Stille spüren. Unruhige Hände, zuckende Lider, die sich immer bewegenden Lippen, der laute Atem … alles scheint mit dieser Musik zu einem tiefen Frieden zu verschmelzen. Sein Gesicht strahlt jetzt Ruhe aus. Alle Konzentration bündelt sich in dem geliebten Konzert.

Beide lauschen und lösen sich von sich selbst.

„Beate? Muss ich sterben?"

Auweia! Was für eine Frage! Was soll sie darauf antworten?

Tiefes Einatmen. Zeit bleibt stehen. Ausatmen … ehrlich sein?

„Ja, ich glaube, es ist so weit. Schau, du wirst in ein paar Tagen 94 Jahre alt. Irgendwann geht das Leben zu Ende."

Keine Antwort.

Mendelssohns wunderbare Klänge vermischen sich mit der Realität.

Und die ist brutal.

Ganz leise und behutsam erinnert die Tochter an sein langes und auch schönes Leben, natürlich mit Schattenseiten, gerade während der Kriegszeiten und der Aufbauphase nach dem Zusammenbruch. An das selbstgebaute Haus, an die vielen schönen Feste mit Freunden, wo er in wunderbarer Weise auf seinem Flügel alle unterhalten habe; an seine Zeit als Niedersachsenmeister im Dreiband-Billard; an seine Arbeit im eigenen Ingenieurbüro mit den von ihm ausgetüftelten Erfindungen, für die er auch Patente angemeldet habe; an die Urlaube auf Gran Canaria, wo einem die Knochen wegen des milden Klimas nicht mehr wehtaten, wo er aber leider auch mit achtzig Jahren einen Autounfall verkraften musste und deshalb nie mehr ohne Krücken laufen wollte. Aber auch an seine lange Zeit mit Helga, die nicht immer schön, aber auch nicht so schlecht war, und an das Leben mit seinen beiden Kindern, die ja halbwegs geraten seien, an die Enkelkinder und an die vielen feuchtfröhlichen Doppelkopfabende mit Helga, seinem Schwiegersohn und mit ihr, seiner Tochter.

Das alles wird gegenwärtig, während Mendelssohns Geigen zu hören sind.

Er schläft. Leise erhebt sie sich, streicht über seine Wangen und verlässt den Raum.

„Wisst ihr eigentlich, dass wir vor ein paar Tagen den achtundfünfzigsten Hochzeitstag hatten?“ Sie kaut bedächtig ein Mettbrot, betrachtet die verschiedenen Speisen auf dem Tisch, gießt sich ein Bier ein und genießt es, bedient zu werden. Schön, dass sie Stück für Stück Verantwortung abgeben und sich entspannen darf. Ihr Witz und Schalk sind wieder da, ihre etwas verkürzte Nasenspitze wippt auf und ab, als sie kichernd beginnt, von ihrer verrückten Hochzeit am 21. Dezember 1943 zu erzählen.

***

Warum wir gerade im tiefen Winter heiraten mussten, kann ich gar nicht mehr sagen. Saukalt war's. Schnee, eigentlich mehr Eisgraupeln peitschten unsere Gesichter und ein eisiger Wind pfiff durch die Straßen von Berlin-Weißensee. Mit der einen Hand kämpfte ich mit einem Schirm, die andere krallte meinen Hut, und die Böen versuchten immer wieder, sich in meinem Mantel zu verhaken.

Und dauernd Bombenalarm!

Wir sollten um zehn im Standesamt sein, machten uns aber viel früher auf den Weg. Wer wusste denn, wie oft wir noch in irgendwelche Luftschutzkeller abtauchen mussten? Aber auf unserem Fußweg dorthin hatten wir Glück. Erst kurz vor unserem Ziel gingen die Sirenen los, und statt im feierlich ausgestatteten Saal, landeten wir im düsteren Bunker des Standesamts, wo uns nur eine magere Funzel den Weg wies. Geschubst und geschoben von vielen anderen, quetschten wir uns auf eine grob gezimmerte Bank. Ich hatte nur Schiss um meine Seidenstrümpfe, darum hielt ich mich nur am Rand der Bank fest. Kaputte Strümpfe auf meiner Hochzeit … unmöglich! Im Dämmerlicht streifte mein Blick durch den Keller, beobachtete die Menschen. Einigen sah man an, dass auch sie heute noch unbedingt im Hafen der Ehe landen wollten, andere suchten nur Schutz, starrten vor sich hin. Stöhnen und Ächzen der Alten, leises Weinen der Kinder.

Heimlich musterte ich die feiner ausstaffierten Damen und Herren in ihren dunklen Kostümen oder Anzügen mit Westen, dazu die passenden Mäntel, alles in braun oder schwarz. Einer sogar mit weißem Schal, wie Johannes Heesters. Zu dem gehörte wohl die Frau in einem eierschalfarbenen langen Kleid mit Schleppe, eingehüllt in einen umwerfenden Pelz. Mann, war ich beeindruckt!

Ich schielte auf meine schwarzen, kaum getragenen Pumps. Versuchte verstohlen, die Schneeränder mit dem Finger und etwas Spucke abzurubbeln, strich meinen schwarzen Rock glatt, achtete dabei auf meine Seidenstrümpfe, fummelte an den Knöpfen meiner Kostümjacke und überprüfte den Sitz der Brosche meiner Mutter, die an meiner weißen Bluse prangte. Mein dunkler Hut mit drei falschen Perlen thronte noch immer auf meinem Kopf, mein ganzer Stolz hatte dem Wetter getrotzt.

Auch Karl sah feingemacht aus, dunkler Anzug mit Weste, akkurat gebügeltes Plisseehemd mit Stehkragen und schwarzem Binder.

Wirklich imposant!

Mein Vater als Trauzeuge wirkte in seinem dunkelblauen Anzug mit Weste, weißem Hemd und Stehkragen gewaltig herausgeputzt; amüsiert betrachtete ich seine Stiefel mit hohen Absätzen.

Beide hielten ihre Hüte gottergeben auf dem Schoß; wir warteten auf die ersehnte Entwarnung. Bei jedem Einschlag zuckten alle wie auf Kommando und stöhnten auf. Meine feuchten Hände quetschten mein kleines Brautsträußchen zu einem Häufchen Elend.

Was für ein wunderbarer Auftakt für eine Ehe!

Endlich der Ton: Entwarnung!

Endlich sollte ich „Ja“ sagen. Dabei wusste ich genau: der Richtige war's nicht. Aber wer bekam schon den Richtigen ... in diesen Zeiten und mitten im Krieg?

Und dann ging das Drama erst richtig los!

Mein mir heute anzutrauender Verlobter hatte versäumt, das Aufgebot beim Bürgermeisteramt in Merkers pünktlich zu beantragen.

„Nee, nee, ohne Bestätigung des Aufjebots jeht hier nix“, raunzte im Vorraum der Beamte hinter seinem Tresen. „Det wär ja noch schöner, wo komm wa denn da hin!!“

Mein Vater fasste sich zwar entsetzt an die Stirn, konnte sich aber ein Lachen kaum verkneifen.

Die Sache fing ja gut an.

Gott sei Dank tauchte gerade unser zweiter Trauzeuge Wilhelm Gottlieb auf, der die Sache energisch in die Hand nahm.

Mit seinem Kugelbauch, eingepackt in einen dunklen Gehrock, seiner dicken Brille, die seine Augen riesig erscheinen ließ, sowie seinem mächtig gezwirbelten Bart machte er gewaltig Eindruck auf den Beamten.

„Wir müssen sofort in Merkers beim Bürgermeister anrufen, der die Richtigkeit des Aufgebots bestätigen kann. Das muss doch möglich sein! Wir können die beiden doch nicht einfach wieder nach Hause schicken!"

Er wandte sich an den Beamten, blinzelte ihm kumpelhaft zu, und seine Handbewegung in unsere Richtung, begleitet von einem süffisanten Grinsen, ließ unseren hartherzigen Beamten weich werden.

„Wo soll ick denn da anrufen? Und ob det funkschoniert, det weeß ick och nich, aba probiern kann ick et ja mal. Det kann aba dauern."

„Hast du die Nummer vom Bürgermeisteramt in Merkers?"

Er drehte sich zu Karl, der ziemlich bedröppelt neben mir stand und schon die Suche aufnahm. Wenigstens hatte er in sein sorgfältig geführtes Adressbuch auch diese Nummer eingetragen. *Wär' er mal beim Bestellen des Aufgebots auch so penibel und korrekt gewesen, dann ständen wir jetzt nicht so dämlich hier rum!*

„Jeben Se ma her", unser Retter in der Not verschwand mit der Telefonnummer im Nebenraum.

Und was machten wir?

Warten. Warten. Warten.

Als ich dann die leise Frage von Wilhelm vernahm: „Du hast doch das Aufgebot wirklich bestellt?", wäre ich beinahe geplatzt.

„Natürlich, selbstverständlich! Was glaubst du denn?"

Karl kratzte sich verlegen hinterm Ohr, kurzer Blick in meine wütenden Augen. Die Röte in seinem Gesicht quittierte ich mit einem breiten Grinsen.

Wie die Hühner auf der Stange hockten wir auf unbequemen Holzstühlen im Vorraum, beobachteten neidvoll die anderen Paare, die ganz normal ihre Papiere abgaben und im Hochzeitszimmer verschwanden. Wenn sie dann wieder auftauchten, sahen einige sogar glücklich aus und strahlten sich an; andere, meist die, die in Uniform heirateten, schauten eher nachdenklich. Wer wusste denn schon, ob der gerade glücklich Angetraute auch wieder glücklich heimkehren würde.

BOMBENALARM!

Ab in den Keller. Wir kannten ja mittlerweile den Weg. Unsere alten Plätze waren schon besetzt, also quetschten wir uns irgendwie zwischen die Leute, lauerten auf die Bomber, waren froh, wenn die Einschläge weit entfernt zu hören waren, zitterten, wenn das Geheul der Bomben sehr nahe war, starben fast vor Angst, wenn's ganz still wurde.

Ich war froh, dass ich nicht neben Karl saß. Ich hatte eine solche Wut! Umbringen hätt' ich ihn können!

Da könnten wir schon gemütlich zu Hause mit Verwandten und Freunden feiern und das Hochzeitsmahl verspeisen. Mein Vater hatte wirklich alle schwarzen Kanäle genutzt, um heimlich ein fulminantes Essen zusammenzustellen, und nun saß ich hier im Keller, hoffte auf Entwarnung, zerquetschte endgültig meinen mickrigen Brautstrauß und hatte keine Lust mehr auf Heirat, auf Ehe und alles, was damit zusammen hing.

Ich konnte mir allerdings ein Grinsen nicht verkneifen, als mir klar wurde, dass ja die ganze Hochzeitsgesellschaft ebenfalls in der Warteschleife hing! Ohne Hochzeitspaar kein Anstoßen. Ohne die beiden durfte man nicht mit Futtern und Trinken beginnen. Denn das, das wusste jeder, bringt Unglück!

ENTWARNUNG!!

Alle Mann wieder raus.

„Nu beeilen Se sich ma, Frollein, bisken hoppla", hörte ich

den Luftschutzwart, fühlte ein leichtes Schubsen und stolperte, meinen Hut festhaltend, eher zögerlich vorwärts.

Wer wusste denn, was da oben wieder los war.

Die drei Männer stürmten in den Vorraum, rannten unseren Berliner Beamten fast über den Haufen, hypnotisierten den armen Kerl und lauerten auf gute Nachrichten.

Und die hatte er tatsächlich.

„Haben einn beim Bürgermeester erwischt, der hat och bestäticht, dass Se det Aufjebot abjejeben haben, aber weil Se det so spät einjereicht hatten, hatte der Bürgermeester Einspruch erhoben …der kann Ihnen wohl nich leiden, wa?" Scheeler Blick zu Karl. „Jednfalls brauchn wa det natürlich schriftlich. Nur über det Telefon, nee det jeht nich. Muss allet seine Ordnung haben."

Auf ärgerliches Stöhnen, wütende Blicke und ringende Hände grinste er begütigend. „Nu ma langsam mit die jungen Pferde. Der Kerle da in Merkers – wo liecht'n det Kuhdorf eijentlich – will uns'n Telejramm schicken, und det dauert nich so lange, hoff ick wenigstens."

Er kniff mir freundlich in die Wange, lächelte und bleckte mir sein Gebiss mit mehreren Zahnlücken und stinkendem Atem entgegen. Musste mich richtig zusammennehmen, um nicht zurückzuprallen. Aber er meinte es ja gut, und seine Hilfe war wirklich unbezahlbar; wie viel ihm Karl nachher zugesteckt hat, weiß ich nicht.

Auch ans Warten kann man sich gewöhnen.

Wieder beobachtete ich die Paare, die noch unbedingt heiraten wollten oder mussten.

Eine ganz junge Frau, fast noch ein Mädchen, versuchte ihren gewölbten Bauch durch geschicktes Drapieren ihres Rockes zu kaschieren. Ihr gesenkter Blick, ihre verhuschte Gestalt strömten Verlegenheit und Unsicherheit aus, tat mir richtig ein bisschen leid. Als sie dann mit ihrem Mann, wirkte ooch wie'n kleener Junge, aus dem Hochzeitszimmer trat, schimmerten ihre Augen feucht, ihr kleines Gesicht eingerahmt von dunklen Locken, war gerötet und traurig.

Irgendwann riss einer die Tür auf! „Hier is'n Telegramm!"

Zehn Hände schossen in die Höhe, aber unser Retter war schneller, schnappte sich das Papier, rannte zu seinem Schreibtisch, stempelte wie wild und reichte uns endlich unsere Ausweise und Papiere.

Nun war es soweit: Wir durften in das Trauungszimmer.

Was ich sofort spürte war: Wärme!

Eiskalte Beene stöhnten vor Wonne, klamme Finger hörten auf zu jammern, meine eingefrorene Nase wechselte von weiß auf rot und begann sofort zu tropfen.

Mehr weiß ich nicht; die ganze Prozedur ging rasch über die Bühne. Der Standesbeamte rappelte sein Sprüchlein runter, brummelte was über Rassenhygiene in der Ehe und was sonst wichtig sein sollte, dann unterschrieben wir alle. Das war's dann: Ich war verheiratet.

Sie zündet sich erneut eine Zigarette an, greift zum Bierglas und nimmt einen großen Schluck.

Noch immer sitzen die drei am gedeckten Tisch in der Essecke, eingehüllt in das warme Licht der Deckenlampe, naschen hier und da mal vom Schinken, den kleinen Gürkchen und Zwiebelchen und lauschen gebannt ihrer Erzählung. Nicht, dass die Geschichte absolutes Neuland ist, aber in dieser Vollständigkeit kannten sie sie noch nicht. Die augenblickliche Situation scheint Erinnerungen nach oben zu spülen.

„Ach du lieber Himmel! Wir haben Karlchen ganz vergessen, da dudelt ja noch immer Mendelssohn", ruft die Tochter, flitzt in Richtung Schlafzimmer. Vor der Tür kurzes Innehalten, dann vorsichtiges Öffnen. Sie lauscht dem rasselnden Atem, zieht die Bettdecke vorsichtig hoch und streicht leicht über seine Hand. Er schläft tief und fest. Mendelssohn wird unterbrochen. Nun hört man nur noch sein lautes Schnorcheln. Sie schließt leise die Tür, rennt den langen Flur entlang, setzt sich wieder an den Tisch und zündet sich ebenfalls eine Zigarette an. Diese Familie ist wirklich durch und durch verqualmt!

„Erzähl weiter!“

Ja, wie ging das nun weiter?

Jedenfalls marschierten wir nun als Ehepaar mit Vater und Wilhelm Gottlieb nach Hause und erlösten die Gesellschaft aus ihrer Zwangsdiät. „Mein Gott, wo bleibt ihr denn?“ Meine Mutter rannte in heller Aufregung durch die Wohnung. „Wir sind fast umgekommen vor Angst. Ihr hättet ja auch 'ne Bombe auf'n Kopp kriegen können!“

Die Erleichterung bei allen suchte ihr Ventil in Umarmungen, Gratulationen und viel Geschabbere. Meine Tanten, Onkel, Cousinen und meine Freundinnen drückten mir fast die Luft ab, bis mein Vater laut brüllte: „Mensch, ihr zermanscht mir ja die janze Jöre! Los! Jetzt wird erstmal anjestoßen!“ Er ergriff das Tablett mit den Sektgläsern, verteilte das gute Zeug unter den Gästen und ließ Braut und Bräutigam hochleben.

Sie sangen aus voller Kehle, und ohne den Hochzeitsmarsch, gespielt von meinem nun Ehemann, ging sowieso nichts.

Der Kohldampf trieb alle an die riesige Tafel im blauen Salon, die jetzt von meiner Mutter und unserer Nachbarin mit unzähligen Leckereien vollgestellt wurde. Mit unseren Lebensmittelmarken konnte das alles nicht zusammenhängen! Wer bekam schon Schweinebraten, Rindsrouladen und sogar Gänsebraten? Dazu verschiedene Gemüsesorten. Später gab's sogar Aal und anderen Fisch. Zum Abschluss natürlich auch Nachtisch und einen Berg von Kuchen! Unglaublich! Wie mein Vater das organisiert hatte, ist mir heute noch ein Rätsel.

Wir beide allerdings eröffneten nur den Hochzeitsschmaus, denn wir hatten ja noch Wichtiges vor.

Ich verschwand mit meiner Mutter in meinem Zimmer, wo sie mir beim Ankleiden des Hochzeitskleides half.

Ja, ihr hört richtig! Ich wurde als richtige Braut ausstaffiert: weißes langes Taftunterkleid, darüber ein Haufen Tüllgedöns in Stufen und ein riesiger Schleier. Nicht zu vergessen: das Krönchen! Wirklich, meine Mutter fummelte mir mit vielen Klemmerchen eine weiße Krone in mein gewelltes schulterlanges Haar, eingefasst von kleinen Myrtenzweiglein. Nun fehlte nur noch mein richtiger Brautstrauß. Ich liebe Flieder! Und so hielt ich einen riesigen Strauß Flieder im Arm. Dass der mittlerweile etwas gelitten hatte, tat meinem Gesamteindruck als Braut keinen Abbruch.

Die „Ahhs" und „Ohhs", das begeisterte Händeklatschen unserer Gäste bestätigten mein besonderes Erscheinungsbild. Und als Karl sich dann in seinem eleganten Anzug, seinen Zylinder korrekt in der linken Hand, neben mich stellte, da machten wir schon was her!

Und wozu das Ganze?

Wir fuhren mit einer von meinem Vater bestellten Hochzeitskutsche, die unten schon wartete: zum PHOTOGRAPHEN!!

Wirklich wahr! Da stand unten vor der Tür eine schon etwas mitgenommene, geschmückte kleine Kutsche, so eine Art Einspänner, mit einem mageren Pferdchen und wartete auf uns. Drumherum ein Haufen Kinder, Neugierige und natürlich die ganze Gästeschar, die für dieses Spektakel ihr Essen unterbrach und kräftig „Hurra" brüllte.

Ich kam mir schon vor wie eine kleine Prinzessin; das war typisch für meinen Vater, für seine Quade nur das Beste.

In der Kutsche fünf Minuten hin, halbe Stunde photographiert, fünf Minuten zurück – das war sie: meine Traumhochzeit!

Statt Pfarrer hatten wir eben den Photographen. Kirche ging ja nicht, Karl war katholisch, ich evangelisch, also blieb nur der Photograph. Kompromisse! Daraus besteht die Ehe, aus nichts anderem.

Und dazu das große Glück: Kein Bombenalarm.

Dann konnten wir endlich auch feiern. Alle Formalitäten waren erledigt. Ich spürte meinen Magen in der Kniekehle. Und das erste Glas Punsch, warm und süß, schmeckte wunderbar.

War eigentlich eine schöne feuchtfröhliche Feier. Von Karls Familie war keiner dabei. Nur ein reizender Brief meiner Schwiegermutter an Karl war eingetrudelt: *Wir wünschten, Du wärest damals an Deiner Krankheit gestorben. So bist Du ein verlorener Mensch.*

Diese Worte vergesse ich nie!!

Er war ja, als er so Ende zwanzig war, wirklich auf den Tod krank. Monatelang eiterte eine Zyste im Rachenraum und keiner fand sie; er war schon auf vierzig Kilo abgemagert!

Das muss man sich mal vorstellen: Da wünscht eine Mutter ihrem Sohn den Tod, nur weil er eine Evangelische geheiratet hat.

Sie streicht eine vorwitzige Haarsträhne beiseite, zieht an der Zigarette.

Jetzt schaut sie unsicher und etwas verlegen in die Runde. Die Tochter legt ihr eine Hand auf den Arm und reicht ihr ihren Schnaps.

„Darauf trinken wir jetzt einen!“

Und schon grinst sie ihr müdes Lächeln: „All diese ollen Kamellen, das muss euch doch furchtbar langweilen.“

Tut es nicht, die beiden berührt die Geschichte, wie so vieles aus ihrer Vergangenheit.

„Du räumst jetzt den Tisch ab und gibst mir alles durch die Durchreiche!“, kommandiert jetzt die Tochter und weist ihrem Mann die Aufgaben zu. Helga rappelt sich mühsam auf.

„Ich schau noch mal nach Karl, dann muss ich ins Bett.“

Im Bett zündet sie sich noch eine Zigarette an.

„Er schläft noch immer, aber unruhig“, berichtet sie ihrer Tochter.

„Gut, dass morgen der Doktor kommt.“

Sie sinkt erschöpft in die Kissen und schließt die Augen. Die Tochter nimmt ihr die Zigarette aus der Hand, drückt sie im Aschenbecher auf dem Nachtschrank aus und löscht die Lampe. Sie umarmt ihre Mutter, gibt ihr einen Kuss auf die Wange und flüstert: „Schlaf jetzt. In den nächsten Tagen brauchst du viel Kraft und musst stark sein!"

„Immer icke, immer muss ick stark sein, will aber nich immer stark sein", murmelt sie schläfrig.

Die Tochter schließt leise die Tür.

Sie entspannt sich langsam. Arme und Hände entkrampfen. Sie fühlt eine heiße Welle durch ihren Körper rollen, als bäume sich etwas in ihr auf, als wolle sich etwas den Weg nach außen bahnen. Alle für immer verlorenen Sehnsüchte, Träume und nicht gelebte Leben steigen in ihr hoch.

Sie spürt, wie aus ihren geschlossenen Augenlidern heiße Tränen fließen: Ein Meer von Tränen um eine verlorene Jugend.

***

Mit ohrenbetäubendem Quietschen und einem gewaltigen Ruck – die Koffer flogen mir entgegen, ich spürte mein Schienbein, schade um die seidenen Strümpfe – hielt der Zug in Merkers, einem kleinen Nest in Thüringen, in der Nähe von Bad Salzungen.

Alles in Weiß getaucht, versunken im Schnee. Unendlich weite Felder, Bäume und Sträucher wie kleine Kunstwerke, Häuser wie eingemummelt, gleißendes Licht, das in den Augen schmerzte. Alles so unwirklich ruhig und friedlich, ein Gefühl, als wäre sie aus der Zeit gefallen.

So was gab's noch! Keine Sirenen, kein Tatütata, keine Bomben, kein Schreien, Rufen, Brüllen, Weinen.

Berlin war weit weg, am Ende des Jahres 1943.

Hier also meine Bleibe für die nächsten Jahre, als Frau des Diplomingenieurs Jansen, dessen Namen ich nun trug.

Ich stolperte aus dem Zug, von meinem mir Angetrauten stehen gelassen wie ein alter Schirm, stand mit bestem Kostüm und passendem Hut auf dem Bahnsteig und stierte auf wichtige Männer, die meinen Mann begrüßten.

Würde gar nich uffallen, wenn ick mir in Luft ufflöse!

Aber irgendwann war ich auch dran. Wie eine richtige Dame, mit Handkuss und allem Trallala, aufgeplusterte Persönlichkeiten – und ick det Küken! Konnte mir kaum das Lachen verkneifen. Aber der Blick meines Angetrauten wies mich sofort in meine Schranken: Hier benimmst du dich korrekt, verstanden?

Nach langer Begrüßungszeremonie – meine Füße und Beene mutierten langsam zu Eisklötzen, Nase schon halb erfroren, Hände kaum noch zu spüren – brachten Leute vom Kaliwerk unser Gepäck ins Casino, wo wir zunächst in zwei Zimmern untergebracht wurden.

„Ich muss noch mal in den Betrieb. Du kannst ja schon mal auspacken und überlegen, wie du alles einsortieren willst“, brummelte er und weg war er.

Erste Haushaltspflichten. Räumte ein und um, ordnete das Chaos eines Junggesellen und trällerte leicht vor mich hin.

Ein Zimmer würde als Schlafzimmer dienen, das andere zum Sitzen, Arbeiten, Plätten, Ausruhen, Rauchen, Nähen, Ausbessern, Gäste empfangen, Kaffeetrinken, Lesen, Radiohören, Schuhe putzen und was sonst noch alles anstand.

Gut, dass ich beim Arbeitsdienst einer Frau mit drei kleinen Kindern beim Überleben geholfen hatte. Da wird das hier dagegen ein Spaziergang! Denkste Puppe, so leicht war's nu doch nicht. Die verwöhnte Göre brach immer wieder durch.

Liste mit Mobiliar erstellen: Da fehlte noch ein Bett, auf dem schmalen Quietscheding konnte kaum einer schlafen. Und dann mindestens ein Sessel, Couchtisch, unbedingt ein Teppich und tausend Kleinigkeiten.

Woher bekam man das? In diesem Dorf und in diesen Zeiten?

Das braune Kostüm, die schicken Pumps, die feinen Blusen, die Hüte und die anderen Klamotten passten hier wie die Faust aufs Auge. Sah mich schon mit Stöckelschuhen durch die Kuhscheiße staksen!

Jetzt aber die dicken Stiefel, warmen Rock, Bluse und Strickjacke an, Mantel drüber, Mütze und Schal und raus: Gelände erkunden!

Und dann stand ich vor diesem großen Gebäude, das man Casino nannte: langer Bau, grau und hässlich, in dem die Werksangehörigen aßen, mit zahlreichen Zimmern, in denen Mitarbeiter wohnten, je nachdem mit Frauen oder allein, sah verschiedene Räumlichkeiten zum Feiern – eine kleine Welt für sich, für Arbeiter und leitende Angestellte des Kaliwerks. Das Werk lag nur einen Steinwurf entfernt, eine riesige Anlage, kaum beleuchtet, aus Angst vor Entdeckung durch feindliche Flieger.

Knirschender Schnee unter den Schuhen; der Himmel jetzt farblos in der sich ausbreitenden Dunkelheit; würziger Rauch stieg aus den Schornsteinen; Eiszapfen an Dachrinnen. Ich atmete tief die kalte Luft ein, eine Mischung aus Misthaufen und verbranntem Holz; hier hatten sie jedenfalls noch Brennholz. Keine Menschenseele weit und breit, nur entfernt einige Schatten, vielleicht Arbeiter auf dem Weg nach Hause.

Ich blieb stehen und staunte über die weite weiße Landschaft und über richtige Berge weiter hinten.

Unendlicher Friede! Und doch so unwirklich.

Ich wollte nicht heulen, aber der Druck in der Kehle nahm mir die Luft: Hatte Angst vor Lächerlichkeit, vor Blamage, keine Ahnung von nichts, keine richtige Bildung, wo doch Allgemeinbildung Gütezeichen ist … bin doch nichts, nur jung.

Reiß dich zusammen! Hier fällt dir wenigstens keene Bombe uffn Kopp!

„Wo bist du gewesen? Du kannst hier nicht machen, was du willst! Hier rennt man nicht einfach im Dunkeln durch die Gegend“, schimpfte Karl, als ich mich wieder im Casino einfand.

„Aber … ich war doch nur kurz an der Luft, was ist denn falsch daran?“, stotterte ich, während ich meinen Mantel ablegte.

„Ich will das nicht! Basta! Zieh dich um, wir gehen jetzt zum Essen! Und nimm dich zusammen: Red nicht so viel! Lach nicht so laut! Beherrsch dich! Gestikuliere nicht wild herum!“

Wirklich, ganz neue Töne, würde ich mich je daran gewöhnen?

Der Geruch nach Essen, eine Gemengelage von Kohl, Maggisauce und Fleisch verschlug mir fast den Atem, als wir den großen Speisesaal erreichten. In einem Teil standen lange Holztische mit Bänken, an denen offensichtlich die Arbeiter aßen, während Karl mich durch ein Gewirr zahlreicher Tische mit weißen Tischdecken jonglierte, die überall verstreut angeordnet waren, mal für kleinere, mal für größere Gruppen. Ich musste aufpassen, dass ich mir bei dem Geschiebe nicht den Kopf an einer der mit Tüchern abgeschirmten Lampen stieß, deren Verkleidung dazu diente, den Raum etwas weniger wie einen Wartesaal wirken zu lassen.

Karl schob mich an einigen Tischen vorbei, dirigierte mich durch gezielten Druck auf meinen rechten Arm zu einem großen Tisch, an dem schon mehrere Männer und sogar einige Frauen saßen, alle recht feingemacht. Also musste ich doch nicht alle Berlinklamotten einmotten.

Allen wurden ich vorgestellt.

„Dies ist Dr. A, seine Frau, hier ist Dr. S., dort Diplomingenieur K., das sind der Ingenieur P. und seine Frau“, jedem die Hand drücken, passendes Lächeln und so ging es weiter … mir schwirrte der Kopf von den vielen Großkopferten, so ville Studierte auf einmal, da wird man ja rammdösig im Koppe!

Und natürlich wurde ich von allen Seiten beäugt und taxiert: Sone junge Göre könnte ne Menge durcheinander wirbeln.

Meine Güte, was hatte ich eine Hochachtung vor dieser Ansammlung studierter Männer!

Gut, dass ich sie nach einiger Zeit auf Betriebsfesten auch besoffen erlebte. Da zeigte sich dann die andere Seite: Sie grapschten, sie lallten wildes Zeug, sangen zotige Lieder, erzählten einen dreckigen Witz nach dem anderen und verhielten sich eben wie alle Besoffenen, nicht gerade passend, besonders Frauen gegenüber. Diese Erfahrung tat mir richtig gut! Auch die Studierten sind nichts Besonderes – und meine Achtung schrumpfte auf Normalgröße.

Natürlich war ich die Jüngste. Die meisten waren im Alter von Karl oder älter. Auch die Frauen in ihren weißen Rüschenblusen und dunklen Röcken waren viel älter als ich.

Ich glaube, ich habe mich am ersten Abend recht wacker geschlagen. Immer wieder wurde ich über Berlin befragt, wie's dort aussähe, was die Bomben anrichteten, wie die Versorgungslage war, was man so dachte. Dabei musste ich schon aufpassen, was ich sagte; aber irgendwie hatte ich das Gefühl, den engsten Freunden Karls vertrauen zu können. Und viel gelacht haben wir gleich am ersten Abend, das war das Beste!

Mit Hanna A. und Hilde S. verstand ich mich von Anfang an prächtig. Mit ihrem runden Gesicht, den verschmitzten Äuglein und dem riesigen Busen, wirkte Hilde wie die Mutter aller Mütter. Dabei war sie eine urkomische Nudel, sprühte vor Witz, und brachte manchen durch ihre Schlagfertigkeit und ihren Humor in Verlegenheit.

Die passt zu mir, das spürte ich sofort.

Hanna bemerkte man erst gar nicht, klein und zart wie sie dasaß; meist blieb sie still und zurückhaltend, aber trotzdem aufmerksam und ganz lebendig, sobald sie erzählte. Sie vertrug kaum einen Tropfen. Aber wenn sie einen kleinen Schwips hatte, zeigte sich ihr feiner Humor, dann kicherte sie wie ein kleines Mädchen und war einfach goldig.

Mit den beiden und ihren Männern haben wir noch manches Fest gefeiert, viel gepichelt und gequalmt, auch nach dem Krieg.

Ich erinnere mich an leise Gespräche zwischen Karl und vertrauten Freunden, die von einem Mann berichteten, der zwischen 1939 und 1941 hier im Werk gearbeitet hatte.

Er gehörte auch zum Kader der Bergingenieure. Fiel besonders durch seine ruhige, bescheidene Art auf. Drängte sich nicht in den Vordergrund und war freundlich und zurückhaltend. Nie im Leben hätten sie in ihm einen Nazi vermutet. Im Gegenteil! Sein Auftreten und sein Verhalten ließen eher auf einen Gegner der Nazis schließen, zumal er, wie wir später erfuhren, seinen protestantischen Glauben ernsthaft praktizierte. Natürlich wäre es in dieser Zeit Wahnsinn gewesen, sich gegen den Nationalsozialismus öffentlich zu bekennen. Aber wenn man aufmerksam hinhörte oder hinschaute, konnte man schon einen Nazi von einem Nichtnazi unterscheiden. Und mancher wusste: Der war keiner von denen!

Und dann kam raus: Er sei bei der SS, habe sich dort beworben und sei genommen worden.

Ungläubiges Kopfschütteln, Sprachlosigkeit, Unverständnis; natürlich in ganz kleinem Kreis, nicht für fremde Ohren bestimmt.

Sein Name war Kurt Gerstein.

Erst viel später in den sechziger Jahren erfuhren wir alles über ihn. Er hatte sich bewusst in die Höhle des Löwen begeben, um sein Wissen weiterzugeben, hat Berichte verfasst, die die Grausamkeiten des fabrikmäßigen Mordens verdeutlichten. Rolf Hochhuth hat ihm in seinem Werk „Der Stellvertreter" ein Denkmal gesetzt – und wir erhielten eine Erklärung, die wir damals nicht im Entferntesten erahnten.

„Bomberverbände mit ungewissem Kurs, Einflug: Kurs Südost, Raum Berlin wird in breiter Front angeflogen", so, und immer wiederholend, spuckte der Volksempfänger seine Warnungen aus.

Atemlos, voller Angst verfolgten wir die Meldungen. Jetzt nach Silvester 1943/44 zertrümmerte der Großangriff auf Berlin alles Noch-Stehende. Pulverisierte das schon Kaputte. Zerstörte Geschichte und Leben.

Ich hasste diese krächzende Stimme aus dem Radio! Sie dröhnte und schraubte sich in meinen Kopf, mein Denken, in alles.

Was war mit Mutter und Vater? Würden sie noch den Keller erreichen? Saßen sie da in der elenden Kälte, aufgereiht, stumm um Kerzenstummel? In alte Decken oder Betten gewickelt, zwischen Kisten, Bündeln, auf alten Gartenstühlen oder zerbrochenen Bänken? Konnten sie in der von Ausdünstungen, vergammelten Kartoffelkisten, von altem Gerümpel und Staub verpesteten Luft überhaupt atmen?

Angst krallte sich in Eingeweide, schnürte die Kehle zu.

Karl versuchte, meine verkrampften Hände zu lösen und rieb sie vorwärts und rückwärts.

„Sie werden es schon schaffen, der Keller ist sicher. Bestimmt!"

Mein Gesicht vergraben in seinem Pullover. Das Donnern in mir verstummte langsam. Erleichterung und Dankbarkeit.

Dankbar, weil ich an einem Ort war, der keine Bomben kannte.

Dankbar, weil ich nicht allein war. Dankbar, weil ich noch lebte.

Und ich wollte leben. Wollte eine gute Ehefrau, wollte eine gute Hausfrau sein. Wollte nicht so laut lachen. Wollte nicht so laut reden. Wollte nicht dazwischenquatschen. Wollte gut sein, lieb sein, brav sein, nett sein!

Ein schwieriges Unterfangen.

Einige Tage später riss Karl mit Schwung die Tür auf.

„Sie leben! Sie haben im Werk angerufen, ihnen ist nichts passiert. Ihr Stadtteil hat nicht so viel abbekommen. Aber im Zentrum Berlins steht kaum noch ein Haus, alles kaputt!"

Glücklich fiel ich ihm um den Hals, war ja so froh! Trauer um meine Stadt – später.

„Ich könnte doch nach Bad Salzungen fahren und versuchen,

ein paar Küchensachen zu besorgen. Dann könnte ich in dieser Ecke des Wohnraums, in der der kleine Schrank steht, eine kleine Küche einrichten. Ich lerne dann kochen, und wir brauchen nicht immer im Casino zu essen. Was hältst du davon?“

Meine hehren Vorsätze, eine gute Hausfrau zu werden, nahm mein Ehemann erstaunlich positiv auf.

„Gar keine schlechte Idee. Dann such mal was Passendes. Hier hast du …“, er kramte in seiner Brieftasche und versorgte mich mit Geld. „Bezugsscheine müssten wir auch noch haben“, und wühlte in einem flachen Kästchen in unserem kleinen Schrank. „Aha, da sind sie. Nimm alle mit, vielleicht kannst du was damit anfangen.“

Dick verpackt stand ich auf dem kleinen Bahnhof. Mit mir warteten noch andere, meist Frauen. Alle eingepackt in dicke Mäntel, Mützen mit Ohrenklappen, große Wolltücher und dicke Fäustlinge.

Es war elend kalt. Der Wind trieb einem Tränen in die Augen, aber so weit das Auge reichte Schnee, blauer Himmel, kaltes Glitzern.

Jeden Tag fuhr hier noch eine Kleinbahn, nicht oft, aber man konnte sich auf sie verlassen.

Im Abteil fand ich einen Platz am Fenster und staunte über schneegeschmückte Wiesen, Wälder und Orte: Kieselbach, Tiefenort, Unterrohn, was für Namen.

Und alles so friedlich, von Krieg keine Spur!

„Wohnen Sie in Merkers?“ Die Frau mir gegenüber beobachtete mich schon eine Weile.

Aufpassen, Helga, vorsichtig sein, erzähl nicht gleich alles – warnte mich der Alarmknopf im Hirn.

„Ja, aber erst seit ein paar Wochen, bin sozusagen eine Zugezogene.“

„Haben Sie auch mit dem Werk zu tun? Die meisten, die in unser Dorf ziehen, arbeiten ja da.“

„Nein, ich arbeite nicht dort, aber mein Mann. Bin noch nicht lange verheiratet, wissen Sie."

„Aha, dann könnten Sie die junge Frau von Herrn Jansen sein, stimmt's?"

„Woher? Wieso?" Ich stammelte verlegen, fühlte mich unangenehm ertappt; bin wohl die bunte Kuh in Merkers?

Die Frau lachte gerade heraus.

„Nur Sie konnten seine Frau sein. Er hat uns nämlich von Ihnen erzählt. Auch dass sie so herrlich jung sind, aus Berlin stammen und nun hierher verschlagen sind. Ich bin Frau Daneel."

Sie reichte mir ihre Hand. „Wir kennen Ihren Mann schon lange. Der Meine arbeitet auch im Werk. Wir mögen ihn sehr, ihren Mann, er hat uns schon das ein oder andere Mal geholfen, wenn wir mal ein technisches Problem hatten. Sie können stolz auf ihn sein."

Ich war sprachlos. Das gleichmäßige Rattern der Räder unterstützte meine Freude. Nun traute ich mich, ihr von uns zu erzählen. Auch meine Wünsche vom Kochen und was ich mir sonst so vorstellte. Gleich gab sie mir Hinweise, wo ich vielleicht einen kleinen Herd ergattern könnte, auch Besteck, Tassen und Teller, eben all so'n Krimskrams. Es gebe einen Haushaltswarenladen, der alles außer Schuhwichse habe, und die habe er auch ab und zu.

Sie lachte, wir beide mochten uns. Meine erste Freundin aus dem Dorf, die mir lange erhalten blieb.

Ich fand dann beim Haushaltsfritzen wirklich wichtige Küchengeräte: eine Kochplatte, ungefähr so hoch wie ein kleiner Schemel, damit konnte man kochen, aber auch einen großen Waschkessel draufstellen und die kleine Wäsche waschen. Einige Tassen und Teller, Kochlöffel, Holzbrettchen und andere Kleinigkeiten gehörten zu meinen neuesten Errungenschaften. War mächtig stolz, als ich vollbepackt in Merkers einrollte. Meinen Herd allerdings brachte uns ein Arbeitskollege später mit einem Auto vom Werk vorbei, der war einfach zu schwer.

Ein ganz normales Leben.

Und die Welt um uns ein Trümmerhaufen.

Das verkündete die BBC. Heimlich und ängstlich krochen wir nachts in den Apparat und hielten die Luft an.

Bumm, bumm, bumm, bumm ... bumm, bumm, bumm, bumm! Mit diesen Trommelschlägen begannen die Nachrichten, und was wir zu hören bekamen, war fürchterlich und wurde täglich schlimmer.

Die noch immer auf Sieg getrimmte Propaganda der Nazis, dass der Endsieg nur noch eine Frage der Zeit sei, wurde durch Nachrichten der BBC zunichte gemacht. An allen Fronten würden die Deutschen zurückgedrängt, es fehle an kriegswichtigem Material, an Panzern, Kanonen, die Stahlindustrie sei zusammengebrochen, die Alliierten seien auf dem Vormarsch und die Russen schon weit gegen Westen vorgerückt.

Aber hier im Werk, beim Essen, bei kurzen Gesprächen, kleinen Treffen, wurden Siegermienen aufgesetzt. Keiner traute sich, einen offenen Blick zu riskieren. Also rannten wir lieber mit gesenktem Haupt durch die Gegend, um uns ja nicht zu verraten.

Natürlich trauten wir uns in ganz intimem Kreis, über die Lage zu reden. Ganz leise und heimlich, und nur mit denen, denen wir wirklich vertrauen konnten.

Der Frühling in unserem Dorf kümmerte sich wenig um die Weltlage. Er war plötzlich da. Es grünte und blühte, die Knospen brachen auf, es duftete wunderbar. Der Thüringer Wald, die Felder und Wiesen erwachten aus ihrem Winterschlaf.

Wenn nicht immer die Angst im Nacken säße, käme ich mir vor wie in der Sommerfrische.

Meine Mutter kam aus Berlin.

Endlich durfte sie mal schlafen, ohne das Geheul der Sirenen, den Gang in den Keller und die Angst vor Einschlägen und Verschüttet-werden.

Ihre Bahnfahrt von Berlin nach Merkers glich einer Odyssee. Nach vielen unfreiwilligen Unterbrechungen, zum Beispiel Fliegeralarmen auf freier Strecke, erreichte sie unser Dorf. Sie konnte die Ruhe und den scheinbaren Frieden in dieser abgelegenen Ecke kaum begreifen.

Wir mieteten für sie ein kleines Zimmer bei der Familie Herrmann Hill, einem Schreiner, von einigen auch „Papa Hill" genannt.

Oft trafen wir ihn in seiner Werkstatt und plauderten, sogar über die Lage. Er konnte die Nazis nicht leiden. Und weil viele Nazis Beamte waren, konnte er auch die Beamten nicht leiden. Und auch die Großbauern konnte er nicht leiden, weil die eben auch Nazis waren.

„Pssst", er hielt den Zeigefinger vor die Lippen, „nicht weiter erzählen! Seien Sie vorsichtig, Kindchen, komm denen nicht in die Quere", dabei wies er in Richtung Dorf. Ich war richtig stolz, dass er mir das erzählte, und fühlte mich erwachsen und vertrauenswürdig.

Im Zimmerchen meiner Mutter befanden sich ein richtiges Bauernbett mit dickem Plumeau, eine große Kommode mit drei Schubladen, oben drauf die Waschschüssel aus dickem Steingut mit passendem Wasserkrug. Und natürlich der Pisspott unterm Bett. Ein fleckiger Spiegel mit gewaltigem Rahmen an der Wand und viele Haken für alles Mögliche. Denn ein Schrank passte nun wirklich nicht mehr in den Raum. Der stand draußen auf dem Flur und beherbergte auch Sachen der anderen Bewohner. Bisschen geruckelt, und meine Mutter konnte ein paar Kleidungsstücke unterbringen. Doch rasch riss sie die wieder raus, weil alles fürchterlich nach Mottenkugeln stank; dann lieber die Haken!

Ein kleiner Tisch mit einem rotkarierten Deckchen, darüber eine in rotes Tuch gehüllte Lampe, Stuhl davor, richtig gemütlich.

Ich sah aus dem kleinen Fenster. Mein Blick wanderte über Wiesen, Felder und den Thüringer Wald, und auch über das Plumpsklo mit Herzchen auf der linken Seite des Hofs.

Die kleine liebenswerte Frau Daneel hatte uns das Zimmer vermittelt.

Sie freute sich richtig, als ich damals bei ihr anklopfte.

Sie bot mir einen Kaffee an, natürlich Muckefuck, Bohnenkaffee gab's ja kaum noch … und wir plauderten über alles Mögliche, nur nicht über die politische Lage. Karl hatte mir eingeschärft, die Klappe zu halten. Denn sicher war man bei den Leuten nie. Ich hielt mich zurück, um nichts rauszulassen, was verfänglich hätte sein können, spitzte aber die Ohren, wenn Frau Daneel über die Menschen hier erzählte.

Im Grunde seien sie verschlossen, um nicht zu sagen kniestig, und misstrauisch gegenüber Fremden. Und Berliner konnten sie schon gar nicht verknusen! Was'n Glück, einige akzeptierten mich offensichtlich. Dafür hatte ja mein Angetrauter gesorgt.

Ich als die junge Schickse aus Berlin hätte kaum 'ne Chance gehabt, mit ihnen Kontakte zu knüpfen. Dafür waren die Vorurteile so dick wie Eichenbretter. Die wenigen, mit denen wir auch später noch verbunden blieben, vertrauten zunächst Karl, dann erst mir.

Und das musste man meinem Karl lassen: er konnte mit den Leuten. Ging auf sie zu, erlauschte ihre Sorgen, half, wo er konnte, und nie mit „hoher Nase"! Das war das Wichtigste, aber das lag ihm sowieso nicht, blieb immer auf'm Teppich.

Und so lernte ich die Hills kennen. Er baute später alle unsere ersten Möbel: für's Schlafzimmer, Wohnzimmer, Küche und für Karls Arbeitszimmer – eine Kostbarkeit in diesen Zeiten.

Auch die Familie Fack gehörte zu unseren Bekannten; eine ganz berühmte Familie in Merkers. Einer von ihnen war ein bekannter Dichter geworden, der auch Lieder aus der Region komponierte. Sie selbst hatten einen Bauernhof mit Kühen, Ochsen, Hühnern, von Katzen und Hunden ganz zu schweigen.

Sie alle halfen mir später sehr; diese Hilfsbereitschaft werde ich ihnen nie vergessen!

Auch Frau Daneel gehörte dazu.

Ich erwischte sie damals in ihrem Garten direkt unter ihrem alten Birnbaum. Sie stand vor mir in ihren Gummistiefeln, dicken Wollstrümpfen und warmem Pullover, darüber noch ein Wolltuch und natürlich die obligatorische Kittelschürze, unter der ein fester Wollrock hervorlugte. Nicht zu vergessen, das nach hinten gebundene kleine Kopftuch, das ihre krausen Haare einfing; sie sah aus wie eine kleine Bäuerin.

Ihr schmales Gesichtchen mit der kleinen Nase, den vielen Fältchen um Mund, Nase und Augen strahlte Sympathie aus, obwohl ich von Karl wusste, dass sie auch Haare auf den Zähnen haben konnte.

Bevor wir dann unseren Kaffee schlürften, zeigte sie mir ihren schönen Garten, ihren Gemüsegarten, den kleinen Hühnerstall, ihre Katzen und die beiden Schäferhunde, die mir zunächst gewaltigen Respekt einflößten, aber Hunde mochte ich.

Jahre später schenkte mir Frau Daneel kleine Küken; als Hühner waren sie eine riesige Hilfe gegen den Hunger nach Kriegsende.

Meine Mutter blieb lange. Wer wollte denn schon freiwillig nach Berlin, wo einem die Bomben um die Ohren flogen, die Häuser nur noch aus Gerippen bestanden und es nischt zu fressen gab?

Vater wohnte mittlerweile mit seiner Freundin und dem Kind in der großen Wohnung, Muttern in der kleineren in der Bornholmer Straße. Was sollte sie also in Berlin? Geschieden allerdings waren sie noch nicht, das kam später.

Irgendwie verdrehte der Krieg alles.

***

Verdreht, alles verdreht!

Die Stimmen in ihrem Kopf geben keine Ruhe.

Vorwürfe, Schuldgefühle; sie quält sich, fragt sich, ob er die Nacht überstanden hat, ob er noch lebt … bin eben doch 'ne schlechte Frau.

Sie hat keine Lust aufzustehen, bleibt einfach liegen, wird schon alles irgendwie laufen, dreht sich noch mal auf die Seite, kuschelt sich in ihr warmes Bett und lässt den Lärm draußen an sich vorüberziehen.

Im Haus flitzen die Schwestern der Sozialstation: waschen, kämmen, Zähne putzen; sie betten den alten Herrn im unbequemen Wasserbett, zupfen hier, zupfen dort, sortieren aus, was nicht mehr notwendig ist, werfen schmutzige Wäsche in den Wäschekorb, kurz: übernehmen das Kommando. Gut so!

„Was brauchen wir?"

Die Tochter steht vorm Kühlschrank, überprüft das Angebot und diktiert. „Milch, bisschen Schinken, Mettwurst, schau mal nach Käse, hier ist nur noch ein kleiner Stinkekäse, nimm davon einen und Schnittkäse, was du so selber magst. Und Obst, am besten Apfelsinen, Mandarinen und Bananen."

Die Einkaufsliste wird lang. Schließlich dürfen sie ja nicht vom Fleische fallen, all die Helfer und Mitstreiter; dafür sorgt jetzt der Schwiegersohn.

Er steckt die Liste ein und macht sich auf zum Supermarkt.

„Auf Wiedersehen! Bis heute Abend!", hallt es von den Schwestern durch den Flur, es knallt die Haustür. Ruhe kehrt ein.

Das Telefon.

„Ja, bitte? Ah, du bist's, Mika. Wann kommst du? Morgen, ja, das ist in Ordnung. Freu mich auf dich! Ist alles ziemlich aufregend; da müssen wir eben durch! Helga? Ich glaube, sie ist froh, dass wir hier sind. Geht ihr nicht besonders … mach ich, grüß die Familie, tschüs!"

Der Akku vom Telefon ist fast leer, sie legt es in die Ladestation und geht zu ihrem Vater.

„Kommt Michael?"

Der alte Mann richtet langsam den Blick auf seine Tochter. Es bereitet ihm Mühe zu sprechen und den Kopf zu drehen.

„Er kommt morgen. Heute schafft er es nicht mehr."

Die Tochter setzt sich auf den Rand des Bettes, nimmt seine Hand und schaut ihn prüfend an.

„Hast du Schmerzen?" Sie wischt ihm mit seinem riesigen Taschentuch ein wenig Spucke aus dem Mundwinkel und stützt vorsichtig seinen Kopf mit dem Kissen.

„Ja … die Knochen … das Bett … hart", seine Suche nach Worten kostet Kraft, „Helga?"

„Sie liegt noch, wir lassen sie schlafen. Sie kommt dann später. Magst du das Klavierkonzert von Mozart? Oder möchtest du noch einmal die Callas hören? War sie nicht deine ganz große Liebe?"

Aufmerksam beobachtet sie ihn, während sie sich dem Recorder zuwendet. Sein Blick zur Decke gerichtet, gedankenverloren, brummelt er leise: „Die Callas, hmm, lang her … ja", für Momente ruhen seine Hände.

„Ich suche nach einer CD von ihr, oder haben wir nur noch Platten?"

Sie wartet seine Antwort nicht ab, läuft ins Wohnzimmer, durchwühlt die Schublade mit den CDs und den Ständer mit den Schallplatten. Dort finden sich mehrere von Maria Callas, aber bei den CDs sieht es eher düster aus. Alle Hüllen breitet sie auf dem Boden aus, wühlt in dem Haufen … und hält freudig eine einzige Scheibe dieser Sopranistin in den Händen. Sie springt auf, eilt zu ihrem Vater und hält die CD triumphierend in die Höhe.

„Sieh mal, eine einzige habe ich gefunden. Arien aus verschiedenen Opern. Willst du?"

Auf seinem Gesicht ein schwaches Lächeln, seine Augen fixieren das Photo auf der Hülle. Zustimmendes Brummen lässt sie sofort den Recorder anstellen.

Die unverkennbare Stimme der Callas, ihre Fähigkeit unendlich zarte Töne zu zaubern, entspannen seine Gesichtszüge.

„Schön, hmm, schön“, murmelt er kaum verständlich und schließt die Augen. Diese Stimme, diese Erinnerungen tun ihm wohl.

„Ich schau mal nach Helga.“ Sie verlässt den Raum, lässt aber die Tür einen Spalt offen.

„Na, Dicke … wie ist es?“

„Bin nicht dick“, ein immer wiederkehrendes Sprachritual zwischen Mutter und Tochter.

„Wie geht's ihm?“ Sie richtet sich stöhnend auf.

„Es geht. Die neue Matratze macht ihm wohl zu schaffen.“

„Hab ich ja gleich gesagt. Aber auf mich hört ja keiner“, brummt sie und lässt sich zurücksinken.

„Will jetzt Kaffee und ein Knäckebrot mit Quark!“

„Wird gemacht, Chef. Aber qualm nicht vor dem Frühstück, ja?“

Die Tochter hantiert schon in der gegenüberliegenden Küche.

„Ich mach, was ich will“, hört sie noch und muss grinsen.

Die Olle lässt sich nicht bestimmen. Immer dickköpfig und trotzig. Gegen die kommt keiner an, schon gar nicht der eigene Mann und die Kinder. Obwohl – manche blödsinnigen Verhaltensweisen waren irgendwann verschwunden. Aber nicht solange sie offen kritisiert wurden! Schon die leiseste Kritik trifft sie wie ein Vorschlaghammer, und Gesichtsverlust scheut sie wie der Teufel das Weihwasser, so ist sie.

Sie genießt das Frühstück im Bett, schon immer. Erst wird der Mann versorgt. Dann das Nötigste gerichtet. Dann wieder ins Bett. Hier schmecken Kaffee und Knäckebrot am besten, auch die Zigaretten, ohne die nichts mehr geht.

Die Tochter bringt das Gewünschte und macht es sich auf dem Stuhl bequem.

„Wie war die Nacht?"

„Ganz komisch. Vieles kommt hoch. Die alten Zeiten. Waren doch viele Jahre. Konnte nur mühsam einschlafen. Is wohl so, wenn einer stirbt", sie knabbert gedankenverloren an dem Knäckebrot, ergreift den Kaffeepott und nimmt einen langen Schluck.

„Wie spät is es eigentlich?" Sie ergreift ihre Armbanduhr auf dem Nachtschrank. „Meine Güte, jetzt wird's aber Zeit! Hab ja wirklich lange gepennt. Hat aber gut getan, fühl mich besser!"

Sie beendet ihr Frühstück, schnappt sich den Morgenmantel, erhebt sich unter leisen Seufzern und macht sich auf den Weg zum Schlafzimmer ihres Mannes.

„Karl?" Etwas irritiert nimmt sie die Stimme der Callas wahr, lässt sich behutsam auf dem Rand des Bettes nieder und beobachtet, wie er langsam die Augen öffnet und sie betrachtet.

„Ha.. du gut …schlafen?" Sie muss sich vorbeugen, um sein Flüstern zu verstehen.

„Geht so, und du?"

„Nicht so gut. Der Rücken …"

„Ist wohl das blöde Wasserbett!"

Sie betrachtet ihn genauer: „Die haben dir ja eine tolle Tolle gelegt", streicht seine Haare aus der Stirn und wuschelt sie durcheinander.

„So, jetzt siehste wieder aus wie immer! Möchtest du Tee?"

Er nickt und schließt die Augen, „Mund… is so t..ocken."

Sie nimmt den kleinen Löffel und flößt ihm vorsichtig einige Schlucke Tee ein. Dann befeuchtet sie seine Lippen mit dem Waschlappen und betupft sie ein wenig mit Niveacreme.

„Danke!"

Sie drückt ihm die Hand und erhebt sich. „Werde jetzt duschen und mich fertig machen. Möchtest du die Callas noch weiter hören?"

Er nickt kaum merklich.

Unter dem warmen Strahl der Dusche wühlt sich ein vergangenes Bild in ihr Gedächtnis …

***

„Gott, ist mir schlecht! Laufend muss ich kotzen! Ich liebe deine Klöße, aber rückwärts … nee!!"

„MEINE Klöße?? Davon soll dir schlecht sein? Du spinnst wohl. Du kannst eben keinen Alkohol vertragen. Hast ja gestern von der Bowle und vom Likörchen und was weiß ich noch alles probiert", verteidigte sich meine Mutter.

Ich hing über dem Eimer und verstand die Welt nicht! Und das einen Tag nach dem ersten Geburtstag als Ehefrau.

Dabei hatte meine Mutter mit all dem, was sie auftreiben konnte, hervorragend gekocht. Sogar Alkoholisches hatte Karl organisiert. War so ein schönes Fest im Casino und mit den Freunden!

Und nun: wie ein ausgewrungener Scheuerlappen!

„Sag bloß Karl nichts. Wenn der nur das Wort Krankheit hört, kriegt er den harten Blick. Kranke gibt's nicht bei ihm. Entweder biste gesund oder tot."

„Na, na, na, so schlimm kann's ja wohl nicht sein. Hast du nicht irgendwo Pfefferminztee?"

Meine Mutter wühlte in den Schubladen des kleinen Küchenschranks, fand eine kleine Büchse und setzte Wasser auf.

Der Gedanke an Pfefferminztee munterte nicht gerade auf, aber besser, als allein vor sich hinzukotzen.

War so ein schöner Abend, mein neunzehnter Geburtstag im Wonnemonat Mai. Und der Tag traumhaft – Sonnenschein, blauer Himmel, ein sanftes Lüftchen! Wir hatten sogar Waldmeister gefunden, womit wir eine Bowle zubereiten konnten, wenn Karl Wein und Sekt bekam.

Bekam er, sogar eine Flasche Likör und Cognac, alles aus Beständen des Casinos. Die Küche schob schon mal was gegen Bares rüber. Natürlich nur für besondere Gelegenheiten.

Und war mein Geburtstag nicht was Besonderes?

Die Getränke hatten wir. Was aber essen?

Wir kramten schon Tage vorher in unseren Lebensmittelkarten. Schnippelten die Fettmarken, die Milchmarken, die Brotmarken, die Fleischmarken, die Zuckermarken auseinander, ordneten sie auf verschiedene Haufen.

Ich versuchte mein Glück beim Kaufmann und beim Bäcker in Merkers, meine Mutter nahm die Kleinbahn nach Bad Salzungen und versuchte da ihr Glück.

Unsere Ausbeute war gar nicht so schlecht. Das Mehl reichte für die Klöße UND einen Kuchen. Die Milch mussten wir mit Wasser strecken, dann bekamen die Klöße und die Soße auch welche ab. Aus dem Fleisch konnten wir falschen Hasen fabrizieren, natürlich gestreckt mit altem Brot oder Brötchen. Aus den geschenkten Knochen zauberten wir eine Bouillon. Kartoffeln, Möhren und Petersilie bekam ich von Frau Daneel.

Wir durften sogar die Küche im Casino benutzen.

„Aber sauber hinterlassen!!"

Und so werkelten meine Mutter, Hilde und ich ein wunderbares Menu zusammen.

Nach dem Essen tanzte die ganze Mannschaft nach alten Melodien, die Karl auf dem Schifferklavier zum Besten gab. Ich kannte alle Texte von Zarah Leander bis Marlene Dietrich und sang am lautesten, aber meine Mutter stand mir in nichts nach. Alle sangen mit Hingabe „Das gibt's nur einmal, das kommt nicht wieder ..."

Es war unser letztes Fest.

Die Kotzerei hörte nicht auf. Jeden Morgen. Und dann der Heißhunger auf saure Gurken.

„Du bist schwanger“, stellte meine Mutter fest, „und das in diesen Zeiten!“

Schwanger? Schwanger? Mir schwirrte der Kopf. Bilder unserer Nächte – ich nannte sie immer die katholischen Nächte: Licht aus. Tasten von Händen. Erkunden der Lage. Nachthemd nach oben. Gewicht des Mannes. Beine in richtige Lage. Rhythmische Bewegungen. Seitwärtsrollen. Schnarchen. Keine Worte. Keine Zärtlichkeit.

Tiefe Einsamkeit mit unkontrollierten Tränen.

Und nun ein Kind?

Könnte sein, könnte alles sein. Ich muss es wissen!

„Weißt du, Karl, ich fühle mich nicht besonders. Ich sollte mal zum Arzt gehen, vielleicht habe ich mir ja irgendwo was eingefangen“, ich mühte mich, ganz unbefangen zu erscheinen.

„Wenn du dich nicht gesund fühlst, geh zu unserem Werksarzt Dr. Deilmann. Er ist ein netter Kerl und verlässlich. Weißt du, wie du zu ihm kommst?“ Er drehte sich zum Fenster, beugte sich nach vorn, zeigte in eine Richtung. „Pass auf! Du gehst ein Stück die Gartenstraße, dann leicht nach rechts, der Straße bergauf folgen. Auf der linken Seite hat er seine Praxis. Dann lernst du ihn auch kennen. Er ist wirklich in Ordnung. Grüß ihn von mir, ja?“

So leicht ging das, war doch gar nicht so schlimm.

Am nächsten Morgen nach dem Frühstück machte ich mich auf, fand den Weg und stand vor der Praxis des Doktors.

Ich nannte einer freundlichen Frau so Ende dreißig – später wusste ich, es war seine Frau – meinen Namen. Sie zeigte mir das kleine Wartezimmer, in dem ein paar Stühle standen, zum Teil besetzt von einigen Frauen und von zwei Männern, die offensichtlich aus dem Gefangenenlager kamen. Sie sahen müde, ausgemergelt und krank aus.

Ich hatte von dem Lager gehört, das es oberhalb des Dorfes, fast neben dem Werk geben sollte. Viele Russen, Ukrainer, Engländer und auch deutsche Gefangene waren dort untergebracht, die im Werk schuften mussten. Arme Kerle, die gezwungen wurden, hier zu arbeiten. Von den Engländern hörte man, dass sie besser untergebracht waren; sie lebten in einem Extralager, allerdings auch auf dem Gelände.

Ich grüßte freundlich, suchte einen freien Stuhl, setzte mich.

Linoleumfußboden, Geruch nach Bohnerwachs und Schmutz; ich spürte förmlich die Scham der Männer wegen ihres zerlumpten Aussehens.

Es fiel kein Wort. Solche Situationen fand ich immer schrecklich. Meist versuchte ich, mit irgendeiner Belanglosigkeit die Spannung zu lösen, diesmal allerdings war meine Kehle wie zugeschnürt. Ich starrte auf meine braunen Schuhe, studierte intensiv die Risse auf dem Oberleder und die abgetretenen Sohlen; ich musste einen Schuhmacher auftreiben, denn neue Schuhe gab's nicht mehr, weder auf Bezugsschein noch unter der Hand. Verstohlen betrachtete ich die Schuhe der anderen Frauen, sahen auch nicht besser aus.

Eine Frau wurde gerufen, verschwand im Arztzimmer, kam nach einer Weile wieder heraus, ergriff ihre Strickjacke und ging wortlos.

Irgendwann kam ich dran. Gut, dass die armen Kerle aus dem Lager vor mir hereingerufen wurden; in dieser Praxis ging es gerecht zu, keine „Herrenrasse" bekam Vortritt.

Vor mir stand ein sehr schlanker, nicht sehr großer Mann in weißem Kittel, reichte mir seine Hand, drückte kräftig zu und lächelte aus sympathischen grauen Augen, wobei sich ein Kranz von Lachfältchen bildete. Er mochte so Mitte vierzig sein, wirkte unglaublich drahtig und voller Elan. Ich fand ihn sofort hinreißend und Vertrauen einflößend.

„Frau Jansen?" Er führte mich zu einem Stuhl, setzte sich hinter seinen Schreibtisch, faltete die Hände, noch immer lächelnd.

„Sind Sie die Frau unseres Oberingenieurs Karl Jansen?“ Als ich nickte, schien er sich zu freuen. Und ich beeilte mich, die aufgetragenen Grüße loszuwerden.

„Schön, dass ich Sie auch kennenlerne. Ihren Mann schätze ich sehr. Wir haben öfter miteinander zu tun. Kleine Unfälle im Werk, Krankheiten und so“, er sortierte einige Zettel, sah mich prüfend an.

„Was kann ich für Sie tun?“

Mein Gott war mir das alles peinlich! So ein sympathischer Mann und ich mit meinem – wie sagt man so schön – Unwohlsein.

Ich schilderte stockend, stammelnd, meine tägliche Kotzerei (das Wort vermied ich natürlich) und alles, was damit zu tun hatte, Periode und so weiter.

„Das klingt nicht nach etwas Schwerwiegendem“, lachte er, „aber ohne genaue Untersuchung kann ich nichts sagen. Hinter dem Wandschirm können Sie sich frei machen, dann schauen wir mal.“

Furchtbar, ich hasste solche Untersuchungen!

Ich trat vorsichtig, meine Hände über meine kleinen Brüste haltend, hinter dem Schirm hervor, wartete ergeben.

Seine Frau stand jetzt neben ihm, lächelte mich an, reichte ihm ein Paar Gummihandschuhe.

„Legen Sie sich dort auf die Liege. Bitte die Beine etwas anziehen, keine Sorge, es tut nicht weh.“ Er streifte sich die Handschuhe über und begann vorsichtig in meinen Innereien herumzutasten. Seine Frau nickte aufmunternd, „Ist gleich vorbei“, und reichte ihm ein undefinierbares Instrument, das wie ein Schuhlöffel aussah; ich spürte was Kaltes in meiner Scheide und hielt die Luft an … ekelhaft!

Der Doktor richtete sich auf, streifte die Handschuhe ab, reichte sie seiner Frau, wusch sich die Hände und setzte sich leicht summend auf seinen Stuhl.

Währenddessen bemühte ich mich verzweifelt, meine Kleidung wieder in die richtige Reihenfolge zu bringen. Da zieht man sich täglich an, weiß wie's geht, aber beim Arzt, da scheint alles falsch zu laufen!

Noch leicht nestelnd, trat ich vor den Schreibtisch, setzte mich und wartete gespannt auf mein Urteil.

„Alles in Ordnung, Sie können sich freuen. Sie erwarten ein Kind! Nach meinen Berechnungen könnte das Kind Mitte bis Ende Dezember auf die Welt kommen“, er schaute mich aufmerksam an.

„Ich glaube, Ihr Mann wird sich freuen, auch wenn die Zeit …“, er hielt kurz inne, „jedenfalls, gratuliere ich herzlich. Und kommen Sie, wann immer Sie möchten; dann schauen wir, ob alles normal wächst.“

Er stand auf, schien sich ehrlich zu freuen. Aber in seinen Augen sah ich Besorgnis – keine wirklich gute Zeit für Kinder.

„Grüßen Sie Ihren Mann, und versuchen Sie gesund zu bleiben.“

Er reichte mir die Hand und führte mich zur Tür.

„Vielen Dank, Herr Doktor“, ich schaute ihn an, verzog mein Gesicht zu einem leichten Grinsen, „wir werden das Kind schon schaukeln“, drehte mich um und verließ die Praxis.

Ich wer-de Mut-ter! Ich wer-de Mut-ter! Ich wer-de Mut-ter!

Nach dem Rhythmus marschierten meine Füße automatisch in Richtung Heimat.

Eigentlich sollte ich mich jetzt freuen.

Karl war natürlich im Werk. Meine Mutter wartete auf mich.

„Na, was ist?“ Diese Gier konnte ich nie ertragen. Am liebsten hätte ich ihr die Zunge rausgestreckt.

„Jaaa, Mutti, du hast mal wieder recht. Bin tatsächlich schwanger.“

Ich warf mich in den kleinen Sessel, schnaufte, sah sie herausfordernd an.

„Wann soll es denn kommen?“

„Der Doktor meint Mitte oder Ende Dezember.“

„Keine schöne Zeit. Kalt und dunkel. Aber wenigstens fallen hier keine Bomben. Na, da machst du mich ganz schön früh zur Großmutter. Ich bin doch erst vierundvierzig", sie starrte mich fast empört an.

Das war wieder mal typisch! Aber ich wollte mich jetzt nicht ärgern.

„Vielleicht können wir ja jetzt eine Werkswohnung beantragen", überlegte ich pragmatisch, „… und was braucht so'n Baby alles? Und wo kriegen wir die Sachen her? Komm, wir stellen eine Liste auf, was unbedingt nötig ist, was wir auftreiben müssen und was reiner Luxus wäre."

Ich eilte los, suchte Bleistift und Papier, stützte mich mit den Ellenbogen auf den Tisch, sah meine Mutter erwartungsvoll an und fühlte mich richtig erwachsen.

„Also …", auch meine Mutter schien die Situation zu genießen. Pläne aufstellen in Zeiten von Pest und Cholera konnte alles vergessen machen.

„Windeln unbedingt, die kann man aber auch aus alten Betttüchern herstellen oder aus ausrangierten Servietten oder Handtüchern."

„Und Jäckchen, Mützchen, Höschen, Strickschühchen, Söckchen, Handschühchen, Lätzchen", unterbrach ich meine Mutter, schrieb aufgeregt den Zettel voll. „All diese niedlichen kleinen Sachen, die es gar nicht mehr gibt. Is wirklich eine blöde Zeit, Mutti!"

„Dann müssen wir eben Wolle auftreiben! Das war doch immer so: Mutter und Großmütter stricken die ersten Garnituren."

„Wo ich sooo gut handarbeiten kann! Meine Handarbeitslehrerin hat mir mein Geprudele um die Ohren gehauen. Und du musstest meine Topflappen und alles andere aufribbeln und neu fummeln. Wenigstens hatte ich nachher auf dem Zeugnis keine fünf mehr. Und das soll ich jetzt richtig lernen?? Du grüne

Neune, was'ne Katastrophe! Aber du musst mir helfen, ja?" Ich wedelte mit meinem Bleistift in ihre Richtung.

„Was bleibt dir anderes übrig? Musste eben üben! Und natürlich brauchen wir – schreib auf – Kinderwagen, Bettchen, Matratze, Kopfkissen, Bettzeug, das kann man auch aus alten Betttüchern schneidern. Und Fläschchen und Nuckel … mehr fällt mir im Moment nicht ein. Dabei weiß dein Mann noch gar nichts von seinem Glück!"

Er ist nicht gerade an die Decke gesprungen vor Glück, aber ein wenig gefreut hat er sich wohl. Er berührte leicht meinen Arm, grinste vor sich hin. „Das schaffen wir schon, irgendwie, wär doch gelacht! Es ist doch das Normalste von der Welt, ein Kind zu kriegen!"

Er hatte WIR gesagt.

Warum sollte ich meine Schwangerschaft verheimlichen?

Also erzählte ich unseren engeren Freunden und Bekannten, was los war. Und sie freuten sich ehrlich; auch wenn sie, wie alle, Bedenken wegen der unruhigen Zeit einstreuten, aber alle wollten sich auf die Suche nach Kinderkleidung, Wagen und all dem, was auf meiner Liste stand, begeben.

Und nach einigen Wochen hatte ich schon eine Menge anzubieten. Alte verschlissene Betttücher und Kopfkissenbezüge, kaputte Pullover, die wir aufribbeln mussten, sogar eine Kinderkarre, eine kleine Matratze und viele Kleinigkeiten. Ich richtete in unserem Schlafraum eine Ecke mit einer alten Truhe ein, in der alles verstaut und gestapelt wurde. Und ihre Nähmaschine wollte mir Hilde leihen, denn auch Nähen stand nun auf meinem Lehrplan, allerdings ohne meine Mutter – sie musste nun doch zurück nach Berlin.

Und dann war's Juli.

Und plötzlich änderte sich alles.

Karl kam am Abend ins Zimmer, schloss die Tür und berichtete mir aufgeregt: „Auf den Führer ist gegen Mittag ein Attentat verübt worden. Ich habe es erst jetzt aus dem Radio gehört. Ich muss zu den anderen. Man erwartet Anteilnahme."

„Du lieber Himmel, was passiert denn jetzt?"

Er drehte sich um und wollte das Zimmer verlassen.

„Aber … du kannst mich doch jetzt nicht allein lassen!"

Ich schrie fast auf und rannte hinter ihm her.

„HALT dich zurück!" Sein drohender Blick ließ mich zu Eis erstarren.

„Ich tu nix, wirklich!"

Er hatte Angst vor meiner Kodderschnauze.

Ich konnte die oft nicht halten. War schon in der Schule so. Immer wenn ich Ungerechtigkeiten oder Gemeinheiten erkannte, wehrte ich mich mit großem Lamento; dadurch hatte ich mir oft Schwierigkeiten eingehandelt.

Aber jetzt, in dieser Situation wollte ich nicht allein bleiben und klammerte mich an Karl.

Aus dem Speiseraum des Casinos, in dem sich viele Menschen aufhielten, hörten wir eine tragende, um Sachlichkeit bemühte Stimme, die aus dem Lautsprecher des Volksempfängers dröhnte: „Auf den Führer wurde heute ein Sprengstoffanschlag verübt. Der Führer selbst hat außer leichten Verbrennungen und Prellungen keine Verletzungen erlitten. Er hat unverzüglich darauf seine Arbeit wieder aufgenommen!"

Diese Meldung wurde immer wiederholt, wobei die Stimme des Sprechers von mal zu mal heiserer klang.

Ich erblickte Karls Freunde weiter hinten sowie Arbeitskollegen und Leute, die ich nicht kannte. Sie standen in Gruppen, einige saßen an Tischen und grübelten vor sich hin, manche flüsterten miteinander, wobei ihre Blicke gehetzt hin und her schwirrten, viele Gesichter versteinert.

Ich schummelte mich zu unseren Freunden durch, wollte den Mund öffnen, aber sofort unmerkliches Kopfschütteln: Klappe halten!

Die Tür wurde aufgerissen.

Ein Sturmbannführer der SS füllte den Rahmen.

„Aber meine Herren! Warum so still? Freuen Sie sich! Freuen Sie sich! Unserm Führer ist nichts passiert. Er ist offensichtlich unverletzt. Ein paar Kratzer können unserem Führer doch nichts anhaben!", er lachte keckernd. „Natürlich sind wir alle entsetzt, wenn eine verbrecherische Bande – sicherlich vom Ausland gesteuert – ein solch IMPERTINENTES Verbrechen wagt. Das ist vollkommen verständlich! Aber nun dürfen wir dankbar sein über den glücklichen Ausgang!"

Er schaute siegesgewiss in die Runde, die sich langsam aus ihrer Erstarrung löste. Nicken, beifälliges Gemurmel, Blickkontakte, Bewegungen, die sich in Stühlerücken ausdrückten. Einige erhoben sich und wollten den Raum verlassen.

„Sie wollen doch wohl jetzt nicht gehen?? Es dauert nicht mehr lange, dann spricht der Führer zu uns!" Energisch riss er jemanden am Ärmel. „Dann werden wir seine geliebte Stimme hören. Das wollen Sie sich doch nicht entgehen lassen? Das DÜRFEN Sie sich nicht entgehen lassen!!"

Kurzes Innehalten. Aufpassen. Setzen.

Viele wären sicherlich sowieso geblieben; wir setzten uns erneut und übten uns in Geduld.

Und dann lauschten wir nach einer Weile seiner unverkennbaren schnarrenden Stimme. Laut und herrisch, voller Wut und Zorn. Ich sah seine fuchtelnde Hand unmittelbar vor mir. Von dieser Stimme bekam ich jedes Mal eine Gänsehaut.

„Eine ganz kleine Clique ehrgeiziger und zugleich unvernünftiger, verbrecherisch-dummer Offiziere hat ein Komplott geschmiedet, um mich zu beseitigen und zugleich mit mir den Stab der deutschen Wehrmachtsführung auszurotten. Die Bombe des Oberst von Stauffenberg krepierte an meiner rechten Seite. Sie hat eine Reihe mir teurer Mitarbeiter sehr schwer verletzt. Einer ist gestorben. Ich selbst bin völlig unverletzt bis auf ganz kleine Hautabschürfungen, Prellungen oder Verbrennungen."

Seine schreiende, schrille Stimme füllte den Raum.

„Es ist ein ganz kleiner Klüngel verbrecherischer Elemente, die jetzt UNBARMHERZIG ausgerottet werden!" Seine immer heiserer werdende Stimme schwoll gewaltig an, und er schloss pathetisch mit den Worten „Ich ersehe daraus auch einen Fingerzeig der Vorsehung, dass ich mein Werk weiterführen muss und daher weiter fortführen werde!"

Schweigen. Was dachten die Zuhörer?

Räuspern, unruhige Füße scharrten, Blicke von rechts nach links.

„Herrlich! Einfach großartig, unseren Führer zu hören. Und es ist ein Wunder, ein großes Wunder, das wir gar nicht genug schätzen können. Freuen Sie sich! Freuen Sie sich!"

Triumphierend blickte der Sturmbannführer in die Runde, hörte Zustimmung, sah anerkennendes Nicken, klatschte in die Hände und verließ den Raum.

Plötzlich drängten alle zum Ausgang.

Ich war mir sicher, viele waren froh über den Ausgang des Attentats.

Da war eben die Angst: Was wäre geschehen, wenn das Attentat gelungen wäre? Wäre der Krieg dann zu Ende?

Mir schwirrte der Kopf, ich wollte nur noch weg.

Spät nachts hockten wir vor unserem kleinen Radio. Lauschten heimlich der BBC. Auch hier war das Attentat das Thema. Wenn ich nicht irre, kamen sogar anerkennende Worte über Deutsche, die sich wehrten.

Ganz eng saßen wir beieinander, irgendwie … gemeinsam.

***

Warum hat es dieses Gefühl der Zweisamkeit so selten gegeben? Wann ist es verlorengegangen?

Sie ist gestiefelt und gespornt, als es um die Mittagszeit klingelt, und der Doktor kommt. Sie freut sich ihn zu sehen, weil ihr seine liebenswürdige Art guttut.

Auch Jahre später ist sie glücklich, wenn er zur Visite kommt, genießt es, von ihm betreut zu werden und pichelt manches Sektchen mit ihm, wobei schöne Gespräche entstehen; bisschen Verliebtsein in diesen schlaksigen jungenhaften Lulatsch machen diese Treffen für sie lebensnotwendig.

„Glaubt ihr denn, nur weil man alt ist, sehnt man sich nicht nach Liebe und Zuneigung?", kommentierte sie das leicht süffisante Grinsen ihrer Kinder, wenn sie über ihn sprachen.

Auch über das Gesicht des Alten huscht jetzt ein Lächeln, als sich der Doktor über ihn beugt und nach dem Befinden fragt.

Er krächzt vorsichtig: „Geht schon, nur … Mund und Rü… en".

Der Arzt leuchtet mit einer kleinen Lampe in den Rachenraum und bemerkt Entzündungen der Schleimhäute.

Er wendet sich an Mutter und Tochter.

„Dieses Wattestäbchen tauchen Sie in diese Tinktur", er hält beides in die Höhe, „und bestreichen vorsichtig die Mundhöhle." Er demonstriert, was dann eine aus der Familie oder die Schwestern ausführen sollen.

„Ansonsten Tee und die Lippen benetzen. Herr Jansen, ich werde Ihnen jetzt einen Katheter anlegen, das erleichtert Ihnen die Situation."

Die zwei Frauen verlassen den Raum und lassen sich beim Schwiegersohn im Wohnzimmer nieder.

„Er ist noch immer klar bei Verstand, allein das Sprechen bereitet ihm mehr Mühe. Wenn ich mir vorstelle, dass er vor einer Woche noch hier saß und sein Zigarettchen qualmte und sein Bier trank", sie zündet sich eine an und schüttelt irritiert den

Kopf. „Gut, dass er zu Hause sterben darf. Das wünsch ich mir auch: alle sind da, bin nicht allein, keine kalte Krankenhausatmosphäre", sie lässt den Rauch strömen. „Wann kommt Mika?"

„Morgen, heute schafft er es nicht mehr."

Es klopft, der Doktor öffnet die Tür, schließt sie leise und setzt sich zu den anderen in einen Sessel.

„Er schläft jetzt. Aber er wird kraftloser. Wenn seine Unruhe stärker wird, geben wir ihm ein leichtes Mittel. Melden Sie sich, wenn es nötig ist, ich bin jederzeit erreichbar. Ansonsten bis morgen." Er erhebt sich, drückt allen die Hand, schnappt seinen Arztkoffer und verschwindet.

„Ich geh kurz in die Küche, dann schau ich noch mal nach Karl."

Sie schiebt sich aus ihrem Sessel, läuft langsam in ihrer vorgebeugten Haltung durch den Flur, öffnet leise die Tür. Er schläft. Sie setzt sich zu ihm, es fällt ihr schwer, sie kann ihn kaum ertragen.

Und während ihre Augen über sein eingefallenes Gesicht gleiten, schweifen ihre Gedanken zurück in die Vergangenheit.

Sie hört die scharfe Stimme ihres Mannes: „Mach bloß keine Fehler!!"

***

Nein, ich wollte wirklich keine Fehler machen!

Und dann habe ich ihn gemacht.

War mir erst gar nicht bewusst. Wir saßen in dem größeren Raum des Casinos. Ich hockte an einem der Tische, blätterte lustlos in einer Zeitung, kämpfte mit Müdigkeit, die Schwangerschaft setzte mir bei der Wärme ordentlich zu. Hilde saß mir gegenüber, beobachtete, wie ich mir ab und zu den Schweiß von der Stirn trocknete, nickte mir zu.

„Die Hitze schlaucht jetzt ganz schön, was?"

Dankbar lächelte ich. Natürlich saßen noch andere an den Tischen, ich hatte sie gesehen, aber nicht wirklich wahrgenommen. War einfach zu sehr mit mir selbst beschäftigt. Auch das Radio, das fast pausenlos Musik oder irgendwelche Wehrmachtmeldungen ausspuckte, hörte ich nur am Rande. Erst als wieder von Bomberverbänden in Richtung Ruhrgebiet, Richtung Berlin, Richtung Hamburg und Küste die Rede war, wurde ich aufmerksam. Lauschte angespannt. Sah die Landkarte vor meinen Augen. Sah die Bomber ihre tödliche Last abwerfen. Spürte das Elend der Menschen fast körperlich. Zog mich in mich selbst zurück, mein Kopf in den Händen, den Blick noch immer auf die Zeitung gerichtet, murmelte es aus mir heraus: „Der Krieg ist nicht zu gewinnen. Der Krieg ist verloren."

Und schaute auf. Sah in die entsetzten Augen Hildes, die nach rechts rollten. Ich drehte den Kopf und starrte in die Augen eines fremden Mannes. Er fixierte mich mit kurzem Kopfnicken, seine Hand mit Zigarette deutete auf mich, leichtes Grinsen: Ertappt!

„Sie hören von uns!"

Kalter Blick. Die Zigarette ausgedrückt. Der Mann erhob sich, verschwand, ich hörte noch die Tür.

Ich war wie vor den Kopf geschlagen. Was zum Teufel hatte mich geritten? Verzweifelt spähte ich zu den anderen, aber keiner wagte einen Blick. Alle starrten vor sich hin, studierten intensiv die Maserungen des Tisches oder ihre Hände.

Blick ins Leere; Angst lähmte mich; Arme und Beine wie Mühlsteine. Was sollte ich Karl sagen?

Irgendwann spürte ich Hildes Hand auf meinem Arm.

„Komm, ist geschehen! Du kannst jetzt sowieso nichts machen. Warten wir's ab", müde lächelte sie.

„Da kommt Karl."

Ich war so dankbar, dass wenigstens Hilde noch blieb. Karl merkte natürlich sofort, dass etwas geschehen war. Ein Blick zu mir, ein Blick zu Hilde … Gutes gab es nicht zu berichten.

„Sie hat etwas zu laut gesagt, der Krieg sei nicht zu gewinnen. Und der Lange – du weißt schon, wen ich meine – hat es gehört, leider. Da kommt was auf euch zu. Besser, ihr bereitet euch vor. Tut mir leid."

Sie berührte kurz seinen Arm, nickte mir zu und verließ den Raum. Tränen flossen, ich hatte Angst vor seinen Augen, vor seinen Worten, vor seiner Angst.

„Komm, wir gehen."

Er versuchte, mich aus dem Stuhl zu hieven, griff mir fest unter die Arme, bis ich mit seiner Hilfe endlich hinauswanken konnte.

Er sagte kein Wort. Schob mich in Richtung unserer Zimmer und starrte nur geradeaus.

Das war ganz schlimm!

Hätte er bloß geflucht, mir die Meinung gegeigt! Er hatte ja recht, ich konnte meinen Mund einfach nicht halten!

Im Zimmer verkroch ich mich in meine kleine Ecke. Er stand vor mir.

„Schimpf mich aus! Ich lern es nie!", schluchzte ich. „Es ist mir einfach rausgerutscht, hab auf den Kerl gar nicht geachtet!"

Er angelte sich einen Stuhl, setzte sich, zündete sich eine Zigarette an, schlug die Beine übereinander, sah mich mit seinen kühlen Augen an.

„Erzähl mir genau, was du gesagt hast!"

Stockend und schluchzend berichtete ich, ohne ihn anzusehen.

In die Stille, die dann folgte, brummelte ich: „Dabei hab ich recht, der Krieg ist nicht zu gewinnen!" Trotziger Blick zu ihm. „Du denkst das doch auch."

„Was ich denke, ist vollkommen unwichtig. Es geht jetzt darum, wie wir reagieren, wenn du vorgeladen wirst. Und das wirst du. Darauf kannst du dich verlassen. Der Kerl freut sich, mir eins auszuwischen. Bis jetzt ist es ihm noch nicht gelungen, aber meine liebe Frau schafft das schon!" Unmut und verhaltene Wut begleiteten seine Worte.

Er stand auf, wanderte zur Wand, zum Fenster, zur Wand, zum Fenster.

„Leugnen kannst du nicht. Er hat es gehört. Du kannst nur noch bedauern, hast es nicht so gemeint. Die vielen Meldungen haben dich verwirrt; so ungefähr solltest du dich verhalten. Und deine Schwangerschaft ist ein Pluspunkt. Man sieht es dir schon an, das könnte ein Trumpf sein. Spiel bitte, bitte nicht den Helden!"

Müde sah er aus, als er sich seine Nasenwurzel mit Daumen und Zeigefinger rieb. „Komm, wir gehen an die frische Luft und sprechen alles noch mal durch."

An Schlaf in dieser Nacht war kaum zu denken.

Als der erste Hahn seinen Weckruf startete, schlich ich leise aus dem Bett, öffnete die Tür zum Flur, verschwand in unserem Etagenklo und würgte mir die Seele aus dem Leib. Der Spiegel warf mir ein grün-weißes Gesicht entgegen.

Ich bereitete unseren Muckefuck, schmierte Brote, mochte selbst nichts essen, setzte mich aber zu ihm und sah ihm beim Kauen zu.

„Was glaubst du, wie wird es weitergehen?", presste ich heraus.

„Ich weiß es wirklich nicht. Könnte sein, dass du schon heute eine Vorladung erhältst. Kann aber auch erst morgen sein; sie wissen schon, wie man die Leute mürbe klopft."

Er erhob sich, zog seinen grauen Werkskittel an, steckte sich seine Zigaretten und Streichhölzer ein, zum Schluss seine geschmierten Brote.

„Ich tue so, als wäre nichts geschehen. Bestimmt beobachten die mich heute genau", nachdenklich nickte er.

„Halt die Ohren steif. Irgendwie wird's schon laufen", seufzte er und schloss die Tür.

Jetzt war ich allein. Hätte gern mit meiner Mutter geredet.

Warten ist das Schlimmste! Warten macht einen mürbe! Aber ich wollte mich nicht mürbe, mich nicht klein machen lassen; auf keinen Fall zum Karnickel vor der Schlange werden!

Um mich zu beruhigen, stürzte ich mich auf alles, was in unseren beiden Zimmern zu erledigen war: Bettenmachen, Geschirrspülen, aufräumen, Babysachen neu ordnen, Fußboden wischen, an allen unmöglichen Stellen Staubwischen, Möbel rücken, Geschirrschrank auswischen und mit Papier auslegen, Pullover waschen und aufhängen, im kleinen Kleiderschrank die Sachen umhängen, nach Mottenlöchern suchen, alles akkurat wieder zusammenlegen – alles Arbeiten, die ich hasste und gern meiner Mutter zuschob.

Keiner klopfte an die Tür.

Die können mich mal, ich bleibe nicht hier! Die wollen was von mir, ich nichts von denen.

Ich fegte das lähmende Herzklopfen einfach beiseite, nahm meine Einkaufstasche, kramte in der Dose nach den Lebensmittelkarten und verließ die Wohnung.

Draußen empfing mich ein herrlicher Sommertag.

Grüne Wiesen so weit das Auge reichte, ein blauer Himmel ohne das kleinste Fitzelchen einer Wolke, ein sanfter Wind umwehte die Halme eines Roggenfeldes, das wunderbar duftete; nur das gleißende Licht der Sonne schmerzte. Es war ein typischer Tag im August, traumhaft schön und mitten im Krieg.

Verdammt noch mal, ich lasse mich nicht unterkriegen!

Während ich zornig mit mir diskutierte, beobachtete ich am Bahnhof mehrere Lastwagen, auf die fest verschnürte Pakete, zum Teil riesigen Ausmaßes, von Schuljungen verladen wurden. Ich hörte laute Befehle, viel Geschrei und immer wieder: „Vorsicht! Passt doch auf! Es darf nichts kaputt gehen!“

Was die da wohl abtransportieren?

Möglichst unauffällig trat ich hinter einen Busch und sah, wie sich mehrere riesige Laster in Richtung Werkhof aufmachten. Offensichtlich deponierte man die Pakete in den Stollen.

Nachher wusste ich gar nicht, wie lange ich unterwegs war. Die verdrängte Angst saß tief unten, und da sollte sie gefälligst auch bleiben!

An der Tür eines unserer Zimmer klebte ein Zettel, handgeschrieben, es käme gegen drei Uhr jemand vom Bürgermeisteramt. Ich drehte und wendete die kurze Notiz. Offiziell sah mir das Ganze nicht aus.

Wie spät war es? Halb drei.

Gut so. Sie werden keine vor Angst schlotternde Frau vorfinden.

Sie kamen sogar fast pünktlich.

Es klopfte. Ich öffnete die Tür. Vor mir stand ein Mann, einarmig, den leeren Ärmel in der Jackentasche.

„Frau Jansen?" Strenge Augen in markigem Gesicht musterten mich kühl. Seine eine Hand ergriff eine Aktenmappe, klemmte sie unter den Ellenbogen, den Deckel mit dem Kinn haltend, wühlte und förderte einen Brief zutage, den er mir entgegen hielt, die Tasche noch immer mit dem Ellenbogen umklammernd.

„Dies ist eine Vorladung aufs Bürgermeisteramt. Bitte quittieren Sie den Erhalt des Schreibens!"

Wieder Bewegungen mit Hand und Ellenbogen, die Tasche landete nun doch zwischen seinen Beinen, so konnte er wenigstens seinen Stift erreichen und mich unterschreiben lassen.

„Na, hoffentlich finde ich den Weg", brummelte ich.

„Sie werden uns schon finden, verlassen Sie sich darauf!"

Der Mann fixierte mich, während ein leicht süffisantes Grinsen seine schmalen Lippen auseinanderzog. Ob er sich wunderte, dass ich mir nicht vor Angst in die Hose pinkelte?

Er sortierte seine Mappe, klappte sie zusammen und präsentierte mir seine Geschicklichkeit mit nur einem Arm, drehte sich zu mir: „Heil Hitler!"

Er riss den ihm verblieben linken Arm samt Aktenmappe hoch. Lächerlich grüßte sie aus der Luft.

Ich nickte und hörte mich etwas, das wie „Heil Hitler" klang, stottern.

Als ich dann die Türe schloss, mich gegen sie lehnte, flutschten Beine und Füße gummiartig auseinander; die Angst packte mich wieder und nahm mir die Luft.

Mit fahrigen Fingern öffnete ich den Brief. Auf einem vorgedruckten Zettel stand, dass ich mich am 30. August 1944, um 10.00 Uhr auf dem Bürgermeisteramt in Zimmer 3 einzufinden habe. Unleserliche Unterschrift, Stempel, Hakenkreuz.

Morgen also. Morgen entschied sich mein, nein, unser weiteres Leben.

Karl kam gegen sechs.

„Und? Was ist?" Voller Unruhe beobachtete er mich.

„Da! Da soll ich morgen erscheinen."

Ich warf ihm den Zettel zu, stand auf, sortierte die Lebensmittel und begann, das Abendbrot zu richten.

„Sie haben also nicht lange gewartet", brummte er und nickte dabei leicht. Er zog sein Zigarettenetui hervor, klopfte seine Taschen nach Streichhölzern ab, fand sie und zündete sich eine an.

„Im Werk hat keiner was gesagt. Ich bin mir aber sicher, sie wissen Bescheid." Er strich sich über sein nicht mehr tadellos rasiertes Kinn, wendete den Zettel von rechts nach links, strich ihn glatt und setzte sich. „Hoffentlich geht das gut", hörte ich ihn flüstern, als er sich sein Brot zurechtschnippelte und kräftig in ein Stück Gurke biss.

„Wenigstens hört diese elende Warterei auf!"

Trotzig spuckte ich meine Unsicherheit aus; hätte am liebsten mit dem Fuß aufgestampft.

„Halt dich bloß zurück! Mach bloß nicht noch mehr Ärger“, er zog seine Augenbrauen hoch und sah mich skeptisch an. „Du lernst das sowieso nie“, seufzte er kopfschüttelnd. „Du lässt deinen Verstand im entscheidenden Moment vor der Tür. Aber morgen, Helga“, er beugte sich über den Tisch in meine Richtung und erhob warnend einen Finger, „morgen behalte deinen Kopf! Keine unüberlegten Äußerungen! Und lass dich nicht überrumpeln. Versprich mir das!“

Er streckte mir seine Hand entgegen, ich drückte sie und fühlte mich sicherer. Nein, diesmal will ich ganz vorsichtig sein. Aber KLEIN kriegen die mich nicht!

Von erholsamer Nachtruhe konnte wieder keine Rede sein. Um sechs erlöste ich mich aus dem Zwangsliegen, trottete ziemlich erschlagen in die Waschnische und versuchte, mit kaltem Wasser mein Gesicht aufzupolieren; sah danach ooch nich ville besser aus.

Karl stand die Sorge ebenso ins Gesicht geschrieben. Worte fanden wir keine.

Das Gespenst der Angst saß mit am Frühstückstisch, ich wurde zappelig und nervös.

„Ich würde dich schon gern begleiten, aber das schadet eher. Der Lange würde mich liebend gern vor allen zur Schnecke machen“, er stützte sich mit den Ellenbogen auf die Tischkante, sah in meine Richtung, zündete sich seine Morgenzigarette an und schüttelte den Kopf. „Das wäre für uns beide nicht gut!“

„Habe mir die Suppe selber eingebrockt, muss ich auch allein auslöffeln“, flüsterte ich. „Wird schon schiefgehen.“

Kurzer Abschied.

„Pass gut auf!“, warnte er noch und strich mir leicht über’s Haar.

Alleingelassen fraß sich die Angst in meine Eingeweide! Ich wurde immer kribbeliger: verschüttete den Rest Muckefuck, der

Brotkanten landete auf der Erde, eine Tasse ebenfalls, die Teller konnte ich gerade noch retten! Meine Hände gehorchten einfach nicht.

Irgendwann musste ich kotzen.

Nee, so nicht!! Ich holte tief Luft und setzte mich so bequem wie möglich in den kleinen Sessel. Ich nahm mein schwarzes Tuch, stülpte es über den Kopf, schloss die Augen und stimmte mich auf das Verhör ein.

Ich muss Ruhe bewahren.

Ich muss sie offen anschauen.

Ich muss ihnen zuhören.

Ich muss überlegen, was ich antworte.

Sie dürfen meine Angst nicht bemerken.

Ich habe keine Angst!

Mein Gebet für den Tag.

Zum Schluss kramte ich im Schrank und suchte passende Kleidung: Röcke und Blusen landeten auf dem Bett, jeden Rock hielt ich mir vor den Bauch, studierte im Spiegel die Wirkung und entschied mich dann für ein unauffälliges Kostüm, in dem meine Schwangerschaft deutlich sichtbar wurde. Den Rock bekam ich nur mit Sicherheitsnadeln zu, die Bluse über dem Rock beulte meinen Bauch so richtig gut aus.

Wenn schon, denn schon!

Ich versuchte, meinen Gang dem herrlichen Sommertag anzupassen, aber die Angst hielt mich trotz Gebets fest im Griff; und je länger die Hauptstraße wurde, je näher ich dem Amt kam, desto sparsamer wurde meine Schrittlänge. *Lauft sicher, ihr verflixten Beine! Ihr werdet mich doch jetzt nicht im Stich lassen!*

Ich stieg die paar Stufen nach oben, stemmte mich gegen die mächtige Eingangstür und spürte eine angenehme Kühle.

Der Pförtner forderte meine Benachrichtigung, wies mich mit einer Handbewegung in eine Richtung, die ich brav einschlug.

Langer linoleumbelegter Gang, Bänke oder Stühle an den Wänden, Gestank nach Bohnerwachs und menschlichen Ausdünstungen.

Die Menschen auf den Bänken wirkten in sich gekehrt, keiner achtete auf den anderen und niemand blickte auf, als ich an den Reihen vorbeizog.

Vor dem Zimmer 3 saßen noch eine Frau und ein älterer Mann. Beide für diesen warmen Tag viel zu dick gekleidet. Was die wohl ausgefressen hatten?

Ich grüßte. Nur die Frau blickte kurz auf. Ich nahm mir einen der freien Stühle und passte mich sogleich an: starrte vor mich hin und studierte intensiv das kaum noch wahrnehmbare Muster des Linoleums.

Meine Uhr zeigte zehn Minuten vor Zehn, unpünktlich war ich nicht.

Lange konnte ich nicht still sitzen; gegen elf Uhr fragte ich meine Nachbarin, die offensichtlich stumm und bewegungslos ein ganzes Leben abwarten konnte: „Entschuldigen Sie, zu welcher Uhrzeit sind Sie einbestellt?“

„Um zehn Uhr“, erwiderte sie und wunderte sich gar nicht, als ich ihr meine Vorladung zeigte, auf der auch 10.00 Uhr vermerkt war.

„Kindchen“, sie flüsterte jetzt, blickte kurz nach rechts, dann nach links, „Sie kennen sich wohl noch nicht aus. Die bestellen alle um diese Zeit, oder ganz früh ... ihre Methode.“ Sie wischte mit der Hand durch die Luft, sah mich eindringlich an und schwieg erneut.

Aha, mürbe machen! Ich stand auf, streckte mich, stellte mich an ein Fenster und starrte hinaus. Auf dem Hof standen einige Uniformierte, rauchten, unterhielten sich, lachten und schienen keine Eile zu haben.

„Ich verschwinde mal“, flüsterte ich der Frau zu und ging auf die Suche nach einer Toilette. Am Ende des Ganges kein Klo.

Als ich mich nach rechts umwandte, hörte ich lautes Gebrüll. Eine Tür wurde aufgerissen.

„Was MACHEN Sie hier??“, herrschte mich einer in Uniform an.

„Ich-äh-ich, ich…“, konnte ich nur noch stottern, „su-suche das Klo“, rutschte mir endlich der Satz raus.

Misstrauisch musterte er mich, zeigte in die entgegengesetzte Richtung, die ich schleunigst einschlug. Stolpernd fand ich die richtige Tür und lehnte mich erleichtert gegen die Wand.

Mir war schlecht, ich rannte zur Kloschüssel und würgte.

Schwäche. Schweiß. Schlottern.

Blieb auf der Toilette sitzen, bis ich wieder atmen konnte, obwohl mir der Gestank die Tränen in die Augen trieb: es roch nach Pisse, nach Kotze, nach Kacke. Ging wohl vielen so wie mir.

Reiß dich zusammen!

Ich stand auf, wusch mir das Gesicht, spülte den Mund und richtete meine Kleidung. Schultern zurück, und wie ein Ladestock öffnete ich die Tür und machte mich auf den Rückweg.

Der alte Mann war weg. Die Frau sah mich prüfend an und auf mein grünes Gesicht, lächelte ein ganz klein wenig, nickte und murmelte: „Kenn ich, Sie bleiben jetzt besser hier“, rascher Blick, dann wieder Stille.

Die Zeit schlich.

Zwischendurch trat der Mann aus der Tür, wirkte müde und erschöpft und verließ, ohne jemanden anzusehen, den Flur.

Die Frau schien zu schlafen. Vielleicht schaffte sie es, durch In-sich-hinein-Horchen Stärke zu bewahren. Probierte ich auch, doch die quälende Unruhe machte mir zu schaffen.

Irgendwann wurde ein Name aufgerufen. Sie stand auf, wobei sie mir noch einen Durchhalte-Blick zuwarf.

Die Tür schloss sich. Ich blickte mich um: kein Mensch mehr!

Mittlerweile war’s ein Uhr! Schon drei Stunden wartete ich in diesem stinkenden Flur.

Ich versuchte angestrengt, was aus dem Zimmer zu hören. Traute mich aber nicht zu horchen. Wenn mich dabei einer erwischt hätte …

Jedenfalls hörte ich kein Schreien, kein Weinen, keinen besonderen Lärm, und war froh, dass sie die nette Frau nicht lautstark malträtierten.

Endlich! Nach einer knappen halben Stunde kam sie heraus: blass, leicht gerötete Augen, versteinerter Mund. Warf sie mir wirklich einen warnenden Blick zu, ehe sie verschwand?

Nur noch ich. Wie in Hypnose starrte ich auf die von ihr geschlossene Tür.

Bleib jetzt ruhig! Geradesitzen! Füße nebeneinander. Ellenbogen leicht anbeugen, Luft anhalten! So konnte ich natürlich nicht ewig sitzen, alle Muskeln schmerzten; stand also wieder auf, der Weg zum Fenster und zurück, zum Fenster und zurück.

Ob die mich vergessen haben?

Soll ich mich trauen und anklopfen?

Ich klopfte, hörte nichts und öffnete vorsichtig die Tür.

„RAUS!! Hab ich Sie aufgerufen??"

Das Brüllen des Mannes, der sich da rauchend, Beine auf dem riesigen Schreibtisch, auf seinem Stuhl fläzte, schreckte mich so, dass ich die Tür laut krachend ins Schloss fallen ließ.

Das war's dann wohl.

Jetzt kam doch das große Zittern. Mein Herz bummerte wie ein ganzes Hammerwerk. Mir wurde ganz schwindelig, setzte mich rasch und schnappte nach Luft. Jetzt bloß nicht umkippen! Das fehlte noch! Ich schloss krampfhaft die Augen und versuchte, mich durch gezieltes Atmen zu beruhigen. Schon wieder Mist gebaut!

Endlich schrie jemand meinen Namen.

Ich schreckte hoch, strich mir den Rock glatt, keuchte aufgeregt und klopfte an die Tür.

„Herrrein!"

Ich öffnete die Tür ganz vorsichtig. Schob mich in das Zimmer, schloss die Tür leise. Blieb abwartend stehen.

„Heil Hitler!“, schnarrte die Stimme hinter dem Schreibtisch.

Mein „Heil Hitler“ klang nicht so deutlich, verschwand mehr im Inneren des Mundes, aber man konnte es erkennen.

„Setzen!“

Ich sah mich nach einem Stuhl um, fand ihn gegenüber dem massiven Schreibtisch, ereichte ihn mit wenigen Schritten, setzte mich. Platzierte mich so, dass mein dicker Bauch nach vorne ragte, er konnte ihn nicht übersehen.

Es war der aus dem Casino. Ich schaute ihn an, offen, aber nicht provozierend, hielt mich einfach an seiner Nasenwurzel fest, um nicht direkt in seine Augen sehen zu müssen.

Auch er fixierte mich intensiv, wortlos.

Kraftakt mit Augen. Ich senkte dann doch rasch meinen Blick; das angespannte Schweigen musste ich durchstehen – fang du bloß nicht an!

Er lehnte sich in seinem Stuhl zurück.

„Sie sind also Frau Jansen, die Frau des Oberingenieurs Karl Jansen, richtig?“ Er beugte sich in meine Richtung.

„Ja, das stimmt“, antwortete ich leise.

„So, so!“ Abrupt starrte er mich an, ergriff einen Stift, klopfte damit auf die Schreibtischplatte und beugte sich vor.

„Sie wissen, warum Sie hier sind?“

„Ich vermute, ich habe was gesagt, was nicht stimmte“, piepste ich leise.

„BITTE?? Ich habe Sie nicht verstanden!“

Er lehnte sich noch weiter vor und hielt jetzt eine Hand hinter seine rechte Ohrmuschel.

„Lauter!! Ich verstehe gar nichts!“

Ich setzte mich aufrechter, hielt meine Handtasche umklammert, blickte ihn an. „Ich habe wohl was gesagt, was nicht stimmte“, wiederholte ich lauter.

„Ach? Und WAS haben Sie gesagt, was nicht stimmte?"

Jetzt lag er fast mit dem Oberkörper auf dem Schreibtisch. Seinen Stift mit den Fingern umfassend, auf mich zielend, stierte er mich mit einem hämischen Grinsen an.

Los! Sag schon, hat keinen Sinn, um den heißen Brei rumzureden, er hat's ja gehört!

„Ich habe gesagt, der Krieg sei wohl nicht zu gewinnen", stieß ich klar und deutlich hervor.

„Sie haben gesagt, der Krieg IST nicht zu gewinnen! Der Krieg IST verloren! DAS haben Sie gesagt!"

„Ich war wohl etwas verwirrt … die Nachrichten aus dem Radio brachten mich durcheinander."

„Und deshalb ERLAUBEN Sie sich, laut und deutlich in den Raum zu brüllen, der Krieg ist nicht zu gewinnen, ja??"

Jetzt krallte er sich an der Kante des Schreibtisches fest. Sein Hinterteil wuchs zu einem Berg, sein Kopf mit gerötetem Gesicht, aufgerissenen Augen und den kurz geschorenen Haaren kam mir erschreckend nah, ich spürte seine feuchte Aussprache – jetzt bloß nicht zurückweichen!

„Ich dachte, ich glaubte, ich hätte es nicht so laut gesagt", stammelte ich.

„Laut genug, dass ICH es hören konnte. Und dann können es auch andere hören. War Ihnen DAS nicht klar?" Seine Stimme gewann an Lautstärke.

„Es war unüberlegt – das stimmt", nickte ich.

„UNÜBERLEGT!! Sooo nennen Sie das? Unüberlegt! So einfach machen Sie es sich? Nur … unüberlegt?"

Ironisch imitierte er meine Stimme, zog sich zurück auf seinen Stuhl, fuchtelte weiter mit dem Stift, ehe er sich dann eine Zigarette aus seiner Schachtel nahm, sie sich anzündete und tief den Rauch einsog. Stumm beobachtete ich die grauen Wolken und die Kringel, die aus seinem Mund strömten und durch den Raum tanzten.

„Wenn alle so UNÜBERLEGT handeln würden, was GLAUBEN Sie, wo wir ständen??“ Er stieß mit der Zigarette in meine Richtung, hypnotisierte mich mit kaltem Blick.

Ich war ja so froh über den endlich wieder sicheren Abstand, dass ich unkonzentriert zuhörte.

„Ich … ich … weiß es nicht“, stotterte ich.

„Sie weiß es nicht! Sie weiß es nicht …“, flötete er verdrießlich, drehte sich zur Seite, begutachtete intensiv seine Zigarette und verfolgte dann mit interessiertem Blick die sich kräuselnden Rauchwolken.

„Sie weiß es einfach nicht …“, beinahe flüsternd und ungläubig schüttelte er seinen Kopf und drückte die Zigarette im Aschenbecher aus.

„Wenn Sie es nicht wissen, warum reden Sie dann solchen Blödsinn??“, brüllte er plötzlich laut, ruckartiges Zucken in meine Richtung.

Ich fuhr erschrocken zusammen, starrte auf meine Füße, zögerte und blickte ihn offen und ehrlich an.

„Sie haben recht. Das war wirklich dumm von mir. Das hätte ich NIE sagen sollen. Ich hatte in dem Moment einfach nicht an die Wunderwaffe gedacht, die der Führer in der Hinterhand hat. Tut mir wirklich leid!“

Ob er mir das abnahm? Darauf kam es jetzt an.

„So, so – Sie glauben also an die Wunderwaffe?“

Er lehnte sich zurück, spielte erneut mit seinem Stift, starrte die Zimmerdecke an, drehte sich auf seinem Stuhl hin und her … bis er sich plötzlich mir zuwandte und mich mit drohendem Blick anfunkelte.

„Sie sind schwanger?“

Meinen Bauch traute er sich nicht anzugucken.

„Im fünften Monat, ja! Im Dezember soll das Baby kommen“, eifrig gab ich ihm Auskunft.

Hatte ich es geschafft?

Er nickte nachdenklich vor sich hin, schien zu überlegen, zündete sich umständlich eine neue Zigarette an, fächelte das Streichholz aus, wobei er mich kritisch beobachtete.

„Da haben Sie wirklich Glück gehabt! Sie wissen natürlich, dass unser Führer sich Kinder wünscht, aber er möchte natürlich keine Kinder, die im Gefängnis geboren werden!“ Er zog wieder an seiner Zigarette. „Diesmal lasse ich Sie noch gehen. Sollten Sie aber weiter so UNÜBERLEGTE Äußerungen von sich geben, kommen Sie nicht so glimpflich davon!“

Er lehnte sich wieder über den Schreibtisch, seine Augen verengten sich zu Schlitzen, und mit dem Finger tippte er in meine Richtung.

„Sie können gehen!“

Ich sprang auf, ergriff meine Tasche, rannte zur Tür.

„Heil Hitler!“, schrie er, kleine Drehung von mir, „Hei – itler!“

Tür auf, nur weg, Gang entlang, frische Luft!

Mir wackelten noch die Knie, mein Herz flatterte, aber am liebsten wäre ich nach Hause gehüpft.

Rannte nach Hause. Riss die Tür unseres Wohnzimmers auf, strahlte mit der Sonne um die Wette … und erblickte Karl und eingeweihte Freunde, versteinert wie Statuen.

„Hab’s geschafft, hab’s geschafft!“

Gleich wurden alle lebendig, drückten mich, lachten und lauschten meiner Erzählung.

„Hoffentlich ist dir das eine Lehre! Hüte verflixt noch mal deine Zunge!“

Das Glück und die Erleichterung hielten nicht lange vor.

Ungefähr eine Woche später kam der Postbote.

„Ein Einschreiben an Herrn Jansen. Wollen Sie den Brief entgegen nehmen, Frau Jansen?“ Er wurstelte die Bestätigung aus seiner Tasche, reichte mir seinen Stift zur Unterschrift.

„Hoffentlich nichts Schlimmes“, murmelte er noch, ehe er sich verdrückte.

Mir wurde richtig mulmig.

Schielte den ganzen Tag auf das Ding. Konnte ja nicht seine Post öffnen! Aber gute Nachrichten schienen mir das nicht zu sein.

Um mich abzulenken, schnappte ich mir einen kleinen Eimer und machte mich auf in die Blaubeeren. Hanna hatte mir von einer Stelle oben am Wald erzählt, wo sie reichlich zu finden waren. Bei dem schönen Wetter freute ich mich, den Berg hinauf zu stapfen.

Bloß nicht an den Brief denken.

Ein riesiges Blaubeerfeld. Vier Frauen hatten die gleiche Idee, sich den Speiseplan zu bereichern, aber wir kamen uns nicht in die Quere, weil es genügend Beeren gab.

Mein Eimer füllte sich fast von selbst.

Blaubeeren mit Milch und Zucker aß Karl besonders gern. Die würde ich heute Abend kredenzen.

Auf dem Heimweg drängte sich wieder der Brief in meinen Kopf.

Noch war Karl nicht da. Ich wusch und sortierte die Blaubeeren. Die für das heutige Abendbrot kamen zur Seite, einen Teil kochte ich zu Marmelade, der Rest wurde eingeweckt; mein gehorteter Zucker reichte tatsächlich. Stolz betrachtete ich meine Werke.

Immer wieder der Blick zum Brief.

Gegen sechs kam Karl.

„Du hast Post!" Ich zeigte auf das Tischchen und blickte ihn fragend an. Er nahm den Brief, betrachtete die Adresse, sah auf die Rückseite und legte ihn weg.

„Ich wasche mir eben die Hände", verschwand zum Waschbecken, kam, sich die Hände abtrocknend, zurück, gab mir das Handtuch, ergriff den Brief, öffnete ihn.

Las … und erbleichte. Setzte sich. Blickte auf.

„Einberufungsbescheid!"

Ich sackte zusammen.

„Neeein! Das darf doch nicht sein!“ Verzweifelt schluchzte ich und schlug die Hände vors Gesicht. „Und ich bin schuld, ich bin schuld“, flüsterte ich immer wieder und konnte gar nicht aufhören zu zittern.

Karl blickte tonlos auf das amtliche Schreiben. Als ob er alles auswendig lernen wollte! Als ob immerwährendes Lesen den Inhalt verschwinden ließ!

Er habe sich am Sonntag, den 5. November 1944, bis spätestens 16.00 Uhr in der Kaserne in Mühlhausen einzufinden. Unterschrift unleserlich, viele offizielle Stempel, hakenkreuzgeschmückt.

Ich hockte mich zu ihm, legte meine Arme auf seine Knie, klammerte mich an seine Jacke und starrte in sein versteinertes Gesicht.

„Sag mir, Karl, bitte, bin ich schuld? Hat der Kerl sich jetzt an dir rächen wollen? Bitte, bitte, sag mir: Was denkst du?“

„Ich weiß es nicht, wirklich, ich weiß es nicht. Kann sein, kann aber auch nicht sein.“ Er schüttelte den Kopf. „Das Schreiben stammt doch …“, er drehte das Blatt um, suchte den Absender, „aus Eisenach. Wehrbezirks-Kommando, so weit reicht sein Arm doch gar nicht“, murmelte er und setzte leise hinzu: „Dann muss ich also doch noch Kriegspielen, obwohl ich nie eine Waffe in der Hand hatte! Verrückt!“

Die Ellenbogen auf den Knien, das Gesicht in beiden Händen verborgen, spürte ich seine Fassungslosigkeit.

Und alles meinetwegen! Hab mich um Kopf und Kragen geredet, nun geht's um seinen – meinen hat mir mein noch ungeborenes Kind gerettet. Furchtbare Schuldgefühle und Selbstvorwürfe quälten mich jahrelang.

Erst viel später, in den sechziger Jahren wurde mir klar, dass er mit zum letzten Aufgebot zählte. Er wäre auf jeden Fall eingezogen worden, auch ohne mein Gerede. Hitler zwang jeden, der halbwegs krauchen, eine Knarre halten, Arme und Beine bewegen konnte, in den Krieg.

Aber damals ließ mich Karl meine Schuld spüren. Wir sprachen nie mehr darüber! Aber seine Sticheleien, sein immerwährendes Maßregeln wurden schlimmer.

Soll leiser sprechen! Dabei traute ich mich gar nicht mehr zu reden!

Soll nicht lachen! Dabei gab's gar nichts mehr zu Lachen.

Soll nicht so viel rausgehen!

Sollte mich nicht so oft mit Hilde treffen!

Sollte heißen: mich unsichtbar machen, im trauten Heim stricken, putzen, aufräumen, waschen!

Hatte Mist gebaut: Ja.

Hatte meine Klappe nicht halten können: Ja.

War oft unbeherrscht: Ja.

Durfte er von mir absoluten Gehorsam fordern? Mich mit Nichtachtung strafen?

Nicht nur er verlangte Gehorsam und Unterwerfung: Damit bombardierte uns doch täglich der Volksempfänger. Immer wieder brüllten altbekannte Stimmen aus dem Radio: Endsieg! Brauchen jeden Volksgenossen! Einsatz bis zum letzten Mann! Werden es ihnen zeigen, den imperialistischen Kriegshetzern!

Dazu die beinahe stündlichen Bombenangriffe auf Berlin, Hamburg, das Ruhrgebiet, fast jede Stadt war betroffen. Frontbegradigungen im Osten, taktische Rückzüge, was auch immer darunter zu verstehen war!

Mein Inneres und das Draußen: zum Verzweifeln.

Dabei ging es uns in unserem thüringischen Dorf vergleichsweise gut. Wir hatten noch zu essen, auch wenn es auf Marken immer weniger gab. Ich dachte oft an die armen Teufel in den bombardierten Städten, in denen nichts mehr funktionierte, wo die Leute nicht wussten, wie sie an Nahrung und ein Dach über dem Kopf kamen.

Und dann kam der 25. Oktober 1944.

Ich glaube, es war ein Mittwoch.

Wir unterhielten uns beim Essen im Casino im Flüsterton über die Lage, die Situation im Werk, über das immer schlechter werdende Essen, über Einberufungen von Bekannten und was es sonst noch Wichtiges zu erzählen gab. Es war eine vertraute Runde, Mitarbeiter aus dem Werk, auch Hilde und ihr Mann. Ich hörte zu, fühlte mich aber nicht mehr wohl, denn sobald ich den Mund öffnete, spürte ich Karls erzieherische Augen.

Aus dem Radio kam die Fanfare: neue Nachrichten.

Bombergeschwader in Richtung Hamburg, Kiel, Lübeck, Hannover, besonders aber Richtung Ruhrgebiet.

Wir hörten nur mit halbem Ohr hin, nahmen die einzelnen Städtenamen und Regionen kaum noch auf.

Plötzlich beugte sich Wilhelm S. vor, zupfte Karl an der Jacke, hielt den Zeigefinger in die Höhe. „Hast du gehört, Karl? Hör zu! Bombenangriffe auf's Ruhrgebiet, besonders auf Essen."

Jetzt lauschten wir doch gebannt, aber mehr wurde nicht erwähnt.

Karl und Wilhelm kamen beide aus Essen; ihre Familien lebten da, Karls Eltern und sein Bruder sowie Wilhelms Mutter.

„Vielleicht sind sie ja nicht betroffen", murmelte Karl und Wilhelm S. nickte zustimmend.

Am nächsten Tag wussten wir mehr.

Karl kam mit einem Telegramm seiner Schwester aus Braunschweig.

„Eltern ausgebombt – sind unverletzt – du musst sie nehmen. Versuche dich im Werk zu erreichen. Maria."

Die Befürchtungen von gestern.

„Wir haben kurz vor Dienstschluss miteinander telefoniert. Das Haus meiner Eltern ist total zerstört, sie haben, wie viele andere, im Bunker überlebt. Auch mein Bruder ist ausgebombt, er konnte aber bei Freunden unterkommen. Er kann die Eltern also nicht nehmen. Und bei Maria können sie nicht wohnen, sie lebt mit ihrem Mann und ihrer Tochter in nur zwei kleinen Zimmern in Braunschweig. Sie meint, ich sollte ihnen ein Zimmer besorgen, hier sei das wohl leichter als in den Städten."

Karl sah stumm vor sich hin, das Telegramm noch immer in den Händen.

„Man kann sie ja nicht einfach sich selbst überlassen. Sie sind ja beide schon über achtzig", brummelte er.

„Natürlich wird es leichter sein, hier ein Zimmer zu bekommen. Das denke ich auch", antwortete ich und zuckte mit den Schultern.

Von denen kannte ich niemanden. Ich kannte nur den reizenden Todeswunsch seiner Mutter, weil er eine „Evangelsche" geheiratet hat.

Freude kam bei mir nicht auf.

„Wann kommen sie?"

„Maria versucht ihnen zu helfen. Sie will sich nach Essen durchschlagen, um die beiden in einen Zug zu setzen, der in unsere Richtung fährt. Dauert vielleicht einige Tage, vielleicht eine Woche."

Also höchstens eine Woche Galgenfrist.

„Ich gehe zur Verwaltung und frage nach einem Zimmer. Und du schau, was wir entbehren können; die beiden haben ja nichts mehr."

Er stand auf, verließ den Raum.

Na, so viel hatten wir nun auch wieder nicht!

Ich öffnete den Kleiderschrank, zählte Handtücher, davon könnte ich vier geben, Betttücher und Bettbezüge und Kopfkissen jeweils zwei, mehr nicht, von den Geschirrtüchern gab ich zwei.

Aber die brauchten ja auch Unterwäsche und so was. Für den Alten müsste Karl sorgen. Hier hatte ich doch – wildes Gezerre ganz hinten im Schrank – drei unmögliche Unterhosen, reichten bis unter die Arme, das Zeug hätte ich nie getragen: weg. Ähnliche Unterhemden, auch weg! Dabei hatte ich keine Ahnung, wie groß oder klein die Alte war; vielleicht konnte sie die Unterhemden sogar als Kleid tragen, kicherte ich.

Als Karl zurückkam, konnte er schon einen kleinen Kleider- und Wäscheberg bewundern, aber gelobt wurde ich dafür nicht. War ja selbstverständlich, dass ich für diese seine Eltern alles gab!

„Wir haben wirklich Glück. Im hinteren Teil des Ganges ist ein Zimmer, in dem man alles Mögliche abgestellt hat. Wollen mal sehen, was wir gebrauchen können. Das andere Zeug würden die vom Casino woanders verstauen. Komm, ich habe schon einen Schlüssel.“ Er drehte sich um und stand schon im Flur. Ich stolperte hinterher. Dann standen wir vor der Nummer 11. Karl öffnete und ein Schwall muffiger, abgestandener Luft begrüßte uns. Ich hielt mir die Nase zu, schlängelte mich durch die abgestellten Sachen, riss das Fenster auf: Nun konnte man wenigstens atmen.

Ein fürchterliches Durcheinander starrte uns entgegen.

„Ach, du dickes Ei, das sieht ja grässlich aus!“ stöhnte ich.

Alte verrostete Drahtgestelle für Betten, olle Pötte in tausend Variationen, angeschlagene Teller und Tassen, ein schiefes Regal, das unter dem Krimskrams fast zusammenbrach, verrottete Vorhänge, Unmengen verschiedener Kisten und Kästen, Berge von Zeitungen aus den letzten Jahrhunderten, ganz hinten entdeckten wir einen kleinen Tisch und sogar eine schiefe Stehlampe – und über allem eine wunderschön graue Schicht aus Dreck und Staub.

Karl schnaufte und betrachtete das Gerümpel mit wenig Begeisterung.

„Hmmh, das ist ja furchtbar! Das schaffen wir nicht allein; ich frage einige unserer Arbeiter, ob sie uns helfen. Sie sollen das Zeug rausschaffen, und was uns brauchbar erscheint, das bleibt drin“, er wandte sich ab. „Wir lassen das Fenster heute Nacht offen. Morgen nach dem Dienst spucken wir in die Hände. Du kannst ja dann schon mal versuchen, Brauchbares herauszufischen."

Ich freute mich gewaltig auf diese Aufgabe! Sah mich breitbeinig, den dicken Bauch vor mir herschiebend im Watschelgang durch den Flur latschen, an die armen Alten denken und das Zeug aussortieren!

Nur einfach in die Hände spucken, reichte nicht, um aus diesem Dreckloch einen halbwegs bewohnbaren Raum zu zaubern. Unsere beiden Helfer ackerten gewaltig. Das Brauchbare vom Unbrauchbaren zu trennen, fand ich widerlich: aus diesem gammeligen Kram noch was Nützliches rauszupulen, einfach ekelhaft! Karl überprüfte jetzt selber die Sachen. Er schmiss das meiste weg, ab durch's Fenster, wo sich ein hübscher Müllberg ansammelte. Natürlich versündigte man sich, wenn man einfach Möbelreste wegschmiss. Aber vergammeltes Zeug mochte auch in diesen Zeiten niemand.

Was wir gebrauchen konnten, landete bei mir. Icke musste allet säubern. Eimerweise schleppte ich Wasser ran, holte mir einen Hocker und scheuerte mit allen möglichen Putzmitteln kleinere Möbelstücke, leicht angeschlagenes Geschirr, Pötte und Besteck. Stabilere Kartons konnten sie als Nachtschränke oder Tischchen verwenden, die schiefe Stehlampe bekam Karl irgendwie wieder gerade.

Auch in diesem Zimmer gab es einen Wasseranschluss und ein Waschbecken. Wir öffneten den Wasserhahn, zuerst kam nur braune Brühe, dann ein klarer Wasserstrahl, na, bitte: funktionierte!

Icke mit Schrubber und Bürste und Lappen bewaffnet, begann das Becken und alles, was dazu gehörte, zu wienern und auf Hochglanz zu polieren.

Langsam, aber sicher kristallisierte sich aus der Bruchbude ein kleiner Raum, in dem sie leben konnten.

Nach und nach räumten wir die gesäuberten Sachen ein und verteilten die vorhandenen Möbel: sah gar nicht so schlecht aus.

Es fehlten allerdings Betten und ein größerer Schrank. Ein Bett konnte Karl noch auftreiben, das zweite bestand dann aus einem noch halbwegs brauchbaren Drahtgestell, das man auf Holzklötzen fixierte. Als Matratze diente ein Strohsack, den uns die netten Hills zur Verfügung stellten.

Für das Ganze benötigten wir vier Tage. Nun durfte ich nur noch auf meine reizenden Schwiegereltern warten.

Ja, ich hatte Vorurteile.

Ja, ich konnte mir nicht vorstellen, sie zu mögen.

Ja, mir graute vor ihnen.

Nein, ich konnte gegen meine Gefühle nicht an.

Karl vermied, irgendetwas zu sagen, was ein negatives Bild auf seine Mutter oder seinen Vater werfen könnte. Er versuchte aber auch nicht, Nettes von ihnen zu erzählen.

Ich wusste nur, dass mein Schwiegervater ein kleiner Beamter im Finanzamt war. Allem Anschein nach überkorrekt und eher kleinkariert, und dass das Bild, was er von sich nach außen hin vermitteln wollte, keine Kratzer haben durfte.

Was nun weniger dazu passte, war sein blödsinniger Wunsch, eines Tages einmal Millionär sein zu wollen. Das war Ende der Zwanziger, während der Weltwirtschaftskrise mit der wahnsinnigen Inflation. Da verkaufte er doch tatsächlich sein kleines, sicher nicht leicht erworbenes Häuschen, weil sie ihm einige Millionen dafür boten! Es dauerte nicht lange, da bekam man für diesen Preis gerade noch ein Brot, wenn man Glück hatte.

Diese Dummheit hat ihm seine Frau sicher den Rest seines Lebens vorgehalten. Danach lebten sie wieder zur Miete.

Und katholisch!

Ich kannte außer Karl keinen einzigen Katholiken.

Ich hatte mich nie dafür interessiert, also wusste ich nicht, was katholisch bedeutete. Auch Karl hatte mir nie was über die katholische Kirche erzählt. Ihn kümmerten weder Kirche noch Religion, wozu sollten wir uns darüber Gedanken machen?

Was mir natürlich am meisten zu schaffen machte, war der Gedanke an Karls Einberufung. In einer Woche sollte er nach Mühlhausen … und icke denn alleene mit seinen Eltern!

Und dann standen sie vor mir.

„Mutter, Vater, das ist Helga, meine Frau, sie erwartet im Dezember ein Baby", sein etwas schiefes Lächeln wirkte hilflos und deutete den Wunsch zur Versöhnung an.

Wie zwei Statuen verharrten sie in unserem Wohnzimmer.

Er kaum größer als sie, beide in dunkle dünne Mäntel gehüllt, er seinen Hut in der linken Hand, die rechte steif neben dem Körper angewinkelt; sie hielt mit beiden Händen krampfhaft ihre Handtasche fest und wirkte mit den streng zu einem Knoten gebundenen Haaren und den großen Ohren eher herrisch, was durch ihre stechenden Augen und ihre große Nase noch unterstrichen wurde.

Sie erschienen mir, wie sie da standen, unsicher und fremd – ob sie auch Angst hatten?

Ich reichte seinem, mir näher stehenden, Vater die Hand, begrüßte ihn, wandte mich seiner Mutter zu und wollte auch sie mit Handschlag begrüßen; sie fixierte mich mit ihren dunklen kalten Augen, ihre Lippen aufeinander gepresst, dann versteckte sie blitzschnell die rechte Hand hinter dem Rücken, die linke hielt die Tasche umklammert, ehe sie mir plötzlich durch ihre schmalen Lippen das Wort „HURE!" entgegenschleuderte.

Ich wich erschrocken zurück, entsetzter Blick zu Karl, zu seinem Vater.

„Mutter! Ich bitte dich, was soll das!" Er ergriff ihren Arm und starrte sie irritiert und missbilligend an.

Sie riss sich los, drehte sich wütend zu ihrem Sohn und ihre zittrige Stimme kreischte: „Na und? Sie ist und bleibt eine Hure! Und DU hast mir keine Vorschriften zu machen!"

Empört und voller Energie ergriff sie ihren an die Wand gelehnten Rucksack und warf zornige Blicke von einem zum anderen, nur nicht zu mir.

„Wo wohnen wir? Bring mich dahin. Hier bleibe ich keine Minute länger!"

Sie drehte sich zur Tür, öffnete sie und verschwand.

Ein Faustschlag unter der Gürtellinie oder eiskaltes Wasser übern Kopp hätten nicht größere Wirkung zeigen können als dieser ungeheuerliche Einstand meiner Schwiegermutter.

Wie benommen schwankte ich zu einem Stuhl, Hände vors Gesicht, stöhnte leise vor mich hin, hörte noch ein leises Murmeln: „Tut mir leid", dann war ich allein.

Konnte nicht einschätzen, wie lange ich so saß, was ich dachte, was ich fühlte. War furchtbar wütend, beschämt, fühlte mich besudelt und fand das alles so absolut unverständlich!

Wie sollte das weitergehen?

Irgendwann hörte ich Karl. Spürte seinen Blick und einen Stups. Er setzte sich zu mir.

„Sie meint es wohl nicht so, sie ist manchmal furchtbar hart und engstirnig. Sie haben ja jetzt auch viel durchgemacht. Nimm es nicht zu persönlich … ich weiß auch nicht", er hob hilflos die Hände und fühlte sich offensichtlich genauso beschissen wie ich.

„Aber wie soll das weitergehen? Du bist bald weg, dann bin ich ganz allein mit ihnen", nun schluchzte ich doch, nahm das von ihm gereichte Taschentuch, wischte Tränen, die nicht aufhören wollten zu fließen.

„Ich habe mit ihnen geredet. Meine Mutter kann man nicht mehr ändern. Für sie leben wir in einer wilden Ehe, also nach ihrer Vorstellung nicht verheiratet und ohne Gottes Segen. Das heißt, wir sind beide verkommene Gestalten – ich genauso wie du. Aber dir kreidet sie es besonders an. Ich bin ja ihr Sohn, ich kann also keine Schuld haben … und du bist auf der falschen Seite, nämlich evangelisch", er nickte und grinste etwas verlegen.

Ich sah ihn an und fühlte mich tatsächlich besser; die Erklärung leuchtete ein. Wenn das aber stimmt, sollte man sich vor der Institution Kirche hüten und dafür sorgen, dass man denen nicht in die Klauen fällt!

Ich seufzte ein wenig beruhigter und reichte ihm sein feuchtes Taschentuch.

„Wie soll ich mich denn verhalten? Kann doch nicht so tun, als wären sie nicht da. Und was sollen die anderen denken? Die böse Schwiegertochter kümmert sich nicht um die armen ausgebombten Schwiegereltern!"

„Die beiden haben ihr Zimmer. Sie fühlen sich, glaube ich, sogar recht wohl da. Sie sind ja auch froh, dass sie endlich wieder ein Dach über dem Kopf und keine Bombenalarme mehr zu fürchten haben. Ich werde sie hier anmelden. So erhalten sie ihre Rente, ihre Lebensmittelmarken und Bezugsscheine hier in Merkers oder in Bad Salzungen. Mein Vater ist ja noch ganz gut zu Fuß und meine Mutter kann sich auch noch bewegen, das heißt: Sie versorgen sich allein. Du brauchst dich nicht um sie zu kümmern. Nur wenn mal was ist, wird mein Vater mit dir sprechen. Er billigt das Verhalten meiner Mutter auch nicht, aber was soll er machen?" Seine Hände beschrieben einen Bogen, ehe er sie wieder auf die Knie fallen ließ.

„Ja, so könnte es gehen. Aber ganz aus dem Wege … das kann doch nicht funktionieren!" Ich schlang die Arme um die Knie, soweit meine Figur das zuließ, brütete vor mich hin. „Vielleicht pendelt sich das Ganze ja irgendwie ein", ich holte Luft, stand auf, strich über Rock und Strickjacke, wobei ich meinen dicken Bauch fühlte: Verdammt, die kriegen doch schließlich ein Enkelkind!

Eigentlich wollten wir mit seinen Eltern gemeinsam zu Abend essen.

Wie gut, dass uns noch ein paar Tage bis zur Einberufung blieben.

Er besorgte ihnen, soweit machbar, noch fehlende Haushaltsgeräte oder auch Kleidung. Meine Unterwäsche und eine zu entbehrende Strickjacke nahm die Alte gern, sie wusste ja nicht, dass sie von der Hure stammten!

Auch für seinen Vater hatten wir gebrauchte Kleidung und für beide wärmere Mäntel aufgetrieben, schließlich stand der Winter vor der Tür.

Eigentlich hätte ich den beiden gern geholfen …

Weil Karl noch arbeiten musste, gab er mir entsprechende Aufträge von seinen Eltern; ich versuchte sie zu erfüllen, besorgte, wenn möglich, das Gewünschte, gab ihrem Sohn die Sachen, der brachte sie den armen Alten, die sich hoffentlich bedankten, kam zurück mit neuen Wünschen.

Idiotischer Kreislauf!!

Der letzte Tag vor seiner Abfahrt.

„Zu blöd, ich bin ja nun wirklich nicht mehr der Jüngste und jetzt soll ich noch schießen lernen!“ Er strich sich sein Haar zurück, stützte sich, Kinn in der Hand, auf den kleinen Esstisch. „Aber ich sollte mich nicht beklagen“, brummelte er. „Es mussten schon so viele dran glauben. Jetzt bin ich eben an der Reihe.“

Wusste er, wie sehr mich seine Worte trafen?

Mich ließ doch dieses Schuldgefühl keinen Augenblick los, es war immer da, grinste mich höhnisch an und hämmerte dauernd im Ohr.

„Ich weiß, Karl, ich weiß es. Und du hast ja recht. Ich glaube zwar nicht an den kirchlichen Gott, aber dass es irgendwo etwas gibt, was über uns steht, das glaube ich schon. Nenn ihn Gott von mir aus – jedenfalls bete ich täglich zu ihm und bitte ihn, dich zu verschonen, wirklich. Mehr kann ich nicht tun", resigniert wandte ich mich ab.

„Schon gut, ist ja nicht mehr zu ändern. Mein Zug geht morgen Mittag ab Bad Salzungen. Ich kenne die genaue Uhrzeit nicht. Die vom Werk haben mir versprochen, mich und andere Eingezogene mit unserer Werksbahn nach Bad Salzungen zu bringen. Da sammeln wir uns."

„Ich wollte dich so gern bis Bad Salzungen bringen, geht das?"

Ich schloss den Koffer, ordnete seinen Mantel, Schal und Hut.

„Du kannst mich zur Werksstation bringen. Ich schätze, die anderen Frauen und Mütter begleiten auch ihre Männer und Söhne."

„Um Gotteswillen! Deine Mutter will doch hoffentlich nicht mit?" Entsetzt starrte ich ihn an.

„Nein, keine Sorge, mein Vater schon eher, aber meine Mutter, nee! Ich verabschiede mich heute Abend von ihnen, dann ist das erledigt."

„Gut", ich nickte. „Muss ich noch an irgendwas denken? Will ja keinen Mist mehr bauen", jetzt grinsten wir beide. Was war ich froh, dass er mich nicht hasste, jedenfalls zeigte er es nicht.

Der Abschied am Treffpunkt der Werksbahn verlief ohne viele Worte und nur mit wenigen Tränen.

Es ging ja noch nicht an die Front. Die meisten wurden für das Schlachten erst ausgebildet – einige Wochen Galgenfrist.

Ich fühlte mich elend und strauchelte als Letzte nach Hause.

Hilde stand vor der Tür.

Manchmal ist das unerwartete Auftauchen eines lieben Menschen ein kleines Glück. Ich musste mich richtig zusammenreißen, um nicht loszuheulen.

„Kannst ruhig heulen, mich stört das nicht", grinste sie, nahm mich in den Arm und lotste mich in unseren Wohnraum.

„Jetzt genehmigen wir uns erst einmal einen Schluck. Solche Abschiede sind wirklich zum Kotzen“, lächelte ich unter Tränen, holte Gläser und schüttete uns ein, während wir es uns gemütlich machten.

„Freu mich so, dass du da bist. Die letzten Tage fand ich fürchterlich. Und dann seine Eltern! Er scheint ja ganz in Ordnung zu sein, aber sie ist eine schreckliche Frau.“

„Ich glaube, ich habe sie nur von weitem gesehen. Sie gingen wohl ins Dorf, um sich zu orientieren. Sie machten eigentlich einen normalen Eindruck, eben alte Leute“, bemerkte Hilde nach dem ersten Schluck.

Und dann erzählte ich doch von dem irrwitzigen Auftakt mit ihnen. Karl würde das missbilligen – war mir wurscht. Es musste raus!

Hilde hörte mir aufmerksam zu, beobachtete mich interessiert, blinzelte ab und zu, wedelte unruhig mit ihren Händen, schüttelte immer wieder den Kopf und stieß am Ende ein lautes „Puuuuhh“ aus. Sie warf dann ihren Lockenkopf nach hinten, stemmte sich aus dem Sessel und griff erneut zum Eierlikör.

„Na, da haste ja wirklich ne nette Schwiegermutter. Da bleibt dir nichts anderes übrig, als ihr aus dem Wege zu gehen. Mit dem Alten kannste ja ab und zu reden.“

„Sprich aber bitte mit niemandem darüber, ja?“

„Keine Sorge, wen interessiert das schon. Die Menschen hier haben alle ihre eigenen Probleme. Komm ruhig jederzeit zu uns, du weißt ja, wo wir zu finden sind.“

Sie erhob sich, trank den letzten Schluck, wobei ihr Blick durch unser Zimmer kreiselte, „Du hast es euch wirklich gemütlich gemacht“, umarmte mich leicht, wandte sich zur Tür.

„Wann kommt deine Mutter?“

„Sie hat geschrieben, dass sie in den nächsten Tagen hier eintrudeln wollte, is nich ganz leicht, aus Berlin.“

„Du hast schon einen ganz schönen Bauch“, ihre lachenden Augen streiften meine deutlich unförmige Figur.

„Im Dezember könnte es soweit sein. Hoffentlich muss Karl nicht gleich nach Osten, hab fürchterlich Schiss davor.“

Gedanken verloren sich ...

„Ich verschwinde dann mal, lass dich nicht unterkriegen, Kleene“, öffnete die Tür und schloss sie leise.

Nach einigen Tagen vernahm ich ein vorsichtiges Klopfen. Mein Schwiegervater stand vor der Tür. Verlegen und unschlüssig knetete er seine Finger.

„Kommen Sie rein.“ Ich trat zur Seite, bot ihm einen Stuhl an. „Ich wollte mir gerade einen Tee aufbrühen, möchten Sie auch einen?“

„Gern, das wäre sehr freundlich“, antwortete er und setzte sich auf die Kante des Stuhls. Ganz gerade. Beine nebeneinander. Hände ineinander verschränkt. So ganz wohl schien er sich nicht zu fühlen.

Während ich Wasser aufsetzte, die Kamillenblüten in die Kanne schüttete, beobachtete ich ihn aus den Augenwinkeln, registrierte sein schütteres Haar, das wie eine Igelfrisur nach oben gekämmt war, bemerkte eine hohe Stirn und eine große Nase, die in dieser Familie immer „Fumm“ genannt wurde, stellte fest, dass auch seine graublauen Augen wie bei Karl tief in den Höhlen lagen. Auch seine riesigen Ohren sowie die ähnlich schmalen Lippen ließen erkennen, dass Karl sein Sohn war.

Irgendwie rührte er mich, wie er so dasaß, in der etwas zu großen Strickjacke, den verschlissenen Hemdkragen eng am Hals geschlossen, in der weiten Hose und den abgetragenen Schuhen.

„So, da wollen wir mal“, ich stellte Tassen auf den Tisch, goss ein, setzte mich ihm gegenüber, spürte, dass auch er mich aufmerksam beobachtete.

„Das ist wirklich sehr freundlich“, murmelte er, während er vorsichtig pustend den ersten Schluck nahm und mich plötzlich direkt anschaute.

„Ich möchte, dass wir Du sagen. Schließlich bist du ja meine Schwiegertochter. Wärst du einverstanden?“

Ich schaute ihn offen, aber auch etwas irritiert an, grinste ein bisschen schief, nickte dann.

„Warum nicht. Und wie soll ich dich nennen? Schwiegervater? Vater?“

„Das ist mir egal, wie du möchtest.“

Ich goss Tee nach, die Atmosphäre entspannte sich, er lehnte sich zurück und betrachtete das Zimmer. „Schön hast du's hier.“

Offensichtlich aber hatte er noch etwas auf dem Herzen. Er druckste rum, rückte auf dem Stuhl nach vorn, legte seine Hände auf die Tischplatte.

„Weißt du, wir haben ein Problem. Wir wissen nicht, was wir mit der schmutzigen Wäsche machen sollen. Meine Frau wäscht die leichte Wäsche im Waschbecken, aber die Leibwäsche, Handtücher, Taschentücher und so, die müssen doch gekocht werden. Wie machst du denn die große Wäsche?“

„Also: Es gibt hier eine Waschküche, die benutzt werden darf. Man schreibt sich auf einer Tafel ein, mit Datum und Uhrzeit, dann kann man dort waschen. Es gibt einen großen Kessel, der wird angeheizt, die Wäsche darin gekocht und nachher in zwei großen Becken gespült. Man muss schon drei bis vier Stunden rechnen; kommt drauf an, wie viel Wäsche jemand hat.“

„Ach, so funktioniert das“, er rieb sein unrasiertes Kinn.

„Weißt du, wie wir das machen? Ich schau mal nach, wann die Waschküche frei ist, schreibe mich zum nächsten Termin ein und dann wasche ich eure Wäsche mit. Wir gehen am besten gemeinsam runter, dann weißt du, wo du die Wäsche abliefern und wo du sie wieder abholen kannst.“

Ich schnappte meinen Schlüssel, und wir marschierten durch verschiedene Gänge, mal nach rechts, dann kurz nach links, bis wir vor einer Treppe landeten, die uns in den Keller führte. An einer Tür stand in großen Lettern „Waschküche“. Ich drückte die Klinke runter, machte Licht und wir standen vor Waschkessel und -trögen sowie mehreren Ablagemöglichkeiten.

„Is ganz praktisch, is alles in der Nähe, und hier …“, ich öffnete die nächste Tür, „kann man die Wäsche trocknen. Bei offenen Fenstern riecht die Wäsche sogar angenehm frisch.“

Er begutachtete die Räumlichkeiten, trottete wie ein Hund hinter mir her, stellte sich neben mich, als ich die Termine auf der Tafel studierte. Mit dem Finger verfolgte ich Datum, Uhrzeiten und Namen.

„Aha, am Montag und Dienstag ist die Waschküche besetzt, dann schreiben wir uns am Mittwoch um 9.00 Uhr ein“, murmelte ich, mich zu ihm drehend, etwas lauter. „Ist Mittwoch in Ordnung?“

Er nickte zustimmend, und ich ergriff den am Bindfaden befestigten Bleistift und schrieb uns ein.

„Da bin ich wirklich froh und danke dir für deine Hilfe.“

Wir schlossen die Türen und machten uns auf den Rückweg. Er verabschiedete sich mit freundlichem Lächeln und ging weiter den Gang entlang in sein Zimmer.

So könnte es gehen …

Ein paar Tage später tauchte meine Mutter auf, vollkommen erschöpft und erledigt, und war froh über ihr kleines Zimmerchen.

„Hier hat sich ja nichts verändert!“

Sie strich über die karierte Bettdecke, schüttelte ungläubig den Kopf. „Unglaublich! Diese Ruhe! Du kannst dir nicht vorstellen, wie es in Berlin aussieht! Fast jede Nacht Fliegeralarm, die Menschen schleichen wie betäubt durch die Gegend, keiner achtet mehr auf den anderen, viele Ausgebombte suchen mit ihren Habseligkeiten ein Dach über dem Kopf; und immer noch die Durchhalteparolen! Es ist furchtbar! Und der Winter steht vor der Tür, wir hatten sogar schon Minusgrade! Dabei gibt es kaum noch Kohlen! Die Leute stürmen die Grünanlagen, raffen alles, was wie Holz aussieht, hacken Äste ab, kleine Bäume musste mit der Lupe suchen! Ihr wisst ja gar nicht, wie gut ihr es hier habt!"

Wie ein Kind, müde, aber mit leuchtenden Augen sah sie sich um.

Beim gemeinsamen Abendbrot, ergriff ich ihre Hand, schmiegte meine Wange hinein und freute mich einfach.

Aber ihr Bericht ließ die Freude rasch verstummen.

„Ich brauchte fast zwei Tage, um nach Merkers zu kommen. Gerade die Eisenbahnen werden bombardiert! Oft standen wir fest, weil Züge mit Verwundeten den Vorzug hatten. Wenn du die armen Schweine gesehen hättest ... zum Teil in offenen Waggons, wie die Tiere eingepfercht, einer neben dem anderen, und wenn der Zug nahe genug vorbeifuhr, hörtest du ihre Schreie! Kaum auszuhalten!"

„Und in Richtung Osten? Hast du viele Soldaten gesehen?"

„Mindestens EIN ellenlanger Zug war voller Soldaten in Richtung Osten. Wie soll das weitergehen?" Sie wiegte den Kopf verständnislos hin und her, während sie sich Tee nachschenkte.

„Und Karl? Du schriebst, er sei eingezogen; ich dachte immer, sie brauchen ihn hier?"

Au Backe! DAS hatte ich ihr natürlich nicht geschrieben. Wer schreibt schon gern über den Mist, den er verbockt hat!

Nun musste ich Farbe bekennen und die ganze Geschichte erzählen: meine Quatscherei, das Gespräch auf dem Amt und Karls Einberufung. Ich versuchte natürlich, mich nicht ganz so schlecht zu machen, litt ja selber an meinen Selbstvorwürfen!

Empört und wütend funkelte sie mich an und schlug mit der flachen Hand auf den Tisch.

„Es ist unglaublich! Warum, um Himmels willen, kannst du deinen Mund nicht halten! Wie oft habe ich dir das schon gesagt! Da kann man reden, soviel man will“, erregt schob sie den Stuhl zurück, kreuzte die Arme vor der Brust.

„Ich kann doch nicht bei jedem Satz nachdenken oder nach rechts und links gucken, ob da einer sitzt und mich beobachtet“, maulte ich und spürte, wie der Zorn auch bei mir wuchs.

„Solltest du aber. Jetzt siehste, was du davon hast!“

Immer diese Vorwürfe. Wütend räumte ich den Tisch ab. Schmiss das Geschirr in die Spülschüssel. Setzte Spülwasser auf. Rumpelte mit dem Kessel. Wischte den Tisch ab. Stellte die Stühle unter den Tisch.

„Willste jetzt die ganze Zeit so muksch bleiben? Ich kann es doch auch nicht mehr ändern ... Meinste, ich bin glücklich darüber?“

Während sie sich aus der Erstarrung löste, warf sie mir einen strengen Blick zu, seufzte abgrundtief: „Wenn es dir wenigstens eine Lehre wäre!“

Puhhh, war ich froh!

„Komm, ich hab noch ein Likörchen, kleiner Willkommensgruß.“

Ich holte die Flasche, zwei Gläschen.

„Prost! Bin doch sehr froh, dass du da bist!“

„Meinst du, das Likörchen tut deinem Kind gut?“ Meine Mutter schaute prüfend auf meinen dicken Bauch.

„Ach was! Was mir gut tut, tut dem Kind auch gut.“

„Du hast von deinen Schwiegereltern geschrieben. Sie seien ausgebombt und wollten zu euch. Sind sie da, oder kommen sie noch?“

Du grüne Neune, die hatte ich ganz vergessen.

„Die sind schon eine ganze Weile hier und nicht unbedingt zur Freude aller“, kommentierte ich.

Die zweite Geschichte landete auf dem Tisch. Ich erzählte alles, was ich mit den beiden Alten erlebt hatte.

„Sooo sind die Katholiken? Unvorstellbar! Ich kenne auch keine von der Sorte, aber dass die uns so hassen, hätte ich nicht gedacht“, sprachlos hypnotisierte sie die Tür, als müssten die beiden gleich auftauchen. „Hoffentlich wird die nicht mal krank, dann sieht es für dich übel aus! Gut, dass der Mann wenigstens umgänglicher ist. Na, der hat es mit ihr auch nicht leicht.“

Ein paar Tage später ein Brief von Karl.

Ich riss ihn hektisch auf, las seinen ersten Bericht.

Es ginge ihm recht gut, die Versorgung sei akzeptabel. Über seine Aufgaben dort durfte er wohl nichts schreiben. Er habe meist Samstagnachmittag bis Sonntagabend keinen Dienst, so dass ich ihn besuchen könnte, wenn ich wollte. Er habe sich auch schon nach einem Quartier für mich umgehört. Eine gewisse Frau Höpper vermietete für kurze Zeit ein Zimmer an Frauen, die ihre Männer oder Söhne besuchen wollten. Die Adresse stand dabei.

Ich ließ den Brief sinken, überlegte – keine schlechte Idee – mal was anderes, nicht immer hier festgenagelt, sehnte mich oft in die Welt, auch wenn Mühlhausen nicht gerade die Welt war.

Mittlerweile war es zwar schon recht kalt geworden, aber dick eingeprümmelt, versorgt mit Butterbroten und Tee, könnte ich die kleine Reise schon antreten.

„Was hältst du davon?“, fragte ich meine Mutter, als sie bei mir zum Essen erschien.

„Das könnte eine ganz schöne Tortur werden. Ich hab dir ja erzählt, wie es mir ergangen ist. Aber das musst du selber wissen. Vergiss nicht, du hast einen ordentlichen Bauch zu tragen. Und in den Zügen ist es nicht mehr so komfortabel wie früher.“

„Is ja nicht weit, vielleicht fünfzig Kilometer bis Mühlhausen, vielleicht weniger. Ich glaube, Karl würde sich freuen. Soll ich schon am nächsten Wochenende …?“ Ich dachte nach. „Doch, das könnte ich schaffen. Ich antworte ihm gleich!“

Eifrig kramte ich nach Papier und Stift, suchte einen Umschlag und legte los, während meine Mutter die Reste vom Abendbrot versorgte.

„Komm! Wir machen einen Spaziergang und bringen den Brief zur Post. Er soll rasch Bescheid bekommen."

„Dank dir sehr für deinen dicken Mantel, Mutti", sagte ich, als wir uns gegen die Kälte wappneten. „Der passt sogar über den Bauch, den letzten Knopf kann ich ja auflassen."

Dick eingemummelt zogen wir ins Dorf, warfen den Brief ein, und beobachteten am Himmel Flugzeuge, die ihre Last, Gott sei dank, nicht bei uns abluden.

In Bad Salzungen musste ich umsteigen.

Soldaten, wo man hinsah! Eine graue Masse, die da in ihren Uniformen und dicken Mänteln auf der Suche nach einem Platz war. Und ich mit dickem Bauch mittenmang!

„Nun lasst doch mal die junge Frau vorbei, ihr könnt sie doch nicht zerquetschen!", brüllte ein Soldat, schob den einen oder anderen zur Seite und verschaffte mir ein wenig Luft.

„Kommse, junge Frau, wir finden schon ein Plätzken für Sie! Mensch, rutsch doch mal zur Seite … danke, so, nu setzen Se sich mal hier rein." Er zerrte an meinem Arm und ehe ich mich versah, saß ich auf einer Bank, zusammengepfercht zwischen Soldaten – bisken eng, aber ein Sitz! Als der Zug anruckte, wäre ich beinahe vom Platz gefallen, aber ein schützender Arm ließ das nicht zu: Ich war sicher wie in Abrahams Schoß. Jetzt bloß keine Fliegerangriffe!

„Danke, vielmals danke für ihre Hilfe!"

Ich sah in die Runde, nickte lächelnd in ganz junge Gesichter, aber auch in ältere, die mich erwartungsvoll betrachteten. Alle in Uniform, ihr Gepäck zum größten Teil in der Ablage oder vor ihren Stiefeln. Immer wieder mussten sie aufpassen, damit das Zeug nicht runterflog, wenn die Bahn bremste oder in die Kurven fuhr.

„Geht's zur Front?" Die meisten nickten, schwiegen nach unten oder aus dem Fenster. Diese Frage war wohl keine gute Idee.

„Und Sie? Wenn ich fragen darf … in diesen Zeiten und in ihrem Zustand?"

„Ich besuche meinen Mann. Er ist in Mühlhausen stationiert. Wir wollen uns noch mal sehen."

Ich wühlte in meinem Rucksack, holte meine Stullen und bot sie an. Das Eis war gebrochen! Sie griffen herzhaft zu, erzählten von Muttern, die auch so leckere Brote machte, von ihren Frauen und Verlobten, die auf sie warten – nur über den Krieg und ihre Zukunft wurde eisern geschwiegen.

Langsam schlängelte sich der Zug voran. Manchmal hielt er auf offener Strecke. Gehetzte Blicke aus den Fenstern, Angst vor Tieffliegern.

Aber wir hatten Glück.

In meinen dicken Bauch kam Bewegung: Das Kind strampelte kräftig, ich konnte es nicht nur spüren, man sah es auch deutlich.

„Das wird 'n Fußballer! Der ist jetzt schon dabei, Tore zu schießen!", lachte mein Gegenüber. „Mein Kleiner war auch so …", er kramte in seiner Brieftasche und zeigte mir ein Photo seines Sohnes. „Fußballer ist er noch nicht, aber er ist kaum zu bremsen." Stolz zeigte er das Bild herum, und schon konnte ich mich vor Photos von Kindern, Frauen, Verlobten und Müttern kaum retten. Jeder erzählte eine kleine Geschichte zu seinem Bild, jeder versuchte, seine Erzählung besonders interessant zu gestalten, jeder blickte liebevoll auf sein Photo, feuchte Augen rutschten rasch zur Seite, ich musste aufpassen, dass mir nicht auch die Tränen kamen.

Aber weiter als Mühlhausen wollte ich nun doch nicht, auch wenn es noch so schön mit all den Soldaten war. Es wurde ein herzzerreißender Abschied mit Umarmungen und unendlich vielen guten Wünschen für mich und das Baby. Obwohl ich mich darüber freute, konnte ich mich nicht gegen das elende Gefühl von Traurigkeit und Hilflosigkeit wehren. Ich wünschte ihnen natürlich auch alles Gute, Ohren steif halten … alles was man so sagt, wenn man nicht weiß, was man sagen soll.

Viele Soldaten stiegen mit mir aus. Auch einer aus meiner Truppe, der mich durch den Gang lotste und mich glücklich auf den Bahnsteig verfrachtete. Ein eisiger Wind riss mir fast meine Fellmütze vom Kopf, winzige Schneekristalle bissen kräftig in Gesicht und Nase – dazwischen die graue Soldatenmasse und der Geruch nasser Mäntel und Uniformen.

Wie sollte ich Karl in diesem Durcheinander finden?

Ich kämpfte mich schrittweise, Entschuldigungen murmelnd, dem Schild Ausgang folgend, langsam zur Treppe. Hier klammerte ich mich am Geländer fest, nicht willens, es eher loszulassen, bis Karl mich erlöste.

Und dann stand er plötzlich vor mir, freute sich sichtlich, umarmte mich, nahm meinen Rucksack, hakte mich unter, und gemeinsam marschierten wir los.

„Wir gehen zuerst zu Frau Höpper und bringen dein Gepäck unter. Dann versuchen wir, in einem Lokal was zu essen zu kriegen."

Weit mussten wir nicht gehen, aber schneidende Schneegraupel im böigen Wind trieben mir Tränen in die Augen, nahmen mir fast die Luft, ließen mich mehr stolpern als kräftig ausschreiten. Hätte Karl mich nicht fest am Ellenbogen gepackt, wäre ich ganz schön ins Schlittern geraten.

Nach ungefähr fünfzehn Minuten Kampf durch dieses unwirtliche Schneegestöber standen wir vor einem kleinen unscheinbaren Häuschen. Karl klingelte.

„Ahhh, da sind Sie ja!" Eine rundliche Frau in Kittelschürze, dicker Strickjacke, einen Wollschal um den Hals, reichte mir die Hand.

„Kommen Sie rasch rein, es ist ja furchtbar kalt heute."

Sie schloss die Tür, zeigte auf eine kleine Treppe, „Ich gehe mal vor", kletterte nach oben und öffnete eine Tür mit einer einladenden Geste.

„Das Zimmer meines Sohnes. Er ist als vermisst gemeldet. Er ist gewiss nicht böse, wenn ich mir durch Vermietung etwas dazu verdiene."

Sie wischte sich kurz über die Augen, trat beiseite und ließ uns eintreten. „Ich habe alles zurechtgelegt, Handtücher und alles, wenn Sie noch was brauchen, fragen Sie nur."

Dann schloss sich die Tür. Karl legte den Rucksack beiseite, dann die Arme um mich und wir schmusten und streichelten einander.

„Durch deinen dicken Bauch kommt man ja kaum an dich ran", grinste er, küsste und streichelte aber weiter. Endlich mal wieder ein Gemeinsames!

Kalt war's in dem Zimmer, saukalt, obwohl ein kleiner Ofen einen Hauch von Wärme abstrahlte.

„Wie reingepupst!"

„Wir halten uns ja nicht lange hier auf, das geht schon", bemerkte Karl. „Lass uns gehen, wir wollen doch noch was essen."

Wir zurrten unsere dicken Mäntel fest. Mützen und Schal saßen noch da, wo sie vorher waren, grüßten unsere Wirtin zum Abschied und nahmen erneut den Kampf gegen Schnee und Kälte auf. Der Himmel senkte sich tiefer und erstickte den Tag. Der Wind noch immer eisig, winzige Flocken tanzten um uns herum.

Unterwegs kicherten wir ausgelassen, wenn wir ins Schlittern kamen, krallten uns aneinander und glucksten vor uns hin.

Das Speiselokal erreichten wir nach kurzer Zeit. Karl öffnete schwungvoll die mächtige Tür. Rauchschwaden schossen nach draußen, der Lärm ließ uns verstummen. Proppevoll!

Viele Männer, einige mit ihren Frauen oder Freundinnen, die sich auf viele kleine Tische verteilten. An der Theke tranken Uniformierte ihr Bier, und alle pafften wie die Schlote und nebelten das ganze Lokal ein.

Wir fanden ein kleines freies Tischchen, zwar in der Nähe des Klos, aber wir fühlten uns trotzdem wohl, auch wenn der Geruch aus Putzmitteln, Pisse und Zigarettenrauch unsere Nasen nicht gerade umschmeichelte. Wärme durchströmte den Raum, entstanden durch die Menschen und den Ofen in der Ecke. Wir klaubten uns aus unseren dicken Klamotten, legten sie über einen noch freien Stuhl, weil sich an der Garderobe kein einziger freier Haken mehr fand.

Meine rote, fast erfrorene Nase begann sofort zu tropfen, und in meine eiskalten Hände und Füße schoss das Blut mit kribbelnden Schmerzen.

Eine sichtlich genervte Kellnerin nuschelte: „Was wollen Sie denn: Essen oder nur trinken?"

„Was gibt's denn?"

„Wir haben nur noch Rippchen mit Sauerkraut, mehr ist nicht mehr."

„Na, dann nehmen wir das doch zweimal und zwei Bier."

Sie notierte was auf ihren kleinen Block und wurschtelte sich durch die Menge.

„Und wie ist es zu Hause?"

Karl steckte sich eine Zigarette an, lehnte sich zurück, schlug ein Bein über das andere, beobachtete mich aufmerksam. Und ich legte los! Berichtete von seinem Vater, unserem ersten gemeinsamen Waschtag, unseren kleinen Teepausen, der Ankunft meiner Mutter mit ihren Erlebnissen und was sonst noch alles geschehen war.

„Mit deinem Vater kann man sogar lachen!", schmunzelte ich.

Von seiner Mutter kein Wort.

„Ich bin schon sehr erleichtert, dass deine Mutter da ist. Wir wissen ja nicht, was noch alles passieren kann – und du bist auch nicht mehr so ganz beweglich“, sein Blick streifte meinen gewölbten Bauch.

„Hier …“, er nestelte in seiner Jackentasche, „ist meine genaue Adresse und eine Telefonnummer. Die gibst du auch deiner Mutter. Es beruhigt mich, erreichbar zu sein, wenn es bei dir losgeht, man kann ja nie wissen.“

„Jetzt hätte ich beinahe den Brief vergessen, der für dich angekommen ist.“ Ich fummelte in meiner Tasche und förderte den schon ziemlich zerknitterten Brief zutage.

„Ist vom Werk, oder?“

Er drehte und wendete den Brief, ehe er ihn umständlich öffnete. Ich betrachtete seinen konzentrierten Gesichtsausdruck, hoffentlich nicht wieder Hiobsbotschaften.

„Wir bekommen eine Werkswohnung, das ist doch schon mal was. In der Gartenstraße, gar nicht weit weg vom Werk. Vier Zimmer und Küche, was sagst du?“ Er schaute mich triumphierend an.

„Das ist ja wunderbar! Dann kann ich ja unserem Schreiner Hill gleich Aufträge für das Wohnzimmer, das Schlafzimmer und die Küche erteilen. Da habe ich ja wieder was zu planen!“ Ich klatschte in die Hände: „Darin bin ich nämlich richtig gut! Das kann ich!“ Freudig strahlte ich ihn an. „Und ab wann?“

Er schielte auf das graue, holzige Papier, auf dem man die Schriftzüge oft nur schwer entziffern konnte.

„Ende Januar, Anfang Februar 1945, genau haben sie sich nicht festgelegt. Bisschen Zeit bleibt uns dann noch – vielleicht bin ich ja dann noch hier“, murmelte er in sich hinein, während er den Brief an mich zurückgab, „wir werden sehen.“

Das Essen war keine Offenbarung, störte uns wenig, denn wir plauderten und planten, Ideen wurden hin und hergewälzt, fühlte mich einfach wohl! Der Krieg blieb vor der Tür.

Karl musste um zehn Uhr in der Kaserne sein.

Die Welt draußen frostig, aber merkwürdig ruhig und friedlich. Kein Wind mehr, keine Schneeflocken, nur der fast volle Mond lachte uns entgegen. War beinahe romantisch.

„Ich hole dich morgen gegen zehn Uhr ab. Dann erkunden wir den Ort. Ich kenne ihn immer noch nicht. Vielleicht können wir dann noch irgendwo einkehren, mal sehen. Hoffentlich ist es morgen nicht ganz so kalt wie heute."

Kurzer Abschied, kurze Umarmung, kurzes Küsschen.

Mit Frau Höpper plauderte ich noch einige Zeit in ihrer Küche, frierend, weil sie kaum noch Brennholz besaß. Während unseres Gesprächs schien mir, als hörte ich Lokomotiven.

„Sind das Züge, die ich da höre?"

„Stimmt, gar nicht weit von hier ist der Güterbahnhof, man hört sie oft in der Nacht", bestätigte sie.

„Wenn die da mit den Zügen rangieren, dann müssen dort auch Kohlen sein. Ohne die geht das nicht", dachte ich laut.

„Könnte sein", sie ahnte, was ich sagen wollte, „aber wer Kohlen klaut, wird erschossen", ihre großen Augen blickten mich entsetzt an. „Ich trau mich da nicht hin."

Es war saukalt, wir saßen schon fast zu Eisklötzen gefroren – da musste doch was geschehen!

Ich schaute aus dem Fenster. Besonders gut konnte man nicht durch die Eisblumen schauen, aber dass die Nacht klar war und der Mond sein Licht ausstrahlte, das wusste ich ja.

„Wissen Sie was? Ich bin überhaupt noch nicht müde, und bei der Kälte könnte ich sowieso nicht einschlafen; wollen wir's probieren?"

Frau Höpper blickte mich zweifelnd an, schwankte zwischen Angst und Hoffnung auf wohlige Wärme, schüttelte ängstlich, dann wieder nickend den Kopf.

„Aber mit Ihrem dicken Bauch … das ist doch gefährlich!"

Ihre Einwände wurden kleiner, sie schwankte in ihrer Entscheidung.

„Das ist gerade mein Pfund, mit dem ich wuchern kann", plapperte ich. „Sollten wir erwischt werden, können wir auf die werdende Mutter verweisen, die bestimmt in dieser Nacht erfrieren würde, wenn sie nicht endlich ein paar Kohlen im Ofen hätte."

Ich spürte, wie sich Frau Höpper langsam für meinen Plan erwärmte. Sie hätte ja am meisten davon, das war ihr schon klar.

„Und außerdem klauen wir keine Kohlen, wir sammeln nur heruntergefallene auf!" Meine ganze Überzeugungskraft legte ich in meine Stimme. Kritischer Blick zu mir, unsicheres Kneten ihrer Schürze, saugende Bewegungen an ihrer Unterlippe.

„Also los! Wir ziehen unsere dicken Mäntel, Mützen und alles an! Aber nur dunkle Sachen, Frau Höpper! Dann schleichen wir uns irgendwie ran." Ich war in meinem Element!

Die Kälte fraß sich wirklich durch Mark und Bein; und was noch halbwegs warm war, verwandelte sich jetzt in Eiszapfen.

Versteckt unter den Mänteln trug jeder von uns zwei Taschen oder Beutel.

Frau Höpper übernahm die Führung. Flüsternd zeigte sie mir nach einer Weile das Bahngelände, wo Rangierloks hin und hergelotst wurden. Unsere Augen gewöhnten sich langsam an die Dunkelheit, der Mond tat sein Übriges, aber so konnten uns natürlich auch andere sehen!

Vorsichtig wagten wir uns in die Nähe einiger Gleise, wo keine Rangierarbeiten stattfanden. Gebückt – ich in meinem Watschelgang – und hochkonzentriert hypnotisierten wir den Boden.

Steine über Steine, und dann tatsächlich Kohlen. Wir mussten schon genau aufpassen, ob wir Kohlen einpackten oder Steine! Klar, der ein oder andere flutschte dabei auch mit. Aber wer sich wie wir laufend mit Kohlen beschäftigen musste, der erkannte rasch den Unterschied.

Und kein Lebewesen in unserer Nähe. Offensichtlich trauten sich bei dieser Kälte keine anderen Kohlenklauer raus. Ich hätte schreien können vor Glück! Die Taschen waren ruckzuck gefüllt, aber auch ganz schön schwer! Keuchend und kichernd schleppten wir unsere Taschen in das Haus zurück. Erst in der Küche lachten wir voller Freude: Was für ein Schatz!

„Da lagen aber noch mehr", brummelte ich, während ich sie intensiv fixierte, „unsere Behältnisse reichten nur nicht."

„Wir können doch nicht noch mal …", Frau Höpper starrte entsetzt, griff sich an die Brust. „Ich bin fix und fertig, mein Herz bummert noch immer wie verrückt!"

„Es war doch nicht weit … und es ging doch alles schnell und ohne Probleme. Morgen sind die Kohlen bestimmt von anderen geklaut, ähh genommen", der Gedanke, die schönen Kohlen da einfach liegen zu lassen, erschien mir unerträglich.

„Haben Sie nicht eine Kiepe oder was Größeres?"

Ganz plötzlich besiegte sie ihre Angst.

„Im Keller, da ist eine alte, ich hole sie mal", schon stolperte sie die Kellertreppe runter und kam mit einer ansehnlichen Kiepe zurück. Auch ihr taten offensichtlich die in der Kälte ausharrenden Kohlen leid.

Mit Verschwörermiene packten wir uns erneut warm ein. Sie trug die Kiepe. Wie beim ersten Mal schlichen wir uns neben Sträuchern und Büschen an unseren Platz, beobachteten einige Minuten unsere Umgebung, bevor wir die Kiepe auf dem Boden absetzten.

Wieder begann das Suchen und Auswählen ... als Frau Höpper plötzlich einen unterdrückten Schrei ausstieß und mit der Hand aufgeregt fuchtelnd nach hinten zeigte.

Und dann sah ich ihn auch: Ein dunkel gekleideter Mann mit einer Laterne näherte sich langsam.

„Ich hab's ja gewusst, ich hab's ja gewusst", quietschte sie außer sich, nicht mehr in der Lage sich zu bewegen.

„Ganz ruhig, ganz ruhig! Ducken! Ducken! Nerven behalten", zischte ich.

Wie ein kleiner schwarzer Berg oder ein dunkler Busch kauerten wir uns um unsere Kiepe, hielten den Atem an und zogen unsere Mützen ganz tief übers Gesicht; wir glaubten, das Wummern unserer Herzen würde man meilenweit hören. Ich riskierte ein Auge, beobachtete den Mann und stieß einen Seufzer der Erleichterung aus, als er sich nach rechts in Richtung der Lokomotiven entfernte. Erst als er kaum noch zu sehen war, sortierten wir Arme, Beine und Füße und quälten uns aus unserer unbequemen Haltung.

„Das war knapp!", stellte ich fest, grinste Frau Höpper an und strich ihr beruhigend über den Arm. „Ist ja vorbei!"

Sie hechelte noch immer. „Sie sind vielleicht ne Marke", flüsterte sie. „Nu aber rasch nach Hause!"

Wir beide ergriffen je einen Rand der Kiepe, ächzten bei dem Gewicht und schleppten Schrittchen für Schrittchen unsere Beute zum kleinen Häuschen. Weil wir uns neben den Büschen vorwärts bewegten, konnte uns niemand vom Güterbahnhof beobachten.

Das Ganze hatte nicht viel länger als zwanzig Minuten gedauert, diesmal allerdings mit Abenteuer!

Frau Höpper brauchte noch eine Weile, ehe sie sich freuen konnte.

Dann aber klatschte sie begeistert in die Hände, und wir begutachteten unsere Ausbeute. Unsere Kohlen erwiesen sich nicht als beste Qualität; aber schaut man einem geklauten Gaul ins Maul?

Einen großen Teil der Kohlen stapelten wir in eine Kiste hinter dem Ofen, den Rest schaffte sie in den Keller, musste ja nicht jeder sehen, welches Glück ihr in den Schoß gefallen war.

„Sie sind mir vielleicht eine", bemerkte sie lächelnd, als sie sich den Staub von ihrer Kittelschürze klopfte. „Beinahe hätte ich einen Herzinfarkt gekriegt! Ich dachte, ich falle auf der Stelle um, als ich den Kerl da mit seiner Lampe sah! Junge, Junge, war ich aufgeregt!"

Sie schüttelte kräftig ihre weißen Kringellöckchen.

„Oft darf ich so was nicht wiederholen! Trotzdem bin ich sehr froh und weiß gar nicht, wie ich Ihnen danken soll – das grenzt wirklich an ein Wunder!“

„Na, bei dem Wunder haben wir nur ein bisschen nachgeholfen“, lachte ich. Eigentlich war ich stolz auf mich, musste aber zugeben, dass mir zeitweilig ganz schön mulmig war; hätte schlimmer ausgehen können.

Sie holte dann noch eine geheime Flasche für besondere Gelegenheiten, und wir schlürften glücklich und müde ihren Likör.

Einen Karton Kohlen trug sie auch in mein Zimmer und heizte dem Ofen tüchtig ein. Eingemummelt in ein dickes Plumeau, spürte als erstes meine Nase die sanfte Wärme meiner Kohlen.

Frau Höpper revanchierte sich mit einem guten Frühstück. Bestimmt hatte sie alles aufgefahren, was sie besaß, sogar Eier mit Speck, Brot, Käse und Mettwurst. Ich hatte wirklich einen Riesenhunger, und wir beide verputzten, manchmal heimlich grinsend, die leckeren Sachen. Sie hatte sogar für jeden eine Tasse richtigen Bohnenkaffee, hat ihn wohl gehortet, für besondere Gelegenheiten.

„Mein Mann wollte mich gegen zehn abholen“, erklärte ich. „Ich packe rasch meinen Rucksack.“

Wieder in der Küche, bat ich sie, mein Gepäck bei ihr zu lassen, weil wir noch ein wenig in den Ort wollten.

„Na, selbstverständlich! Sie können bleiben, so lange Sie wollen. Ich verlasse mein warmes Häuschen bestimmt nicht!“

Karl klingelte.

„Sie haben es aber herrlich warm hier“, entschlüpfte es ihm, während er auf den noch nicht abgeräumten Tisch schielte und unser Grinsen nicht wahrnahm.

„Möchten Sie noch ein Brot mit Wurst oder Käse?“

„Wenn ich Ihnen nichts wegesse, gern, aber es ist nicht nötig. Wir werden ja in der Kaserne versorgt.“

„Greifen Sie zu, es ist ja noch was da."

Sie stellte einen neuen Teller auf den Küchentisch und schon saß Karl kauend und schmatzend am Tisch.

„Ihre Frau erzählte, dass Sie sich Mühlhausen ansehen möchten. Das lohnt sich, Sie werden das Gefühl haben, im Mittelalter angekommen zu sein. Gerade die kleine Innenstadt vermittelt diesen Eindruck, nicht zuletzt, weil sie von einer alten Stadtmauer umgeben ist; es wird Ihnen gefallen."

„Da bin ich gespannt, ich hatte noch keine Zeit, mich umzusehen."

Karl half mir in den Mantel und wandte sich zur Tür.

„Kennen Sie zufällig auch ein Speiselokal?"

„Warten Sie, da muss ich überlegen. Ja, wenn Sie in der Innenstadt sind, gibt es rechter Hand das Hotel Stadt Mühlhausen. Bei denen konnte man ganz gut essen, jedenfalls früher."

„Herzlichen Dank, bis nachher", ich zwinkerte ihr zu und ab ging's Richtung Mittelalter.

Und sie hatte nicht übertrieben. Wir fühlten uns wie in uralten Zeiten: enge Gassen, urige Ecken und Winkel, Straßen mit unregelmäßigen Steinen, lebensgefährlich rutschig, windschiefe, kleine Häuschen mit den verrücktesten Giebelchen und Erkerchen.

Von Krieg nichts zu spüren. Ein Tag ohne Zukunftsgedanken.

Allerdings hinderte uns der eisige Wind mit pieksenden Graupeln daran, stundenlang durch die Gassen zu stolpern, so dass wir froh waren, irgendwann in das gesuchte Lokal einkehren zu können.

Ein schöner holzgetäfelter alter Gastraum, weiß gedeckte Tische und intensiver Gestank nach Kohl empfingen uns. Kurzer Blick und wir steuerten auf einen Tisch am Fenster zu.

„Dürfen wir …?", fragte Karl die heraneilende Kellnerin.

„Wenn Sie nur zu zweit sind, biete ich Ihnen lieber diesen

Tisch am Fenster an, an dem anderen könnten vier Personen Platz nehmen."

„Das ist in Ordnung", wir zogen die Mäntel aus, hauchten in unsere kalten Hände und entspannten uns bei behaglicher Wärme eines Kachelofens.

Von unserem Platz aus konnten wir die kleine Gasse betrachten und den Sonntagmittag an uns vorbeitrudeln lassen.

Das Essen schmeckte viel besser als das gestrige, kostete allerdings auch mehr. Auf Marken gab's hier nichts.

„Ich hab mich erkundigt, gegen vier Uhr fährt ein Zug Richtung Vacha. Den solltest du nehmen. Man weiß nie, wie lange er unterwegs ist."

Karl trank einen Schluck Bier, zündete sich sein Zigarettchen an und tätschelte etwas verlegen meine Hand.

„Schade, dass unsere Zeit so schnell vergangen ist. War wirklich lieb von dir, dass du gekommen bist; für dich ist es ja mittlerweile auch nicht mehr so ganz leicht, dich in ein solches Abenteuer zu stürzen", er schmunzelte.

Wenn der wüsste, in welches Abenteuer ich mich gestern Nacht gestürzt hatte ... später, viel später werde ich es ihm erzählen.

Ich sah Frau Höpper an, dass ihr der Abschied von uns sichtlich schwer fiel, sie lächelte zwar, aber ihre Augen schimmerten feucht.

Sie hatte mir noch Brote geschmiert und Tee in eine Milchflasche gefüllt. „Auch kalter Tee schmeckt, wenn man durstig ist", murmelte sie, nahm meine Hand, drückte sie kräftig und hauchte ein Dankeschön.

„Ihnen alles Gute, Herr Jansen, bleiben Sie gesund. Und lassen Sie sich um Gotteswillen nicht erschießen!", rief sie ihm nach.

„Ich werde mir Mühe geben", antwortete Karl, ergriff meinen Rucksack. Letztes Winken und ab ging's in Richtung Bahnhof.

Noch war kein Zug zu sehen. Also zitterten wir in einer Ecke, lauschten dem pfeifenden Wind, fächelten schwirrende Schneeflocken beiseite und schwiegen still vor uns hin. Als sich der Bahnsteig zu füllen begann, schlenderten wir auf und ab und warteten.

„Ich werde wohl vor Ablauf der Ausbildung nicht mehr nach Merkers kommen können. Schade, aber nicht zu ändern. Und für dich wäre ein erneutes Treffen eine zu große Strapaze. Aber ich denke, Weihnachten kann ich nach Hause. Danach muss ich wohl an die Front, keiner weiß Genaues“, er wippte auf seinen Stiefeln, versteckte seine Hände tief in den Manteltaschen und heftete seinen Blick auf den Bahnsteig.

Plötzlich klapperten meine Zähne aufeinander, als ob es um viele Grade kälter geworden sei.

„Ist wohl so“, flüsterte ich und drückte meine Nase in seinen Mantel.

„Wird schon schiefgehen“, er suchte nach einem seiner Taschentücher, drückte es gegen meine Nase.

„Ich glaube, da bewegt sich was!“

Und richtig: Wir hörten es rumpeln und zischen, alles stank fürchterlich nach Rauch, und mit lautem Getöse und viel Dampf stampfte eine Lokomotive in den Bahnhof.

Unglaubliches Geschrei erfüllte den Bahnsteig. Rote-Kreuz-Schwestern hetzten den Zug entlang, schleppten Wasserflaschen und Essbares und verschwanden in den Abteilen.

„Offensichtlich ein Verwundetentransport. Komm, wir suchen nach einem zivilen Abteil, die transportieren ganz bestimmt auch normale Leute.“

Schon hatte er meinen Rucksack geschnappt und eilte nach vorne. Ich kämpfte mich hinterher, drängelte mich durch stehende und laufende Menschen, verlor ihn aus den Augen, hielt aber weiter die Richtung.

„Komm schnell! Ich habe ein Abteil gefunden. Einen Platz halten sie mir frei. Ich habe von meiner hochschwangeren Frau erzählt, das wirkt immer, stimmt ja auch“, er grinste, als müsste er sich entschuldigen.

Er ergriff meinen Arm, schleuste mich durch die Menge, half mir in den Wagen und in das Abteil und bugsierte meinen Rucksack mit Schwung in das Gepäcknetz.

„Weißt du … ich finde diese Warterei immer furchtbar. Du bist doch nicht böse, wenn ich gehe?“

Was sollte ich sagen?

Wir gingen auf den Gang hinaus; er drückte mich kurz, Kuss auf die Wange. „Komm gut an! Hoffentlich ohne große Unterbrechungen. Grüß deine Mutter! Und schreib mir sofort, ja?“

Nun doch noch ein kleiner Kuss auf den Mund, dann stand er draußen, winkte mir zu und verschwand in der Menge.

Ich setzte mich auf meinen Platz, gefaltete Hände, starrte durchs Fenster, sehen tat ich nix.

Er hat's eben nicht mit Gefühlen.

Ich merkte erst viel später, dass der Zug sich bewegte, merkte erst später, mit welchen Menschen ich im Abteil saß, merkte erst später, dass alle beklemmend still vor sich hin sahen. Einige, wohl leicht Verletzte, stöhnten, eine ältere Frau bewegte sich nicht, Augen geschlossen, eine andere sah stur aus dem Fenster; niemand sprach.

War das wirklich ICH, die gestern Nacht auf Kohlenklau war?

Wie ich nach Merkers kam, keine Ahnung. Irgendwann lag ich in meinem Bett und hatte wirklich mit niemandem gesprochen.

***

Viel miteinander sprechen: Das gab's nicht!

Was zu tun war: ja. Was notwendig war: Ja, aber wenn es um uns selbst ging, fehlten Worte.

Sie atmet tief durch, fährt sich durchs Haar, schüttelt die Erinnerungen beiseite. Berührt kurz seine Hand. Wendet sich ab und geht.

„Bea, schau du noch mal nach Karl. Ich geh ins Wohnzimmer."

„Mach ich!" Die Tochter trocknet sich ihre Hände ab, lässt Küche Küche sein und steht vor seinem Bett.

„Alles klar, Väterchen?" Sie setzt sich, berührt seine unruhige Hand auf der Bettdecke, hält sie für Augenblicke fest.

„D-ust!" Der Alte öffnet die Augen, dreht den Kopf.

„Warte, das haben wir gleich." Sie hebt vorsichtig das Kissen mit seinem Kopf, greift mit der freien Hand zum Löffel, balanciert ihn in die Tasse und flößt ihm sachte einige Tropfen ein. Er verzieht das Gesicht, schiebt ihre Hand beiseite und stöhnt.

„Tut die Mundhöhle weh?" Er versucht zu nicken.

„Pass auf, ich betupfe sie ein wenig mit dem Zeug da", sie greift auf den Nachtschrank, nimmt ein Wattestäbchen, taucht es in das Fläschchen und reibt sachte im geöffneten Mund ihres Vaters.

„Besser?" Sie befeuchtet seine Lippen mit einem Lappen. Er grunzt, schaut sie an.

„Mi- a el?" Er wartet gespannt auf ihre Antwort.

„Kommt heute. Dauert nicht mehr lange." Sie betrachtet ihn aufmerksam, sucht nach Veränderung in seinem Gesicht. Gibt es Zeichen des herannahenden Todes?

„Möchtest du Mendelsohn oder Mozart?"

„Me- sohn." Schon fummelt sie am Kassettenrecorder und sanfte Töne füllen den Raum. Beide verharren und genießen den Moment.

„Schlaf ein bisschen, ja?" Sie hält noch einen Augenblick seine Hand, dann verschwindet sie, schließt leise die Tür.

Es klingelt.

„Schön, dass du da bist!"

Der Sohn des Hauses wird von seiner Schwester begrüßt. Er bringt seine Klamotten in sein altes Zimmer, holt sich ein Bier aus dem Kühlschrank, brummelt vor sich hin, reißt die Wohnzimmertür auf, lässt sie ins Schloss knallen, trifft auf den Rest der Familie, lässt sich aufs Sofa fallen, öffnet die Buddel, nimmt einen langen Schluck.

„Und? Wie ist es?"

„Wie soll's sein? Unser Vater wird sterben. Und wir, der Doktor und die Krankenschwestern helfen ihm", leise Aggression begleiten Helgas Worte, sie drückt mit Daumen und Zeigefinger ihre Nasenwurzel.

„Und wie lange dauert das Ganze?" Der Bruder hat sich nie mit Gefühlsduseleien aufgehalten, wie überhaupt die ganze Familie, der Tod gehört zum Leben.

„Meinste, dass dir das der Doktor weissagt? Du hast Nerven!" Seine Schwester schüttelt den Kopf.

„Und was sollen WIR machen?"

„Wir gehen zu ihm, reden mit ihm, streicheln ihn, er weiß, wir sind da. Und die Schwestern und der Doktor versorgen ihn so, dass er nicht leiden muss. Bea sorgt für seine klassische Musik."

Seine Mutter schaut ihn herausfordernd an.

„DU dudelst ihm seine Musike vor? Und das die ganze Zeit! Da muss einer ja den Löffel abgeben!"

„Mi-ch-a-el!! Kannst du nicht einmal ernst bleiben! Von Pietät hast du wohl noch nie gehört", seine Mutter schüttelt empört den Kopf.

„Ist ja gut …"

„Ich werde Karl mal auf dich vorbereiten."

Beate öffnet leise die Tür, geht und schließt sie ebenso leise.

„Na, meine Alte, siehst auch nicht mehr taufrisch aus", der Sohn sieht Tränen aufsteigen, rutscht zu ihr und streicht über ihren Arm.

„Ach, weißt du, ist ja auch so merkwürdig … alles … auch so anstrengend, geht einem so viel durch'n Kopf", jetzt laufen doch Tränen. Sie ärgert sich, wischt über die Augen, wedelt mit der Hand, schnäuzt kräftig in eins der großen Stofftaschentücher ihres Mannes.

„Das kriegen wir schon hin, wär doch gelacht!“ Er tätschelt ihr aufmunternd den Arm, betrachtet ihre geschwollenen Hände und Füße.

„Hast wieder Wasser in den Knochen?“ Er lächelt schief. „Lass uns man jetzt ran, gemeinsam sind wir stark.“ Er grinst seinen Schwager an, der ihn über den Rand seiner Lesebrille anpeilt.

„Und du alter Schwede, welche Aufgaben übernimmst du?“

„Ich erledige die Feinarbeiten. Lese die Zeitung und erzähle euch das Wichtigste, sorge für Essbares. Dazu wirst du ja so schnell nicht kommen. Um euren Vater müsst ihr euch allein kümmern, fühle mich in der betreuenden Rolle eher als Störenfried. Ansonsten übernehme ich alle Aufgaben, die ihr mir zuteilt. Einverstanden?“

„Alles klar, Boss, alles hört auf mein Kommando!“

Er grient von einem zum anderen.

„Karlchen?“ Die Tochter öffnet seine Tür und tritt ein.

„W-e at – ge-inge t?“ Der Vater blickt gespannt.

„Michael hat geklingelt. Soll er kommen?“

„Neee!“

Beinahe hätte sie laut losgeprustet. Da wartet er auf seinen Sohn, lauert auf seine Ankunft, und wenn er da ist, will er ihn nicht sehen! Es ist ein Spiel, das keiner versteht.

Die Tür wird aufgerissen.

„Na, mein Alter, machste denn?“ Michael setzt sich aufs Bett, ergreift die Hand seines Vaters und drückt sie. Beide lassen sich nicht aus den Augen.

„Alles paletti? Oder muss ich Klagen hören?“

Er schaut sich um. So ganz wohl fühlt er sich nicht.

„Haste Durst?“ Als sein Vater nickt, ergreift er schwungvoll den Löffel, rührt im Becher, versucht, den Tee in den Mund zu tropfen. Das gelingt nur mittelmäßig. Das Nachthemd und Teile der Bettdecke werden feucht.

„Ga-nich- so ei-fach!" Der Alte scheint verschmitzt zu grinsen.

„Mach ich eben 'ne Fortbildung im Teeträufeln", griemelt der Kerl.

„Lass mich mal ran", Bea schubst ihren Bruder beiseite, nimmt den Löffel und flößt ihrem Vater etwas Tee ein.

„So macht man das!"

„Sag ich doch – Fortbildung!"

„Und jetzt ist alles nass. Gib mir mal ein Handtuch aus dem Schrank, danke", sie stopft das vom Bruder gereichte Handtuch unter das Nachthemd.

„Die Schwestern wechseln das Hemd nachher. Die können das besser. Die Bettdecke drehe ich einfach um."

„Und das Gedudel da, das willste wirklich? Immer den klassischen Kram?" Er bückt sich, ergreift einige CDs, dreht und wendet sie. „Is ja furchbar! Sag Bescheid, wenn die dich damit fertigmachen, dann is Ruhe im Karton!"

„Ha- ja kei e Ah-ung", der Alte schüttelt unwirsch den Kopf.

(– und davon eine Menge! dröhnt es im Kopf der Tochter. Das Motto dieser Familie: Du hast ja keine Ahnung und davon eine Menge!)

Uraltsprüche bis zum Tod.

Beide lächeln den Vater an. Mika richtet noch irgendwie das verrutschte Kissen, brummelt vor sich hin: „Das kriegen wir schon hin, bis nachher", bevor er die Tür krachend ins Schloss zieht.

Beate bleibt noch eine Weile neben ihm, wirft einen Blick durchs Fenster in den Garten – wirklich, ein Wetter zum Sterben, grau, kalt, neblig. Als sie ihn ruhiger atmen hört, verlässt sie leise den Raum.

„Will einer 'nen Kaffee?" Die Tochter schaut durch die Durchreiche ins Wohnzimmer.

„Gerne, haste auch was Süßes?“

„Haben wir bestimmt. Guck mal in meinem Zimmer, im rechten Schrank oben, du weißt schon …“, schaltet sich die Mutter ein, „und mach eine ganze Kanne, der Doktor kommt ja noch.“

Die Klappe wird geschlossen, nur noch das Hantieren in der Küche ist zu hören.

„Nimm mal das Tablett durch die Durchreiche, Zucker ist im Schrank neben der Tür.“ Bea bugsiert alles in Richtung Wohnzimmer, stellt noch einige Leckereien dazu, schließt die Klappe und geht zu den anderen.

„Was sagst du zu Karl, Mika?“

„Schönheitswettbewerb kann er nich mehr gewinnen“, fusselt der Sohn des Hauses durch die Zähne, „ … is ja gut“, als er den fassungslosen Blick seiner Mutter sieht.

„Du bist ein elender Schnodderjan!“, schimpft sie.

Grinsen und abwehrende Hände seinerseits.

„Er sieht schon sehr eingefallen aus, aber noch immer klar, erstaunlich.“

„Als ich ihm sagte, du seist da, fragte ich, ob er dich sehen wolle. Weißte was er gesagt hat? Nee! Einfach nee!“

Darüber will sich der Bruder ausschütten vor Lachen: „Wieder mal typisch, der Alte!“

Es klingelt.

Die Tochter öffnet dem Arzt die Tür, der sofort den Weg zum Lager des alten Herrn einschlägt.

Danach klopft er an die Wohnzimmertür, öffnet sie leise und schließt sie leise. Wenigstens einer …

Nachdem er alle freundlich begrüßt hat, setzt er sich an den kleinen Tisch. Er freut sich über den angebotenen Kaffee und langt kräftig zu.

„Schön, dass jetzt alle da sind. Ihr Vater spürt genau, dass man ihn nicht allein lässt. Im Augenblick schläft er etwas ruhiger, vielleicht hilft sogar die leise Musik.“

„Na, so was! Mich würde die ins Grab bringen“, brummelt der Sohn des Hauses. Ein bisschen irritiert schaut der Arzt auf.

„Der is immer so“, kommentiert die Schwester, „muss man sich dran gewöhnen!“

„Und Sie, Frau Jansen“, er wendet sich ihr zu, „fühlen Sie sich etwas besser? So ganz gut gefallen Sie mir nicht“, er nimmt ihre Hand, überprüft ihren Puls und misst ihren Blutdruck.

„Alles ein wenig zu hoch, in dieser Situation eigentlich nicht erstaunlich. Mehr Ruhe und weniger Zigaretten“, er lacht und erhebt sich.

„Wenn was ist, Sie wissen, wo ich zu erreichen bin, bis morgen dann. Bleiben Sie sitzen …“, aber Beate steht schon an der Tür, öffnet und schließt sie behutsam und begleitet den Arzt hinaus.

„Ist schon ein gutes Gefühl, dass Sie das alles für uns machen. Danke ganz herzlich!“ Sie drückt dem Arzt die Hand.

Wir sind wie unter einer Käseglocke, eingeschlossen in eine eigene Atmosphäre, die nur ein Inneres zulässt. Das Außen gibt's im Moment nicht.

Beim gemeinsamen Abendessen genießt Helga die Gesellschaft ihrer Kinder; ihr schmeckt's, sie wirkt weniger bedrückt, sie freut sich über Wortgeplänkel, ihre Augen lachen.

„Geht es euch auch so? Die Situation im Augenblick fühlt sich an wie aus der Welt gefallen. Nichts zählt, außer unserer wurstelnden Familie, alles andere wird nicht mehr wahrgenommen, ganz komisch.“ Beate schiebt gedankenverloren einen Bissen in den Mund.

„Quatsch! So besonders ist das nun auch wieder nicht.“ Michael findet solche Ideen blöd.

Helga hält plötzlich inne, denkt angestrengt nach, starrt dann gebannt zu ihrem Sohn, als sähe sie ihn heute zum ersten Mal … schluckt, schluckt: „Michael, du hast ja heute GEBURTSTAG!“

„Na und? Interessiert mich nich! Bin immer froh, wenn keiner dran denkt“, Mika nimmt einen Schluck aus der Bierpulle, grinst seine Mutter an, „nu, mach bloß kein Theater! Drama haben wir hier schon genug!"

„Na, Prost sagen können wir aber trotzdem", der Schwager stößt Pulle gegen Pulle. „Ich hab's auch vollkommen vergessen, so was Blödes."

„Glückwunsch, Bruderherz! Bin schon eine schlechte Schwester, ich habe auch nicht dran gedacht", Beate umarmt ihn, drückt ihm einen Schmatz auf die Wange, während Mika, mit den Armen rudernd, alle Gefühlsduseleien abwehrt.

Helga mustert angestrengt die Tischdecke. Mit der Rechten malt sie Kringel mit der Gabel. Die Linke stützt eine Gesichtshälfte und verdeckt ihre Augen. Leises Knurren unterstützt ihr Kopfschütteln, dann riskiert sie einen Blick.

„Bin unmöglich, vergesse einfach deinen Geburtstag … kannst ruhig sauer sein, hättste vollkommen recht … bin wohl doch durcheinander", flüstert sie, „und so viel wirbelt mir im Koppe rum." Sie nickt: „War ja auch ein kalter Winter … damals."

***

Es war wirklich ein furchtbar kalter Winter, der den Kampf ums Überleben nicht leichter machte. Alle brauchten Lebensmittel, was zum Heizen. Wir hatten noch Glück, weil unsere Zimmer vom Werk mitbeheizt wurden. Andere mussten sehen, wie sie an Brennholz und Kohlen kamen.

Hilde wohnte mit ihrer Familie in einer Dreizimmerwohnung in der Nähe des Bahnhofs und musste selber für Heizmaterial sorgen. Durch ihren Mann erhielt sie zwar ein Kontingent an Kohlen, aber das reichte nicht. So marschierten wir warm eingepackt und suchten Brennholz; und wie früher die alten Frauen schnürten wir ein Bündel und schleppten es auf dem Buckel nach Hause, das machte richtig Spaß!

„Pass auf, wo du hintrittst! Unter dem Matsch kannste leicht in der Kuhscheiße ausrutschen, und wie soll ich dich dann hoch hieven? Zwei Dicke wie wir im Kampf mit der Scheiße“, beurteilte sie mein sorgloses Draufloslaufen.

„Wäre ein Bild für die Götter! Wir beide im Dreck und jede versucht, die andere aufzurichten.“

Bei der Vorstellung brachen wir beide in schallendes Gelächter aus. Ich war zwar nur noch eine halbe Arbeitskraft, aber das Zeug auf dem Rücken transportieren, das ging. Auch meine Mutter bekam ein paar Knüppel von unserem Holz, doch für sie musste ich hin und wieder einen Sack Kohlen über das Werk organisieren

Wegen der Kälte, des Schnees und des oft nasskalten Wetters war ich zum Innendienst verdonnert. Das bedeutete Hausarbeit: stricken und nähen und häkeln. Das Grässlichste, was ich mir je vorstellen konnte! Aber meine Mutter ließ nicht locker. Nachmittags war Handarbeitsstunde.

„Dein Kind braucht Babysachen, also fang an!“

„Aber du hast doch schon so viel gestrickt und gehäkelt, reicht das nicht?“, maulte ich, betrachtete dabei gerne die niedlichen Jäckchen und Höschen, die meine Mutter schon in Eigenarbeit gefummelt hatte.

„Nein, man benötigt mindestens drei, besser vier Garnituren, schließlich kannste nicht jeden Tag waschen“, meine Mutter schüttelte ärgerlich den Kopf. „Hier – das ist richtig gute Baumwolle. Die habe ich von einer Freundin aus Berlin. Damit kannst du leicht ein Jäckchen und ein Mützchen häkeln, vielleicht sogar noch mehr. Stricken übernehme ich, das lernst du sowieso nie!“

Sie nahm Häkelnadel und Garn zur Hand, zeigte mir, wie man sich verrenkt, um beides richtig zu halten, schimpfte über meine Ungeschicklichkeit, bis ich nach einer Weile ein kleines Stück mein Eigen nennen konnte. Ich fand es wunderbar, aber die Begeisterung meiner Mutter hielt sich in Grenzen.

Nicht, dass ich plötzlich zu einer nicht-mehr-aufhören-wollenden Häkeltante wurde. Aber ich kämpfte sogar an manchen Tagen freiwillig mit Häkelnadel und Baumwolle, weil mir einfach gefiel, was da vor sich hin wuchs.

Es war so ein grauer, useliger Nachmittag, an dem es gar nicht richtig hell werden wollte und der nasse Nebel am Fenster klebte. Meine Mutter war nicht da, und so werkelte ich allein an einem Mützchen, als ich ein merkwürdiges Jammern, fast wie das Jaulen eines kranken Hundes hörte. Erst nahm ich es gar nicht so recht wahr, aber dann wurde es lauter, wieder leiser, lauter, wieder leiser … ganz seltsam, fast gruselig.

Vorsichtig öffnete ich die Tür – das Jammern schwoll an – schlich geräuschlos nach draußen und merkte, dass das krächzende, jaulende Geräusch aus Richtung des Zimmers der beiden Alten kam; ich trippelte vorsichtig weiter den Gang entlang, näherte mich … und bremste wie vom Donner gerührt!

In einer Nische vor ihrem Zimmer rutschte die Alte auf Knien vor einem selbstgebauten Altar, schlug sich gegen die Brust, stieß jammernde Laute aus, ergriff dann so was wie eine Kette – später erfuhr ich, es war ein Rosenkranz – und leierte in ihrer Altweiberstimme mal schrill, mal erstickt eine nicht enden wollende Litanei!

Beinahe wäre ich vornüber gefallen, konnte mich gerade noch an der Wand halten und starrte mit offenem Mund und aufgerissenen Augen auf diese bizarre Szene.

Was passierte hier?

Jetzt riss sie ihre Arme hoch, ergriff einen neben ihr liegenden Zweig und schlug sich damit mal rechts, mal links, mal rechts, mal links immer wieder auf die Schulter. So viel Beweglichkeit hätte ich der Alten gar nicht zugetraut! Und dabei krächzte sie laut stöhnend irgendwas von Mutter Maria, warf sich dann nach vorn – hoppla! Beinahe wäre sie gegen die Kiste gefallen und hätte dabei um ein Haar den mit einem dunklen Tuch drapierten

Altar zertrümmert und das gegen die Wand gelehnte Kruzifix und die davor aufgebaute Friedhofskerze heruntergerissen!

Meine Güte! Das war ja lebensgefährlich!

Und immer wieder – auf und nieder! Für ihr Alter leistete sie Erstaunliches. Dann entwickelte sich langsam aus dem Jammern ein quietschendes Schreien, das in den höchsten Tönen endete.

Mit beiden Händen im Mund unterdrückte ich prustendes Lachen, wandte mich zur Flucht und vernahm noch die gepresste Stimme des Alten: „Hör auf! Du schreist ja das ganze Haus zusammen!"

Riss meine Tür auf, knallte sie nicht gerade leise ins Schloss, lehnte mich dagegen und konnte nicht aufhören zu lachen.

So machte ich meine ersten Erfahrungen mit katholischen Ritualen.

Viel später korrigierte ein katholischer Priester diesen Eindruck, indem er betonte, eine derartige Besessenheit habe nur wenig mit der katholischen Kirche gemein. Und das sagte er mir – einer Evangelschen! Fand ich äußerst bemerkenswert.

Zu Weihnachten freute ich mich auf Karl, er bekam Urlaub.

„Was sagt denn Dr. Deilmann zu deinem Zustand? Ist er zufrieden?"

„Ich denke schon. Bin kurzatmig geworden, watschle, wie du siehst, wie eine Ente durch die Gegend, bücken ist schon eine Strapaze. Kurz und gut, es könnte bald losgehen, das meint er auch. Vielleicht in einer Woche, vielleicht früher."

„Bloß kein Christkind! Das arme Kind, es hätte ja nie einen richtigen Geburtstag! Allerdings wäre ich schon beruhigt, wenn es käme, bevor ich abkommandiert werde", seufzte er.

„Ich versuche mein Bestes. Ob das Kind sich allerdings danach richtet, weeß ick nich … hat wahrscheinlich auch keine rechte Lust, in diese Welt geboren zu werden", stellte ich lakonisch fest.

Karl war froh zu Hause zu sein. Er organisierte ein kleines Weihnachtsessen im Casino. Besorgte dafür eine Ente von einem befreundeten Bauern, Hilde trieb Rotkohl auf, meine Mutter war für die Kartoffeln zuständig und die Nachspeise spendierte das Casino. Ich schmückte den Tisch weihnachtlich, mit Kerzen und Tannenzweigen, schön gefalteten Servietten – ich fand's schön.

Die entscheidende Frage war: Was geschieht mit den Alten?

„Mit dieser Hure setze ich mich nicht an einen Tisch!", ließ sie verlauten. „Und die anderen Leute sind womöglich auch evangelisch. Ich bleibe in meinem Zimmer!"

Ich stimmte ihrer Idee sofort zu, obwohl mir der Alte irgendwie leid tat.

Karl vermittelte und sorgte wenigstens dafür, dass die beiden auch ein gutes Essen bekamen.

„Wir bezahlen unser Essen selbst!" Originalton der Mutter. Seinem Vater machte er den Vorschlag, sich doch nach dem Essen zu uns zu gesellen.

Und so wurde es doch ganz schön, das Weihnachten 1944.

Mein Schwiegervater taute richtig auf und unterhielt sich mit meiner Mutter, auch mit Hilde und ihrem Mann; alle fanden ihn ganz umgänglich.

Am zweiten Weihnachtstag verspürte ich schon ein komisches Ziehen im Bauch, fühlte mich nicht besonders.

„Erst wenn die Wehen alle Stunde einsetzen, sollten wir uns auf den Weg machen", meinte meine Mutter. Ich telefonierte mit dem Arzt, der das bestätigte, sodass ich laufend auf die Uhr blickte, um den Stand der Dinge zu messen. Aber so schnell wollte sich mein Kind nun doch nicht entscheiden, die Wehen ließen wieder nach und meldeten sich verstärkt am nächsten Tag.

Und gerade an diesem Tag endete Karls Urlaub. Er musste gegen Mittag in Bad Salzungen sein, wo sich die Soldaten sammelten, um dann von dort aus an die Front geschickt zu werden.

Was für ein teuflisches Zusammentreffen!

Obwohl ich mich schrecklich elend fühlte, wollte ich Karl begleiten:

Ihn bis zuletzt sehen.

Ihm alle Hoffnungen auf ein Wiedersehen einzementieren.

Ihm seine Angst nehmen und sie meiner hinzufügen.

Ihm bis zuletzt nachwinken und mit meinem Schuldgefühl dem Zug nachstarren.

Zitternd standen wir auf dem Bahnsteig in einer grauen Masse von Soldaten, die rauchten, vor sich hinstarrten, ihre Frauen und Kinder umarmten, trösteten und mit Taschentüchern hantierten.

Geräusche von rangierenden Loks, wenig Worte, nur manchmal ein leises Flüstern, traurig und gespenstisch.

Das graue, neblige, mit Schnee vermischte Wetter und der kalte Wind passten bombig!

„Du musst hier nicht warten, bis wir abfahren. Das kann dauern“, redete Karl auf mich ein, während er mein verzerrtes Gesicht bei jeder einsetzenden Wehe beobachtete.

„Die Wehen sind noch zu weit auseinander, im Moment rührt sich wieder nichts! Ich bleibe, bis ihr abfahrt.“ Er spürte meine Entschlossenheit, suchte eine Bank, wo mir ein netter Soldat seinen Platz räumte, und ich mich zwischen den Wehen ausruhen konnte.

Fremd sah er aus in dieser schlecht sitzenden grauen Uniform. Unter seiner Mütze hob sich seine große Nase besonders hervor, seine schmalen Lippen zogen hastig an seiner Zigarette, nervös strich er sich über die Augen, zupfte an seiner Nase.

Worte? Wir fanden keine Worte. *Ob er wiederkommt? Ob er sein Kind je sehen wird? Wo werden sie ihn einsetzen?*

Die Warterei schien endlos.

Irgendwann kam der Zug.

Herzzerreißende Abschiedsszenen.

Tränen im Überfluss. Weinende Mütter und Frauen – und ich gehörte zu ihnen. Heulte, was das Zeug hielt, auch wenn ich versuchte, mich dagegen zu wehren. Karl bekam dann auch kein Wort mehr raus, umarmte mich heftig, riss sich dann los und hechtete in den Waggon, winkte kurz.

„Alles Gute für dich und das Kind!", hallte es mir noch in den Ohren.

Dann ruckte der Zug an.

Da stand ich nun. Starrte dem Zug nach, winkte pausenlos. Die ganze Welt durch einen Tränenschleier, elender kann sich ein Mensch nicht fühlen.

„Kommen Sie!" Ein freundlicher Arm legte sich um meine Schulter, eine leise Stimme holte mich aus der Erstarrung.

„Der Zug ist weg. Sie wollen hier doch nicht den ganzen Abend verbringen, und das in Ihrem Zustand", die leise Frauenstimme brachte mich in die Realität zurück.

„Nee, natürlich nicht, wollte wirklich keine Wurzeln schlagen." Ich versuchte ein schiefes Lächeln.

„Da bin ich froh", die Dame schien erleichtert. „Tut mir leid, aber ich muss …, mein Zug, wissen Sie", sie lächelte, grüßte und eilte davon.

Jetzt wünschte ich doch, meine Mutter wäre hier auf dem Bahnhof. Das wollte ich aber nicht – sie bekam so schon viel zu viel mit! Also hatte ich selber schuld und musste allein den langen Weg in die Sulzberger Klinik antreten.

Ich schnappte meinen kleinen Koffer, watschelte aus dem Bahnhof, überquerte die Straße und erreichte den schon im Dunkeln liegenden steil nach oben führenden Weg, der direkt zum Krankenhaus führte; nur magere Funzeln beleuchteten den Pfad.

Die Kälte hatte ich vorher gar nicht so gespürt. Jetzt stachen mir plötzlich Eisnadeln ins Gesicht, bissen in Wangen, Stirn und Augen und nahmen mir die Sicht. Meine Beine wie Blei, in den Füßen kein Gefühl ... und die Wehen meldeten sich heftiger.

Ich stellte mir vor, wie ich auf dem Schnee ausrutschen, mein Koffer in die Tiefe donnern, ich mich krampfhaft an einem Laternenpfahl festkrallen, nach Hilfe rufen würde, mein Kind im Anmarsch ... und keiner könnte mich hören!

Eine Schreckensvision!

Ich schüttelte energisch meinen Kopf, nee, nur das nicht. Riss mich zusammen, Rücken gerade, eine Hand für den Koffer, die andere suchte irgendwo Halt, taxierte die Unwegsamkeiten, achtete auf mögliche Gefahren und passte höllisch auf.

Immer wieder Pausen, die Wehen beutelten mich immer stärker, krabbelte weiter nach oben und erreichte endlich das Gebäude der Klinik, und starrte auf ein Lazarett!

Ein Rennen und Hasten, Ärzte in blutigen Kitteln, aufgeregte Schwestern. Vor dem Gebäude in einem fürchterlichen Durcheinander zahlreiche Tragen mit Verletzten: Schreie, Stöhnen, Rufen, Brüllen!

Ein schreckliches Szenario, eingetaucht in diffuses Licht, Bogenlampen schwankten im Wind, um die eisige Schneegraupeln tanzten.

Hier sollte ich entbinden? Ich klammerte mich an mein Köfferchen, heftete meine Blicke in alle Richtungen. Hatte unser Doktor mich tatsächlich hier angemeldet?

Aber mein Kind wollte doch geboren werden!

All meinen Mut zusammennehmend, drängelte ich mich durch das Gewühl zum Haupteingang, umschiffte todesmutig mehrere Bahren mit Verletzten, suchte im endlich erreichten Flur nach einem Arzt oder einer Schwester und kämpfte gegen aufsteigende Übelkeit, verursacht durch den Gestank von Blut, Exkrementen, muffiger und abgestandener Luft, indem ich mir ein Taschentuch vor die Nase hielt.

„Was wollen Sie denn hier", brüllte mich plötzlich ein Uniformierter an.

„Ich...ich... kriege ein Kind, ich sollte... ich habe... ich bin doch in der Geburtsstation angemeldet", stammelte ich erschrocken.

„Wie Sie sehen, HIER sind Sie falsch!" Er brüllte jetzt nicht mehr und suchte mit leicht gereizter Stimme nach einem Verantwortlichen. „Schwester Rita, bitte kommen Sie einen Moment." Er wandte sich um, hielt die vorbeieilende Schwester mit blutiger Schürze am Arm fest.

„Die junge Frau dort bekommt ein Kind. Wo soll sie hin?"

Schwester Rita betrachtete mich prüfend, sah meine gekrümmte Haltung und den Schweiß auf meiner Stirn.

„Ist wohl bald soweit, was? Kommen Sie, wir sind erst seit kurzer Zeit ein Lazarett. Gehen Sie diese Treppe rauf, halten Sie sich links, dann sind Sie in der Frauenabteilung. Ich kann leider nicht weg, Sie sehen ja, was hier los ist", und eilte davon.

Schon auf der Treppe wurde es ruhiger, Geräusche nur noch aus der Ferne, und der Gestank ließ nach.

„Entschuldigen Sie bitte", ich erreichte einen Flur, nannte einer herbeieilenden Schwester meinen Namen, den meines Arztes und sank, mich vor Schmerzen krümmend, auf einen Stuhl.

„Schwester Hildegard, rasch, helfen Sie mir! Bei Frau Jansen geht es wohl bald los!"

Die beiden Schwestern halfen mir hoch, schafften mich in ein Krankenzimmer, aus dem mir sechs Frauen entgegenstarrten, hievten mich auf ein Bett und halfen mir, mich zu entkleiden.

„Halten Sie Ihre Beine angewinkelt, ja, so ist es gut", gekonnte Griffe und aufmunterndes Lächeln.

Die Hebamme stürmte in das Zimmer, kam sofort zu mir, brummelte ihren Namen, Frau Klein, und betastete Bauch und untere Gefilde.

„Na, Kindchen, das kriegen wir schon hin. Der Muttermund ist schon ein wenig geöffnet, aber wir warten noch, bevor wir sie in das Geburtszimmer bringen. Wir kontrollieren jetzt die Zeitabstände der Wehen. Ziehen Sie ihr Nachtzeug an, aber mit warmer Jacke, wenn Sie haben."

Sie tätschelte mir die Wange, sah mich liebevoll an, und ich musste schon wieder mit Tränen kämpfen.

Der Kampf begann nach ungefähr einer Stunde. Der Abstand der Wehen wurde kürzer, der Muttermund schien sich zu öffnen, also verfrachteten sie mich in das Geburtszimmer: ein kalter und unangenehmer Raum, der noch durch eine Leuchtröhre an der Decke grelles Licht verbreitete. Der Geruch von Desinfektionsmitteln nahm mir fast die Luft.

Bei jeder gewaltigen Wehe schrie ich fast das Haus zusammen und die Hebamme brüllte: „Pressen! Pressen!! Fester, kräftiger … na los, Frau Jansen … halten Sie sich an meinem Arm fest!"

Dazwischen kleine Verschnaufpausen, in denen die Wehen wieder schwächer wurden, dann erneuter Kraftakt, und wieder Pausen, dann erneuter Kraftakt … nach vierundzwanzig Stunden Kampf wollte ich nicht mehr, konnte ich nicht mehr: Das Kerlchen wollte partout nicht in diese Welt.

Meine Mutter saß an meinem Bett. Ich lag in dem Siebenerzimmer, total erschöpft, meine Lippen zerfetzt, rote Augen durch geplatzte Äderchen, es gab keine Stelle meines Körpers, die nicht schmerzte.

„Wie schön, dass du da bist. Aber … was nun?", flüsterte ich.

„Die Schwestern versuchen etwas aufzutreiben, was die Wehen wieder in Gang bringt." Meine Mutter streichelte meine Hand mechanisch.

„Kinderkriegen ist ja furchtbar, hab gar nicht gewusst, dass das so eine Qual ist!"

„Ach, wenn Sie dann das Kind haben, haben Sie es vergessen. Glauben Sie mir", kam es vom Nebenbett. „Bei mir hat's beim ersten auch lange gedauert!"

Na, wenn das kein Trost war!

Die Schwestern verabreichten mir irgendwas, und die Wehen setzten dann so heftig ein, dass mein Körper wie von gewaltigen Wellen geschüttelt wurde. Ich schrie mir wirklich die Seele aus dem Leib und schämte mich nicht dafür.

„Ich kann nicht mehr, bitte, bitte", meine Worte nur ein Hauch.

„Sie müssen, Mädchen, Sie müssen!" Die Hebamme half beim Pressen, drückte mit beiden Armen kräftig nach unten.

„Man sieht das Köpfchen schon! Sie schaffen das!!"

Und wieder zerriss mich eine rasende, unerträgliche Welle. Versuchte zu pressen, hatte keine Kraft mehr, konnte nur noch wie ein Tier jammern und wimmern.

„Ich sterbe, ich sterbe", hörte ich meine quietschende Stimme.

Um mich herum wuselten mittlerweile Schwestern, ein Arzt und meine Frau Klein, alle kämpften, ich konnte nicht mehr.

Irgendwann spürte ich eine schwere Last auf meinem Bauch. Frau Klein saß mit ihrem ganzen Gewicht auf meinem Leib und drückte, schob, drückte, schob, drückte – bis mir die Sinne schwanden.

Dunkelheit. Ruhe.

„Frau Jansen, Mädchen, hören Sie, hallo!" Ich spürte ein Klatschen im Gesicht, ein Schütteln und Rütteln.

Die Augenlider nur halb anzuheben, war Schwerstarbeit.

„Sie haben einen Jungen, gesund und kräftig", brüllte mir jemand ins Ohr. „Gratuliere!"

Ich konnte weder nicken, noch etwas sagen, noch mich freuen, noch mich bewegen. Piepsen, ja, piepsen, mehr war nicht drin.

Sie haben mir sicherlich den kleinen Michael gezeigt, aber ich war mehr tot als lebendig und zu nichts in der Lage, als hätte man mich bis zur Bewusstlosigkeit geprügelt.

Im Halbdämmern hörte ich meine Mutter.

„Achtundvierzig Stunden hat es gedauert, bis der Kleine endlich kam. Hast dich wirklich wahnsinnig anstrengen müssen“, sie streichelte meine heißen Wangen, „aber er ist niedlich, über drei Kilo, und ganz schön groß, mit dunklem Flaum auf dem Kopf. Auf der Stirn allerdings eine ordentliche Beule. Das käme durch die Geburt, sagen sie, soll aber von selbst verschwinden. Die Schwestern versorgen ihn jetzt.“

Ich merkte, wie sie mir mit einem feuchten Lappen über das Gesicht strich, jede Berührung tat weh.

„Frau Jansen, hier ist Ihr kleiner Sohn, wir versuchen ihn anzulegen. Meine Güte, Ihre Brüste sind ja ganz blau! Da sind viele Adern geplatzt, als die Milch hineinschoss“, brummelte die Schwester und bemühte sich, mich aufzurichten – ging nicht.

„Das macht nichts, da pumpen wir die Milch ab“, murmelte sie, reichte den vor sich hin jammernden Kleinen meiner Mutter, verschwand und kehrte mit einer Pumpe wieder.

Ich nahm nichts wahr, mir war nur heiß, furchtbar heiß.

Spürte, wie sie an mir herumhantierten, hoffte, dass sie Milch abpumpen können – mir war alles wurscht.

„Da stimmt doch was nicht. Frau Jansen, hören Sie mich?“

Sie schlug leicht gegen mein Gesicht.

„Sie ist ja ganz heiß!“, schnappte den Kleinen, brachte ihn ins Säuglingszimmer und kam mit einem Fieberthermometer zurück.

„Bloß kein Fieber! Bloß kein Fieber!“, hörte ich sie aus weiter Ferne.

„Vierzig Fieber! Um Gottes Willen! Der Arzt ...“, und stürzte davon.

„Sie hat vierzig Fieber! Ich habe mich schon gewundert, sie war so apathisch, fragte gar nicht nach ihrem Kind“, verzweifelt richtete sie sich an den Arzt.

„Wir haben nichts, gar nichts! Auch die da unten im Lazarett brauchen dringend fiebersenkende Mittel, es ist furchtbar!“, flüsterte er.

Er wandte sich an meine Mutter. Leise sprach er auf sie ein.

„Ihre Tochter hat Kindbettfieber. Wir müssen das Fieber senken, egal wie. Sie müssen jetzt helfen, weil wir fast alle Schwestern im Lazarett brauchen. Schwester Hildegard zeigt Ihnen, wo sie Eiswasser bekommen. Sie gibt Ihnen Tücher und Sie machen Umschläge, so lange Sie können. Ist das möglich?“

Er fixierte sie eindringlich.

„Es geht um das Leben Ihrer Tochter, verstehen Sie?“

„Aber natürlich, ich helfe, wo ich kann“, eifrig nickte meine Mutter, heftete sich an die Fersen der Schwester, nahm alles Nötige in Empfang und kühlte dann unentwegt meine angeschwollenen Beine.

Zwischendurch immer wieder Fieber messen.

Vierzigeinhalb.

Aufgeheizte Umschläge weg – kalte Umschläge um die Waden, um die Schenkel, dann noch um die Unterarme, und immer wieder auf die Stirn.

Einundvierzig.

Meine Mutter kämpfte verzweifelt. Das Fieber ließ sich nicht besänftigen. In mir brodelte die Hölle, das Feuer ließ sich einfach nicht löschen.

„Vielleicht könnte Alkohol helfen ...“, Schwester Hildegard dachte leise vor sich hin.

„Meinen Sie, das könnte helfen? Alkohol?“

Meine Mutter klammerte sich an jeden Strohhalm.

„Könnte ich von hier aus nach Berlin telegrafieren? Mein Mann muss kommen, ich schaff das nicht ... und mein Schwiegersohn ist seit drei Tagen eingezogen! Mein Gott, es ist so schrecklich!“ Sie schluchzte und kämpfte mit Tränen der Verzweiflung.

„Kommen Sie, wir versuchen alles!“

Und sie schafften es! Das Telegramm an meinen Vater lautete: „Komm sofort – sieht schlecht aus – bring viel Alkohol mit.“

Ich war nur noch ein wimmerndes Bündel. Die kalten Umschläge taten gut, aber sie halfen nicht.

Meine Mutter kämpfte weiter, schlief ab und zu auf einem Notbett, versorgte den Kleinen mit verdünnter Milch und tröstete ihn.

Alle bemühten sich. Doch das Fieber blieb bei einundvierzig!

Ich versuchte, an meinen kleinen Sohn zu denken, wollte für ihn kämpfen, aber alle Gedanken verloren sich in einem tiefen Nebel. Ich versank in Schwäche und Kraftlosigkeit ... aus Zeit und Welt gefallen.

„Frau Hermann, es ist schrecklich und ganz bitter, aber telegrafieren Sie an Ihren Schwiegersohn, er sollte kommen …“, bedauerte der Arzt am nächsten Tag. „Wir können nichts mehr für Ihre Tochter tun!“

„Aber, aber… ihr Vater wird bald kommen, wir wollen es doch mit Alkohol versuchen“, stammelte meine Mutter, während sich ihre Augen mit Tränen füllten. Vollkommen erledigt verdeckte sie mit den Händen ihr Gesicht, um das Schluchzen zu unterdrücken.

Auch dieses Telegramm fand seinen Weg und erreichte Karl noch in der Kaserne in Mühlhausen.

„Fahren Sie jetzt erst einmal nach Hause, Frau Hermann. Wir versorgen Ihre Tochter und den Kleinen. Der Puls Ihrer Tochter ist noch zu fühlen, vielleicht geschieht ja doch ein Wunder und ihr Körper lehnt sich gegen das Fieber auf … man weiß ja nie. Aber Sie müssen sich ausruhen“, besorgt betrachtete die Hebamme meine Mutter. „Es bringt ja nichts, wenn Sie zusammenklappen. Wir helfen noch, so gut es geht.“

„Ich versuche noch Alkohol aufzutreiben“, seufzte meine Mutter und wischte die Tränen beiseite. „Einige Zeit wird es dauern, ich muss ja nach Merkers. Sollte mein Mann zwischendurch kommen, sagen Sie ihm bitte, ich käme bald wieder. Danke für alles!"

Sie straffte sich, nein, aufgeben wollte sie nicht.

„Vielleicht finde ich ein Auto, das mich mitnehmen kann."

Wann Karl auftauchte, erfuhr ich nicht genau, aber er war der erste von den Dreien, der im Krankenhaus eintraf.

Die Abteilung benötigte natürlich dringend Betten. Auch auf diese Station verlegten sie Verletzte und frisch Operierte; wo immer Platz wurde, stand alsbald eine Liege oder eine Bahre. Sie konnten doch die verletzten Soldaten nicht in der Kälte erfrieren lassen!

Und ich war nun wirklich mehr tot als lebendig. Also verlegte man mich, der Not gehorchend, in die Leichenkammer.

Für mein Leben gaben sie keinen Pfifferling mehr.

In meinem Dämmerzustand bekam ich die Umbettung mit, vernahm auch weit entfernt unschlüssiges Flüstern … aber wie sollten sie entscheiden? Es gab schlimmere Fälle! Und meiner gehörte eben schon zu den Akten.

„Wo ist meine Frau?"

Außer Atem hetzte Karl auf die Station.

„Mein Name ist Jansen, ich erhielt dieses Telegramm", er reichte es Schwester Hildegard.

„Mein Gott, Herr Jansen, es tut uns so leid! Aber wir brauchten dringend den Platz und das Bett, wir mussten Ihre Frau im Keller unterbringen, sie war gar nicht mehr ansprechbar. Bitte gehen Sie die Treppe runter, dann nach rechts, sie liegt dort. Wir konnten doch nichts mehr tun!"

Und schon lief sie weiter; schließlich gab es noch Lebende, die der Hilfe bedurften.

Karl rannte in den Keller, schaute in diesen trüben, kalten, von nur einer winzigen Funzel beleuchteten Raum, sah sicherlich auch die Bahren mit weißen Tüchern bedeckt … aber mich fand er nicht.

Vielleicht hatte er mich nicht erkannt. Schließlich sah ich schrecklich aus: vollkommen blau angelaufen, angeschwollen, zerbissene Lippen, Augen tief in den Höhlen, meine Haare klebten am Kopf – mit meinem früheren Bild hatte ich nichts mehr gemein.

Trotz meines Zustands habe ich doch aus weiter Ferne mitbekommen, dass er da war. Schade…

Aufgebracht stürmte er erneut auf die Station.

„Meine Frau liegt da nicht!"

„Karl! Jottedoch, da biste ja! Det is ja een furchbares Durchhin hier!"

Mein Vater stand oben auf der Treppe und suchte jemanden, der ihm Auskunft geben konnte.

„Mensch, Erich, hier findet sich niemand zurecht! Sie haben gesagt, Helga läge unten im Keller, aber da ist nur die Leichenkammer. Da kann sie doch nicht sein! Ich weiß noch nicht mal, ob sie noch lebt!"

Seine Stimme überschlug sich. Aufgebracht schüttelte er den Arm seines Schwiegervaters.

„Da renn' wa jleich jemeinsam runter und suchen se. Los!"

Er drehte Karl um, und gemeinsam liefen sie erneut die Treppe hinunter, vorbei an wimmernden und stöhnenden Verletzten, die noch immer in den Fluren lagen.

Quietschend öffnete sich die Tür ein zweites Mal.

Die Stille hier unten lastete wie Blei. Zwei Augenpaare verfolgten im fahlen Licht der Lampe die an den Wänden und im Raum aufgereihten, weiß verhüllten Bahren.

Und dann fanden sie mich. Etwas entfernt von den Toten hinter einer spanischen Wand hatte man mich gebettet.

„Ach meene Kleene, meene arme Quade, wat machste denn?"

Mein Vater brach fast in Tränen aus, beugte sich über mein zerschmettertes Gesicht und streichelte meine Stirn.

„Se is noch immer janz heiß. Meene Kleene, sach doch wat … komm schon, los!“

Ich musste ein paar Töne abgeliefert haben, wohl eher ein Brummen, aber wenigstens ein Lebenszeichen.

„Sie lebt ja noch! Sie hat doch hier nichts zu suchen, verdammt noch mal!“, schimpfte Karl leise.

„Jetz nehm’ wa se mit! Hier bleibt se nich!“

Und schon schoben und schubsten sie die Bahre mit meiner kümmerlichen Gestalt von den Toten weg, hin zu den Lebenden.

Wie sie es schafften, mich durch die überfüllten Gänge zu schleppen, zuzupacken, wenn ich drohte wegzuflutschen … keine Ahnung!

Aber irgendwie landeten sie oben und trafen auf eine völlig erschöpfte Schwester Hildegard.

„Bitte, Schwester!“, flehte Karl sie an. „Wir brauchen irgendeinen Platz, wo wir meine Frau unterbringen können. Sie lebt noch! Wir wollen uns jetzt um sie kümmern und den Kampf gegen das Fieber aufzunehmen! Wir brauchen dringend einen Raum!“ Er rüttelte energisch ihren Arm.

„Kommen Sie! Wir haben neben der Toilette einen Abstellraum!“

Sie führte die beiden Männer, mit mir auf der Bahre im Schlepptau, um ein paar Ecken und öffnete neben der Toilette einen Raum: winzig, und voller Putzmittel, dreckiger Wäsche, Regale mit allem möglichen Zeug.

Was störte, räumten mein Vater und Karl beiseite oder in die Toilette. Dann schoben sie mich hinein.

„Bleib du bei ihr, ick hol meenen Koffa“, mein Vater eilte davon.

Armer Karl! Hilflos streichelte er meinen Arm, flüsterte leise.

Der Fieberwahn ließ mich nicht los: Kälte, Hitze, Kälte, Hitze … keine Kraft für gar nichts.

„Hier is det jute Zeuch! Nordhäuser Doppelkorn! Hat achtundreißig Prozent, eijentlich für besondere Anlässe."

Mein Vater wackelte mit der Flasche am langen Arm und wurschtelte sich zum Kopfende der Bahre.

„Wenn das kein besonderer Anlass ist, dann nenn mich August", brummelte Karl und starrte voller Hoffnung auf die Buddel.

„Erna is ooch uff'm Weg! Hätt ihr im Treppenhaus beinah umjerannt!" Sie quetschte sich neben die Bahre und schaute kritisch, aber voller Erwartung auf das Bündel Mensch; mehr passten nun wirklich nicht in das kleine Kabuff!

„Helga, du musst jetzt kräftig mithelfen! Ohne Deine Hilfe schaffen wir es nicht. Denk an deinen Sohn!" Zu den beiden anderen gewandt: „In der Tasche ist Schnaps … ich glaube Nordhäuser Doppelkorn, hat mir Hilde gegeben, für besondere Anlässe."

„Was bin ich froh, dass liebe Menschen Schnaps für besondere Anlässe horten … und dann uns geben!", brummte Karl.

„Allet klaar?" Mein Vater straffte sich.

„Kleene, ick denke, du krichst noch manches mit, wat wa dir saren. Jetze setzen wa dir unter Alkohol. Wär doch jelacht, wenn wa diese Bakterienbiester nich kaputt kriejen! Jedenfalls machen wa se total besoffen!" Sein Grinsen konnte ich fühlen.

Ich piepste Einverständnis.

Und dann begann die größte Bakterienvernichtungsaktion und das größte Besäufnis meines Lebens.

Meine Mutter hielt meinen Oberkörper, mein Vater baute sich rechts auf, stützte sich auf den Bahrenrand und schüttete mir mit einer Schnabeltasse Schluck für Schluck den guten Nordhäuser Doppelkorn in die Kehle.

Karl hielt mir auf der linken Seite die Hand und murmelte laufend: „Wenn es nicht mehr geht, drück mir die Hand."

Meine Mutter brabbelte mir immer wieder „Du musst kämpfen, denk an deinen Sohn! Mund auf…sooo ist es brav…schluuucken, schluuucken!" ins rechte Ohr. Nicht nur der Alkohol machte mich besoffen, das Geschabbere tötete meine letzten Reserven.

„Pause! Sie kann nicht mehr!"

Ich fühlte, wie ich zurückgelegt wurde, atmete vorsichtig und hörte, wie die drei ihre Armmuskulatur und ihre Hände lockerten. Ich musste mindestens schon eine halbe Flasche intus haben, vielleicht mehr. Merkwürdigerweise wurde mir weder schwindlig noch schlecht, war einfach nur platt.

„Wie geht's?" Die erschöpfte Schwester Hildegard schaute in unsere Kemenate, berührte meine Stirn.

„Noch immer heiß, und der Puls?" Sie zählte wortlos.

„Machen Sie weiter!" Sie beugte sich über mich: „Kämpfen Sie, Frau Jansen! Sie schaffen das!" Sie wandte sich an Karl „Und Sie, Herr Jansen, kommen jetzt mit mir! Sie müssen doch Ihren Sohn endlich begrüßen!" und schob ihn nach draußen.

„Jeht et wieder?" Mein Vater nickte meiner Mutter zu, die dehnte noch einmal ihre Arme, ehe sie mich erneut aufrichtete … und weiter floss das gute Zeug durch meine Kehle.

„Ist er nicht niedlich?" Meine Mutter richtete das Wort an ihren hereintretenden Schwiegersohn.

„Hmm, wie Neugeborene so aussehen. Er hat ja ne ziemliche Brüsche auf der Stirn, aber die Schwester betonte, das verwächst sich irgendwann. Aber er wirkt viel stabiler als seine Mutter", grinste er.

„Pack mit an, Karl, noch is se nich übern Berg!"

Mein Vater reichte ihm die Flasche und ließ sich die Schnabeltasse füllen.

Die Positionen waren verteilt. Jeder an seinem Platz: die Prozedur setzte sich fort, bis zur nächsten Pause, zur übernächsten … Knochenarbeit für alle Beteiligten.

Zwischendurch immer wieder Fiebermessen.

Als endlich das Thermometer neununddreißig zeigte, da brüllten alle vor Freude, und jeder genehmigte sich über meinem geschundenen Leib einen Schluck aus der zweiten Pulle!

Den hatten sie sich redlich verdient.

Mein Vater rannte sofort zur Schwester, fasste sie an beiden Armen und wirbelte sie herum.

„Wa hams jeschafft, wa hams jeschafft!"

Das wollte sie sich nicht entgehen lassen.

„Wunderbar, manchmal geschieht sogar hier noch ein Wunder! Das haben Sie wirklich gut gemacht", lobend tätschelte sie meinen Arm.

„Solln wa weitermachen?", fragte mein Vater.

„Ich frage den Arzt!"

„Das grenzt wirklich an ein Wunder", ungläubig staunte der Doktor und überprüfte sofort Blutdruck, Puls und Fieber.

„Hoffentlich bleibt es so, dann wäre sie über den Berg. Ansonsten ...", er lächelte müde, „könnte ich jetzt auch einen vertragen!"

Und mit einem „Aber klar doch!" drückte ihm mein Vater ein gut gefülltes Gläschen in die Hand, und alle stießen mit einem glücklichen „Prosiit!" auf mein wieder gewonnenes Leben an.

„Wenn das Fieber weiter sinkt, nehmen Sie sie mit nach Hause. Hier haben wir zu wenig Zeit für sie." Er reichte allen die Hand, und ich spürte aus der Ferne eine leichte Berührung: „Alles Gute!"

Sicherlich vollkommen erledigt, verharrten meine Lebensretter um meine Liege … mit sich und der Welt zufrieden.

Im absoluten Delirium dämmerte ich in neue Gefilde: die Erde hatte mich wieder.

***

Sie meint noch den Geschmack des Nordhäuser Doppelkorns auf ihrer Zunge zu spüren.

Andere wären sicherlich Abstinenzler geworden, ich nicht! Ich pichel noch immer gerne, jetzt allerdings Weinbrand, Cognac mag ich nicht, schmeckt wie Seife. Sie kichert, während sie sich im Bett wälzt und die Erinnerungen sich nicht wegschicken lassen.

Alles kommt hoch. Die Gedanken fegen förmlich durch ihre Geschichte und fesseln sie.

Was soll's! Ich muss pinkeln. Sie drückt auf die Nachttischlampe, klaubt ihre Beine aus dem Bett und betrachtet sie interessiert: ihr dicken Beene und ihr dicken Füße habt mich seit dieser Zeit nicht mehr verlassen, ooch nicht die elenden Schmerzen durch die Krampfadern; und det angegriffene Herz kann det Wasser aus den Beenen ooch nich mehr richtich pumpen … na ja, wenigstens bin ich die Qualen der Periode irgendwann losgeworden, waren kaum auszuhalten, bin ja fast ausgelaufen!

„Herr Jansen, Ihre Frau darf nie wieder ein Kind bekommen! Sie wird eine weitere Geburt nicht überstehen!"

Sie hört noch wie gestern die Worte des Arztes … na, stimmt och nich allet, wat die Ärzte so von sich jeben.

Sie rafft sich auf, stolpert zum Klo. Öffnet dann leise die Schlafzimmertür, horcht auf seinen schnaufenden Atem, er schläft. Wie weit ist er wohl auf seinem Weg? So weit wie ich damals?

Sie verzieht sich geräuschlos in ihr Zimmer.

„War schon verrückt, damals …", brummelt sie, legt sich ins Bett und schläft endlich ein.

Das allmorgendliche Ritual reißt sie aus dem Schlaf. Die Schwestern sind in ihrem Element, erteilen Kommandos, und sie hört dazwischen die leicht spöttische Stimme ihres Sohnes: „Und Sie meinen, so läuft der Laden besser? Der alte Herr wird ja ganz rammdösig von diesem Affentheater!"

Die Antwort will sie nicht wissen, sie dreht sich auf die andere Seite.

„Mensch, Dicke, es ist elf. Willste nicht mal aufstehen?“

Die Tochter hält die Tür fest, amüsiert sich über die Langschläferin.

„Bin nicht dick“, kommt es aus der Tiefe des Bettengewurschtels.

„Ich mach dir dein Frühstück, Knäckebrot, ich weiß – dann stehste auf. Der Doktor kommt sicher bald.“

„Was macht Karl?“

„Er stöhnt viel. Kein Wunder, die Schwestern rütteln ihn ziemlich durcheinander. Ich weiß nicht, ob er Schmerzen hat, aber er gibt eher klagende Laute von sich.“ Die Tochter dreht sich zur Küche, bereitet das Frühstück und bringt es an ihr Bett.

„Er sieht jetzt doch schon sehr eingefallen aus; das Dreieck zwischen Stirn, Nase und Mund ist fast weiß“, stellt Helga fest, als sie aus dem Bad kommt. „Er hat mich gar nicht wahrgenommen.“

Sie schlüpft wieder ins Bett und frühstückt.

Als es später klingelt, öffnet sie, frisch geputzt und gestriegelt, dem Arzt die Tür.

„Kommen Sie herein, Doktor, schön, dass Sie da sind!“

„Na, Sie hatten wohl wieder eine lange Nacht, was?“ Er schaut sie prüfend an, „Müde sehen Sie aus“, und drückt kräftig ihre Hand.

„Autsch! Sie zermantschen mir ja meine dicken Finger“, lacht sie und begleitet ihn ins Schlafzimmer.

„Herr Jansen? Herr Jansen? Guten Morgen! Wie geht es Ihnen?“

Aus dem Bett nur gurgelnde Geräusche.

„Haben Sie Schmerzen?“ Bestätigendes Grunzen. „Ich gebe ihm etwas gegen die Schmerzen und schau noch nach dem Katheter“, ein Hinweis, ihn allein zu lassen.

„Wir warten auf Sie im Wohnzimmer“, erleichtert geht sie.

„Na, wie lautet das Bulletin?", begrüßt ihn der Sohn des Hauses. Alle schauen erwartungsvoll, die Mutter natürlich mit Zigarette.

„Ihr Vater kämpft mit Schmerzen, die nicht genau zu lokalisieren sind, und ist recht unruhig, aber die klassische Musik scheint ihm gut zu tun", er blickt zur Tochter.

„Auweia, hab ich total vergessen!", läuft ins Schlafzimmer, vernimmt noch die Stimme des Bruders, „Der arme Kerl, ewig das Gedudele!", und legt Mozart in den Kassettenrecorder.

„Na, Väterchen? Bist du noch bei uns?"

Nun streicht sie über seine Hände, seine Haare, seine eingefallenen Wangen ... Wehmut und Trauer, sie schluckt.

„Die Musik tut dir gut?", sie räuspert sich und verlässt ihn, als er ruhiger atmet.

Auch sie ist mehr mit Distanz als mit Nähe zu ihrem Vater aufgewachsen.

Wie soll da am Ende Gemeinsames entstehen?

Sie landet mitten in der Verabschiedung.

„Rufen Sie an, wenn es schlechter geht, scheuen Sie sich nicht!"

Der Doktor lächelt in die Runde: „Und Sie, Frau Jansen, nicht zuviel rauchen!" Er droht leicht mit dem Finger.

„Ach was, Unkraut vergeht nicht. Ick kann det Wort Krankheiten nich mehr hören! Wenn ick laufend darüber nachdenken würde, wat mir alles passieren könnte, müsst ick mir ja 'ne Kugel in Kopp schießen!"

Sie lacht und steckt sich eine neue an, kann aber nicht vermeiden, dass sie kräftig husten muss. „Die, die am meisten über ihre Wehwehchen nachdenken und sooo gesund leben, sind dauernd krank. Das kennen Sie doch auch!"

„Sie finden immer eine Ausrede!"

„Muss doch keener wissen, wie's da drinnen aussieht."

***

„Immer nur lächeln und immer vergnügt, doch wie's da drinnen aussieht, geht niemand was an!" Dieses Lied, mein Motto!

Ick wollte nich, det eener merkte, wie's ma wirklich ging. Hat jottseidank ooch keener so jenau jefragt.

Und im Vergleich zu anderen ging's mir ja gold! Hatte noch meine Arme und Beene, konnte loofen, wenn auch mit dicken Beenen und nich gerade wie eine Gazelle, aber irgendwann ging's! Ich brauchte eben Zeit nach der Nordhäuser-Doppelkorn-Rettungsaktion.

Ich, mit unsicherem Gang, meine Mutter mit dem Lütten und Karl – mein Vater fuhr zurück nach Berlin – verließen dann das Krankenhaus und landeten in einem fürchterlich stinkenden Sanitätswagen, in dem wir Anfang 1945 auf Schnee und Eis in Richtung Merkers schlitterten. Der Fahrer des Wagens war offensichtlich froh, mal eine andere Fuhre zu kutschieren, als immer nur wimmernde Verwundete. Er konnte den Blick kaum von dem kleinen Säugling abwenden und erzählte den ganzen Weg von seinem kleinen Sohn, der wohl inzwischen schon drei Jahre alt sein müsste.

Wortlos betrachtete ich unsere kleine Stube, sah alles mit neuen Augen.

Der Lütte in meinen Armen quengelte, zutschelte an seinem Daumen, strampelte und stieß mit seinen kleinen Beinchen.

Eigentlich wäre ich jetzt gefragt gewesen: Milch wärmen, Windeln wechseln, dabei das Kind nicht fallen lassen, auf das Köpfchen achten, Höschen und Jäckchen so anziehen, dass die kleinen Ärmchen und Beinchen nicht abbrechen, die sauberen Strampler aus der Kommode angeln, ohne dass mir das Kind in die Schublade fällt, irgendwie das kleine Strickmützchen auf den hin und her wackelnden Kopf pflanzen ... dabei ein fröhliches Gesicht aufsetzen, damit das Kerlchen nicht greint und das ganze Haus zusammenschreit; nach der Fütterung das Bäuerchen nicht vergessen, sonst klagt es über Bauchweh und leidet, es vorsichtig in die vorbereitete Kiste mit Matratze und Kopfkissen als Bettdecke hineinbugsieren und hoffen, dass der Kleine genauso kaputt ist wie ich – und sanft einschläft ... aber noch funktionierte ich nicht.

Wie haben es bloß all die vielen Mütter geschafft, ihre Kinder, den Haushalt, Wäsche waschen, plätten und alles andere zu bewältigen?

Und dann las ich irgendwo, was Adolf Hitler zu meiner Lage und der aller Frauen zu vermelden hatte: „Was der Mann an Opfern bringt im Ringen eines Volkes, bringt die Frau an Opfern im Ringen um die Erhaltung dieses Volkes in den einzelnen Fällen. Was der Mann einsetzt an Heldenmut auf dem Schlachtfeld, setzt die Frau ein in ewig geduldiger Hingabe, in ewig geduldigem Leid. Jedes Kind, das sie zur Welt bringt, ist eine Schlacht, die sie besteht für das Sein oder Nichtsein ihres Volkes."

Ob er meine Schlacht mit dem Nordhäuser Doppelkorn meint, die ich so meisterlich in ewig geduldigem Leid geschlagen hatte?

Oder meint er meine tägliche Schlacht um halbwegs brauchbares Essen für meine Familie?

Oder die geduldige Hingabe, wenn's mal wieder nischt gab!

Und wenn ich während der „Beiwohnung" – ich lachte mich schief – an die Erhaltung des Volkes gedacht hätte, wär ich ganz bestimmt aus'm Bett gesprungen! Ganz abgesehen von der „Rassenhygiene"! Wehe, da rutschte was Unpassendes dazwischen ... schon warste unhygienisch!

Nee, so nich, nich mit mir!

Zunächst allerdings hieß die Devise: auf die Beine kommen!

Blick in den Spiegel. Zurückprallen. Die kannte ich nicht. Haben die die Falsche gerettet?

Meine Mutter löste den Knoten.

„So! Auch wenn's dir nicht passt, ich übernehme erst mal das Kommando. Du kannst dich ja kaum auf den Beinen halten.

Wir bauen dir hier im Zimmer eine Lagerstatt, da legst du dich hin. Der Kleine bleibt bei dir, du fütterst ihn und wechselst auch mal die Windeln. Ich versuche, was zu beißen aufzutreiben. Haushalt und Wäsche, das kriegen wir schon hin!"

„Mutti, ich bin dir dankbar, wenn du das Kommando übernimmst. Ich bin so froh, dass du da bist", hauchte ich aus meiner Ecke. „Leben ist ja so furchtbar anstrengend! Unser Scheuerlappen verströmt mehr Energie als ich!"

Karl trat ins Zimmer und wedelte mit zwei Briefen.

„Morgen muss ich zurück in die Kaserne!" Nachdenklich strich er sich übers Kinn. „Und dieser Brief vom Werk bestätigt unsere Wohnung. Ende Januar, vielleicht sogar etwas früher, müssen wir raus. Sie benötigen unsere Zimmer dringend, es gibt zu viele Flüchtlinge und Evakuierte. Im Moment bringen sie die Leute in Notunterkünften unter. Wir können verdammt froh sein."

Er betrachtete mich mit kritischem Blick, bemerkte mein leises Stöhnen, als ich den Kleinen hochnahm.

„Ich weiß, das wird nicht leicht für dich; aber vielleicht bin ich dann noch nicht an der Front und kriege Sonderurlaub für den Umzug."

Er setzte sich zu uns, strich leicht über meinen Arm: „Und dich kleines Würmchen kriegen wir auch groß", und knubbelte liebevoll das winzige Näschen. „Schön, dass wenigstens Erna bleiben kann, denn überall im Lande herrscht ein fürchterliches Durcheinander", seufzte er. „Was soll bloß werden?"

„Mach dir um uns keine Sorgen. Ich komme schon wieder auf die Beine. Du weißt ja, Unkraut vergeht nicht", krampfhaftes Lächeln. „Guck mich bloß nicht so an! Seh einfach grässlich aus. Wenn du zurückkommst, bin ich wieder die Alte. Ich versprech's!"

So ganz konnte ich das Versprechen nicht einhalten.

Aber als er dann tatsächlich noch einmal Mitte Januar Urlaub bekam – für den kriegsnotwendigen Umzug in die Gartenstraße –, schlingerte ich ihm, zwar immer noch auf geschwollenen Beinen, recht geschickt entgegen. Die blöden Schmerzen in meinen unteren Gefilden spürte nur ich, aber mein ansehnlicher gewordenes Gesicht, mit moderner Tolle im braunen, leicht gewellten Haar, ließ sogar ihn lächeln.

In der Zeit vorher allerdings schwankte ich laufend zwischen Apathie und Rebellion, Niedergeschlagenheit und aufbäumender Hoffnung, ich fand einfach nicht das Ende des Tunnels.

Dabei versorgte mich unser Doktor Deilmann mit allerlei Hausmittelchen, mit Stärkungspulver, mit Salben, die es kaum noch gab, und mit vielen aufmunternden Worten.

Die vielen Formulare, die Karl noch im Krankenhaus ausfüllen musste, erfüllten jetzt ihren Zweck: Auf die Mutterzusatzkarte und die Säuglingspunktekarte erhielten wir zusätzliche Karten für Butter, Zucker, Weißbrot, Magermilch und Fleisch sowie Bezugsscheine für Babywanne, sogar Bettwäsche und eine Wolldecke. Mit diesen Papieren stand meine Mutter stundenlang an, während die Ausbeute vergleichsweise mager ausfiel. Nicht die Karten waren das Problem, sondern das immer geringer werdende Angebot.

Ich hätte meinem Knirps ja gern kräftigere Nahrung angeboten, aber die eigene Milchquelle war wegen Fieber und Schnaps vollständig versiegt. So musste er sich mit Magermilch, einem mehlähnlichen Schleim mit etwas Zucker abfinden, später kamen eingeweichter Zwieback, geriebene Äpfel und Möhren und, wenn es gab, Grießbrei hinzu. Er jammerte selten, außer wenn er Hunger hatte oder ihn die kleinen Püpschen quälten; dann war die große Bauchstreichelaktion angesagt, die ihn jauchzen ließ.

Ich war mir sicher, der Kleine spürte, dass er mit dem, was er bekam, zufrieden sein musste. Schielewippchen mit Brüsche nannte ich ihn, weil er leicht schielend die Welt betrachtete. Wenn er mich anlachte, wurde mir warm, ansonsten wartete ich weiter auf das viel gepriesene Mutterglück.

Leises Klopfen.

„Darf ich hereinkommen?“

Mein Schwiegervater wandte sich scheu in meine Richtung.

„Komm rein. Du möchtest deinen Enkel sehen?“

Er nickte und näherte sich auf Zehenspitzen dem Bettchen. Während ich Tee zubereitete, betrachtete er wortlos seinen Enkel.

„Du musst nicht in Begeisterungsstürme ausbrechen, er ist wirklich keines von diesen bildschönen Kindern. Aber niedlich ist er doch.“

„Was hat er denn da auf der Stirn?“, fragte er.

„Hat er von der anstrengenden Geburt, die sagen: Das verwächst sich!“ Ich setzte mich zu ihm und reichte ihm seinen Tee.

„Er wird wach, siehst du?“ Er drehte sich unruhig in Richtung Kinderbett, die Tasse hilflos in der Hand.

„Na, mein Kleiner, bist wohl neugierig auf deinen Opa; so dann komm mal hoch“, von meinem Arm aus blinzelte er zum Großvater, beide Fäustchen im Mund vergraben.

„Willste ihn mal halten?“ Schon verlagerte ich ihn in seine Arme, er beeilte sich, die Tasse loszuwerden und versuchte nun, den Säugling richtig zu halten. So ganz glücklich fühlten sich beide nicht: Der Lütte knötterte und machte sich steif wie ein Brett.

„Was für ein winziges Kerlchen! Nimm du ihn besser, das ist doch mehr Frauensache.“

„Der Kleine hat Kohldampf! Ich wärme rasch sein Fläschchen“, und legte ihn auf die Kommode.

„Passt du auf, dass er nicht runter fällt? Brauchst dich nur an den Rand stellen, dann passiert nichts.“

Fast übereifrig drückte sich der Alte aus dem Stuhl und nahm Stellung an der Kommode auf.

„Ich glaube, er schaut mich an, ganz aufmerksam. Meinst du, er erkennt schon was?“ Er sah mich fragend an.

„Ich weiß es wirklich nicht. Manchmal hat er einen ganz konzentrierten Blick, da könnte man glauben, er nimmt alles wahr. Manchmal allerdings schwimmt sein Blick. Ist wohl normal, hoffe ich jedenfalls."

Ich erlöste ihn aus seiner Habachtstellung, nahm den Kleinen, setzte mich so bequem wie möglich in den Sessel, stopfte ihm den Nuckel in sein Schnäuzchen und beobachtete sein gieriges Saugen. Er hatte immer Hunger, die dünne Milch hielt einfach nicht lange vor.

Mit Schwung öffnete sich die Tür.

Meine Mutter stapfte ins Zimmer.

„Puuuh! Ist das eine Kälte! Schön warm habt ihr's hier. Tach, Herr Jansen, schön, dass Sie mal vorbeischauen, bleiben Sie sitzen", sie reichte ihm die Hand und schleppte ihre Einkäufe in den Küchenbereich.

Während sie sich von ihren dicken Klamotten befreite, sprudelte es aus ihr heraus.

„Man sieht immer mehr Menschen, die nicht wissen, wohin. Mütter mit kleinen Kindern, alte Männer und Frauen, ich weiß nicht, ob das Ausgebombte, Evakuierte oder Flüchtlinge sind. Sie versuchen, die Menschen wenigstens für den Moment unterzubringen; alle leiden unter der furchtbaren Kälte und haben Hunger … einfach schrecklich!"

Sie schüttelte fassungslos den Kopf.

„Es können auch Leute aus stehengebliebenen Zügen sein. Viele kommen nicht weiter. Die Strecken werden bombardiert und von Tieffliegern angegriffen. Das erzählte eine Frau, die mit ihren Kindern zurück in ihre Heimat wollte. Nee, nee, wo soll das enden!" Sie kramte aufgeregt in Schubladen und Schrankfächern.

„Setz dich erst mal", versuchte ich sie zu beruhigen.

„Stimmt, Frau Herrmann. Ich hatte auch den Eindruck, dass viel mehr Menschen unterwegs sind. Und die wollen auch durchgefüttert werden! Die können doch denen nicht alles geben, wir müssen doch auch leben!" Jetzt schimpfte er empört.

„Sollen die denn verhungern?", fragte ich irritiert.

Darüber schüttelte er unwillig den Kopf.

„Ich geh dann mal wieder", brummelte er, grüßte und schloss die Tür.

„Von denen wirst du nicht viel erwarten können, wenn's mal hart auf hart kommt. Die geben nichts! In dem Sinne ist er wohl wie seine Frau", meine Mutter streichelte das Köpfchen des schlafenden Michaels und verstaute den Rest ihrer Ausbeute.

„Du kannst dir nicht vorstellen, wie viele Menschen vor dem Amt Schlange stehen, um Lebensmittelkarten zu erhalten. Und wenn sie dann dran sind, fehlen ihnen irgendwelche Ausweise oder Identitätskarten! Was sollen die denn machen?" Sie schnaufte aufgebracht.

„Hast du auch lange anstehen müssen?" Ich stellte mich zu ihr.

„Milch zu kriegen, war nicht ganz einfach, aber mit deiner Mutterzusatzkarte einen Liter. Hier: ein Kilo Brot, da reichten deine und meine Lebensmittelkarte, 200 Gramm Zucker und ein Viertel Butter, das muss aber mindestens zwei Wochen reichen."

„Zwieback und Grieß, Mensch Mutti, das ist ja wunderbar! Die Äpfel sehen nicht gerade zum Anbeißen aus, aber wenigstens was Frisches."

„Ein paar Kartoffeln und Kohl geben uns die Daneels. Sie lässt herzlich grüßen und gratuliert zum Kleinen. Sie will irgendwann mal vorbeischauen; wirklich reizende Frau", meine Mutter verstaute die zu kühlenden Lebensmittel in einen Behälter, der in einer Ecke an einem Fenster außerhalb des Zimmers angebracht war. Allerdings mussten wir aufpassen, dass der Frost sie nicht verdarb.

Die Tage schlichen.

Was mich erfreute, aber zugleich erstaunte: Ich konnte jeden Morgen leichter aufstehen und mich immer besser bewegen. Die Regeneration schritt voran, langsam, aber stetig.

Der Umzug in die neue Wohnung nahte.

Karl hatte offensichtlich einen verständnisvollen Vorgesetzten, der ihm noch einmal Sonderurlaub gab, und ich war froh, diese Umzugsschinderei nicht allein meistern zu müssen.

Das Einpacken vieler kleinerer und größerer Utensilien schaffte ich gerade noch, den Kleinen versorgen und alle bei Laune halten auch. Die Laune allerdings sollte mir bald vergehen.

Karl trat ins Zimmer, jonglierte an den schon gepackten Kisten vorbei, verfrachtete sich in den Sessel, stierte eine Weile ins Leere, hob dann abrupt den Kopf.

„Wir müssen meine Eltern mitnehmen! Man benötigt ihr Zimmer, und in einer Vierzimmerwohnung muss auch Platz für die beiden sein."

Ich schwankte. Füße rutschten weg, der Stuhl in der Nähe konnte ein Fallen verhindern, Übelkeit wirbelte hoch.

Bloß jetzt nicht kotzen! hämmerte es in mir.

„Nein! Nein!" triefte es leise aus mir heraus. „Das kann ich nicht, unmöglich! Wie soll das gehen?"

Der Gedanke, dieser Frau dauernd in unserer Wohnung zu begegnen, dauernd von ihr „Hure" beschimpft zu werden …

„Helga, mach kein Theater! Es gibt einfach zu viele Menschen, die eine Bleibe suchen. Du musst dich eben zusammenreißen!"

„Aber sie kann mich doch nicht leiden", quälten sich die Worte aus meiner Kehle.

„In diesen Zeiten spielen solche Animositäten keine Rolle. Ihr müsst euch eben arrangieren! Anderen geht es viel schlechter. Außerdem sind das meine Eltern, vergiss das nicht!"

Die versteckte Drohung wollte ich nicht hören, wollte nicht hören, dass es anderen schlechter geht, wollte nicht spuren! Ich wollte einfach nicht mit denen leben!

Musste mich abfinden. Musste gehorchen.

Mit zwei Ochsen der Familie Fack und ihrem Leiterwagen karrten wir unsere Habseligkeiten und die meiner Schwiegereltern in die neue Wohnung.

An den dampfenden Nüstern der schweren Tiere konnte man die Minusgrade an diesem Tage messen. Saukalt, aber wunderbar klar!

Eingemummelt in warme Klamotten, stolperte ich mit dem Kleinen auf dem Arm hinter der Fuhre her. Die ganze Strecke bis zur eigenen Wohnung maß nicht mehr als fünf- bis sechshundert Meter. Aber für die Ochsen und auch für mich wurde es eine wahrhafte Rutschpartie. Unter dem Schnee versteckte sich blankes Eis. Ich beobachtete fasziniert, wie sich ein Ochse immer wieder fing, wenn ihm ein Bein wegrutschte; auch Herr Fack ließ sich nicht aus der Ruhe bringen und meisterte die ganze Aktion mit Bravour.

Ich stand ihm in nichts nach: strauchelte, rutschte, schlitterte durch manche Rille, fing mich wieder, eierte mit Kind auf dem Arm die Straße entlang und konnte mich manchmal ausschütten vor Lachen.

Dann stand ich in unserer ersten eigenen Wohnung.

Mitarbeiter von Karl, er und unser Schreiner hatten schon die von ihm gefertigten Möbel aufgebaut und in den Zimmern verteilt. Das Schlafzimmer mit den Betten, dem wuchtigen Holzschrank und der Spiegelkommode beeindruckten jedermann. Und alles duftete intensiv nach Holz, einfach wunderbar.

In der Küche befand sich in der linken Ecke ein großes, viereckiges steinernes Waschbecken, daneben der Kochherd, mit Kohle oder Holz zu befeuern, gegenüber der neue Küchenschrank und eine kleine Anrichte und in der Mitte prangte ein schöner Holztisch mit vier Stühlen. Man konnte unter dem Tisch ein Gestell herausziehen, das zwei große Schüsseln beherbergte, in denen man das Geschirr spülen und ablegen konnte – eine ganz praktische Angelegenheit.

In der guten Stube stand ein Wohnzimmerschrank mit Glasscheiben in der Mitte, rechts und links große Türen, hinter denen man eine Menge verstauen konnte. Jetzt fehlten noch die Sachen aus unseren Zimmern: die kleinen Sessel, der Couchtisch, die Stehlampe und das andere Gedöns, das einen Wohnraum gemütlich machte; und dass ich den hellblauen Teppich mit viel Mühe gesäubert hatte, freute mich besonders.

Auch wenn in jedem Zimmer ein Kohleofen stand: Die Küche wurde der Ort, in dem wir lebten. Heizmaterial für EINEN Raum, mehr war nicht, wenn überhaupt.

Und ein richtiges kleines Bad mit kleiner Wanne, einem Badeofen, Waschbecken und Toilette – Luxus pur!

Die herrlichen Möbel hätten wir uns in dieser Pracht gar nicht leisten können; der größte Teil war meine Aussteuer. Gut angelegt, fand ich.

„Ihre Möbel sind großartig, lieber Herr Hill!“ Am liebsten wäre ich ihm um den Hals gefallen, als er erneut auftauchte, um sein Werk zu kontrollieren.

„Nu ja, man tut sein Bestes. Sie sehen aber aufgestellt wirklich gut aus“, nickte unser Schreiner, wedelte mit seiner Pfeife und begutachtete alles mit dem Schraubenzieher in der anderen Hand.

„Und Ihre Schwiegereltern wohnen jetzt auch hier?“ Als ich nickte: „Keine leichte Sache … aber wer hat es heutzutage schon leicht.“

Er wusste um die Schwierigkeiten mit ihnen.

„Muss ich irgendwie hinkriegen“, murmelte ich.

Als dann am Abend das meiste untergebracht war, der Herd in der Küche Wärme ausstrahlte und der Duft verbrannten Holzes durch den Raum strömte, fühlte ich mich sogar wohl.

Um seine Eltern kümmerte sich Karl. In ihrem Zimmer standen jetzt unsere ausrangierten Betten und einiges, was wir abtreten konnten. Den Ofen in ihrem Zimmer mussten sie selber heizen, Kohlen oder Holz allerdings würden wir besorgen.

SIE huschte in ihr Zimmer, als wir uns alle in der Küche einfanden. Mein Schwiegervater ließ sich kurz in der Küche blicken, nickte uns zu und bat Karl nach draußen … nun mussten sich alle arrangieren: sie und wir.

„Also…“, Karl schlüpfte in die Küche, setzte sich an den Abendbrottisch, angelte sich ein Brot und beschmierte es dünn mit Butter und Kochkäse. Während Mutter und ich weiter aßen, hörten wir seine Ausführungen an.

„Ohne einen Tagesplan geht es nicht. Du musst dir überlegen, wann du morgens mit dem Kleinen ins Bad willst, wann du in der Küche arbeitest, wann du waschen musst und die Wohnung in Ordnung hältst. Beide würden sich deinem Tagesablauf anpassen, dann das Bad benutzen, wenn es frei ist, und erst die Küche benutzen, wenn du fertig bist.“

„Das kann so gar nicht funktionieren! Ich kann doch nicht wissen, wann ich aufs Klo muss oder wann Michael gewindelt wird … total bekloppt!“

„Meckere nicht sofort! Natürlich muss sich so eine Geschichte erst einschleifen; aber einen Versuch zu starten, lohnt sich immer. Oder willst du hier Mord- und Totschlag?“

„Liegt doch nicht an mir! Frag doch deine Mutter!“

„Jetzt dramatisiere nicht! Du weißt, es geht nicht anders“, sogar meine Mutter trompetete ins gleiche Horn.

„Soll ich vielleicht jedes Mal ein Glöckchen läuten, wenn sie das Bad oder die Küche oder den Flur betreten dürfen? Wie Weihnachten … das Christkind kommt!“ Ich prustete los und schüttelte mich.

„Hör mit dem Blödsinn auf! Die Idee könnte man sogar verfolgen“, überlegte Karl.

„… dann aber mit ’ner Trillerpfeife! Sonst hören die das nicht!“

„Vielleicht findet ihr ja später eine ähnliche Lösung. Man kann den beiden ja auch durch lautes Rufen Hinweise geben. In der Anfangszeit wäre eine ungefähre Tageseinteilung, wann sie Bad oder Küche benutzen sollen, gar nicht so schlecht. So ähnlich wie der Plan für die Waschküche im Casino, das funktionierte ja auch."

„Mach, was du willst, ist mir doch wurscht", brummte ich, stand auf und räumte den Tisch ab.

„Das kriegen wir schon hin, Karl. Mach dir keine Sorgen. Häusliche Probleme sollst du nicht auch noch mit in den Krieg schleppen."

Meine Mutter glättete mal wieder die Wogen und verwies mich in meine Schranken.

Zwei Tage konnte er noch bleiben, in denen noch manches Möbelstück herumgerückt, Wäsche und Kleidung und was sonst noch rumlag, eingeräumt wurden, bis die ganze Wohnung wohnlich und freundlich ausschaute. Solange er da war, übernahm er die Kommunikation mit seinen Eltern, das klappte.

Vor ihm hatten sie Respekt, vor mir nicht.

Wir begleiteten ihn nicht zum Bahnhof. Es war zu kalt, zu glatt, und mit dem geliehenen Kinderwagen wollte ich dieses Unterfangen nicht starten. Ich glaube, er war froh darüber, Heulen und Zähneklappern lagen ihm sowieso nicht.

Als die Haustür hinter ihm zufiel, flüsterte ich nur „Komm bitte wieder!"

***

Die Erinnerungen quälen sie und prasseln unerbittlich auf sie ein. Ihr tägliches Nachmittagsschläfchen will heute nicht gelingen, die Gedanken denken sich von allein, sie kann sie nicht abstellen.

Sie wirft einen Blick auf die Uhr: vier Uhr, und schon so dunkel; sie rappelt sich auf, geht auf die Toilette, öffnet leise die Schlafzimmertür und vernimmt seinen rasselnden Atem.

Was er jetzt wohl fühlt?

Sie wird es nicht erfahren und hat es nie erfahren! Gefühle wurden nicht zugelassen.

Erinnert sie sich überhaupt an etwas, was ihn im Innern berührte?

Wieder in ihrem Zimmer grübelt sie weiter. Satzfetzen geistern im Kopf, werden gewendet und gedreht. Alte Fragen suchen nach Antworten.

Plötzlich weiß sie es: Wahre Gefühle zeigte er nur, wenn er spielte! Wenn er am Flügel spielte oder bei Spielen mit anderen.

War er ein Spieler?

Sie grunzt bestätigend – doch, das war er. Keiner im üblichen Sinne, der Haus und Hof verzockte, nein! Aber ein Spieler mit Leidenschaft. Einer, der sich jedem intelligenten Spiel mit tiefem Ernst und absoluter Hingabe widmete.

Sie kichert leise … hat ja auch oft genug gewonnen!

Und ihr fallen die ersten Jahre in Hannover ein. Es war wohl Anfang der Fünfziger, als er um die Weihnachtszeit durch die Kneipen zog und sich bei jedem Preisskat anmeldete, weil hier der erste Preis immer eine Ente oder sogar eine Gans war: eine Kostbarkeit damals, kaum zu bezahlen.

Den Duft vergess ich nie! Kurz vor dem Erwachen roch ich was Unbekanntes, rümpfte die Nase, schnupperte dann mit geblähten Nüstern und nahm den Geruch der Gans wahr. Er stellte mir nämlich, wenn er nachts nach Hause kam, die gerupfte Gans auf das Nachtschränkchen, direkt unter die Nase!

Die Mitspieler und die Kneipenwirte waren natürlich stinksauer. Er ging da ja sonst gar nicht hin, keiner kannte ihn, und dann gewann er einfach den ersten Preis und verduftete.

Belustigt setzt sie sich auf, macht Licht, zündet sich eine Zigarette an, schüttelt den Kopf.

Und seine Begeisterung fürs Dreibandbillard! Weder Frau noch Kinder kümmerten ihn, wenn er im Billardsaal sein konnte. Nicht nur seine Zeit und Energie verpulverte er dort, nee, einen Haufen Geld hat er da reingesteckt; trotzdem ging der Laden irgendwann Pleite ... und ihm gehörten plötzlich neun riesige Billards!

Und icke hütete Kinder, Haus, Hund, Garten und den Fernseher.

Immer allein.

Jetzt kommt doch alte Wut hoch! Sie drückt die Kippe aus, löscht die Lampe und wirft sich auf die Seite, während ihr noch das Wort „Doppelkopf“ durch den Kopf geht.

Und vor ihren geschlossenen Augen setzen sich Erinnerungssplitter zu einem Familienbild zusammen, das aus lachenden und heulenden, vier qualmenden und Bier pichelnden Personen bestand. Denn endlich lernte wenigstens die Tochter dieses Königsspiel der Karten und wurde ordentlich rangenommen, um auch den Feinheiten des Doppelkopfs auf die Spur zu kommen.

Jetzt grinst sie, als sie an die Schimpfkanonaden ihres Mannes denkt, der seine Tochter anbrüllte, weil ihre dämlichen Fehler sein Spiel verdarben, und das arme Ding nun doch heiße Tränen vergießen musste; war 'ne harte Schule!

Ja, so war er: Leidenschaft, Können und Konzentration – die natürlich im Laufe einer langen Nacht mit vielen Bierchen, Schnäpschen und Zigarettchen einfach flöten gingen; aber nachtragend war er nie, er wünschte sich nur gute Spieler, und so züchtete er sich im Laufe der Jahre seine Doppelkopffamilie.

Nur Mika und seine Familie wollten es nie lernen, sie weigerten sich strikt. Sie zogen das ästhetisch schönere, gewiss nicht so interessante chinesische Steinchenspiel Mah Yong vor. Hat er auch gern gespielt, aber es fehlte ihm der Pfeffer.

Doch! Im Spiel und auch in seiner Arbeit steckten Gefühle und Leidenschaft. Was fehlte, war Einfühlungsvermögen.

„Heute nennt man das wohl ‚Mangel an Empathie'", murmelt sie, und versucht, sich halbwegs schwungvoll aus der Horizontalen in die Vertikale zu bringen: heute eben kein Mittagsschlaf!

***

Hartnäckig quälte mich nach unserem Abschied diese Gemengelage aus Leere, Trauer, Wut und zermürbender Angst. Dieses Gemisch brodelte im Bauch und erspürte mit der Präzision eines Radargeräts mein nie schweigendes Schuldgefühl.

„Reiß dich zusammen! Das Leben geht weiter!" Die Stimme meiner Mutter riss mich aus der Lethargie.

Kein Selbstmitleid – du hast ein Kind: Du musst!

Aber nicht nur ICH sollte mich zusammenreißen.

Aus dem Radio dröhnten pausenlos Durchhaltparolen: Das ganze Volk solle sich zusammenreißen und seinen „unabänderlichen Willen im Kampf zur Errettung unseres Volkes vor dem grauenhaftesten Schicksal aller Zeiten" beweisen. Alle zur Verfügung stehenden Menschen, ob jung oder alt, Frau oder Mädchen, Junge oder Mann, haben in den „tausenden von Volksturmbataillonen" gegen die „Jüdische internationale Weltverschwörung" zu kämpfen! Hitler noch immer maßlos als der „Heiland" stilisiert.

Hörte der Irrsinn nie auf?

Meine Mutter zog jetzt zu uns. Ihr kleines Zimmer wurde für eine Mutter mit kleinen Kindern benötigt, die aus dem Osten geflohen waren und Unvorstellbares berichteten.

Die Russen seien schon in Oberschlesien, man munkelte, auch in Danzig, und drängten immer stärker in den deutschen Raum.

Sie hätten Glück gehabt und noch einen Zug erwischt, total überfüllt, ungeheizt. Stundenlang mussten sie manchmal auf der Strecke ausharren. Oft den Zug verlassen, um den Tieffliegern zu entgehen. Überall Tote und Verletzte! Vierzig erfrorene Kinder an einer Station! Und nichts zu essen und zu trinken! Gottseidank, sie habe mit den Kindern überlebt, aber nun?

„Glauben Sie mir, es ist ein schreckliches Durcheinander! Kinder suchen ihre Mütter, Mütter ihre Kinder, alte Frauen und Männer orientierungslos. Und erst die zerbombten Städte! Wenn ich es nicht mit eigenen Augen gesehen hätte, ich hätte es nicht geglaubt! Furchtbar, einfach furchtbar!"

Mit Tränen in den Augen strich sie sich immer wieder übers Gesicht und raufte ihre Haar. „Wir sind so froh, dass wir erst einmal ein Dach über dem Kopf haben."

Sie schaute dankbar zu mir und meiner Mutter, die sogleich entbehrliche Kleidung, Schuhe und Wäsche für sie zusammensuchte.

„Sie müssen aufs Amt und versuchen, Lebensmittelkarten und Bezugsscheine zu kriegen. Wenn Ihre Papiere in Ordnung sind, müsste das gehen, ansonsten wird es schwierig."

Aufmunternd nickte meine Mutter, während wir ihre eigenen Siebensachen zu einem Bündel formten, um es dann auf einem kleinen Handwagen in unsere Wohnung zu transportieren. Kein leichtes Unterfangen. Immer wieder blieben wir im Schnee stecken, klopften den Schnee von den Rädern, schubsten den Karren mal zur rechten, dann zur linken Seite, das Biest schlitterte und machte, was es wollte; beinahe wären wir im Graben gelandet, schwitzten wie die Teufel und brachen in wieherndes Gelächter aus.

Lachen ... dabei hattn wa ja nischt mehr zu lachen!

Noch immer kichernd und mit blitzenden Augen schafften wir das Gerümpel ins Haus und wurden im Flur laut und vernehmlich mit „Heil Hitler" begrüßt.

Unsere Köpfe schossen in Richtung der Stimme. Vor uns stand Frau Schmidt von oben, die uns mit strengem Blick taxierte.

„Tach, Frau Schmidt. Dürfen wir mal ...", schon schoben wir uns an ihr vorbei – nein, wir hatten sie nicht zur Seite gedrängt! – erreichten unsere Haustür, ich angelte nach dem Schlüssel und öffnete.

„Was erlauben Sie sich! SO geht das nicht! Sie haben sich gefälligst wie andere auch an die Hausordnung zu halten. Es stehen noch immer Sachen von Ihnen VOR Ihrer Kellertür. Außerdem sieht der Fußboden so dreckig aus, wie ich das in diesem Haus noch NIE erlebt habe! Und von Ihnen lasse ich mich schon gar nicht zur Seite schubsen!" Das hysterische Kreischen wuchs in steiler Kurve in Richtung hohes C!

„Tut mir leid, Frau Schmidt, Sie sehen ja, wir sind mit unserem Umzug noch nicht ganz fertig. Entschuldigen Sie!"

Wir hievten unser Bündel in die Wohnung und schlossen die Tür.

„Eine ekelhafte Nazisse", flüsterte ich leise.

„Da pass bloß auf, und halt deine Klappe!"

„Ich werde wohl meine zuckersüße Seite ausgraben und ihr Honig ums Maul schmieren müssen."

Ein leises Knöttern aus dem Schlafzimmer löste mich aus dem wachsenden Angstgefühl: Der Lütte meldete sich. Irgendwie blieb der kleine Kerl immer ganz bei sich, vielleicht kapierte er mehr als wir.

Das Wetter zeigte sich in den nächsten Wochen wechselhaft wie die politische Lage – mal eiskalt und Mitte Februar sogar frühlingshaft warm.

Ein ähnliches Hin und Her bot uns der Heeresbericht, der einmal die Russen im nordwestlichen Küstrin, dann schon vor Görlitz vermutete, während der englische Sender ganz andere

Regionen nannte. Hoffnungsvolles Händereiben, dann wieder Wut über das Morden.

Trotz immer wieder einpeitschender Aufrufe zum Kampf gegen den bolschewistischen Feind, konnte der Lagebericht nicht darüber hinwegtäuschen, dass der Krieg einfach nicht zu gewinnen war.

Tausende Jungen mussten noch sterben, weil sie glaubten, ihr Einsatz im Volkssturm könnte Deutschland noch retten.

Ein Wahnsinn ohnegleichen.

***

Sie schüttelt unwillig den Kopf. Ihr vergangenes Leben beutelt sie. Die Schnur ihrer Gedankenknoten verwurschtelt sich zu einem riesigen Knäuel.

Sie öffnet die Tür. Greift zur Weinbrandflasche, zum Glas, schenkt ein.

„Hast du dein Schläfchen gehalten?“ Der Sohn blickt von seinem Buch auf und betrachtet seine Mutter aufmerksam.

„Is mir nicht gelungen. Ick weeß nich, wat los ist, mir jeht so ville durch’n Kopp.“

Sie fällt in den Sessel, stützt die Beine auf den Hocker, zündet sich eine Zigarette an, inhaliert und lässt langsam den Rauch entweichen, nimmt einen Schluck. Gedankenverloren starrt sie auf ihre geschwollenen Füße, die aus den Hauslatschen herausquellen.

Weder Sohn noch Tochter noch Schwiegersohn nimmt sie im gedämpften Licht des Wohnraums wahr. Bemerkt nichts von dem, was um sie herum geschieht. Hört nicht die Tür, die leisen Gespräche, die Geräusche – weit weg ist sie. Und während sich das Leben des einen auf das Ende zu bewegt, die anderen sich dieser Situation und den alltäglichen Ritualen widmen, schließt sie die Augen und findet sich, verschlungen in die dicke Strickjacke ihres Mannes in ihrer Wohnung in Merkers, wo es gerade heftig und ausdauernd klingelt.

***

„Komm ja schon! Meine Güte, was ist denn los?"

Ich riss die Tür auf und wurde fast von Hella, der ältesten Tochter unseres Arztes, umgerannt, die sofort die Tür wieder schloss, den Finger auf den Mund legte, nach oben zeigte und mich in Richtung Küche schob.

„Wir brauchen jetzt jede Hilfe. Die haben uns einen riesigen Zug mit Munition ins Dorf und über die Werksgleise in die Nähe der Wohnhäuser geschafft. Die SS will den Zug morgen sprengen. Weißt du, was das bedeutet? In Merkers bliebe kein Stein auf dem anderen!"

Hella holte tief Luft, rannte aufgebracht hin und her.

„Ja, sind die denn wahnsinnig?" Meine Mutter und ich starrten sie an, konnten noch gar nicht das Ausmaß ihrer Worte ermessen.

„Wir brauchen Leute, so viele wie möglich! Wir wollen die ganze tödliche Fracht in die Werra werfen. Kommst du mit?"

Das brauchte sie mir nicht zweimal sagen. Rasch packte ich mich in eine warme Jacke, schlüpfte in Handschuhe und dicke Stiefel.

„Mutti, du passt auf den Lütten auf, ja? Keine Ahnung, wann ich zurück bin. Kann aber eine Weile dauern. Tschüs!" Und schon hetzten wir los in Richtung Werra.

Von allen Seiten strömten Menschen in Richtung Dorfeingang. Viele Frauen, vereinzelte Männer, sogar junge Mädchen und halbwüchsige Jungs: Alle wollten Merkers retten. Ich war beeindruckt – so viele, die sich diesem Wahnsinn nicht mehr anschließen wollten.

„Da sind mein Vater und der Bürgermeister", rief Hella und zeigte auf eine Gruppe Männer, die mit großer Anstrengung

Waggontüren öffneten, an denen schwarze Fahnen mit einem weißen „P“ leuchteten: neun Waggons mit Kisten voller TNT-Pulver, hoch explosiv, und drei Waggons mit Kisten voller Granaten!

„Was für ein Glück, dass die den Zug hier am Hang stehen lassen mussten, so können wir das Zeug direkt nach unten in die Werra schmeißen!“, bekam ich noch mit, während ich hinter Hella herstolperte.

„Kommt mal her, Mädels“, hörte ich eine Männerstimme aus dem Waggon. Ich blickte hoch und erkannte unseren Schreiner Hill und einen anderen mir nicht bekannten Mann. Er sah mich zweifelnd an.

„Mädel, meinste, Sie können das hier schon?“ Ich nickte energisch.

„Ganz bestimmt, es geht mir gut!“ Er grinste, kaute auf seiner erloschenen Pfeife, nahm seine Mütze ab und strich über sein schütteres Haar.

„Ist nicht leicht, die Kisten sind schwer und gefährlich. Also aufpassen! Wir heben sie aus dem Waggon und ihr versucht, sie an den beiden Griffen zum Rand des Hangs zu schleppen. Dort lasst ihr los. Das Zeug wird dann wie auf einer Rutsche in die Werra plumpsen. Verstanden?“

Wir nickten eifrig. Ich war voller Tatendrang. Fühlte mich stark, wie schon lange nicht mehr, endlich was Sinnvolles …

Die erste Kiste nahmen wir in Empfang. Donnerwetter, war die schwer! Nach zwei Metern setzten wir unsere erste Kiste wieder ab.

„Warte, ich brauche Handschuhe! Papa Hill, hast du für mich ein Paar Handschuhe?“ Er verschwand suchend im Waggon, man hörte ihn kramen.

„Hier, sind vielleicht zu groß, aber ohne geht's nicht.“ Er reichte ihr die Handschuhe: „Fasst mit beiden Händen in die Schlaufen, dann funktioniert es besser.“

Stimmt! Nach der ersten Kiste wussten wir, wie's geht. Nach der zweiten, der dritten, der vierten, der fünften flutschte das gefährliche Zeug schon viel leichter den Hang hinunter in den Fluss.

„Nun macht mal Pause!“

Nach einigen Stunden reckte uns eine Frau aus dem Dorf ein paar Stullen und zwei Becher Tee entgegen: „Greift zu!“

Das ließen wir uns nicht zweimal sagen. Ich hatte plötzlich richtig Kohldampf. Und warm war mir!

„Puhhh, ist doch anstrengend!“ Ich betrachtete meine gequälten Hände. „Sehen ganz schön mitgenommen aus; und die Handschuhe kann ich nachher wegschmeißen!“

Wir saßen nebeneinander im Gras, futterten unsere Brote und beobachteten die vielen Frauen und Männer, die Ketten bildeten, konzentriert und zügig die Kisten transportierten und in der Werra verschwinden ließen. Noch immer spürten wir die Sonne auf unseren Gesichtern, aber es war noch kalt, obwohl wir schon einen Hauch von Frühling erahnten – an diesem Ostersonntag, dem 1. April 1945.

„Ich will mal nach meinem Vater sehen.“ Hella erhob sich. „Willi, komm doch mal!“ Sie rief einen vielleicht Dreizehnjährigen, der auch gerade seine Stulle verputzte.

„Kannst du für mich einspringen? Frau Jansen kann die Kisten nicht allein tragen!“ Sie strich eine Haarsträhne beiseite und wartete auf seine Antwort.

„Ich sage meinen Leuten eben Bescheid, das geht schon.“

Willi drehte sich um, lief in seinen viel zu großen Knobelbechern nach vorn, sprach mit einer Frau, zeigte in meine Richtung, winkte bestätigend, dann stand er neben mir.

„Wir sehen uns nachher!“

Willi packte kräftig an. Er zeigte mir noch Tricks, wie ich die Hände schonen konnte und lachte, wenn ich mich zu blöd anstellte; er wirkte wie ein Erwachsener und so schuftete er auch. Hoffentlich zwingt ihn nicht noch die SS zum Einsatz!

Wir schafften ungefähr noch zehn Kisten.

In der Dämmerung wurde die Sicht schlechter. Nur vereinzelt blitzten Taschenlampen auf, denn wir mussten vorsichtig sein, damit uns nicht die Ortsgruppenleitung der NSDAP oder die SS überraschten. Ich wunderte mich sowieso, dass sich niemand von denen blicken ließ, schließlich betrieben wir hier lebensgefährliche Sabotage!

Später erfuhren wir, dass der Ortsgruppenleiter die Hosen voll hatte und sich mit seiner Familie und dem Hund im Werksbunker versteckte, und die SS ahnte wohl nichts von dieser Aktion.

Einige Waggons waren mittlerweile leer. Noch immer wuselten überall Menschen, wuchteten Kisten an den Rand und ließen sie fallen. Einer sorgte dafür, dass die tödliche Fracht an verschiedenen Stellen versenkt wurde, rannte hin und her und dirigierte die Helfer.

Ich hätte nie gedacht, dass bei einem solchen Einsatz mit so vielen so eine Ruhe herrschen konnte. Ab und zu hörte man einen Ruf, einen Hinweis, ansonsten Flüstern, auch mal ein kurzes Lachen.

Gegen Mitternacht gab es nur noch zwei volle Waggons.

„Mensch, bin ich fertig!"

Die Stimme kannte ich. Hilde tauchte im Dunkeln auf und ließ sich auf einen Waggonpuffer fallen.

„Du auch hier? Ich habe dich gar nicht gesehen."

„Konntest auch nicht. Ich war ganz vorne eingeteilt. Da sind wir jetzt fertig, genau wie ich!"

Sie grinste, streckte alle viere von sich, gähnte ausgiebig und rieb sich Arme und Hände.

„Das war eine gewaltige Aktion. Hätte ich nicht gedacht, so viele Helfer! Wie weit seid ihr?"

Ich blickte nach hinten und sah noch immer welche zum Abhang laufen.

„Ich glaube, wir haben es bald geschafft. Vielleicht noch ein Waggon."

„Na, ihr zwei Schwerstarbeiter?"

Herr Hill trat zu uns, aus seiner Pfeife quoll jetzt Rauch.: „Die letzten Wagen schaffen wir noch. Aber Sie beide sollten jetzt Schluss machen. Sie waren eine wirkliche Hilfe, wie wir alle."

Er nickte anerkennend und reichte uns die Hand.

„Danke noch mal. Und nun ab nach Hause, aber vorsichtig! Man kann nie wissen, wen man im Dunkeln trifft!"

So war er, mal duzen, mal ganz förmlich, war mir egal, ich mochte ihn.

Er kletterte zurück auf den Waggon und reichte die letzten Kisten an Helfer, die noch mehr Kräfte mobilisieren konnten als wir.

Auf leisen Sohlen strauchelten wir durch die Dunkelheit. Erst jetzt spürte ich meine Knochen, meine Arme, meine Beine, meine Füße. Wir hielten uns an den Händen, flüsterten und hangelten uns durch Feldwege und mit altem Schnee bedeckte Wiesenabschnitte. Es duftete nach Erde und Modder. Die Hauptstraße mieden wir; jetzt bloß keinem von der SS in die Arme laufen! Sobald wir Stimmen oder Geräusche hörten, machten wir uns klein und verharrten auf der Stelle.

Und noch ein unglaubliches Glück: die ganze Zeit keine Tiefflieger! Normalerweise hörten wir das Jaulen alle paar Stunden. Ob die Ostern feiern wollten?

Unbehelligt, aber mit ordentlichen Muskelschmerzen, landeten wir bei meiner Mutter; erschöpft, aber zufrieden.

„Hilde, hilf mir mal bei meinen Stiefeln, die krieg ich allein nicht aus!"

Ich verfrachtete mich auf einen Stuhl und hielt Hilde meinen Stiefel hin. Sie packte den Stiefel mit beiden Händen, zog, zog … nichts!

Einfach zu dicke Beene! Hilde stellte ihren rechten Fuß auf den Stuhl, um dem blockierenden Objekt ihr ganzes Gewicht entgegensetzen zu können. Dabei lehnte sie sich weit nach hinten … und landete mit lautem Platsch auf dem Boden, den Stiefel in der Hand.

„Hast du dir wehgetan?“, fragte ich ängstlich, musste mich aber gewaltig zusammennehmen, um nicht laut loszuplatzen.

Das Kichern von unten, das Gewürge beim Aufstehen, das Stöhnen und Ächzen, als sie endlich stand, löste sich in schallendes Lachen. Breitbeinig stand sie vor mir, hielt den dämlichen Stiefel und schüttelte sich.

„Mann oh Mann, das war ja schlimmer als die Schlepperei vorhin!“

Sie fiel auf den Stuhl, den meine Mutter gerade verlassen hatte, um uns Tee zu machen. Auch sie konnte sich das Lachen nicht verbeißen.

„Gib mal das andere Bein“, kommandierte sie, drehte mir ihren Hintern zu, hielt den zweiten Stiefel zwischen ihren Beinen und zog ihn nach vorn.

„Los! Jetzt darfste mir endlich mal in den Hintern treten!“

Noch unter Lachtränen trat ich zu, immer etwas kräftiger, bis sich der Stiefel Stück für Stück von meinem geschwollenen Fuß schälte.

„So macht man das!“, triumphierte sie.

„Na ja … mit Gewalt!“ Hilde lachte noch immer und blickte auf meine Füße, „na, die haben auch mal besser ausgesehen. Das nächste Mal ziehste Stiefel von Georg an, der hat Größe fünfundvierzig!“

Der heiße Tee tat gut; meine Mutter spendierte sogar für jeden ein paar Krümel Zucker! Verdient ist verdient!

„Weißt du, woher dieser Zug eigentlich kam? Die Strecke nach Vacha funktioniert doch gar nicht mehr.“

Die Teetasse in beiden Händen fragte ich Hilde.

„Ich weiß auch nur das, was mir Flüchtlinge erzählt haben", ihre Stimme war inzwischen nur noch ein Flüstern. „Sie berichteten von Leimbach. Wusstet ihr, dass da eine Munitionsfabrik war?"

Heftiges Kopfschütteln.

„Die haben da Kriegsgefangene, Zwangsarbeiter aus allen möglichen Ländern und auch Deutsche gezwungen, unter furchtbaren Bedingungen zu arbeiten. Und Russen! Denen muss es ganz besonders schlimm ergangen sein. Und weil die Amerikaner immer näher kommen, haben sie alle Russen, die noch nicht durch ihre reizende Behandlung krepiert sind, erschossen. Und dann das Munitionslager geräumt. Und das ganze hochgefährliche Zeug haben sie dann in Waggons gepackt und auf dem Bahnhof von Bad Salzungen abgestellt. Und ein oder zwei von den Waggons sind gestern Nachmittag bei einem Flugzeugangriff explodiert."

„Jetzt kapier ich! DAS war dieser wahnsinnige Knall! Ich dachte, die Welt geht unter!" Ich stützte beide Arme auf und zerstrubbelte nervös meine Haare.

„Was die Leute erzählten … grauenhaft! Ein großer Teil von Bad Salzungen brannte, Unmengen Tote und Verwundete! Alles lahmgelegt, keine Züge mehr, nichts! Nur Chaos!"

Hilde verzog das Gesicht, ihre Hände zeigten stummes Entsetzen.

„Und das Zeug, das wir in die Werra gekippt haben, stammt aus dieser Fabrik?"

Unsere Gedanken fraßen sich fest.

„Aber … wie haben die denn den Zug hierher verfrachtet, wenn nichts mehr fährt?"

„Ich weiß es auch nicht genau. Beim Ausladen hörte ich, dass sie die Waggons offensichtlich über unsere Werksbahn geschleust und dann mit der Werkslokomotive hier abgestellt haben. Kann sogar sein, dass ich so einen Zug von unserer Wohnung aus gesehen habe."

„Was bin ich froh, das Zeug ist weg! Schade, dass ich morgen, nee, is ja schon heute, die Gesichter nicht sehen kann, wenn der SS die leeren Waggons entgegengähnen!“

Und wie auf Kommando gähnten wir drei.

„Es ist schon zwei Uhr. Du kannst auf dem Sofa schlafen, Hilde.“

„Nee, nee! Ich schlaf lieber in meinem Bett. Die paar Meter schaffe ich auch noch.“ Sie wuchtete sich in die Vertikale und zog sich an. Kurze Umarmung, dann brachte ich sie zur Tür.

„Sei vorsichtig!“, flüsterte ich, ehe ich die Tür ganz leise schloss.

In der Küche hantierte meine Mutter.

„Michael ist wach geworden. Ich mach eben sein Fläschchen.“

Ich nahm den Kleinen auf, drückte ihn an mich. „Du kommst auch zu kurz, armes Kind, wie wir alle“, murmelte ich in sein kleines Ohr. „Die Oma gibt dir die Milch. Ich kann nich mehr!“

Am nächsten Morgen konnte ich gerade noch die Augen öffnen; mich drehen und aufstehen ... nee! Kein Knochen, kein Muskel gehorchten, Arme oder Beine heben war unmöglich. Meine Versuche, mich aus dem Bett zu wälzen, verliefen kläglich.

Stell dich nicht so an!

„Du läufst wie meine Großmutter“, begrüßte mich meine Mutter, als ich endlich, eingehüllt in meinen Bademantel, in die Küche schlurfte.

„Hast gewaltigen Muskelkater, was? Das geht vorbei“, sie grinste einfach. „Hier“, sie reichte mir ein Fläschchen, „haste Franzbranntwein. Reib dich damit ein, dann geht's bald wieder.“

Ich schlich zum Herd, goss mir den Rest Kaffeeersatz ein, nahm mir ne Stulle trockenes Brot und hockte mich vorsichtig an den Tisch. Mein Blick fiel auf den Kinderwagen, aus dem mich Michael mit schielenden Äuglein ganz ernst betrachtete. Ich kitzelte ihn und lachte. War gar nicht so einfach, dem kleinen Kerl ein Lächeln abzuringen. Aber wenn er dann lächelte und seine kleine Faust in seinen Mund stopfte, hätte ich ihn immer wieder knuddeln können.

„Ich habe deine Schwiegermutter beobachtet, als sie ihren Schrankteil aufschloss und ihr Brot mit einem Zentimetermaß bearbeitete. Sie kontrolliert, ob wir ja nicht bei ihr einbrechen und uns eine Schnitte abschneiden."

Angeekelt schüttelte sie den Kopf. „Dabei habe ich den Verdacht, dass sie von Michaels Milch was abknapst."

„Wenn ich die beim Milchklau erwische, schlach ick ihr dot! Dieses Aas! Dir die Milch wegnehmen, das fehlte noch!" Der Lütte auf meinem Arm krähte bestätigend.

„Ich laufe noch mal zu Markusch, vielleicht gibt er uns ja noch einen Liter. Ich will auch wissen, was es Neues gibt."

Meine Mutter nahm ihren Mantel, schlüpfte in ihre Überschuhe, ergriff die Milchkanne, die Marken, das Geld.

„Bis gleich!"

In der Stille vernahm ich das Donnern und Grummeln von Geschützen. Das ging schon seit Tagen so. Und keiner wusste genau, ob das die Kanonen der Amerikaner, der SS oder des Volkssturms waren. Aber wehe, man sagte laut, man höre die Front … wurdeste sofort eingelocht! Die glaubten noch immer, sie würden den Krieg gewinnen.

Die Situation war brandgefährlich, man musste höllisch aufpassen!

***

„Mensch, Dicke, was ist los? Alles in Ordnung?"

Sie schreckt hoch, Augen weit geöffnet, starrt auf ihre Tochter, fährt sich über die Augen, als wolle sie was wegwischen, ehe sie langsam in die Realität zurückkehrt. Sie schaut noch immer ratlos in den Wohnraum und gähnt herzzerreißend.

„Hab ich gepennt?"

Sie blickt in die fragenden Gesichter ihrer Kinder.

„Offensichtlich, du hast dich gar nicht gemuckt. Willst wohl in Karls Fußstapfen wandeln, was?" Michael grinst verunsichert. Immer dieses gefühlige, unerklärbare Verhalten ... kann er gar nicht ab, der Junge!

Sie greift zur Zigarette, zündet sie umständlich an, inhaliert, lässt den Rauch raus: „Bin wohl einfach müde und bisschen durcheinander, weiß auch nicht ..."

Sie schüttelt verständnislos den Kopf.

„Wie geht's Karl? Bin schon 'ne schlechte Ehefrau, kümmere mich nich, mache euch nichts zu essen ... ihr tut mir schon leid, so 'ne Alte als Mutter!"

Sie grinst verlegen und freut sich, als der Rest der Familie ihre Selbstanklage vehement abschmettert: „Es steht dir jetzt dienstgradmäßig zu, durcheinander zu sein, müde zu sein, dich bedienen zu lassen, deinen Gefühlsausbrüchen zu frönen, zu erzählen, was dich bewegt – wir machen alles mit, auch wenn mein Bruder darunter leidet. Nicht, mein Mika, du erträgst das alles mit Fassung und Geduld, gelle!"

Die Schwester schaut provozierend.

„Wenn's der Wahrheitsfindung dient", brummt der und vertieft sich in seine Lektüre.

Nun rappelt sich Helga doch auf, sortiert ihre Latschen, stolpert fast über die eigenen Füße und bewegt sich zur Tür.

„Ich schau mal nach Karl", geht den Flur entlang, bleibt vor seiner Tür stehen und hört noch immer Mendelssohn; ob ihn das nicht nervt? Sie verharrt am Bett, beobachtet sein verändertes Gesicht mit dem weit geöffneten Mund. Ob er noch Durst empfindet?

„Karl? Karl? Hörst du mich?" Sie berührt seine unruhige

Hand, hält sie fest und spürt ein kurzes Innehalten, ehe seine Hand erneut zu zucken beginnt; das folgende Stöhnen und Keuchen irritiert.

„Hast du Schmerzen?“ Er ächzt, als er versucht zu sprechen.

„Das liegt bestimmt an diesem blöden Bett. Aber die machen ja, was sie wollen! Ich sage dem Doktor Bescheid, er soll dir was geben!“

Sie will das schiefe Kissen richten, aber sein lautes Wimmern lässt sie innehalten.

„Ich geh dann“, wendet sich ab und hält ihr Taschentuch vor die Nase; diese Ausdünstungen sind die reinste Körperverletzung.

In der Küche fuhrwerkt die Tochter.

„Was zauberst du denn da?“ Sie lehnt sich an den Küchenschrank und betrachtet das Durcheinander. „Es gibt gleich eine Gemüsepfanne mit Reis und Hühnerfleisch. Magst du?“

„Klingt gut, hab aber kaum Appetit … bin so froh, dass ihr da seid“, murmelt sie und verschwindet im Bad. Kurzer Blick in den Spiegel, sie erschrickt, Zunge raus: alte Kuh!

„Schmeckt nicht schlecht, wusste gar nicht, dass du kochen kannst, olle Schwester“, bemerkt Michael und langt kräftig zu. Helga stochert eher lustlos herum, kaut mühsam, ihre Gedanken in weiter Ferne.

„Irgendwas macht dir doch zu schaffen?“

Horst sieht seine Schwiegermutter besorgt an. Sie kann nicht verbergen, dass sich ihr Leben von innen nach außen kehrt.

„Ich muss dauernd an die Zeit in Merkers denken, wie das so war, als zum Beispiel die Amis kamen, was da alles geschehen ist und so…ich dachte, das wäre weg, und nun kommt alles hoch! Ist das so, wenn einer stirbt?“

„Will ich alles gar nicht wissen, immer die ollen Kamellen“, stöhnt Mika, steht auf, räumt das Geschirr ab, verkrümelt sich in die Küche, rumpelt beim Einräumen der Spülmaschine, kommt mit einer Buddel Bier zurück, und lehnt sich an eine Stuhllehne.

„Eigentlich nervste, aber wenn's der Wahrheitsfindung dient … was war denn nun mit den Amis?"

Obwohl Michael die alten Geschichten nicht mag, merkt sogar er, dass sie was loswerden möchte.

„Da brauch ich aber unbedingt 'nen Schnaps und meine Zigaretten." Der Schwiegersohn ist schon unterwegs, holt alles und schenkt ein.

„Nu sei mal nich so geizig, das is ja nur'n Fingerhut voll", sie beäugt kritisch ihr Schnapsglas. „Gieß mal noch was nach!", und zündet sich eine an. Sie wirkt jetzt lebendiger, ihre Augen glänzen, als sie endlich ihre Geschichte erzählen darf.

***

„Die Amis kommen!!" Meine Mutter stürmte in die Küche, mein Schwiegervater starrte sie entgeistert an, Tasse und Teller entglitten seinen Händen und landeten mit lautem Krach auf dem Boden.

„Das musste nun aber nicht sein", missbilligend betrachtete meine Mutter den Schaden, holte Handfeger und Kehrblech und half dem Alten, die Scherben zu beseitigen.

Ich lümmelte gerade in dem Sesselchen, den Lütten im Arm, und stopfte ihm Magermilchgrießbrei in sein Mäulchen.

„Meine Güte! Nun erzähl doch schon", ich zappelte aufgeregt mit dem Löffelchen, was der Kleine mit unwirschem Knurren kommentierte. Während meine Mutter sich auf einem Küchenstuhl niederließ, berichtete sie atemlos, was sie von Flüchtlingen, die in Scharen die Landstraßen bevölkerten, erfahren hatte.

„In Unterbreizbach müssen die Amis alles in Schutt und Asche gelegt haben. Eine Frau erzählte von riesigen Rauchschwaden, alles kaputt! Und weißt du, warum? Der Bürgermeister hatte sogar schon kapituliert … da greifen diese Verrückten von der SS mit einer Panzerfaust den ersten Panzer der Amis an und zerstören ihn. Das lassen die sich nicht gefallen. Ein Mann stammelte noch immer verstört, was die Amis dann mit dem Bürgermeister anstellten: Sie hätten ihn an einen Panzer gebunden, sind so in den Ort, haben alles kurz und klein geschossen und angezündet!"

„Meine Güte! Das darf doch nicht wahr sein!"

Fassungslos saßen wir am Tisch, Bilder schwirrten im Kopf.

„Da haben wir es gerade noch geschafft, Merkers vor der SS zu retten, die Munition in die Werra zu kippen, da blüht uns erneut eine Katastrophe", murmelte ich, drückte den satten, zufriedenen Michael an mich.

„Hört das denn nie auf?"

„Wissen Sie denn, wo die Amerikaner im Augenblick sind?" Mein Schwiegervater erhob sich.

„Das konnte keiner sagen, aber sie sind sicher nicht mehr weit, das Grollen der Panzer ist ja kaum zu überhören."

Der Alte nickte bedächtig, schob seinen Stuhl unter den Tisch, „Ich geh dann mal", und schlurfte nach draußen.

„Hör mal", ich fixierte meine Mutter, „ich schmiere ein paar Brote, du füllst heißen Tee in eine Flasche, und ich verteile sie an Flüchtlinge. Vielleicht erfahren wir dann mehr. Verflixt, ich will wissen, was auf uns zukommt!"

Ich legte den schlafenden Lütten in sein Bettchen, begann Brote zu schmieren, so viele, wie wir entbehren konnten, nahm die von meiner Mutter gefüllte Flasche und eilte in Richtung Dorfstraße.

Wie vom Donner gerührt, blieb ich stehen!

Eine unvorstellbare Menschenkarawane: Frauen mit Rucksäcken, in jeder Hand noch Taschen oder Koffer, Kinder hielten sich an den Griffen fest, die Älteren schleppten ihre Geschwister an der Hand oder auf dem Arm, alte Männer und Frauen klammerten sich aneinander, krochen mit ihren Habseligkeiten apathisch in einem schier endlosen Strom. Handkarren voller gebündelter Sachen, Federbetten, auf denen alte Frauen oder Kinder saßen – ein nicht enden wollender Strom, und dazwischen wuselten knurrende, hungrige Hunde.

Und das alles in zwei Richtungen.

Die meisten flüchteten in Richtung Westen, auf der Flucht vor den anrückenden Russen, ein kleinerer Teil in Richtung Osten aus Angst vor den Amerikanern.

Ich beobachtete eine Frau mit zwei kleinen Kindern auf ihrem Handwagen. Eines der beiden rutschte seitlich von dem Berg aufgetürmter Habseligkeiten herab und landete beinahe in den Speichen; rasch sprang ich hinzu und schnappte die Kleine.

„Hoppla! Na, das ging ja noch mal gut!"

Große ängstliche Augen betrachteten mich neugierig.

„Heinrich! Ich hab dir doch gesagt, du sollst deine Schwester festhalten, pass doch auf!" Die Frau schimpfte mit dem nur wenig älteren Bruder, zog beide zurück in die Mitte des Wagens und lehnte sich erschöpft gegen die Holzumrandung.

„Vielen Dank", sie strich sich über das hagere Gesicht, zupfte ihr Kopftuch zurecht und knetete ihre schmerzenden Hände.

„Das passiert den beiden immer wieder, aber sie sind noch nicht runtergeplumpst", sie verzog den Mund zu einem leichten Grinsen.

„Mögen Sie einen Schluck warmen Tee und eine Stulle?"

Ich öffnete meinen Beutel, goss Tee in einen Becher, reichte ihr beides. Durstig trank sie einige Schlucke und schüttete den Rest in die geöffneten Münder der Kinder, die gierig schluckten.

„Vielen Dank, Sie sind sehr freundlich", sie reichte den Becher zurück. Das Brot teilte sie und gab den Kleinen je ein Stück, ehe sie langsam ihren Teil verzehrte.

„Wir haben heute noch gar nichts gegessen. Es ging alles so schnell. Unsere Wohnung wurde von den Amerikanern beschlagnahmt und alle mussten raus. Natürlich hätte ich in einer der Sammelunterkünfte unterkommen können, aber ich habe nicht weit von hier Verwandte, bei denen können wir sicher für eine Weile bleiben."

„Wissen Sie, wo die Amis jetzt stehen?"

„Ich glaube, Vacha ist schon eingenommen, sie sind nicht mehr weit. Der Volkssturm versucht wohl, sie mit Panzersperren aufzuhalten. Dabei wissen doch alle, dass die Amis dann die Dörfer in Schutt und Asche legen. Da hinten …", sie wies mit dem Finger Richtung Ortsausgang, „habe ich Leute gesehen, die die Straße mit Steinen, Eisenschienen und großen Holzplanken versperren. Die glauben noch immer, die Amis lassen sich von ein paar Eisenteilen aufhalten!" Ungläubig schüttelte sie den Kopf und zog sich ihre Handschuhe an.

„Wir müssen weiter, wir haben noch eine weite Strecke vor uns."

Ich reichte ihr die restlichen Brote und den Tee. Ihre Augen leuchteten, als sie das Proviantpaket ergriff, sie bedankte sich und spannte sich in den Ledergurt an der Deichsel. Ich gab ihnen noch einen kräftigen Schubs, und der kleine Wagen rollte leicht schwankend an.

„Alles Gute! Und haltet euch gut fest!"

Sind die denn total verrückt? Panzersperren? Panzersperren? Das darf doch nicht wahr sein!

Ich hetzte nach Hause, ohne auf Muskelkater oder andere Schmerzen zu achten, und berichtete atemlos.

„Was machen wir nun?" Mutter schaute sprachlos, wischte Krümel vom Tisch, kreuzte die Arme vor der Brust, wischte erneut.

„Ob ich rasch zu Hills laufe und ihnen alles erzähle?"

Ich sprang auf, schlüpfte erneut in meine Klamotten, „Bis gleich!", und klopfte wenig später an das Hoftor des Schreiners.

„Waaas? Und das haben Sie gesehen? Auf der Straße nach Dorndorf?"

Er malträtierte heftig seine Pfeife.

„Gesehen nicht, aber Flüchtlinge haben es mir erzählt", bestätigte ich.

„Da hol mich doch … der Teufel soll sie …", er fluchte leise, warf seine Joppe über, schlüpfte in seine Stiefel, Kappe auf den Kopf. „Das muss ich mir erst mal ansehen!"

„Ich komme mit!"

Er beäugte mich kritisch, nickte dann: „Aber Vorsicht! Wir laufen über die Wiesen, von dort können wir vielleicht was erkennen. Wo ist mein Feldstecher?" Er kramte auf der Fensterbank in seiner Werkstatt, hielt nach kurzer Zeit das Gesuchte in der Hand, und schon stapften wir los.

Und dann beobachtete er durch sein Fernglas den ganzen Schlamassel: Einige Männer schufteten auf der Straße, verschnürten schwere Eisenteile mit dicken Seilen, schleppten große Felsbrocken und Holzschwellen auf die Fahrbahn und verschweißten irgendetwas; einer rannte mit einem Gewehr hin und her, scheuchte Flüchtlinge und Neugierige beiseite.

„Das gefällt mir gar nicht!" Er ließ das Fernglas sinken, tippte gegen den Schirm seiner Mütze und strich sich über sein unrasiertes Kinn.

„Mädel, Sie gehen jetzt brav nach Hause. Ich erkundige mich, von wem diese Schweinerei angeordnet wurde und benachrichtige andere. Wenn wir später Hilfe brauchen, dann melde ich mich."

Was blieb mir anderes übrig? Zögerlich trottete ich zurück. Vorher aber lief ich noch zum Bahnhof und klingelte bei Hilde.

„Komm rein! Lass aber deinen Mantel an, uns fehlen Kohlen."

Eingepackt in zwei Wolljacken, schob sie mich über den Flur in die Küche. „Setz dich! Gibt's was Neues?"

Und schon rappelte ich mein Sprüchlein zum dritten Mal herunter und erntete gespanntes Lauschen.

„Im Augenblick können wir sowieso nichts machen", dachte Hilde laut. „Solange die das Zeug auf der Straße verankern, sollten wir uns dort nicht blicken lassen. Wir wollen uns doch nicht von denen kurz vor Schluss noch abknallen lassen!" Nee, das musste nun wirklich nicht sein!

„Vielleicht schickt Herr Hill ja doch jemanden zu uns; wenn nicht, dann schleichen wir uns in der Nacht zur Straße; ich will wissen, was da passiert."

Ungefährlich war die Sache nicht, aber abenteuerlich.

Ich verabschiedete mich und stapfte nach Hause.

Gut, dass Karl nicht da war! Er hätte mir ordentlich den Kopf gewaschen und mir verboten, mich da einzumischen. Aber Merkers einfach kaputt schießen lassen …?

Natürlich meldete sich Papa Hill nicht. War ja alles Männersache! Aber so ville Männer gab's in Merkers ooch nicht mehr! Also mussten wir Frauen ran, so sah ich das!

Als Hilde gegen Mitternacht bei uns erschien, schlüpfte ich rasch in warme Sachen, steckte noch eine Taschenlampe ein, und wir beide verschwanden in der Dunkelheit.

Obwohl schon April, genauer: die Nacht vom 3. auf den 4., biss uns die Kälte empfindlich ins Gesicht; meine Augen tränten sofort, meine Nase lief und unsere Füße spürten wir irgendwann nicht mehr.

Vorsichtig taperten wir durch die klare Nacht. Ganz oben ein Meer funkelnder Sterne. Und Flugzeuge. Den würzigen Geruch aus Rauch und verbranntem Holz atmete ich tief ein. Ganz trügerisch erzeugte er das Gefühl von Frieden und Ruhe – das dumpfe, anschwellende Grollen der Amerikaner in der Ferne ließ allerdings etwas anderes vermuten.

Flüsternd verständigten wir uns über den richtigen Weg, blieben auf Feldwegen und Wiesen.

Ganz hinten ein kleines gleißendes Licht: an – aus – an – aus …

„Was machen die da?“ Leise schlichen wir weiter, näherten uns dem Licht, sahen sprühende Funken, dann wieder Dunkelheit.

„Die schweißen. Irgendwas schweißen die da“, flüsterte Hilde.

„Sind das welche von der SS oder vom Volkssturm?“

„Kann ich nicht erkennen. Trauen wir uns weiter?“ Wir trauten uns, wenn auch unser Bogen um die Stelle größer wurde.

„Was machen Sie denn hier?“ Eine unterdrückte Stimme fauchte uns an. Herzstillstand! Hilde plumpste weg. Nichts hatten wir gehört, rein gar nichts! Indianer war'n wa jedenfalls keene.

„Wir…wir…das Licht, und…und da wollten wir nachsehen“, stammelte ich, während Hilde ihre Beine sortierte und sich mühsam an meiner Hand hoch zog – der hätte ja auch mal helfen können!

„Ich dachte schon, es wären…“, murmelte der Mann, den ich jetzt als einen der Hilfskräfte vom Munitionszug erkannte.

„Sie haben aber Nerven, um diese Zeit hier rumzulaufen“, jetzt schimpfte er verhalten.

„Wir wissen von den Panzersperren, die müssen weg! Was soll denn sonst aus dem Dorf werden“, ereiferte ich mich. „Aber was tun die da?“ Ich deutete in die Richtung.

„Die Schweißer von heute Nachmittag schweißen das Zeug wieder auseinander“, wir hörten ihn leise lachen. „Da scheinen ein paar Leute kalte Füße zu kriegen. Sie machen gerade ihren Befehl von heute morgen rückgängig und sorgen jetzt dafür, dass das Zeug von der Straße kommt. Wird aber auch Zeit, die Amis sind morgen hier. Hoffentlich lassen uns die Nazikerle noch so lange in Ruhe!“

Er fluchte leise, akzeptierte aber, dass wir hinter ihm herstolperten.

Und sie brauchten uns tatsächlich!

Denn sie waren nur eine kleine Truppe. Einer kämpfte mit dem Schweißbrenner und zerschnitt große Schienenteile, ein anderer durchtrennte dicke Seile mit einer Axt, und nur einer trug Einzelteile an den Straßenrand. Für die Steine und das andere Zeug war niemand zuständig. Da hatten wir unsere Aufgabe. Und wir schleppten alles, was wir tragen konnten: Steine in allen Variationen, Eisenteile, Seile, Holzbohlen, manches schafften wir nur zu zweit. Rückenstrecken, dann in die Hocke, anheben, wegtragen, zurück … Beim Aufrichten warf ich einen Blick in die Runde: Wir waren plötzlich viele!

Frauen, fast nur Frauen … wusst' ich's doch!

„Werft die großen Teile in den Straßengraben! Der Kleinkram kann am Rande bleiben", erklärte einer und half mir bei einer Holzbohle.

Irgendwann blitzte und blinkte die Straße wie frisch gefegt. Sah man zwar im Dunkeln nicht so genau, stimmte aber!

***

Sie griemelt vor sich hin, zündet sich erneut eine Zigarette an, hustet verhalten und trinkt einen Schluck Bier.

„Ja, könnt ihr euch gar nicht vorstellen, was?" Sie sitzt mit aufgestützten Armen am Esstisch, vom Lichtkegel des heruntergezogenen Lampenschirms schwach beleuchtet und heftet gedankenversponnen den Blick auf die Tischdecke; sie schaut zu ihren Kindern und bemerkt interessierte Zustimmung.

„Und dann hörten wir die Amis kommen. Die Panzer ratterten und donnerten am Vormittag auf der Straße von Dorndorf nach Merkers, gefolgt von zahlreichen Jeeps mit auf der Motorhaube montierten Maschinengewehren; ein Truck hinter dem anderen, begleitet von Unmengen Infanteristen, Gewehre im Anschlag; die sicherten den Zug."

„Und du als die große Heldin von Merkers hopst ihnen entgegen!“, witzelt ihr Sohn.

„Quatsch keinen Blödsinn! Du hast doch keine Ahnung!“ Ärgerlich funkelt sie ihn an: „Du machst dir gar keine Vorstellung, was alles hätte passieren können! Denn SO einfach und problemlos war die Sache nun wirklich nicht.“ Nervös schnipst sie die Asche in den Aschenbecher.

„Mensch, Michael! Nun quatsch doch nicht immer dazwischen!“

„Auch wenn du mich wieder veräppelst, Mika, unsere abgeräumten Panzersperren sorgten wirklich dafür, dass die Amis Merkers nicht zerschossen haben!“

„Sag ich doch, Heldin Helga!“ Nun kichern auch die anderen.

„Und? Wie ging's weiter?“, mischt sich Horst ein.

„Ihr bringt mich ja immer raus!“, echauffiert sich Helga. „Was wollte ich sagen?“ Sie kraust nachdenklich die Stirn, zieht an ihrer Zigarette. „Da lief nämlich vor der Ankunft der Amis noch eine Geschichte, die ich erst später erfahren habe“, sie fuchtelt mit ihrem dicken Zeigefinger.

„Das war nämlich so: Unser Dr. Deilmann und die Bäuerin Elisabeth Fack wollten mit Hilfe von Leuten aus dem Bürgermeisteramt ein weißes Bettlaken auf dem Kirchturm hissen. Sie kannten ja auch die Geschichte von Unterbreizbach und wussten: Wenn fanatische Nazis erneut zuschlagen, nützt 'ne weiße Fahne ooch nischt. Als dann um neun Uhr am Mittwochvormittag das Bettlaken auf dem Kirchturm im Wind knatterte, hatten alle Schiss. Und was machte Dr. Deilmann?

Er packte sich ein weißes Tuch, setzte sich auf sein Motorrad, raste zum Dorfeingang und rannte dann zu Fuß, die weiße Fahne kräftig schwenkend, den Amis entgegen. Und denen erklärte er, er könne leider für nichts garantieren. Darum werde er VOR der Truppe mit seinem Motorrad voran fahren.

Das imponierte den Amerikanern; aber statt ihn vorne weg düsen zu lassen, musste er sich mit in deren offenen Jeep setzen. Und der erreichte dann Merkers und fuhr direktamente bis zum Kalischacht. Waren wir froh, dass sich die Nazis verdünnisiert hatten!"

Helga lehnt sich zufrieden zurück.

„Und das haste alles gesehen?", fragt Mika mit hochgezogenen Brauen.

„Natürlich! Ich stand doch wie alle am Straßenrand und konnte ihn im Jeep erkennen. Die haben vielleicht geschrieen und gewunken! Alle waren ja froh und erleichtert, dass nichts passiert und der elende Krieg endlich vorbei war. Und dann übergab der Bürgermeister das Dorf ganz offiziell den Amerikanern."

„Na, so was, klingt ja wie im Film!" Mika kann's nicht lassen.

„Blödmann! Jetzt muss ich aufs Klo; gieß mir mal mein alkoholfreies Bier nach, Schnaps mag ich nicht mehr."

Sie manövriert sich aus der Bank. „War doch 'ne aufregende Zeit", brummelt sie auf dem Weg zur Toilette.

Ihre Gedanken brodeln in einer Gemengelage von Verdrängtem und Vergessenem.

Während sie sich im Bad aufhält, holt die Tochter Schälchen mit Knabberkram, ein paar Gürkchen, leert die Aschenbecher und stellt alles auf den Couchtisch.

Helga macht es sich jetzt in ihrem Sessel bequem, legt die Füße hoch und schnappt sich eine Salzstange, während Horst Bier eingießt.

„Haste noch Lust, weiter zu erzählen?"

„Wenn's euch nicht langweilt."

„Wie ging das denn nun weiter mit den Amis?"

„Ja, wie ging das weiter?" Sie runzelt die Stirn, knabbert an einem Gürkchen, lehnt sich zurück und kramt in ihrem Gedächtnis.

„Also, wenn ich mich recht erinnere, besetzten die Amis als erstes und ganz gezielt das Kaliwerk. Die wussten genau, dass da Kunstschätze aus Berlin, eine Menge Gold, Diamanten und Unmengen Devisen verborgen waren. Später kam heraus, es waren 200 Tonnen und mehr als 100 Kisten Diamanten, Bücher und was nicht noch alles!"

„Biste sicher? Waren es nicht 185 Tonnen und nur 99 Kisten?"

„Du Döskopp! Das konntest du doch später in Dokumentationen nachlesen! Mich hat das interessiert, darum weiß ich das noch", grummelt Helga. „Dich kümmert so was ja nicht!"

„Ist doch wurscht, ob da 'ne Tonne mehr oder weniger gelagert war", Beate rollt entnervt die Augen. „Wichtig ist doch, was dann mit dem Zeug passierte!"

„Richtig! Aber vorher geschah noch was Witziges ... das muss ich rasch erzählen! Die Amis vermuteten natürlich noch Leute von der SS in den Stollen, darum sind die mit Maschinengewehren, Panzerfäusten und mächtigem Gerät eingefahren; und was fanden sie? Einen einsamen Kunstprofessor aus Berlin! Ich glaube, er hieß...", sie beugt sich vor, Finger an der Nase, „Rawe oder so ähnlich. Und der passte da unten ganz allein auf die Kunstschätze auf. Von der SS und anderen Nazis keine Spur!"

„Was mich interessieren würde, wann haben die denn das Zeug da runter geschafft? So eine Aktion muss man doch bemerkt haben", fragt Horst und drückt seine Zigarette aus.

„Ob das Leute aus dem Dorf mitbekommen haben, weiß ich nicht. Jetzt, wo du fragst, fällt mir was ein. Es muss im Sommer 1944 gewesen sein, da beobachtete ich am Bahnhof bestimmt zehn Lastwagen, die beladen wurden und in Richtung Werk fuhren. Hab mich damals rasch verkrümelt, einfach stehen bleiben und was beobachten, konnte gefährlich werden; aber zeitlich könnte es passen", sie ergreift ihr Glas.

„Und was haben die Amerikaner dann damit gemacht?"

„Das erzähl ich gleich … aber von Anfang an, der gehört unbedingt dazu!"

Sie lacht auf, wirft den Kopf zurück und wedelt aufgeregt mit den Händen.

„Die hatten ja sofort das Casino besetzt und da die Kommandozentrale eingerichtet; und dann – das könnt ihr euch nicht vorstellen – haben sie das halbe Dorf aus ihren Wohnungen geschmissen! Der Befehl lautete: Alle, die oberhalb der Bahnlinie wohnten, mussten bis achtzehn Uhr ihre Wohnungen verlassen. Und wir WOHNTEN oberhalb der Bahnlinie! Das heißt: Die gaben uns ein paar Stunden, um das Nötigste zusammen zu packen und eine neue Bleibe zu suchen! Da war was los!" Sie trinkt, verschluckt sich, hustet heftig, ehe sie weiter erzählt.

„Ich höre noch die Alte, eure reizende Großmutter, kreischen: ‚Mit dieser Hure bleibe ich nicht in einem Raum!' Da konnte geschehen, was wollte, die Alte war so was von fanatisch! Wär besser gewesen, die Amis hätten sie totgeschlagen", angeekelt verzieht sie die Lippen und hustet kräftig.

„Wirklich?" Beate schaut skeptisch.

„So war die! Glücklicherweise musste Hilde nicht aus ihrer Wohnung, weil die sich gerade noch unterhalb der Bahnlinie befand; so brachte sie die Alten bei sich unter. Irgendwohin mussten die ja. Und als Hilde sie mitnahm, fragte die Olle doch ihren Mann, die sei doch hoffentlich nicht evangelisch? Aber da hat er grob ihren Arm gepackt und sie geschubst. Und ihre ganzen Fressalien haben sie mitgeschleppt, hatten panische Angst, wir könnten ihnen was wegnehmen! Geizhälse!" Noch immer wütend schnaubt sie kräftig in ihr Taschentuch.

„Und wo seid ihr untergekommen?"

„Bei den Hills! Er räumte eine kleine Butze neben seiner Werkstatt halbwegs frei. Wir sind dann noch einige Male mit dem Bollerwagen los und haben zwei Matratzen, Bettzeug und alle möglichen Sachen rübergeschafft. Auch Lebensmittel, klar, wir konnten ja nicht auf Kosten anderer leben, hatten doch alle nicht viel. Die Hills hatten echt Glück. Sie wohnten zwar oberhalb des Bahndamms, aber mussten trotzdem nicht raus. In Bauernhäusern oder Werkstätten war's den Amis wohl nicht komfortabel genug, Plumpsklo und so. Viele, die ihre Wohnung verlassen mussten, sind bei den Bauern untergekommen oder in der Schule, sogar in der Kirche. Ein irres Durcheinander! Die Leute hasteten mit Kinderwagen, Handwagen, Fahrrädern durch die Gegend, vollgepackt mit Klamotten, nur Schreien und Jammern!" Sie schüttelt ungläubig den Kopf.

„Klingt ja hochdramatisch, warste in deinem Element, was?" Mika kennt ihre theatralische Ader.

„Dich hätte ich gern mal in so einer Situation erlebt!" Zwei steile Falten bilden sich über ihrer Nase.

„Wieso? Ich war doch dabei!"

Sie stutzt. „Haste auch wieder recht", und grinst.

„Nu halt doch mal die Klappe! Mich interessiert, warum euch die Amis rausgeschmissen haben?" Beate lehnt sich neugierig nach vorne.

„Die brauchten Platz für ihre Kampftruppen! Und denen war doch egal, wie sie an Wohnungen kamen; zimperlich gingen die mit niemandem um! Erst als diese Aktion erledigt war, stand der Abtransport der Sachen aus den Stollen auf ihrer Liste; und damit ging's schon am nächsten Morgen los. Das ganze Zeug stapelten sie in Rote-Kreuz-Wagen; so viele auf einem Mal habe ich nie wieder gesehen! Und wehe, einer ließ sich auf der Straße blicken! Totale Ausgangssperre! Höchste Sicherheitsstufe! Wer sich draußen aufhielt, wurde mit vorgehaltener Knarre weggesperrt."

Sie beugt sich vor und greift nach einem Gürkchen.

„Ich bin mir sicher, die Amis wussten Bescheid! Die wussten ganz genau, was da in der Grube lagerte. Warum ist denn das Werk nie bombardiert worden?" Eine rhetorische Frage.

„Wie lange hat der Zirkus denn gedauert?“, erkundigt sich Mika.

„Ja, wie lange?“ Sie überlegt. „Wenn mich nicht alles täuscht, fast eine ganze Woche. Wir durften zwei Stunden am Tag raus, um Lebensmittel zu besorgen; da könnt ihr euch vorstellen, wie viele Leute bei Markusch anstanden! Ich kaufte da immer die Milch. War ’ne sehr nette Familie, seine Frau hat sich in den sechziger Jahren in der Werra ertränkt, war damals schwer krank“, ihre Gedanken schweifen ab.

„In den ersten Tagen ging eine Fuhre nach der anderen raus, aber nur die Kunstschätze und Bücher. An das Reichsgold, die Devisen und die Diamanten trauten sich die Offiziere nicht ran. Da warteten sie auf höhere Chargen. Und die wurden dann alle eingeflogen: General Eisenhower, Patton, Bradly und wie sie alle hießen. Das war, glaube ich, am 12. April! Da standen die in der Grube und besichtigten die wahnwitzigen Goldmengen! Bin mir sicher, die Amis wollten das Zeug wegschaffen, bevor die Russen kamen; denen sollten die Reichtümer nicht in die Hände fallen. Tag und Nacht donnerten dann die Lastwagen mit der heiligen Fracht unter strengster Bewachung. Und wehe, einer kiekte aus’m Fenster! Dem ging’s an den Kragen, wir konnten dankbar sein, det se uns nich det Atmen verboten habn!“

Sie grinst und nimmt einen Schluck.

„Wenn ich mich recht erinnere, war der Spuk am 15. April vorbei. Die Kampftruppen zogen weiter und nur eine Besatzungstruppe blieb. Danach durften alle in ihre Wohnungen und Häuser zurück.“

„Na wunderbar! Friede, Freude, Eierkuchen“, frotzelt Michael.

„Glaubst du, in deinem jugendlichen Leichtsinn! Was meinst du, wie es in unserer Wohnung aussah? Unvorstellbar! Als wär ’ne Bombe eingeschlagen!“ Sie haut mit der rechten Hand auf die Stuhllehne. „Alles, was nicht niet- und nagelfest war, lag auf dem Boden. Die Schubladen rausgerissen, das Zeug überall verstreut oder geklaut, das mühsam Eingemachte und die Gläser mit Rübenkraut, alles mitgenommen oder gefressen! Handtücher an den Lampen, die Gardinen als Putzlappen benutzt, überall flogen Bestecke, Teller und Tassen herum, vieles kaputt! Aber das Schlimmste war der Schmutz! Wie man in so kurzer Zeit soviel Dreck machen kann, bleibt mir ein ewiges Rätsel.

Sogar Möbel wurden zur Beute, aber unsere waren denen wohl zu schwer!" Sie kichert. „Dafür haben sie zwei kleine Schränkchen aus dem Zimmer der Alten geklaut, bei denen sah's auch wüst aus!

Zwischendrin fanden wir auch fremde Sachen, irgendwelches Unterzeug, ein alter Pullover und Kaugummi, sogar Schokolade … das war natürlich was Feines!"

„Ich wusste gar nicht, dass die Amis auch so gehaust haben? Ich dachte immer, das wären die Russen gewesen", wundert sich Beate.

„Da, wo die Russen als erste Besatzungsmacht auftraten, haben sie sich auch aufgeführt wie die Axt im Walde. Als die Russen dann in Merkers eintrafen …", sie grübelt und studiert ihre geschwollenen Füße, „das muss so Mitte Juli '45 gewesen sein, haben sie sich wirklich recht zivilisiert aufgeführt, da konnte man nicht meckern. Aber in Thüringen sind ja erst die Amerikaner gelandet. Das hatten die doch in Jalta so vereinbart. Einfach 'nen Bleistift genommen und Deutschland in Zonen eingeteilt. Und danach durften die Sowjets dann Thüringen besetzen; war doch so 'n Kuhhandel: Dresden gegen Berlin oder so – müsst ihr doch im Geschichtsunterricht gelernt haben!", provoziert sie. „Lernt man heute wohl nich mehr, was? Oder habt ihr schon alles vergessen?"

Diese Frage bleibt unkommentiert.

„Und dann? Was haste gemacht?" Horst ist gespannt.

„Geheult! Was'n sonst! So'n Chaos erschlägt dich. Klar, irgendwann haben meine Mutter und ich angefangen, diesen Saustall aufzuräumen. Auch Hilde packte mit an, als sie die Alten wieder ablieferte. Die Olle hat vielleicht gezetert!“ Sie verzieht den Mund, „schrie immer von der Hure, die das alles zugelassen habe, konnte sich gar nich einkriegen! Geschah ihr recht, beklaut zu werden, ekelhaftes Weib!“

„Die hätte ich erschlagen, auch wenn sie meine Großmutter war“, empört sich Beate.

„Es hat Tage gedauert, bis alles halbwegs normal aussah; es fehlte schon einiges, Bestecke, kleine Pötte und Kleinkram, weeß ick nich mehr so genau. Was ich noch genau weiß und worüber ich richtig sauer war: die hatten meine gut versteckte Pulle Eierlikör gefunden und ausgesoffen! Dafür hatten wir so gespart, immer ein Ei beiseite gelegt … und die saufen das so weg!“

Aufgebracht blitzt sie in die Runde, die über dieses unglaubliche Verbrechen verständnisinnig nickt.

„Tut man ja auch nich“, murmelt der Schwiegersohn, ohne eine Miene zu verziehen, „so’n leckeres Zeug einfach so hinter die Binde zu gießen!“

„Und wie sah das Leben nach Abzug der Kampftruppen aus?“

„Das bestand nur aus Verordnungen, Verordnungen, Verordnungen! Es war Pflicht, die beim Bürgermeisteramt zu studieren. Da stand dann: Niemand darf ohne Erlaubnis die Zone verlassen, Spionageverdacht muss sofort gemeldet werden, wer Sabotage betreibt, wird eingelocht, und, und, und. Außerdem suchten sie natürlich nach Nazis. Es gab viele Razzien gerade bei Großbauern und Beamten. Allerdings, das muss ich auch sagen, sorgten sie auch für die Verteilung von Nahrungsmitteln. Aber bis das alles funktionierte, das dauerte!“ Wegwerfende Handbewegung. „Und immer wieder gingen sie Streife durchs Dorf, kontrollierten, verhafteten, waren immer präsent, damit wa auch ja nix anstellten.“

Plötzlich prustet sie los.

„Da hätte uns meine Mutter beinahe in die Luft gesprengt. Sie hatte eine Eierhandgranate gefunden – wir wussten ja nich, wat det war – sie glaubte, das sei so was wie ’ne eiserne Ration und kloppte mit dem Hammer auf dem Ding rum. Da ist doch so ein Schwarzer bei uns durch’s Fenster gehechtet, hat gebrüllt wie ’n Stier und hat ihr das Ding aus der Hand gerissen und weggeschmissen. Als der uns dann mit Händen und Füßen erklärte, worauf meine Mutter rumgehauen hat, da plumpsten wir käsebleich auf den nächsten Stuhl! Danach war klar: Streife laufen hatte auch was für sich!“

„So viel Dämlichkeit habe ich deiner Mutter gar nicht zugetraut, klingt ja wieder wie Drama pur!“ Michael bleibt skeptisch.

„Kannste aber glauben, war wirklich so, das vergisste nie!“

Immer muss sie sich verteidigen. Sie drückt ihre Zigarette aus und kämpft sich aus ihrem Stuhl.

„Nu bin ich platt, für heute reicht’s. Ich geh noch mal zu Karl, dann horche ich an der Matratze. Ist ja richtig anstrengend, in der Vergangenheit zu wühlen!“, und macht sich auf in ihre Kemenate.

Die Tochter kuschelt sie noch in ihre Bettdecke, sie fühlt sich aufgehoben und schläfrig. Und während der Schlaf sie langsam einlullt, fällt ihr noch was ein … was Verbotenes!

Icke hab mit den Amis geschwoft! Glaubt mir sowieso keener!

Aber ich war doch noch so jung! Wollte doch was erleben, nich mein Leben vertrauern! Endlich tanzen, lachen, fröhlich sein! Und denne die herrliche Negermusike!

Und alles TROTZ Fraternisierungsverbots! Den Besatzern war ja verboten, mit Deutschen privaten Kontakt zu haben, sogar ihnen die Hand zu geben, geschweige deutsche Wohnungen zu betreten. Papa Hills Werkstatt war ja auch keine Wohnung; also sind sie da rein; aber dass daraus ein Tanzschuppen wurde, stand bestimmt nicht in ihren Bestimmungen. Hat keinen gekümmert; alle trafen sich heimlich. Hella war auch mit von der Partie, sie spielte auf einer Laute die amerikanischen Lieder nach, Hilde war dabei und noch ein paar Mädels aus dem Dorf.

Weiß gar nicht mehr genau, wie alles anfing. Die Amis sind wohl mal in die Werkstatt gegangen, um irgendwas anfertigen zu lassen, warteten und dabei ertönte aus ihren Radioapparaten die für uns so fremde und schwungvolle Musik. Hella und ich lauschten mit Hingabe! Und irgendwann bewegten sich Beine und Arme wie von selbst; also schleppten wir Kisten mit Holzlatten, Arbeitsmaterial, größere Bretter, und sonstigen Krimskrams beiseite – und schon ging's los! Mannomann! Was haben wir gehopst und getobt! Und unsere Besatzer wirbelten uns durch die Werkstatt, rissen uns beim Boogie-Woogie beinahe die Arme aus, fassten im letzten Moment die Hand und schon landeten wir in ihren Armen, wurden wieder rausgedreht und wieder durch den Raum geschleudert – einfach himmlisch!

Und immer besondere Leckereien. Schokolade, Kaugummis, Fleisch und sogar Brot in Büchsen, Kekse in vielen Variationen und natürlich: Zigaretten. Hab sie mal probiert, aber so richtig geschmeckt haben sie mir damals nicht.

Wird mir zwar keiner glauben, aber es war und blieb immer harmlos. Keine von uns wurde unangenehm angemacht, angegrabscht oder belästigt. Finde ich heute noch erstaunlich. Es gab nämlich auch Vergewaltigungen; an zwei, ausgerechnet in der Kirche, erinnere ich mich. Und die wurden hart bestraft, einer von denen hat sich sogar erschossen.

Die beiden Hills passten aber auch auf wie die Schießhunde!

Zu, zu schön war's!

Sie schmunzelt schläfrig. „Und richtig pralle Ärsche in ihren braunen Uniformen", ehe sie der Schlaf übermannt.

An Schlaf ist nicht mehr zu denken. Auf dem Flur nimmt sie das Laufen, das Türenschlagen, das Gemurmel wahr, dreht sich noch mal auf die andere Seite. Sie sollte aufstehen, sollte sich der Wirklichkeit stellen, sollte sich sorgen, sollte nachschauen, wie es ihrem Mann geht.

Will ich aber nicht!

Quält sich dann aber doch hoch, ergreift ihren Morgenmantel, findet sich auf dem Flur wieder und erwischt eine von den Schwestern.

„Wie geht's?"

„Wir haben Ihren Mann vorsichtig gewaschen und gebettet, seine Beine und Füße eingerieben, ja, was soll ich sagen? Er ist unruhig und stöhnt. Ansprechbar ist er nicht. Mal sehen, was der Arzt nachher sagt", sie dreht sich um. „Wir sind gleich fertig, dann können Sie zu ihm."

„Gut geschlafen?" Die Kinder sitzen am Frühstückstisch, schauen sie erwartungsvoll an.

„Geht so", sie gähnt geräuschvoll und setzt sich zu ihnen.

„So viele Leckereien, da krieg ich ja richtig Appetit!"

Sie schnappt sich ein Brettchen und greift zu.

„Habt ihr noch Kaffee?" Sie hält einen Becher in die Höhe, der sofort gefüllt wird. „Schmeckt gut. So ein gemeinsames Frühstück ist doch was Feines", schmunzelt sie, schmiert sich ein Brötchen und drapiert auf jeden Bissen ein Eckchen Schinken, dann Leberwurst, ein Scheibchen Lachs und ein Bröckchen Käse und was sie sonst noch auf den Platten findet. Zufrieden stopft sie sich das Kunstwerk in den Mund.

„War schon einer bei Karl?" Sie schaut zu ihrer Tochter und erhält eine ähnliche Auskunft wie die von den Schwestern.

„Wie lange wird sein Kampf wohl noch dauern?", fragt sie sich leise und verbindet mit diesen Worten Erlebnisse von Tod und Sterben in einem Gefangenenlager in der Tschechei.

***

„Bis in die Tschechei sind wir gekommen."

Karl saß abgemagert und müde im kleinen Hof hinter dem Haus, genoss die warmen Sonnenstrahlen in diesem August 1945 und erzählte seinem Vater und mir – meine Mutter war in Berlin – seine Geschichte.

„Wie wir überhaupt dorthin gelangt sind, war eine Odyssee ohnegleichen. Es fuhren ja kaum noch Züge, viele Schienen waren von Tieffliegern zerstört, die Straßen und Wege voller Flüchtlinge, Pferdewagen, Handwagen mit Gepäck beladen, Autos gab es kaum noch. Wir kamen einfach nicht vorwärts; böse waren wir deshalb nicht, keiner wollte mehr an die Front! Als wir dann irgendwo in der Tschechei landeten, dauerte es nicht lange, da kamen die Russen, entwaffneten uns und pferchten uns in Lager. Zuerst kampierten wir im Freien auf einem riesigen Areal mit ein paar Baracken, umzäunt mit elektrischem Stacheldraht und Wachtürmen. Und überall brüllende Russen."

Karl suchte in seiner Hosentasche nach Streichhölzern, steckte sich eine Zigarette an, wedelte die Flamme aus und paffte. Er ließ seinen Blick über den Hühnerstall und die Karnickelställe schweifen.

Wortlos warteten wir.

„In die vorhandenen Baracken steckten sie doppelt so viele Menschen, wie eigentlich vorgesehen, und in den ersten Wochen bestand unsere Arbeit darin, eine Baracke nach der anderen zu bauen. Wer schlapp machte, wurde aussortiert und umgebracht!"

Er erhob sich, ging ein paar Schritte und dehnte seinen Rücken.

„Ihr könnt euch diese Zustände in den Baracken nicht ausmalen. Einfach unvorstellbar. Nach kurzer Zeit waren wir nur noch zerlumpte, hungrige und apathische Gestalten; die gaben uns doch kaum was zu essen! Morgens und abends einen harten

Kanten Brot, manchmal sogar ohne Schimmel, und gegen Mittag Wassersuppe. Wenn man Glück hatte, erwischte man eine Faser Fleisch oder ein Stückchen Kartoffel … immer Kohldampf!"

Er setzte sich und schüttelte sich angewidert. „Und die hygienischen Zustände … einfach grauenvoll! Dreck, Läuse, Flöhe, fast jeder hatte die Krätze mit offenen Wunden; und Typhus!" Er trank einen Schluck aus seinem Becher.

„Und eines Tages, war wohl Anfang Mai '45, da schossen die Russen wie verrückt um sich, tobten und tanzten: Hiiitlääär… tot, Hiiitlääär… tot!!

Wir versteckten uns natürlich, aber einen hat es bei dieser Schießerei doch erwischt", er starrte auf seine Zigarette.

„Weißt du, wie das hier bei uns war? Vergess ich nie! Es war am ersten oder zweiten Mai. Fanfaren dröhnten aus den Lautsprechern, dann getragene Musik! Weeß ick noch jenau; Trauermiene in der Sprache, schwulstige und pathetische Worte: Der Führer sei im Kampf gefallen, irgendwas mit Heldentod, im Kampf gegen die bolschewistische Sturmflut, sein Leben einziger Dienst für Deutschland, oder so ähnlich, und dann: Großadmiral Dönitz wird Reichspräsident und Oberster Befehlshaber der Wehrmacht. Froh waren wir schon, aber Hitler ging uns ja seit Anfang April nischt mehr an! Hier waren die Amis und der Krieg zu Ende."

Ich holte tief Luft, blinzelte zu Karl.

„Aber ich hab dich unterbrochen!"

„Wir sollten alle nach Russland, ab nach Sibirien. Ihr könnt euch nicht vorstellen, was sich nach Bekanntgabe dieses Befehls abspielte! Manche reagierten mit Fassungslosigkeit oder panischer Angst, andere verfielen in ein Art starre Teilnahmslosigkeit. Wir sollten in den nächsten Tagen antreten und in Kolonnen abtransportiert werden. Nach Russland! Für mich undenkbar! Alles in mir sträubte sich dagegen!"

Er warf die Zigarette auf den Boden und zermalmte sie mit dem Schuh.

„Ich wollte auf GAR KEINEN Fall nach Russland! Eher krepieren!“ Er lehnte sich, die Hände im Nacken verschränkt, weit zurück.

„Und wie hast du das geschafft?“

„Ich hab mich versteckt! In der Typhusbaracke! Da trauten sich die Russen nicht rein! Zu ansteckend, und für die meisten tödlich. Da bin ich rein. Ich habe mir eine Pritsche gesucht und Fieber simuliert; das ist gar nicht so schwierig; wenn man hat, mit heißem Tee. Auch durch Reibung bekam man das Thermometer auf vierzig Grad. Ob der Arzt meine Absicht durchschaute, weiß ich nicht.

Als dann die Abordnung der Russen die Krankenbaracke kontrollierte, fühlte ich mich tatsächlich auf den Tod krank, schwitzte enorm, und mein Thermometer zeigte über vierzig Grad. Und uns Halbtote nahmen sie nicht mit; das war mein Glück!“

Nun lachte er doch zufrieden.

„Hattest du denn keine Angst, dich anzustecken? Die anderen hatten doch alle Typhus“, ich schaute skeptisch, aber auch bewundernd.

„Ich bin in diese Baracke mit dem festen Willen gegangen: ICH kriege keinen Typhus, ICH stecke mich nicht an! Das habe ich mir immer wieder vorgebetet! Hat ja geklappt, ich bin hier, nur etwas magerer!“

Stimmte! Abgemagert, um nicht zu sagen, ausgemergelt, stand plötzlich ein Mann vor mir, als ich den kleinen Garten neben der Bleiche beackerte; ich dachte noch: wieder so ein armes Schwein, das um Essen bettelt … da nennt er meinen Namen! Beinahe wäre ich in meine Setzkartoffeln gefallen, blickte auf und erkannte Karl. Damit hatte ich überhaupt nicht gerechnet; monatelang keine Nachricht von ihm, und plötzlich stand er da!

Wir ließen einander gar nicht mehr los. Standen wortlos im Mistbeet.

„Mensch, Karl, das gibt's doch nicht! Wie kommst du hierher? Fährt doch kein Zug mehr! Biste etwa zu Fuß?" Ich wurschtelte mich aus seinen Armen, wischte meine Augen, mein Kopftuch hing schief.

„Ich bin mit der Werkslokomotive gekommen", grinste er. „Habe mich von der Tschechei zu Fuß bis hierher durchgeschlagen. Aber in Bad Salzungen wollte und konnte ich nicht mehr! Ich habe dann im Werk angerufen, und die haben mir tatsächlich eine Lok geschickt."

Er nahm sein Bündel, legte den Arm um mich, staunte über den Frieden und den wunderschönen Thüringer Wald an diesem herrlichen Sommertag. Und ganz selbstverständlich marschierten wir in unsere Wohnung.

„Halt! Du liebe Güte! Unser Mika!" Zurück in den Garten, und da lag das Kerlchen in seiner Karre und hatte das außergewöhnliche Ereignis vollkommen verpennt.

***

Damals hat er dem Tod ein Schnippchen geschlagen, heute ist das anders; er ist alt. Den Weg müssen wir alle gehen, jetzt er, dann ich – sie schaut in die Gesichter der Kinder, die sich angeregt unterhalten – dann sind sie dran … die unendliche Kette des Lebens.

„Ich mach mich mal gesellschaftsfähig", und rappelt sich aus der Eckbank.

Als der Arzt erscheint, freut sie sich.

„Heute gefallen Sie mir schon besser", er lächelt, berührt vorsichtig ihren Arm. „Wie geht es Ihrem Mann?"

„Hoffentlich gut!", sie stockt, „… blöde Antwort!" Verlegen rubbelt sie sich durchs Haar.

„Na, dann schauen wir mal.“ Zügig schreitet er zum Schlafraum. Sie folgt zögernd und beobachtet durch die geöffnete Tür seine sicheren Handbewegungen, seine prüfenden Augen, seine Fragen. Statt einer Antwort nur gequältes Stöhnen. Gegen den Türrahmen gelehnt, gewahrt sie Karls flatternde Hände.

„Warum ist er so unruhig? Träumt er? Was passiert in ihm?“

Leise fließen die Worte in den Raum. Fragender Blick zum Arzt.

„Wenn wir das wüssten …“, er zuckt mit den Schultern.

Klar, woher soll er das wissen!

„Vielleicht sollte jemand von Ihnen ruhig mal eine Weile bei ihm bleiben; ich weiß … Sie alle sind öfters bei ihm“, er nickt anerkennend, „aber …“, er erhebt sich. „Ich muss weiter, tut mir leid, aber ich schaue später noch einmal vorbei.“

Er drückt ihr die Hand, sie hört die Tür ins Schloss fallen.

Hat ja recht der Doktor. Bin selten bei ihm, aber laufend Händchen halten kann ich nicht! Ist ja nicht nur die Situation oder der Geruch nach Alter und Tod. Nein, es ist unser ganzes verkorkstes Leben …

Nach dem Gespräch überwindet sie sich, geht zu ihrem Mann, hält kurz seine wischende Hand, angelt sich einen Stuhl, und sitzt entfernt am Fußende des Bettes. Wie ein Schulmädchen, die Füße brav nebeneinander, die Hände im Schoß, den Mund verschlossen.

Dein Schweigen war das Schlimmste. Und dein kalter Blick, wenn ich nicht so funktionierte. Meine Rechtfertigungen liefen ins Leere. Du hörtest nicht zu, wolltest nicht zuhören, verschwandest im Bett. Meine Briefe, die meinen Standpunkt erklärten, fand ich ungeöffnet in irgendeinem Anzug; tagelanges Schweigen, kein Blick füreinander, tiefstes Alleinsein!

Ich weiß, ich übertreibe, ich dramatisiere! Das hast du mir immer vorgehalten; stimmt wohl auch.

Oder Anbrüllen, Türenknallen, Heulen.

Und was machtest du? Jeden Abend im Billardsaal! Und ich hockte hier allein, starrte auf die Wände oder den Fernsehapparat. Dann begann ich zu lesen, mich für Malerei und für's Theater zu interessieren. Aber diese Interessen konntest du wunderbar madig machen. Alles, was mir gefiel, wurde süffisant abgeurteilt, das war ja nichts! Obwohl ... wenn wir über das eine oder andere Buch mit anderen sprachen, entstand eine gemeinsame Linie; da erkanntest du mich an.

Glaub schon, dass du getroffen warst, als ich schon im ersten Jahr im neuen Haus aus dem gemeinsamen Schlafzimmer auszog. Konnte dich einfach nicht ertragen! Dein Schnarchen, deine immer gleichen Versuche, mit mir zu schlafen ...

Auch bei der Erziehung der Kinder zogen wir nicht an einem Strang; deine Strenge habe ich oft unterlaufen, das stimmt.

Sie seufzt ... dabei war ich so froh, damals, als du aus dem Krieg kamst! Konnte endlich frei atmen und mein Schuldgefühl verabschieden.

Wir konnten eben nicht anders, nur funktionieren.

***

Ja, wir funktionierten! Auch schon bevor Karl zurückkam; was blieb uns auch anderes übrig?

Im verheerenden Durcheinander, als nun die Amis abgezogen waren und die Russen Anfang Juli das Kommando übernahmen, suchten wir nach Überlebensstrategien.

Die Flüchtlingsströme hörten nicht auf, Grenzen wurden dicht gemacht, jetzt ging es nur noch über Schleichwege in den Westen; auch aus Merkers verschwanden immer mehr Leute, hatten einfach Bammel vor den Russen.

„Wie sehen die denn aus?“, kicherten Hilde und ich, als wir versteckt hinter den Gardinen die kleinen Pferdchen und die Panjewagen der Russen beobachteten. Peitschengeknalle, Gewehrschüsse mit viel Gebrüll und Lärm, so tobten die ersten Russen durch das Dorf.

„Wie Sieger sehen sie gerade nicht aus“, stellten wir fest, als wir die zum Teil ziemlich zerlumpten Gestalten in graubraunen Uniformen in Augenschein nahmen.

„Seh ich richtig? Der hat ja ’n Sofa auf seinem kleenen Wagen, und der hat ne richtige Truhe und Teppiche geklaut, das darf doch nicht wahr sein!“ Prustend hielt ich mir die Hand vor den Mund. Und die wollen hier Ordnung schaffen?

Wir stupsten uns immer wieder an, wagten aber nicht, uns zu zeigen; unser mulmiges Gefühl blieb. So ging es wohl dem ganzen Dorf: alle hinter der Gardine, keiner ließ sich auf der Straße blicken.

„Geht vom Fenster weg, das Gewackele von euch kriegen die doch mit“, schimpfte meine Mutter, die den dösenden Lütten im Arm hielt.

Richtig: auffallen wär’ nicht gut. So lauschten wir atemlos, was die Straße uns zu sagen hatte – und das klang beileibe nicht gut.

Ganz in unserer Nähe – war es bei den Nachbarn vorn auf der rechten Seite? – lautes Gezeter, Tumult mit schrillem Wiehern … dann ein Schuss, dann Ruhe.

„Rrraauus! Beschlaagnaahmt!“ Das Geschrei setzte wieder ein.

„Oh Gott, oh Gott!! Was ist denn da los!“, stammelte meine Mutter. Jetzt starrten wir einander kreidebleich vor Entsetzen an; wir wussten natürlich auch von Vergewaltigungen und Gewalttaten der Russen.

„Versteckt euch! Los! Unter die Betten. Ich nehme den Kleinen!“ Sie löste sich als erste aus versteinerter Reglosigkeit.

Hilde und ich huschten in rasender Geschwindigkeit ins Schlafzimmer, hörten noch kräftige Schläge gegen die untere Eingangstür, ehe wir uns zu einem Knäuel unterm Bett verknoteten.

Explosionsartiges Herzklopfen, kaum Luft zum Atmen! Dann das Donnern gegen die Wohnungstür: „AAUUFMAACHEN! AAUUFMACHEN!“ Beschwichtigende Worte meiner Mutter „Komm ja schon!“ nutzten nicht viel. Dann vernahmen wir noch ein anderes Geräusch: die Zimmertür meiner Schwiegereltern.

Meine Mutter, Michael auf dem Arm, riss die Tür auf. Ein Gewehr direkt vor ihrem Busen, verharrte sie in ihrer beeindruckenden Größe vor einer aufgebrachten Horde. Mehrere Russen starrten gebannt auf den nun fürchterlich brüllenden Kleinen und versuchten, ihn mit wedelnden Armen, freundlich gemeinten russischen Urlauten und tätschelnden Händen, zu beruhigen. Das gelang erst, als meine Mutter sich rasch zur Seite schob, das Kind schaukelte und beruhigende Worte flüsterte.

Das Gewehr wieder im Anschlag stoppte der Anführer direkt vor meiner zeternden Schwiegermutter. Ihre grauen, fusseligen Haare schwirrten wirr um den Kopf. Mit aufgerissenem Mund ohne Zähne, glotzenden Augen, schreiend und keifend, und wild gestikulierenden Händen, begrüßte sie die russische Truppe. Das Entsetzen der Russen war mit Händen zu greifen. Vollkommen perplex starrten sie auf die wütende Alte.

„Aalte Hääxe! Aalte Hääxe! Bahhh!“, schnarrten sie voller Verachtung, spuckten auf den Boden, brüllten irgendwas in ihrer rauen Sprache, drehten ab und stoben in den nächsten Stock.

Tür zu. Abschließen. Den Kleinen beruhigen. Staub von den Kleidern abklopfen. In die Küche schleichen. Tief Luft holen und Kichern. Erst leise, dann befreiendes Lachen.

War die Alte doch mal zu was nütze!

Der erste Eindruck von den russischen Befreiern war weiß Gott nicht berauschend. Aber die dann folgenden Offiziere und Kommissare sorgten für mehr Stabilität und Ordnung. Auch sie besetzten das Casino, übernahmen das Werk, beschlagnahmten Häuser, setzten nun allerdings bei den Nazis verhaftete Sozialdemokraten und Kommunisten als Bürgermeister und verwaltende Beamte ein, die für die Versorgung der Bevölkerung, Seuchenbekämpfung, Säuberung der Straßen, und was weiß ich nicht noch alles zu sorgen hatten. Und das musste man den neuen Machthabern lassen: In den ersten Tagen versorgten sie Notleidende, Flüchtlinge, Arme und Kranke, verteilten Lebensmittel, und wenn es sein musste, sogar aus eigenen Beständen. Lieber allerdings gaben sie aus den überall verstreuten, zum Teil geplünderten Vorratsbeständen der Wehrmacht.

Wie auch bei den Amerikanern gab es feste Ausgangssperren, feste Zeiten, wann man wo erscheinen musste, um sich Lebensmittelkarten und Bezugsscheine abzuholen, auch sie suchten nach alten Nazis, auch sie forderten Fotoapparate, Radios, Fahrräder, Motorräder, Waffen, Ferngläser und was sonst noch da war. Dabei hatten das ja schon alles die Amis konfisziert – und natürlich „Urri, Urri, Urri!“, sobald jemand angehalten und gefilzt wurde. Konnte mir gar nicht vorstellen, dass noch irgendwo eine Uhr zu finden war.

Doch! Meine Schwiegereltern besaßen ihre noch. Wenn die beiden Alten losschlurften, um Lebensmittel zu erbetteln, das war ihre tägliche Arbeit, sahen sie so erbärmlich aus, dass sogar die Russen einen weiten Bogen um sie machten. So stand uns wenigstens eine Uhr zur Verfügung.

Unsere kleine Familie saß in der warmen Küche, der Lütte zutschelte an seiner Pulle mit Magermilch und ein bisschen Grieß, wir löffelten unsere obligatorische Kohlsuppe. Es fehlte an Mehl, Milch, Fett, von Fleisch gar nicht zu reden, Felder waren ja wegen der Kampfhandlungen im Frühjahr nicht bestellt worden; Kühe, Pferde und Kleinvieh hatten die Russen beschlagnahmt. Die ersten Tage ihrer Hilfe waren schon lange vorbei.

Sogar wir auf dem Lande – die Bauern selber horteten sicher noch eine Menge – lernten langsam, was Hunger hieß.

„Und wie läuft es im Werk?"

„Die Russen diktieren, wo's lang geht. Sie kontrollieren alles und jeden. Dabei sind sie kompromisslos. Man muss verflixt aufpassen!"

Karl sprach leise und angespannt. Seit drei Monaten arbeitete er wieder im Werk.

„Es wird hart malocht und in mehreren Schichten abgebaut. Dünger ist jetzt unglaublich wichtig geworden. Aber ein großer Teil geht sofort nach Russland; es ist wie überall, ein Teil der Produktion verschwindet."

Er massierte sich stöhnend den Nacken.

„Die Schlimmsten sind die deutschen Kommunisten. Sie schikanieren, wo sie können, und fühlen sich wie die neuen Herren!" Er angelte sich seine Zigaretten, Streichholz an und Rauch strömte aus seiner Nase. „Und die wollen unbedingt, dass alle Ingenieure in die KPD eintreten. Mich bearbeiten sie auch."

Ich strich meine Schürze glatt, legte den schlafenden Kleinen in den Wagen und räumte den Tisch ab.

„Schlimmer als bei den Nazis wird's ja wohl nicht werden!"

Ich lehnte mich gegen den Herd, Arme über der Brust gekreuzt, fixierte ihn eingehend.

„Ich bin wieder schwanger", platzte es dann aus mir heraus.

„Was? Wirklich?" Er schaute überrascht hoch. „Aber du darfst doch keine Kinder mehr kriegen! Der Arzt damals hat das doch gesagt", er stutzte, sah mich verwirrt an.

„Tja, das ist eben der Unterschied zwischen Theorie und Praxis. Was willste machen?"

Ich drehte mich um, strich mir über die Augen, wischte über den Herd und schüttelte das Geschirrtuch aus. Ich fühlte mich ähnlich hilflos und entmutigt wie er.

„Warst du schon bei Doktor Deilmann?"

Ich nickte. „Er weiß ja auch um die Schwierigkeiten einer neuen Schwangerschaft. Aber er kann nichts machen. Die Gesetze lassen eine Abtreibung nicht zu. Egal, aus welchem Grund. Er meint, niemand würde heute eine Schwangerschaft unterbrechen, viel zu gefährlich!"

Ich setzte mich ihm gegenüber, spielte mit dem Fläschchen meines Sohnes, traute mich nicht, ihm ins Gesicht zu sehen.

„Und nun? Was passiert jetzt?" Er beugte sich vor, beobachtete mich scharf.

„Was soll passieren … ich bleibe schwanger, und der Doktor hilft mir, so gut es geht. Wir müssen einfach abwarten."

Ich seufzte, zuckte müde mit den Schultern und erhob mich. „Was willste sonst machen?"

Und im Mai 1946, genau an meinem Geburtstag, musste es dann ganz flott gehen. Mein Vater besuchte uns gerade, ich stand in der Küche, bereitete das Geburtstagsessen vor, wollte gerade die Kartoffeln abschütten – da spürte ich die mir inzwischen bekannten Schmerzen im Rücken, im Bauch. Ich schleppte mich ans Fenster und rief den beiden Männern zu: „Ich glaube, es geht los! Karl, kannst du einen Wagen auftreiben?"

„Was? Das Kind soll doch erst in vierzehn Tagen kommen!" Ungläubiges Entsetzen bei den Herren der Schöpfung. Als sie aber sahen, wie ich mich krümmte, rannte Karl ins Werk, besorgte ein Auto – und knapp eine halbe Stunde später rasten wir ins Krankenhaus nach Bad Salzungen, das nun kein Lazarett mehr war, sondern ein ganz normales Spital.

Diesmal lief alles ab wie im Bilderbuch. Kaum landete ich auf dem Gebärstuhl, von Karl geschoben und hochgehievt, da wurde es ernst.

Die Schwestern konnten gar nicht so schnell gucken, da platzte schon die Fruchtblase, und sofort flutschte das Kind hinterher … Karl konnte noch in letzter Minute ein Tuch schnappen, sonst wäre die Kleine – platsch! – in dem Eimer gelandet, der für die Nachgeburt vorgesehen war.

„Blitzgeburt oder besser: Flitzgeburt", lachten Schwestern und Hebamme, die uns herzlich zu einem Mädchen gratulierten.

Trotzdem: schade um das Mittagessen! Hatte doch mit viel Mühe einen kleinen Braten aufgetrieben, den die Männer – meine Mutter war schon seit geraumer Zeit in Berlin – nun ohne mich verdrücken mussten.

Ich hingegen verbrachte den Rest meines einundzwanzigsten Geburtstags mit meiner Tochter im Krankenhausbett.

„Schwester Hildegard, das ist aber eine Überraschung! Sie sind immer noch hier, wie schön!" Ich strahlte sie an.

„Ich habe schon von Ihrer flotten Kleinen gehört", lachte sie. „Diesmal lief die Geburt doch richtig gut ab. Wenn ich da an die Ihres Sohnes denke …", sie half mir hoch, setzte mich auf die Bettkante.

„Was haben Sie denn mit Ihren Beinen gemacht?"

Sie starrte entsetzt auf meine noch immer nicht verheilten Wunden an Knien und Schienbeinen.

„Och, das ist schon eine Weile her, will einfach nicht richtig heilen. War vor ein paar Wochen. Da hieß es, in Tiefenort gäbe es Kartoffeln und Möhren. Solche Gelegenheiten darf man sich doch nicht entgehen lassen!"

„Kann ich verstehen! Auch für uns gibt's kaum noch was. Wir schuften hier Tag und Nacht; und obwohl uns Zulagen zustehen, kriegen wir nichts! Mal eine Kartoffel mehr, aber Mehl, Brot oder Fett, nee, können Sie vergessen!" Schwester Hildegard schimpfte erbost.

„Und haben Sie wenigstens was in Tiefenort gekriegt?"

„Ja. Ich bin mit einem geliehenen Fahrrad los und hatte Glück. Ich bekam noch einen kleinen Sack Kartoffeln und Möhren; aber auf dem Rückweg bin ich dann koppheister gegangen, es ging ja nur bergab, und dabei schlingerte das Rad so gewaltig, dass es mich umriss!"

Vorsichtig strich ich über eine fast geschlossene Wunde.

„Na, und denn saß ick da, Hände aufgeschürft, kaputte Knie, blutige Beene! Ich sammelte heulend meine Kartoffeln und Möhren ein und schob das Zeug nach Hause." Ich holte tief Luft: „Und meine reizende Schwiegermutter, die sonst ein Treffen mit mir scheut wie der Teufel das Weihwasser, findet mich schniefend auf der Treppe und kreischt hämisch: ‚Typisch, das ist mal wieder typisch!' "

„Du liebe Güte, wie furchtbar!" Schwester Hildegard schüttelte den Kopf, während sie vor meinen dicken Beinen hockte und sie mit einer hoffentlich heilenden Tinktur bearbeitete.

„Verbandszeug haben wir leider nicht, Frau Jansen, kann man nichts machen. Das dünne Papier hier muss reichen."

Irgendwie fummelte sie den Fetzen Papier auf meine Beine.

Ich beäugte dieses Kunstwerk mit scheelem Blick.

„Na ja, ick sach ja immer, eenen schönen Menschen entstellt nix!"

„Wie heißt denn Ihre Tochter?"

„Wir nennen sie Beate; soll ja die Glückliche bedeuten. Hoffentlich stimmt's, und am Geburtstag der Mutter geboren … da kann ja nix schief gehen!", prustete ich.

Nachdem ich das Krankenhaus verlassen hatte, fühlte ich mich doch viel besser als nach der Geburt von Michael. Wenn ich darüber nachdachte, dass ja eigentlich das Kind oder ich tot sein sollten – so hatten es mir die Ärzte bei einer weiteren Schwangerschaft prophezeit –, machten weder ich noch die Kleine einen leblosen Eindruck: im Gegenteil! Das Kind bewies kräftige Lungen, manchmal sogar zu kräftig, und icke hatte gar keene Zeit zu sterben.

Wir mussten überleben.

Lebensmittelkarten waren das Papier nicht wert, wenn es niemanden gab, der uns was verkaufte. Also hieß meine Devise: Organisieren! Gerüchte, wo es Essbares geben könnte, ernst nehmen. Dann ab die Post! Loslaufen oder mit dem Rad, stundenlang anstehen und hoffen … Pech, wenn's nichts mehr gab.

Schließlich lebten wir jetzt mit sieben Personen in unserer Wohnung. Meine Mutter war wieder da und schlief mit Michael in der guten Stube, die Lütte bei uns im Schlafzimmer und die beiden Alten in ihrem Zimmer. Da ging es uns noch wunderbar im Vergleich zu Menschen in Berlin oder anderen Städten. Die hausten zu siebt in einem Zimmer und waren froh, dass sie ein Dach über dem Kopf hatten.

Dem Alten steckte ich ab und zu mal was Essbares zu; von denen allerdings gab es nie etwas zurück. Dabei wackelten sie mit leerem Rucksack los und kamen meistens mit einem recht gut gefüllten zurück. Wer weiß, ob sie nicht trotzdem über mich lamentierten und schimpften; die böse Schwiegertochter, die ihnen nichts abgab und sie verhungern ließ.

War mir aber vollkommen wurscht.

Leider ließ sich ein Zusammentreffen mit der Alten nicht immer vermeiden. Sie musste ja ihre erbettelten Schätze irgendwie verarbeiten und den Herd benutzen – und meine Mutter und ich blieben einfach sitzen. Ihr grimmiges Gesicht mit den heruntergezogenen Mundwinkeln, ihr Vor-sich-hin-Geknurre zeigten deutlich, dass ihr unsere Gegenwart nicht passte. Als „Hure" oder auch „Nutte" beschimpfte sie mich allerdings nur, wenn wir uns zufällig allein trafen, nicht wenn meine Mutter zugegen war.

Wenigstens etwas!

„So klein ist deine Schwester, so winzige Fingerchen. Guck mal deine, die sind schon richtig groß!" Mika begutachtete interessiert seine gespreizten dicken Fingerchen, dann die seiner Schwester. „Baby", sprach's und patschte ihr ordentlich auf den Arm, strahlte und lachte uns an.

„Du bist jetzt der Große", bestimmte seine Oma, „und musst auf deine kleine Schwester aufpassen, nicht hauen", sie packte seinen Arm und hielt ihn fest. „Das tut dem Baby weh."

Nachdenklich stand der kleine Kerl vor dem Bettchen, jetzt beide Hände auf dem Rücken, seine dunklen, etwas eng stehenden Augen wanderten zu seiner Großmutter, kritischer Blick zu mir, dann zurück zur Schwester. Dann drehte er ab, nahm sich sein kleines Holzauto und kümmerte sich einen Dreck um das, was um ihn herum passierte.

Mit Schwung öffnete sich die Tür.

„Meine Tabakpflanzen gedeihen prächtig, sie sind schon einen halben Meter hoch. Wird auch Zeit, auf Marken sind kaum noch Zigaretten zu kriegen. Penibles Düngen, das macht's", murmelte Karl, ehe er dann hinter einem Paravent in der hinteren Ecke der Küche verschwand.

„Entwickelt sich auch hervorragend, unsere Schnapsfabrik", grunzte es aus der Ecke. „Die Kartoffelmaische von Facks macht sich gut." Wir hörten ihn herumfuhrwerken, rappeln und schieben, ehe er wieder hinter der Abtrennung hervorkrabbelte.

„Passt nur auf, dass sich kein Fremder hierher verirrt! Am besten wir stellen den Kinderwagen mit Beate davor", und schon sah man diese heimliche Ecke nicht mehr.

Schnaps brennen war ja strengstens verboten!

„Es ist schon erstaunlich, was der Mensch alles kann, wenn er nichts hat." Meine Mutter schaute bewundernd zu Karl auf.

„Schnaps brennen ist gar nicht so schwer. Wichtig ist, dass du die Fuselöle herausfilterst, sonst geht's den Leuten an den Kragen."

Karl stützte sich auf den Tisch und malte Kreise auf die Platte.

„Das ist der Kolben und davor wird die Aktivkohle gelagert. Die besorge ich mir aus dem Werk, denn die filtert das Gift heraus. Geht natürlich nur unter der Hand und für eine spätere

Flasche.“ Er grinste verschwörerisch und zündete sich eine Zigarette an.

„Und wenn wa schon nix zu fressen haben, ham wa wenigstens was zu saufen. Und saufen woll'n auch die Bauern, also haben wir was zum Tauschen“, schaltete ich mich ein. „Wo sollen wir Silber und Gold oder wertvolle Teppiche hernehmen? Ham wa nich! Also geben wa Schnaps. Unsere befreundeten Bauern geben uns, was sie entbehren können, aber die haben ooch nich ville.“ Ich nahm einen Löffel und rührte im Topf, drehte mich zur Mutter: „Was meinst du, Mutti, wo die Hühner herkommen? Von Frau Daneel, sie hat mir sechs Küken geschenkt! Du kennst sie doch auch.“

Ich begann den Tisch zu decken, schnappte mir den Kleinen und reichte ihn meiner Mutter, die ihn leider nur mit einer Pampe aus ein paar Grießkörnern, viel Wasser und wenig Milch fütterte. Die Lütte lag schon satt im Kinderwagen; für sie reichte diesmal meine eigene Milchproduktion.

„Ich hatte keine Ahnung, wie man mit Hühnern umgeht“, kicherte ich, während ich die Teller verteilte. „Was meinst du, wie oft ich hinter einem Huhn herrennen musste?! Karl und ein Nachbar haben mir dann einen Stall gezimmert und einen kleinen Teil des Hofes mit Draht und Latten umzäunt. Jetzt können sie wenigstens nicht weglaufen.“

Ich holte den Topf und verteilte die Suppe auf die Teller.

„Aber klauen könnte man sie! Davor hat sie mächtig Bammel!“, grinste Karl, während er seinen Löffel ergriff. „Sie verbarrikadiert den Stall jeden Abend wie eine Festung.“

Wir tauchten unsere Löffel in die magere Suppe aus Kohlblättern, ein paar Möhrenstückchen, Kartoffenschnitzen, einer winzigen Zwiebel und viel Wasser. Wenigstens war se heiß!

***

Was für ein Überfluss!

Fleisch, Kartoffeln in Mengen, Gemüse vom Feinsten, Salat in tausend verschiedenen Variationen, Saucen, Nachtisch für jeden Geschmack, Brot für jeden Geschmack, das weggeworfen wird, wenn es nicht mehr frisch ist … dazu Schinken, Wurst, Fisch und Unmengen Käse aus aller Herren Länder!

Sie schüttelt mit einem Male irritiert den Kopf. Natürlich weiß sie, dass dieser Luxus mittlerweile keiner mehr ist; ein gedeckter Tisch trägt heute diese Herrlichkeiten mit Selbstverständlichkeit.

Sie schaut in die Runde und beobachtet ihre Kinder.

„Ich schau noch mal nach Vater. Mendelsohn müsste auch zu Ende sein."

Die Tochter beobachtet ihren Vater und hat den Eindruck, dass sein Atem lauter rasselt und er stärker stöhnt.

„Väterchen? Karl?" Sie unterstützt ihre Frage durch vorsichtiges Streicheln seiner Hand: „Hast du Schmerzen?"

Außer einem Moment des Innehaltens nimmt sie keine Reaktion wahr, das Schnappen nach Luft setzt erneut ein.

„Wir werden die Schwestern bitten, dir zu helfen, ich versprech's!"

Sie bleibt noch eine Weile bei ihm, hilflos.

Zurück bei den anderen empfindet sie den in warmes Licht getauchten Raum anheimelnd; ihre Mutter qualmt eine Zigarette und hält in der anderen Hand eine Tasse Kaffee.

„Wisst ihr, was ich mir immer gewünscht habe?"

Helgas Augen wandern von einem zum anderen, ihr Blick träumerisch in die Ferne, dann auf die Zigarette gerichtet.

„Ich würde so schrecklich gern einmal mit euch dreien mit Mikas Bötchen fahren. So die Kanäle in Brandenburg abtuckern, langsam die Landschaft an mir vorüberziehen lassen – das wäre zu schön!!"

„Na, das machen wir doch!"

„Klar, eine tolle Idee!“

„Hätte ich auch Lust zu!“

Plötzlich sind alle wieder da, reden durcheinander, finden den Gedanken einfach gelungen.

Einer springt auf, sucht Kartenmaterial, der andere weiß genau, wo die richtigen Pläne liegen, Schubläden werden aufgerissen, alles, was Landkarten ähnelt, hervorgekramt, riesige Karten auseinandergeblättert, unpassende auf den Boden geworfen, neue rausgepult, intensiv beäugt, fallengelassen … nach kürzester Zeit sieht das Wohnzimmer aus wie nach dem Einfall der Amerikaner.

„Hier, das ist genau die Richtige“, kritischer Blick von Michael. „Nee, du brauchst die mit der Müritz.“

„Aber hier, da ist die Havel drauf“, erneut skeptischer Blick von links. „Nee, such mal die mit dem Fleesensee!“

„Fleesensee ist hier!“

„Die geht, aber da fehlt die Müritz, durch die müssen wir durch.“

„Wo starten wir denn?“

„Kommt drauf an, wieviel Zeit wir haben. Mein Boot schafft nicht mehr als fünf Knoten! Da kommste am Tag nicht weit.“

„Aber durch die Kanäle! Das muss sein, das ist einfach zu, zu schööön!“ Helgas Begeisterung steckt an.

„Können wir denn auf deinem Superboot alle übernachten?“

„Um Gottes Willen! Ihr beide“, Blick auf die Frauen, „ihr kommt ins Hotel oder in ’nen Gasthof. Und du, flotter Schwager, pennst bei mir. Nur so läuft das! Pinkeln außenbords, duschen und alles bei den Frauen, Frühstück auch. Is ja schließlich kein Luxusliner!“

„Wie heißt denn dein Bötchen?“

„Hat keinen Namen! Meinste, da soll so was wie ‚Anneliese‘ oder ‚Möwe‘ draufstehen? Kommt mir nicht ins Haus! Is eben das Boot ohne Namen.“

„Ach so“, die Schwester beginnt, das System Bruder langsam zu begreifen.

„Also, wenn wir durch die Kanäle schippern wollen, such mal die Karte mit der Havel, Region Brandenburg; dann brauchen wir die Müritz, das ist Mecklenburg-Vorpommern, ebenso Fleesensee, und dann müssen wir unbedingt noch in den Plauer See! Der ist einfach wunderbar.“

Na, das ist doch ein Wort. Jetzt kann gezielt geplant, entworfen, gestaltet, organisiert und entwickelt werden.

Jeder greift nun tatkräftig in die überall herumliegenden Pläne. Einer reißt dem anderen das Material aus den Händen, der jeweils andere hat natürlich das richtige oder falsche, man schimpft, flucht, ächzt … eine echte Herausforderung, der natürlich alle gewachsen sind. Sie erforschen Orte, wo es am schönsten ist, wo man übernachten könnte, wo das Boot sicher liegen darf, wo man lecker futtern kann …

Sie hat glänzende Augen, raucht viel, pichelt ihren Schnaps und schmiedet Pläne für ihre Freiheit.

Und tatsächlich: sie findet statt, diese erste wunderschöne Bootstour!

Ungefähr ein halbes Jahr nach dem Tod des Vaters, nachdem sie in rasender Geschwindigkeit Haus und Garten verkauft und sich selbst im betreuten Wohnen in einer umgebauten Kaserne untergebracht hat, geht's auf große Fahrt.

Und die genießt sie in vollen Zügen: das Tuckern durch Kanäle und Seen, abendliche Gemeinsamkeit beim Essen, die Ruhe an den Seen, witzige Erlebnisse in Gasthöfen und Wohnungen und vor allem: das Lachen.

Am letzten Tag dieser harmonischen Reise findet die Tochter ein weinendes Häufchen Elend am Steg des Sees.

„Nie wieder werde ich eine Fahrt mit dem kleinen roten Bomber – endlich hatte das Boot seinen passenden Namen! – machen können!“, schluchzt sie. „Ich kann doch nicht mehr, kann doch kaum noch krauchen. Ich glaube nicht, dass ich dieses Jahr überlebe!“

„… außer du lässt dich operieren und dir eine neue Herzklappe einsetzen! Eine andere Möglichkeit gibt es nicht!“

Und sie lässt sich operieren, ein gutes Jahr nach dem Tod ihres Mannes. Die neue Herzklappe kommt sozusagen auf den letzten Drücker, denn der Herzmuskel arbeitete nur noch schwach.

Elf Stunden dauert die Operation. Dreimal entschwebt sie beinahe vom OP-Tisch ins Reich der Toten.

Aber sie ist zäh. Sie kämpft. Sie schafft es.

Danach raucht sie nie wieder eine Zigarette. Nicht, weil man es ihr verboten hätte, das hätte sie nie vom Rauchen abgehalten.

Die Glimmstängel schmecken ihr einfach nicht mehr.

Vier Monate braucht sie, um wieder richtig auf die Beine zu kommen.

Und mit dem kleinen roten Bomber kann sie noch manches Mal auf Kanälen und Seen, eben auf ihrem geliebten Wasser herumpütschern.

***

„Werden wir jemals wieder an die Ostsee nach Bansin, Heringsdorf oder Göhren fahren können? Mit dem Ausflugsdampfer nach Hiddensee oder Binz? War immer so schön auf dem Schiff!“

Ich sehnte mich so sehr.

Nicht immer ans Essen denken, nicht immer die Angst um die Kinder, die Sorge um Kohlen, die Ungewissheit überall … und die entsetzlichen Nachrichten über das Grauen, das Deutschland über die Welt gebracht hat. Fassungslos sahen wir Bilder aus Konzentrationslagern, erfuhren von Millionen Toten, von unvorstellbaren Grausamkeiten, von Deutschen begangen.

„Was haben wir bloß getan?“ Leise tropften die Worte in den Raum. Karl zündete sich seine Zigarette an und gab mir auch eine; jetzt rauchte ich auch, half gegen den Hunger und erlaubte mir Ruhepausen.

Wir saßen wie jeden Abend um den Küchentisch. Der Lichtkegel der mit Stoff umhüllten Lampe schnitt sein Gesicht entzwei, die Zeitung lag noch auf dem Tisch, die Nachrichten kaum zu ertragen.

„Hitler war's, die Nazis haben uns in den Schlamassel gezwungen!“ Meine Mutter kreuzte energisch ihre Arme vor der Brust.

„Ich weiß nicht …“, murmelte ich leise, „es waren doch so viele dabei.“

„Hört auf! Was bringt das? Es ist nicht mehr zu ändern!“

Karl schob seinen Stuhl unter den Tisch, ergriff die Zeitung und verkrümelte sich.

„Vielleicht hat er ja recht, ändern können wir nichts mehr. Und wenn du zurückblickst, wirste bekloppt! Und wenn du nach vorne schaust, siehste nur Menschen, die überleben wollen, die nichts anderes interessiert.“ Ich rieb mir die Augen, strich mir durchs Gesicht und meine Schürze glatt, fühlte mich wie Methusalem.

„Ein Brief für dich, Mutti!“

Wir genossen draußen in unserem Hinterhof die letzte Wärme des Septembers 1946, amüsierten uns über das vernehmliche Stöhnen des im Sandkasten buddelnden Sohnes und freuten uns über den gesunden Schlaf seiner Schwester – eine richtige Idylle.

„Ich muss in den nächsten Tagen zurück“, meine Mutter steckte den Brief zurück in den Umschlag. „Mein Bruder, Onkel Artur, hat Probleme in meiner kleinen Wohnung. Sie wollen ihm Leute einquartieren. Die Wohnung ist doch nur winzig, das geht doch gar nicht!“

Mit gekrauster Stirn, die Ellenbogen auf den Knien, den Kopf in beiden Händen murmelte sie: „Schade, ich würde gern bleiben, Berlin ist einfach schrecklich."

„So ein Mist! Wie soll ick denn ohne dir zurechte kommen? Bleib wenigstens noch zwei Tage! Du musst mir doch noch essbare Pflanzen und Kräuter zeigen!" Panik kam auf.

Sie dachte angestrengt nach, nickte dann. „Das kriegen wir noch hin!"

Am nächsten Tag borgte ich mir bei den Hills einen Bollerwagen. Mika, stolz wie ein Spanier, thronte auf alten Säcken, den Kinderwagen schob meine Mutter und los ging's in die Botanik.

Von meinem Vater kannte ich zwar schon einige Pflanzen, aber meine Mutter wusste noch viel mehr; dieses Wissen war jetzt Gold wert.

„Hier … Sauerampfer, da … Spitzwegerich, Brennnesseln kennste, auch den Löwenzahn, daraus kannste Salat machen oder würz damit deine Suppe", sie grub sich wild in die Büsche und landete, beim Versuch eine Löwenzahnwurzel zu ziehen, prompt im Gestrüpp.

Was für ein Bild! Wie eine auf den Rücken gefallene Schildkröte strampelte sie herum, die Beine in der Luft,; erst kicherte ich nur – die Tochter durfte doch ihre Mutter nicht auslachen! – dann prustete ich los.

„Biste fertig?", grunzte es von unten. „Dann kannst du mir ja mal hoch helfen!"

„Entschuldige, Mutti!" Ich kämpfte noch immer mit Lachsalven. „Sah einfach zu komisch aus. Komm!" Ich packte sie an beiden Händen und schon stand sie wieder in der Senkrechten; ich zupfte Halme und Blätter von ihrer Schürze und klopfte den Sand von ihrem Hinterteil.

„Einiges haben wir ja schon eingesackt, nun schauen wir mal weiter", meine Mutter zog nun den Bollerwagen, ich den Kinderwagen, aus dem sich quengelige Laute vernehmen ließen.

„Die Kleene hat Kohldampf. Machen wir eine Pause?“

Ich holte sie aus dem Kinderwagen, rutschte mit ihr an den Wiesenrand, knöpfte meine Bluse auf und stillte den Winzling. Aber wegen der schlechten Ernährung reichte meine Milchproduktion nie aus.

„Komm, Mika, hier ist dein Fläschchen und ein Stück Apfel.“ Seine Oma hob ihn aus dem Bollerwagen.

„Will alleine!“ Er wand sich aus ihrem Arm, riss ihr die Flasche und den Apfel aus der Hand und plumpste auf das Gras. Wir amüsierten uns über seine Versuche, die Flasche UND das Stück Apfel in seinen Mund zu stopfen.

„Was für ein herrlicher Morgen!“

Unsere Augen saugten sich an den saftigen Wiesen, den Feldern und der Weite des nahen Waldes fest, der Duft von Kräutern und Pflanzen vernebelte das Hirn, die angenehme Wärme und das irrsinnige Blau des herbstlichen Himmels verdrängten für kurze Zeit alle Sorgen.

„Wir sollten aber nicht zu lange unterwegs sein“, drängte meine Mutter.

Und schon krochen wir erneut wie die Botaniker durch die Pampa, die Kinder und unsere Ernte immer gut verstaut.

Was brachten wir nicht alles nach Hause: Schlüsselblumen, Kamille, Brombeerblätter, die getrocknet einen wunderbaren Tee ergaben, unzählige Kräuter, deren Namen ich längst vergessen habe, Augustäpfel, die niemandem gehörten: eine reiche Ausbeute. Ich wunderte mich nur, dass so wenige Frauen unterwegs waren. Dachten sie nicht daran, sich Vorräte anzulegen?

„Haste alles? Ich bring dich mit Michael zum Zug. Die Lütte pennt, die lasse ich hier.“ Ich nahm den Koffer meiner Mutter, packte ihn auf den Handwagen, den Sohn daneben.

„Wie soll ich ohne dich klarkommen? Wer passt auf die Kinder auf, wenn ick wat zu fressen organisieren muss? Karl is doch kaum zu Hause“, jammerte ich und zerrte keuchend an der Deichsel.

„Frag doch ab und zu die Lore von oben. Sie ist doch schon sieben Jahre alt, da kann sie doch schon mal nach den Kleinen sehen“, tröstete meine Mutter. „Und denk dran, wenn du Heidelbeeren, Himbeeren oder Brombeeren findest, entweder einwecken oder trocknen. Und wenn es Bucheckern gibt, sammeln, rösten und mit der Kaffeemühle mahlen. Das gibt keinen besonderen Kaffee, man kann ihn aber trinken.“

„Ja, Mutti, mach ich alles! Und was ich auf keinen Fall vergessen darf: heimlich Ähren klauen, mich nicht erwischen lassen und mit der Kaffeemühle … Mehl mahlen“, erklang es wie aus einem Mund.

Nun mussten wir beide doch lachen.

„Komm wieder, sobald du kannst, ja?“

Mit Schwung hievten wir ihren Koffer in ein Abteil, umarmten uns, ehe sie am Fenster stand und noch mal durch Mikas Haare strubbelte.

„Ich bringe die kleine Kaminuhr mit, dann wisst ihr endlich, was die Stunde geschlagen hat. Und alte Kleidung treibe ich auch auf, die ändern wir dann um“, rief sie aus dem sich langsam in Bewegung setzenden Zug.

Ich winkte noch lange, blinzelte die aufsteigenden Tränen weg, schnappte meinen Knirps und kämpfte mit dem Bollerwagen wie gegen einen gewaltigen Orkan.

„So, mein Kleener, nu müssen wa den Laden alleene schmeißen!“ Mit seinen kleinen Äuglein betrachtete mich mein Sohn, als wüsste er um das Elend der Welt.

Als ich den Kleinen aus dem Handwagen hob, rannte der sofort in den Hof, sprang in den Sandkasten und buddelte, was das Zeug hielt.

Nun musste ich doch schallend lachen: Er sah einfach zu komisch aus.

Mein Blick wanderte über die Landschaft, und fast zärtlich streifte ich meinen kleinen Gemüsegarten mit den wilden Blumen, die ihn so heiter aussehen ließen.

***

„Ich brauch jetzt mal frische Luft“, verkündet sie, ergreift die Strickjacke ihres Mannes, „geh mal ein paar Schritte in den Garten“, kämpft sich aus dem schweren Stuhl, öffnet die Terrassentür und atmet tief durch.

Ihr Garten!

Wenn du mal tot bist, verkaufe ich sofort das Haus. Kannst dich drauf verlassen!

Die Worte melden sich im Kopf.

Das wirst du nicht tun! Das verbiete ich dir! Wir haben es gemeinsam gebaut, das kannst du doch nicht einfach verkaufen!

Kann ich wohl. Mir liegt nichts am Haus. Hab es nie richtig gemocht. Was soll ich damit?

Und dein GARTEN??

Ja, MEIN Garten. Da hat er recht. War wirklich meine Leidenschaft. Jetzt nicht mehr. Kann nicht mehr. Zu anstrengend. Das Loch im Herzen.

Du wolltest ja nicht für einige Zeit in ein betreutes Haus, damit ich operiert werden kann und in die Reha – wären höchstens zwei Monate. Aber nein, der Herr wollte ja nicht, wollte zu Hause bleiben!

Geh nie in so ein Heim, auch nicht für kurze Zeit!

Das Gespräch mit ihrem Mann schwirrt in ihrem Kopf.

Und ich Idiot habe gehorcht. Konnte den Alten mit seinen Krücken ja nicht allein lassen, war ja behindert! Dabei hat der Arzt nach seinem Unfall auf Gran Canaria und den Operationen hier in Hannover immer wieder kopfschüttelnd bemerkt: „Herr Jansen, warum laufen Sie noch immer an Krücken? Es ist alles wunderbar verheilt. Ihre Knorpelbildung ist hervorragend, wie bei einem jungen Mann!"

Aber mit Krücken, da hat man ja viel bessere Möglichkeiten, seine Macht auszuspielen. Da kann man mit dem Mitleidsbonus punkten – mein kaputtes Herz war ihm doch vollkommen schnuppe. Da konnten der Doktor, die Kinder und alle Freunde reden und reden …

Vielleicht hatte er wirklich nur Angst, ohne Krücken zu laufen. Aber seine Position als armer Krückenträger hat er wunderbar ausgenutzt, während ich jetzt wirklich nicht mehr krauchen kann!

Sie schnauft, während ihr Blick langsam über die Bäume mit dem Spalierobst, die große Rabatte, die Stelle, wo früher die drei riesigen Birken standen, und die vielen dunkelroten, weißen und rosafarbenen Rhododendronbüsche wandert.

Ihr Blick verheddert sich im sommerlichen Blütenmeer ihrer Büsche – ein Traum, jedes Jahr. Und jedes Jahr stundenlanges Abknipsen der Blüten! Hände kaputt, stundenlanges Stehen, Füße dick, keine Freude.

Früher stand da mal ihr rundes Schwimmbecken. Mindestens dreimal am Tag hopste sie da rein, und auch die Nachbarskinder hatten Spaß.

Sie fröstelt, zieht die Jacke fester. Sie schaut prüfend zum Himmel, sieht nicht nach Schnee aus.

***

Das sah im Hungerwinter 1946/47 ganz anders aus.

An so viel Schnee und Eiseskälte wie in diesem Winter konnte sich kaum jemand erinnern. Die Menschen hatten nichts zu Beißen, und nun noch diese Kältewelle, die schon im November begann und bis März andauerte. Wie viele Leute in diesem harten Winter umkamen, verhungerten, erfroren oder sich das

Leben nahmen, wurde von niemandem gezählt, die Zahl ging in die Tausende.

Wir konnten uns nicht beklagen. Wir hatten ein Dach über dem Kopf. Wir verhungerten nicht. Wir froren, wie alle. In der Küche schafften wir es manchmal auf zehn bis fünfzehn Grad. Draußen hingegen quälten uns minus fünfundzwanzig Grad. In unseren Schlafräumen eine glitzernde Eisschicht an den Wänden und durch die dicken Eisblumen an den Fenstern schimmerte nur schwach das Tageslicht.

Aus den Augen der Menschen, die eingehüllt in alles, was wärmte, beim Kaufmann anstanden, sprachen Resignation, Angst oder Wut. Krieg verloren, Erniedrigungen, Anstehen, Betteln nach Essbarem und nach ein paar Briketts oder gepresstem Kohlenstaub.

Gewehrt hatten wir uns: Frauen und Männer des Dorfes.

„Wenn ihr uns wählt, versprechen wir euch Kohlen und Kartoffeln!", propagierte die im April entstandene SED und wollte uns ködern.

Als dann im September die Wahlen anstanden, sind wir mit Gleichgesinnten in jedes Wahllokal gegangen und haben ihnen ins Gesicht geschleudert: „Wenn ihr Kohlen und Kartoffeln habt und sie nicht rausgebt, seid ihr Schweine! Wenn ihr uns Kohlen und Kartoffeln versprecht, sie aber gar nicht habt, seid ihr es auch!"

Alle waren wütend und aufgebracht: ohne Angst.

Die Reaktionen in den Wahllokalen waren unterschiedlich. Mal versuchten sie zu beschwichtigen, mal setzten sie uns vor die Tür, manche ließen uns gewähren und waren froh, wenn wir verschwanden.

Freunde allerdings schafften wir uns damit nicht, zumal Karl kein Blatt vor den Mund nahm und offen über die Kommunisten schimpfte. Besonders regten Dorfbewohner und er sich über den Bürgermeister A. auf, der bei den Nazis als Sozialdemokrat drei Tage eingesperrt und nun überzeugter Kommunist geworden war. Er vermittelte den Eindruck, als wäre er bei den Nazis in eine gute Schule gegangen: machtbewusst, arrogant, überheblich, für kein Argument zugänglich.

Das kannten wir doch!

Natürlich wurde er gewählt. Natürlich kümmerte sich hinterher kein Schwein um die versprochenen Kohlen und Kartoffeln. Natürlich fühlten sich die, die ihm glaubten, hinterher beschissen. Natürlich grollten und schimpften die Dorfbewohner.

Was sollten wir tun? Die Russen standen hinter ihm, und erneut waren wir die Betrogenen.

Und plötzlich schon im November dieser Schnee.

Holz schlagen oder sammeln wurde ein schier unmögliches Unterfangen. Und das Werk beschlagnahmte die in Güterwagen gebrachten Kohlen. An die Bevölkerung verteilten sie zwar einige Säcke, aber für diese Kälte viel zu wenig. Karl und auch andere vom Werk erhielten ein kleines Deputat; das reichte gerade, um den Rübeneintopf mit ein paar Graupen zu kochen. Elektrizität gab es meistens nur nachts, und äußerst unregelmäßig.

Meine Hühner mussten wir vor dem Verhungern retten. Es gab kein Hühnerfutter mehr, wir nutzten alle Abfälle selber, und hungernde Hühner legen eben keine Eier! Also schlachteten wir sie nacheinander, rupften sie, nahmen sie aus, wuschen und zerlegten sie und bewahrten sie im tiefgekühlten Draußen.

Die erste echte Hühnersuppe mir Möhren, gelagerten Erbsen und Zwiebeln, die schmecke ich noch heute auf der Zunge … was Besseres habe ich nie wieder gegessen!

Dadurch hatten wir zu Weihnachten ein richtiges kleines Festessen.

Eine leckere Hühnersuppe, für jeden einen gebratenen Schenkel, dazu unsere gesparten Kartoffeln, die wir leider rasch aufessen mussten, weil einige schon erfroren und ungenießbar geworden waren.

Für die Weihnachtszeit gab es zusätzliche Karten für Zucker, Fett, Grieß und Mehl. Daraus bastelte ich Marzipanbrote. Ein bisschen Grieß, Zucker, Wasser und natürlich Aroma – das gab's immer, und zwar in allen Variationen. Hab die Masse dann zu kleinen Klößchen gefummelt, in die Länge gezogen, trocknen lassen; an Erfindungsreichtum mangelte es nicht. Sogar Kekse aus Mehl, gekochten Kartoffeln, ein wenig Zucker und Mandelaroma gelangen mir, meine Familie konnte sich nicht beklagen.

Auch wenn wir uns am Heiligabend, warm eingeprummelt, im einzigen beheizten Raum, der Küche, versammelten, waren wir doch dem Anlass entsprechend fein gekleidet. Gehörte sich doch so.

Sogar ein kleiner Weihnachtsbaum stand jetzt da, wo im Sommer die Destille untergebracht gewesen war, von Papa Hill ein Geschenk für guten Schnaps.

Meine Mutter – seit zwei Wochen wieder bei uns – steuerte mitgebrachte Kugeln und Lametta bei. Kerzenreste hatte ich aufgehoben, kleine Sterne aus Zeitungspapier gebastelt und bemalt.

Karl spielte auf dem Schifferklavier die üblichen Weihnachtslieder, wir sangen leise, flackernde Kerzen im Blick.

Mika staunte über den geschmückten Baum und versuchte beim Klang der Weihnachtslieder, immer wieder das Lametta zu fassen und runterzuzerren. Als seine Oma darauf bestand, dass er sich gefälligst weihnachtlich zu benehmen habe, begann er fürchterlich zu brüllen und flüchtete zu mir. Aber erst seine Weihnachtsgeschenke, ein kleines, vom Vater geschnitztes Holzpferd, und ein Ball, trösteten ihn über seinen Kummer hinweg; aber Weihnachten bereitete ihm nie wirkliche Freude.

Meine Schwiegereltern lebten seit Anfang November wieder in Essen. Es war die einzig richtige Entscheidung. Das Zusammenleben mit ihnen endete beinahe in einer Katastrophe.

Silvester prosteten wir uns mit selbst gebrautem Schnaps zu und froren noch immer wie die Schneider.

Aber jedes neue Jahr versprach neue Hoffnung.

***

„Sie können mich jederzeit erreichen, auch heute, Silvester hin oder her! Denn Ihr Vater ist noch immer unruhig, möglich, dass er Schmerzen hat; woher, das ist schwierig zu sagen."

Alle schauen aufmerksam, keiner will seine Mitteilungen verpassen.

„Ich habe eine Schmerzampulle auf dem Nachtschrank deponiert, wenn es nicht besser wird, sollen die Schwestern das Mittel spritzen. Ich werde ihnen das telefonisch durchgeben."

Er lächelt in die schweigenden Gesichter, erhebt sich, reicht jedem die Hand. „Ansonsten … kommen Sie gut ins neue Jahr!"

Er winkt allen zu, verabschiedet sich, die Haustür fällt ins Schloss.

„Hab ich total vergessen! Heute ist Silvester?", fragt Beate, während sie die Aschenbecher leert und die Tassen in die Durchreiche stellt.

„Geht mir genauso, hab ich vollkommen verschwitzt."

Helga schüttelt den Kopf, ergreift ihren Becher, schlürft vernehmlich; „Und 'n Silvestermenu ham wa ooch nich. Det kann ja heiter werden!"

Sie lehnt sich zurück. „Und keener spielt uff'n Klavier: so een Tag so wunderschön wie heute … allet vorbei."

Sie verzieht ironisch ihre Lippen und zupft an ihrer Nase.

„Na, darauf kann ich gut verzichten!", tönt es aus der Ecke, in der Michael lümmelt.

„Kulturbanause! Hab ich schon immer gewusst", kontert seine Mutter, schiebt den Couchtisch ein Stück zurück und wühlt sich aus dem Sessel.

„Ich schau noch mal bei Karl vorbei; muss ihm ja sagen, det wa Silvester haben und er in zwei Tagen vierundneunzig wird. Hat er bestimmt vajessen", brummelt sie vor sich hin und zurrt die alte Strickjacke fest.

„Kalt is et!"

***

Aber auch dieser furchtbare Winter wurde irgendwann vom Frühling abgelöst, die katastrophale Versorgungslage und die chaotischen Zustände blieben uns allerdings treu – aber irgendwie überlebten wir.

Eines Tages, es muss in dem unglaublich heißen Sommer, der dem harten Winter folgte, gewesen sein, kam Karl früher nach Hause, erregt und aufgewühlt.

„Ist was passiert?" Ich sah nicht auf, hatte nur Augen für die Kleine, die wild strampelte und krähte, als ich ihr die Windeln wechselte.

Das Kind dann auf dem Arm, wurde mir ganz mulmig.

Karl sah bleich und nervös aus, zerrte eine Zigarette aus der Schachtel, brauchte einige Versuche, um sie anzuzünden, blies dann hektisch Rauch aus Mund und Nase, lief hin und her, ehe er sich geräuschvoll auf einen Stuhl warf.

„Sie wollen partout, dass ich in die Partei eintrete. Und in den Gewerkschaftsbund. Immer wieder gibt es Ärger. Sie sabotieren meine Arbeit und drohen immer unverhohlener!"

„Aber ich dachte, die brauchen dich! Und alle bestätigen doch, dass gerade du es schaffst, aus den maroden Maschinen wieder nützliche Geräte zu zaubern. Sozusagen: Meisterwerke aus Schrott!" Ich setzte mich ihm gegenüber, beobachtete seine unruhigen Augen, während sich die Lütte auf meinem Schoß an der Tischkante festkrallte und am Holzrand knabberte. Leicht irritiert zog ich sie weg.

„Ja, das ist schon mein Plus. Aber wenn sie mir, wie heute morgen, die eine oder andere Schraube heimlich herausziehen, dann funktioniert das Ganze eben nicht mehr, und ich bin schuld! Ich trage die Verantwortung und komme dran wegen Sabotage", er lachte bitter auf. „Beweisen kann ich das nicht."

„Da ist doch dieser eine russische Kommissar … weiß nicht mehr, wie er heißt … der hält doch große Stücke von deiner Arbeit. Kannste den nicht mal ansprechen?"

Müde sah er plötzlich aus, drückte die Zigarette aus, betrachtete den Stummel und suchte nach einer Antwort.

„Ich will mich auf keine Seite schlagen, weder auf die deutsche noch auf die russische. Ich mache meine Arbeit gern und freue mich, wenn ich aus dem alten Zeug wieder was Ordentliches zusammengebastelt habe. Die sollen mich endlich mit ihrer Scheißpolitik in Ruhe lassen!"

Er schlug mit der flachen Hand auf den Tisch, sprang auf und wunderte sich, dass seine Tochter zu brüllen anfing.

„Ist ja gut, Kleine", er strich ihr über den verschwitzten Flaum, knubbelte kurz das kleine Näschen und freute sich über ihr plötzliches Lachen.

„So schnell geht das bei dir, erst brüllste, dann lachste wieder! Wenn das doch im Leben genauso funktionieren würde."

Er stöhnte leicht, als er sein Kreuz nach hinten bog.

„Vielleicht spreche ich wirklich mit dem Russen. Ich glaube, ich kann ihm vertrauen."

Tatsächlich ließen sie ihn nach dem Gespräch eine Weile in Ruhe.

Er tüftelte weiter, vielleicht noch verbissener, war auf der Hut, ließ sich nicht vereinnahmen und vermied den Kontakt mit den Politischen; die allerdings gaben nicht auf.

„Ich war nie in einer Partei, auch bei den Nazis nicht! Warum sollte ich jetzt in eine eintreten?", kommentierte er ihre mehr oder weniger unverhohlenen Drohungen.

Eines Abends – es war wohl im Oktober 1948 – klopfte es plötzlich an unserer Hintertür. Nicht laut und fordernd, eher verhalten, aber fortwährend.

Die Kinder schliefen schon, meine Mutter war wieder in Berlin, wir schauten uns an, nicht sonderlich erschrocken, eher irritiert.

„Erwartest du jemanden?“ Ich ließ ihn nicht aus den Augen, während ich die sauberen Teller stapelte.

„Nein, niemanden“, brummte er, drehte sich in Richtung des kleinen Flurs, an deren Ende sich die Tür zum Hof befand.

„Wer ist da?“ Er horchte.

„Herr Jansen? Bitte öffnen Sie“, eine Stimme mit russischem Akzent.

Karl öffnete die Tür, und der russische Kommissar schlüpfte rasch hinein.

„Herr Jansen, Sie müssen verschwinden!“, flüsterte er, „man hat nach Ihnen gefragt. Und es ging NICHT um Ihre Arbeit. Sie sprachen von Ihrer Person!“

„Was habe ich denn getan?“

„Das spielt doch keine Rolle! Unwichtig!“ Er machte eine wegwerfende Handbewegung.

„Verschwinden Sie! Am besten noch heute Nacht!“

„Ich…ich…bin, ich weiß nicht…“, hilflos zuckte Karl mit den Schultern.

„Ich muss wieder“, der Russe drehte sich um, „ICH bin nie hier gewesen!“

Schon öffnete er vorsichtig die Tür, schaute prüfend nach allen Seiten, flüsterte noch „Viel Glück!“ und verschwand in der Dunkelheit.

Mit zittrigen Beinen erreichte Karl die Küche, sank auf einen Stuhl, strich sich mit beiden Händen durchs Haar und übers bleiche Gesicht.

„Mein Gott, was ist los?“ Ich stürzte zu ihm, hockte mich auf die Tischkante, rüttelte an seinem Arm. „Nun sag schon!“

„Ich muss weg! Sofort! Noch heute Nacht!“

Er zündete sich mit bebenden Fingern eine Zigarette an, inhalierte tief.

„Was? Um Himmels Willen! Hast du was angestellt?“, stammelte ich vollkommen durcheinander, Herzklopfen bis zum Hals.

Er berichtete kurz von der eindringlichen Warnung des Russen.

„Es geht um Politik. Einer wie ich stört wohl ihre Kreise“, murmelte er gequält, drückte die Zigarette aus. „Jetzt geht's mir an den Kragen.“

Er schüttelte noch immer irritiert den Kopf, begann aber schon an den nächsten Schritt zu denken.

„Wie willst du denn heute Nacht…oh, Gott, was nimmst du denn mit…kennst du überhaupt den Weg? Meine Güte, das ist ja alles furchtbar! Was wird aus uns?“

Ich stand wie gelähmt, Kopf und Körper drifteten weit auseinander.

Er fasste mich an beiden Oberarmen, ruckelte kräftig und blitzte scharf in mein verzerrtes Gesicht.

„Reiß dich jetzt zusammen, wir haben keine Zeit! Wo ist die große Aktentasche?“

„Aktentasche? Welche Aktentasche? Willst du denn nur…?“ Ich drehte mich im Kreise und fand keinen Ausgang.

„Verdammt noch mal! Ich brauche diese Aktentasche und den Rucksack vom Militär. Such die Sachen!“

Ich riss mich zusammen, spannte mein Kreuz, dachte wie wild nach.

„Ich glaube, ich weiß, wo ich suchen muss. Sehr wahrscheinlich sind sie im Schrank des kleinen Zimmers, warte!“ Ich stürmte davon und war nach wenigen Minuten mit beiden Teilen zurück.

Er nahm Rucksack und Tasche entgegen.

„Was nehme ich mit?“, murmelte er leise, während er mit den Lippen an den Härchen seines rechten Handrückens knabberte: seine typische Bewegung absoluter Konzentration.

„Hör zu! Du suchst mir jetzt Unterwäsche, Toilettenartikel, Hemden, Pullover, Strümpfe heraus … na, du weißt schon, was ich so brauche. Ich beschäftige mich mit Papieren, Akten und Dokumenten, verstanden?“

Ich zwang mich zur Ruhe und hielt so wirbelnde Gedanken im Zaum.

Wie eine Puppe stakste ich ins Schlafzimmer, öffnete jetzt ganz ruhig die Schranktüren, verharrte einen Moment, ehe ich – mir immer wieder Socken, Unterhosen, Unterhemden, Pullover, Hemden, Hosen vorbrabbelnd – das Zeug zusammenraffte, über den Arm warf, in die Küche trabte und alles ablegte. Mit steifen Beinen, Drehung nach rechts, stapfte ich ins Bad, wo ich Rasierzeug, unser einziges Stück Kernseife, Zahnsalz, seine Zahnbürste und seinen Kamm in einen kleinen Beutel stopfte, und wieder in die Küche.

Dort ergriff ich wie im Tran ein großes Messer, säbelte ein Stück von der Kernseife ab, teilte Zahnsalz in zwei Teile, packte alles in Papier und in den kleinen Beutel zurück.

Dann sah ich auf und war überrascht, ihn am Tisch, Papiere sortierend, vorzufinden.

„Bin fertig“, hauchte ich, lehnte am Herd, rieb mir mit den Fäusten die Augen, um dann mit beiden Händen mein Haar nach hinten zu zerren.

Er sah auf.

„Viel zu viel“, kommentierte er den Berg Kleidung, „ich bin gleich so weit, dann sortieren wir alles auseinander.“

„Mein Gott, du brauchst ja auch was zu essen!“

Ich schlug mir gegen die Stirn. Wieder trommelte die Angst.

„Wenn noch ein wenig Brot da ist, das wäre nicht schlecht“,

er räumte jetzt seine Papiere zusammen und verstaute sie in der Aktentasche.

Ich riss den Brotschrank auf. Ein halbes Brot, unsere Ration für eine Woche.

„Wir drei werden auch ohne Brot satt“, murmelte ich, ergriff das Messer und schnitt fünf dicke Scheiben ab, den Knust legte ich zurück.

„Wir drei werden auch ohne viel Fett satt“, sie schmierte die Margarine ganz dünn auf die Scheiben, „und die Wurstersatzschmiere brauchen wir auch nicht“, auch sie verschwand auf den Brotscheiben.

„Ich hole noch deine Feldflasche und fülle sie mit Muckefuck“, mein Verstand schien endlich in zielgerichteten Bahnen zu laufen.

Während ich den Ersatzkaffee zubereitete, inspizierte Karl seine Kleidung, ergriff das ein oder andere, steckte es in die Aktentasche und in den Rucksack. Der Berg auf dem Tisch schien kaum kleiner geworden zu sein.

„Kannst du nicht zwei Hosen übereinander ziehen? Du bist doch so dünn geworden.“

„Geht!“, hörte ich ihn nach einer Weile sagen. „Die Hosen gehen noch zu.“

Ich schielte auf meinen plötzlich viel dickeren Mann und kicherte.

„Wenn sie dir erwischen, denken se, du bist een jut jenährter Bauer. Dann schlagen se dir jleich doot!“

„Na, deinen Humor haste ja wieder“, bemerkte Karl trocken. „Wie spät ist es?“

Die kleine Standuhr zeigte halb zwölf.

„Ich wärme dir noch die Reste von heute Abend, du musst doch was im Magen haben.“ Während ich am Herd hantierte, zerriss mich erneut Panik und kaum zu bändigende Furcht vor dem Alleinsein.

„Wie erfahre ich, wo …“, mehr schaffte ich nicht, nur noch erstickte Laute.

Karl kratze die Reste aus dem Teller, legte den Löffel hinein, blickte mich mit seinen grauen, kühlen Augen an und nahm meine eiskalte Hand.

„Hör mir jetzt gut zu! Ich habe mir folgendes überlegt: Sollten sie morgen kommen, um mich zu verhaften, dann sagst du, ich habe zu deinem Vater nach Berlin gemusst, er sei schwer erkrankt. Du kannst ja wegen der Kinder hier nicht weg. Bis ich andere Möglichkeiten finde, schreibe ich deinem Vater, er wird dir irgendwie Nachricht geben. Auch deine Mutter rufe ich an und bitte sie zu kommen. Um Gottes Willen, ruf DU niemanden an! Vielleicht kann ich Arbeit bei der Kali-Chemie in Hannover bekommen; sie war ja bis zur Zonenaufteilung die Hauptverwaltung der Kaliwerke hier im Osten. Dann suche ich dort eine Bleibe, und du kommst mit den Kindern nach. Wie … das weiß ich im Moment noch nicht.

Sie werden dich nach meiner Flucht sowieso nicht rauslassen. Aber ich kenne einige vertrauensvolle Arbeiter, die einen Passierschein besitzen, weil sie im Westen arbeiten. Mit einem von ihnen werde ich Kontakt aufnehmen“, eindringlich fixierte er mich.

„Hast du alles verstanden? Wiederhol es noch einmal!“

Einer Spieluhr gleich spulte ich mit rauer Kehle seine Worte ab.

„Es ist Zeit, ich muss gehen!“

Er beugte sich noch einmal vor, berührte vorsichtig mit den Lippen meine Stirn, legte kurz den Arm um mich.

„Mach keine Fehler!“, murmelte er leise, stand auf und schlüpfte in seinen, von mir umgearbeiteten Militärmantel.

„Wie willst du gehen?“ Noch immer gequetschte Töne.

„Ich werde querfeldein in Richtung Vacha marschieren und versuchen, dort über den Berg nach Philippsthal zu kommen. Philippsthal ist schon Westen. Es ist schon eine verflixte Sache, dass die Sowjets gerade die Wege nach Berlin blockieren.

Und über die Luftbrücke mit den Rosinenbombern sind sie verdammt wütend. Deshalb passen sie sicher an der Grenze besonders scharf auf."

Als er in meine aufgerissenen Augen blickte, strich er mir über das Haar.

„Ich passe gut auf; das kriegen wir schon hin", grinste er.

Wir schlichen vorsichtig zum Hinterausgang, umarmten uns, flüchtiger Kuss … dann nur noch sich entfernende Schritte.

Wie im Traum verschloss ich die Tür, schleppte mich in die Küche, sank am Tisch zusammen, legte die Arme auf die Platte, schluchzte gurgelnde Laute und heulte mir das ganze Leid aus dem Leib.

***

Nein, diesmal wird sie nicht heulen; kein Schluchzen. Er wird sterben, ja.

Sie wird noch nicht um ihn weinen können. Die vielen Jahre mit ihm empfindet sie als Belastung, als quälende Einsamkeit zu zweit.

Leben ist eben kein Wunschkonzert.

Aber es geht weiter – jetzt sind die Lebenden dran.

„So", sie kämpft sich aus der Eckbank, steht in ihrer vorgebeugten, unnachahmlich schiefen Haltung vor dem Tisch, zupft ihre beigefarbene Strickhose zurecht und betrachtet das Durcheinander im Raum.

„Also! Nun räumt mal auf! Heute ist ja schließlich Silvester, da wird in einem ordentlichen Haushalt alles geputzt und fein gemacht. Und das ist hier ein ordentliches Haus!"

„Bist du sicher?", feixt der Sohn.

„Du fängst jetzt an: Pack Bücher und Landkarten auf einen Haufen! Haste mich verstanden?" Jetzt steht sie gebeugt vor ihm und fuchtelt mit ihrem dicken Zeigefinger unter seiner Nase.

„Wenn's der Wahrheitsfindung dient", brummelt er, beginnt aber langsam, Landkarten und Pläne zusammen zu legen.

„Hilfste mir, Mädchen? Wir bruzzeln jetzt ein Silvestermenu zusammen."

Mutter und Tochter arrangieren sich in der kleinen Küche.

„Du schnippelst Gemüse und säuberst die Pilze!"

Helga klaubt die Sachen aus dem Kühlschrank und reicht sie der Tochter. „Kartoffeln liegen im Korb, ebenfalls Zwiebeln. Nimm das kleine Messer, das schneidet am besten!"

Während die eine alle Zutaten zusammenstellt, beginnt die andere, das aus der Tiefkühltruhe aufgetaute Fleisch für den Braten vorzubereiten.

„Schade, dass wir keine echten Pilze haben, die Champignons sind kein wirklicher Ersatz", die Tochter wäscht die Pilze und beginnt sie zu zerkleinern.

„Weißt du noch, wie wir früher in die Pilze gefahren sind? Ich erinnere mich sogar noch an Unmengen Pilze, die wir einmal gefunden haben."

„Ja, das war wirklich der helle Wahnsinn! Das muss …", die Mutter fuchtelt mit dem großen Messer in der Luft, „… in den fuffziger Jahren gewesen sein. Ich glaube, wir hatten zwei oder sogar drei riesige Taschen voller Pilze. Und haben dann alle Freunde und Bekannte abgeklappert, um sie los zu werden! Wären ja sonst vergammelt", kichert sie. „Und alle haben überlebt! Ich kenne ja viele Pilze, hatte mir meine Mutter beigebracht, damals in Merkers. Sie nahm Pilze, die keine Sau angeguckt hätte." Sie ergreift, ihre Gedanken festhaltend, eine Zigarette und zündet sie an.

„Was ich nie begriffen habe: Warum ist deine Mutter in späteren Jahren so schwierig geworden? In Merkers stand sie dir doch tatkräftig zur Seite; kann mich zwar kaum daran erinnern, aber uns Kinder hat sie doch gut versorgt", die geschnittenen Champignons wandern in den dafür vorgesehenen Topf.

Sie will das nicht hören. Dreht sich weg. Atmet schneller. Will nicht darüber reden. Drückt energisch die Zigarette aus.

„Ich wollte dir nicht zunahe treten, ich kapiere es nur nicht", murmelt die Tochter.

„Ist ja auch wurscht … alles blöd gelaufen … war ja auch nicht mehr zu ändern", sie stampft Sätze, unwillig, irritiert; ergreift das Messer, säbelt an dem Fleisch herum, ächzt und stöhnt wie ein Schwerstarbeiter, schnappt den Topf, setzt ihn auf den Herd und schüttet Öl hinein.

„Sie wollte unbedingt mit ins Haus ziehen! Das wollte ich aber nicht, weil sie sich in alles einmischte!" Zornig stößt sie die Worte hervor. „Sie wollte überall dabei sein; wenn wir was allein unternehmen wollten, schrie sie hysterisch herum, heulte und schmiss sich in den nächstbesten Sessel!"

Das Fleisch zischt laut spritzend im heißen Öl, gewaltiger Dampf hüllt sie ein, sie kämpft mit dem Bratenwender.

„Darum also hat sie uns so malträtiert, jetzt versteh ich", murmelt Beate. „Sie passte ja immer auf uns auf, wenn ihr beide auf Kundenbesuch wart."

„Genau! Und sie machte Theater, weil sie auch mit wollte, jammerte fürchterlich, wenn sie zu Hause bleiben sollte. Und ihr musstet es eben ausbaden", sie zuckt mit den Schultern.

Öl spritzt noch immer aus dem Topf, aber der Braten gewöhnt sich langsam an die Hitze und gurgelt zielgerichtet, immer wieder von der Köchin energisch gewendet.

„Stimmt! Wir kapierten natürlich nicht, warum sie uns anschrie und Backpfeifen verteilte. Und ihre Drohung ‚Wehe, ihr erzählt das eurer Mutter' verhinderte, dir davon zu berichten. Und sie passte schon auf wie ein Luchs, dass wir nie allein mit dir waren."

Jetzt verlangen die Zwiebeln ihren Tribut: Beate strömen die Tränen aus den Augen und sie schnieft zum Gotterbarmen.

„Haste mal 'n Taschentuch?", ergreift das Gereichte und

schnäuzt sich geräuschvoll. „Zwiebelschneiden ist für mich der reinste Horror."

„Gib sie mir!" Sie ergreift das Brett mit den mühselig zerkleinerten Zwiebeln, donnert sie in den Bratentopf und gießt unter kräftigem Rühren Wasser hinzu. Es zischt und qualmt gewaltig, und beide werden von einem leckeren, appetitlichen Duft eingenebelt.

„Erinnerst du dich noch an die Flurgeschichte? Die vergesse ich nie!" Beate lehnt sich an den Küchenschrank und steckt sich eine Zigarette an.

„Die Oma fand in dem kleinen Hocker mit der Schublade – erinnerst du dich an den? – herausgerissene Heftseiten; wir waren so sieben, acht Jahre alt … und sie schimpfte fürchterlich! Ich weiß noch, ich saß im Schlüpfer auf dem Bett, Michael war schon im Schlafanzug … und vor lauter Schiss habe ich aufs Bettlaken gepinkelt. Und was macht deine Mutter? Sie wickelt uns beide in das nasse Laken, schubst uns vor die Wohnungstür auf den Flur und sagt, gleich kämen zwei Männer, die uns abholen würden, und knallt die Tür zu", sie zieht heftig an der Zigarette, schüttelt noch immer verständnislos den Kopf.

„Erinnere mich ganz schwach, wie ging's weiter?"

„Sie ließ uns vielleicht 'ne halbe Stunde so stehen. Ich fand das so schrecklich, weil ja auch andere durchs Treppenhaus mussten, gab doch mehrere Wohnungen auf unserem Flur, und wir beide da im Laken … Irgendwann kam sie wieder und verkündete, die Männer kämen doch nicht. So war das!"

Die beiden Frauen sehen sich an. Helga bewaffnet mit dem Bratenwender, ihre Tochter mit dem Kartoffelschäler.

„Dafür hatte sie einen theatralischen Tod. Sie hatte es ja mit der Dramatik, habe ich wohl von ihr", grinst sie leicht, „weißte das nich mehr?"

„Nee, weiß ich nicht!"

„Wir haben euch doch damals, das war 1955, in die Ferien gebracht, dich nach Neuhaus zu Matschkes, Mika ins Sauerland zu Sauthoffs. Und als wir zurückkamen, lag Oma im Koma. Auf dem Nachtschrank lagen gut drapiert ein Röhrchen mit Schlaftabletten und ein Abschiedsbrief."

„Ach ja, jetzt fällt's mir ein! Auch in unseren Sparbüchsen lagen fünf Mark und ein Zettel, von eurer geliebten Oma, stimmt ja!"

„Im Krankenhaus haben sie ihr sofort den Magen ausgepumpt, aber alle Ärzte waren sich einig: Von den Tabletten konnte sie nicht in diesem Zustand sein. Also habe ich zu Hause alles durchwühlt; und was fand ich? Im Ofen eine zerknautschte, leere Pralinenschachtel! Und das bei ihrem Zucker! Immer wieder musste ich sie ermahnen, nicht zuviel Kartoffeln zu essen, keine Süßigkeiten, wenig Brot, aber sie keifte nur: Du gönnst mir eben nichts! Du willst mir nichts geben …

Nun denn: Aus dem Koma ist sie nicht wieder erwacht. Tod durch Zufall! Ich glaube nicht, dass sie wirklich sterben wollte. War schon traurig, aber vielleicht besser für alle."

Sie wendet sich zum Herd, rührt noch einmal kräftig und schließt den Deckel des Topfes.

„Ich glaube, sie hat sogar mit Karl geschlafen, bin mir nicht sicher, aber …", flüstert sie jetzt und fummelt am Herdknopf.

„Bist du mit den Kartoffeln fertig? Dann setz sie auf."

Müde wirkt sie. Sie spürt, wie ihre Tochter ihr über den Kopf streicht und lehnt sich für einen Moment gegen sie.

„Mach schon, wir wollen ja irgendwann essen", wendet sich ab und verschwindet im Bad.

„Mit unseren Großmüttern konnten wir wirklich keinen Staat machen", knurrt Beate, ehe sie den Topf mit den Kartoffeln aufsetzt.

Stimmt das? War mit meiner Mutter tatsächlich kein Staat zu machen? Sie versorgte ihre Enkel damals doch so gut es eben ging; und mir war sie eine notwendige Hilfe, ohne sie hätte ich die Zeit in Thüringen gar nicht meistern können! Das fing eben alles im Westen an … kann auch nicht genau sagen, was plötzlich schiefgelaufen war.

Die andere Großmutter? Ja, mit der konnte man keinen Staat machen! Die konnte die Menschen quälen, fanatisch in ihrer Religion war sie einfach unerträglich.

Natürlich hätte ich Karl damals erzählen können, wie sie mich drangsalierte, ihm sagen sollen, dass sie mich nie anders als Hure und Nutte anredete, ihm nicht verschweigen sollen, dass sie mich in ihrem Hass anspuckte oder versuchte, mich bei zufälligen Begegnungen im Flur zu kneifen. Vielleicht wäre das auch dann gar nicht geschehen, was zwangsläufig geschehen musste!

Ich gab mir wirklich Mühe mit den beiden Alten. Aber zwei Jahre mit dieser schrecklichen Frau, das hält keiner aus!

Mit dem Alten konnte ich gut umgehen, er war ja ganz zugänglich; einmal musste ich laut lachen, als ich ihn aus dem Küchenfenster vor dem Kinderwagen der Lütten beobachtete; er wedelte mit dem Finger vor ihrem Gesichtchen hin und her und murmelte: „Werd' mir keine Winterhäuser, werd' mir keine Winterhäuser!" Seine Frau war nämlich eine geborene Winterhäuser.

Und dann wurde sie krank. Und ich musste für sie kochen. Und es gab ja nichts. Kaum Fett, um das Essen schmackhafter zu machen, Zwiebeln vertrug sie nicht, Milch war knapp, und ich brauchte sie für die Kinder, Brot war kaum zu kriegen, Kartoffeln und Kohl hingen ihr zum Halse raus … trotzdem gab ich mir Mühe und versuchte, halbwegs Essbares zu fabrizieren. Und der Alte überbrachte ihr mein Gekochtes; kaum angerührt kam es zurück.

Und dann legte auch er sich ins Bett, zwei kranke Alte!

Meine Mutter gerade in Berlin. Karl kam nur zum Mittagessen und abends spät. Zwei kleine Kinder. Eine große Wohnung. Hühner, Karnickel, der kleine Garten. Und wenn es hieß, im nächsten Ort gibt's Gemüse oder sonst was, da musste ich hin!

Und nun musste ich den beiden das Essen bringen. Ich, in dieses Zimmer und diese Frau bedienen! Und was tat sie?

Sie schmiss mir den Teller mit meinem mühsam Gekochten vor die Füße und schrie hysterisch mit vor Wut verzerrtem Gesicht: „F – R – A – S – Z!!“

Das „ß“ sprach sie als Doppelbuchstabe aus, und ihre kleinen harten Augen sprühten, wenn ich sie wütend anstarrte.

Und das passierte nicht nur einmal! Jedes Mal schmiss sie mir das Essen vor die Füße und brüllte dieses reizende Wort.

Und irgendwann verlor ich die Beherrschung! Packte sie an der Gurgel und drückte zu, ließ nicht los, umklammerte diesen ausgemergelten Hals, kein Denken, meine Hände agierten selbständig.

Lautes Klatschen, zwei gewaltige Schläge! Karl donnerte mir zwei Ohrfeigen ins Gesicht, riss meine Hände los.

Die einzigen Ohrfeigen, die ich jemals akzeptierte.

Karl schimpfte fürchterlich, ich heulte, sagte kein Wort. Fühlte mich furchtbar ausgehöhlt, aber ich bereute nichts.

Karl kapierte dann endlich, dass es so nicht weiter ging.

Er nahm Kontakt zu seiner Schwester auf. Sie kam, erkannte das Elend und besorgte eine Unterkunft für ihre Eltern in Essen-Werden bei irgendwelchen Verwandten.

Bis zu ihrer Abfahrt Anfang November 1946 bestand eine Art Waffenstillstand, den Karl durch ernstes Zureden erreichte. Bis zu ihrer Genesung übernahm er die Versorgung der beiden.

Und dann zottelten sie an der Hand ihrer Tochter mit gut gefüllten Rucksäcken aus unserer Wohnung – nach zwei Jahren.

Die Frau war in ihrem Fanatismus unbelehrbar. Aber Fanatiker gibt es überall, sei es aus religiösen oder politischen Gründen.

***

Ich wusste, die Fanatiker werden kommen. Gestern kamen die Nazis, heute kommen die Kommunisten.

Was muss ich tun? Woran muss ich denken?

Jedenfalls keine Heulerei mehr, kein Zähneklappern, keine Angst zeigen! Muss an die Kinder denken, mich gegen Angriffe wappnen, einen Schritt weiter sein als sie.

Wann wird es soweit sein?

Ich riskierte im schwachen Licht der kleinen Petroleumlampe einen Blick zur Uhr: vier Uhr dreißig. War also doch eingeschlafen; gähnte dann so kräftig, dass ich mir fast den Kiefer ausrenkte. Mein zweiter Blick landete auf dem Kleiderhaufen.

Wenn die jetzt kommen und das Zeug sehen …

Rasch rappelte ich mich auf, klemmte mir alle Sachen unter den Arm, hetzte ins Schlafzimmer und ordnete die Kleidung so in den Schrank, dass keine größeren Lücken erkennbar wurden. Unberührte Betten könnten sie misstrauisch machen, und so zerwühlte ich Bettdecken und Kopfkissen.

In der Küche packte ich Papiere, die Karl nicht mitgenommen hatte, in eine Schublade, machte Feuer im Herd, wusch das Geschirr ab, wischte über den Tisch, prüfte den Raum mit kritischem Blick: alles wie immer.

Nur das Gesicht im Badezimmerspiegel sah mitnichten aus wie immer. Dicke verheulte Augen, tiefe Schatten, graue Gesichtsfarbe, ungekämmte Haare – so darf ich denen nicht begegnen.

Ich füllte das Waschbecken mit kaltem Wasser, tauchte blubbernd das Gesicht mehrere Male hinein, prustete laut; das tat gut! Wusch mich gründlich, bürstete meine Haare ausgiebig, strich mit meinem einzigen Lippenstift rote Farbe auf die Wangen und zerrieb sie kräftig. Erneuter Blick in den Spiegel: So fühlte ich mich viel sicherer.

Oder wäre es günstiger, ihnen halb verschlafen im Nachthemd die Türe zu öffnen? Nein! Ihre süffisanten Blicke könnte ich nicht ertragen.

Kurz nach Fünf.

Ich öffnete leise das Kinderzimmer, beobachtete im Licht der Flurbeleuchtung meinen fast vierjährigen Großen, wie er entspannt mit leicht geöffnetem Mund schlief, sah die Lütte, wie sie nicht nur den Daumen, sondern fast die ganze Faust in ihrem Schnäuzchen verschwinden ließ … und wieder panische Angst: Was wird aus uns?

Ich setzte mich auf den kleinen Stuhl neben den Bettchen, schloss für Momente die Augen und überprüfte fieberhaft alle möglichen Strategien.

Als sich Mika zu räkeln begann, mich vorsichtig aus seinen Äuglein anpeilte und leise murmelte „Musse mal", da wusste ich, welche Strategie ich anwenden würde.

„Na, komm, ich hole das Töpfchen."

Während er aus dem Bettchen krabbelte, fischte ich nach seinem Topf, setzte ihn darauf und schmunzelte über den sich die Augen reibenden kleinen Kerl.

„Bist du müde?" Energisch schüttelte er den Kopf.

„Magst du schon deinen Brei?" Als er heftig nickte, flüsterte ich „Komm, wir gehen in die Küche. Bea lassen wir noch schlafen", schloss leise die Tür, zog ihm noch ein Jäckchen über seinen Schlafanzug, leerte den Topf in der Toilette, setzte ihn auf sein Stühlchen und begann seinen Brei vorzubereiten.

Kurz vor Sechs.

„Farum is so dunkel? Farum brennt die tleine Lampe? Farum is da 'n Loch? Farum teht der Stuhl da?" Mein Sohn bombardierte mich mit Fragen.

„Es ist noch früh, darum ist es draußen so dunkel. Und für uns reicht doch die kleine Lampe, findest du nicht?"

Er nickte, während er mit seinem Löffel Muster auf der Holzplatte ausprobierte.

„Bea is noch tlein, muss noch slafen", brabbelte er vor sich hin.

Als ich den warmen Brei in sein Tellerchen füllte, er mit dem Löffel den ersten Bissen in den Mund schob, ging es los! Es läutete Sturm an der Haustür, begleitet von harten Schlägen und von lautem Donnern gegen die Hintertür.

„Aufmachen! Sofort aufmachen!“, hörte ich sie brüllen.

Vor Schreck fiel dem Kleinen der Löffel auf den Boden. Er starrte mich mit aufgerissenen Augen an, sein Mund verzog sich, als er laut zu weinen begann.

„Ganz ruhig, Mika, ganz ruhig! Bleib sitzen, ich komme gleich wieder. Hab keine Angst!“

Rock gerade ziehen, Rücken straffen, tief Luft holen.

Der Lärm hörte nicht auf. Ich riss die Tür auf.

Vor mir der Bürgermeister, daneben ein Russe der Kommandantur im Ledermantel, daneben ein mir bekannter Dorfpolizist, und einer schlug weiter gegen die Hintertür.

In Sekundenbruchteilen taxierten wir einander.

„Schon so früh auf den Beinen?“ Sarkastisch musterte mich der Bürgermeister von oben bis unten.

„Haben Sie Kinder?“, fauchte ich zurück.

„Sie haben überhaupt nichts zu fragen! Wir wollen zu Ihrem Mann!“, blaffte der Uniformierte und drängte sich an mir vorbei in die Wohnung, aus der nun lautes Kindergeschrei zu hören war. Ich rannte in die Küche, nahm meinen Sohn auf den Arm, versuchte ihn zu beruhigen, hörte, wie die hintere Tür und die zu den anderen Räumen aufgerissen wurde, ein unglaublicher Lärm!

„Wo ist Ihr Mann?“, zischte der Russe gefährlich leise.

„Mein Mann musste heute Nacht ganz plötzlich nach Berlin. Mein Vater ist schwer erkrankt und braucht Hilfe“, ohne Stocken kamen die Worte von meinen Lippen.

„So, so!“ Mit zusammengekniffenen Augen, sein Mund nur noch ein schmaler Strich, funkelte er mich an.

„Das wollen Sie uns doch nicht weismachen!“

Der Bürgermeister schob sich in die Küche.

„Der ist getürmt! Und das wissen Sie ganz genau!"

Jetzt brüllte er, ignorierte den schreienden Michael, stürmte mit ausgestrecktem Arm auf mich zu.

„Glauben Sie doch, was Sie wollen!" Wütend kämpfte ich mich an den beiden vorbei ins Kinderzimmer, wo meine Tochter laut schrie und einer der Polizisten hektisch das Bett abrückte und den kleinen Schrank aufriss.

„Was machen Sie da?"

Ich setzte Michael auf den Boden, der sich sofort an meinen Beinen festklammerte, und hob die Kleine aus dem Bett.

„Nicht weinen, ist ja gut … ist ja gleich vorbei", ich strich ihr über das Haar und über ihre roten Bäckchen.

„Meinen Sie, mein Mann versteckt sich im Kinderbett?"

„Vorsichtig, junge Frau, ganz vorsichtig." Beim Klang der Stimme des Russen lief mir ein eiskalter Schauer über den Rücken.

Abrupt drehte er sich um, eine Kopfbewegung – und die Männer marschierten aus der Wohnung.

„Halten Sie sich zu unserer Verfügung! Und falls Ihr Mann wieder auftauchen sollte", der Bürgermeister grinste süffisant, „werden Sie uns ganz gewiss informieren, nicht wahr, Frau Jansen? Ich warne Sie!" Durchdringender Blick, ehe er den anderen folgte.

Die Lütte noch auf dem Arm sprang ich zur Tür, knallte sie zu, lehnte mich dagegen, zitterte wie Espenlaub.

„Böse Mann, Mutti, böse Mann." Mein Sohn, immer noch barfuss und im Schlafanzug, stand in der Diele, seinen Bubu, eine nicht gerade saubere Windel, die ihm als Kuscheltierersatz diente, in der Hand und im Mund und schimpfte laut.

„Stimmt, Mika, das waren böse Männer! Aber nun ist es vorbei." Erleichtert schob ich die beiden in Richtung Küche, lenkte die Kleine mit einem Spielzeug ab und setzte sie auf ihr Stühlchen.

„Wo is Vati?"

„Vati ist in Berlin, Opa ist krank geworden. Da muss er ihm helfen. Jetzt frühstücken wir!"

Es war zwanzig Minuten nach sechs.

Gegen acht Uhr brachte ich die beiden in den Kindergarten. Bis zur Straße begleitete ich sie.

„Du, mein Großer, musst jetzt auf deine Schwester aufpassen, versprichst du mir das?" Eifriges Nicken, er fasste sie fest an der Hand und marschierte mit ihr in Richtung Kindergarten. Er packte energisch zu, sobald sie versuchte, sich loszureißen.

„Er hat es nicht leicht mit ihr, aber er schafft das!"

Bevor ich mich dem Chaos in meiner Wohnung widmete, sauste ich zu Hilde und berichtete ihr, was geschehen war.

„Ich komme mit! Zu zweit macht es mehr Spaß, den Mist aufzuräumen", grinste sie verschmitzt.

„Na, die haben ja wirklich nichts ausgelassen, möchte wissen, was sie gesucht haben."

„Nichts! Karl war nicht da, also demonstrierten sie Macht durch Zerstörung. Einschüchtern wollen sie mich, kennen wir ja von früher."

Nach drei Stunden war alles wieder an seinem Platz und wir ziemlich erledigt.

„Ich habe noch ein paar echte Kaffeebohnen!"

Ich schnappte mir meine Kaffeemühle und begann, diese Kostbarkeit zu mahlen. Ehrfürchtig schnupperten wir den Duft des Kaffees, der kurze Zeit später durch die Küche wehte.

„Dafür nur die guten Tassen!"

Ganz bequem lümmelten wir auf den Stühlen, Beine weit von uns gestreckt und schlürften winzige Schlückchen mit andächtig geschlossenen Augen.

„Und nun? Was glaubst du, was passiert jetzt?"

Erwartungsvoll lauerte ich auf ihre Antwort.

Ernst betrachteten mich ihre Augen und hielten meinem Blick stand.

„Das ist jetzt kein Spiel mehr! Sie werden dich triezen, dich einbestellen und ausfragen, das können sie ja. Also musst du aufpassen, genau überlegen, was du sagst, und dich nicht einschüchtern lassen; denn mit starken Frauen können sie nicht umgehen. Hast du eine Zigarette? Ich muss eine rauchen."

„Ich auch! Es gibt noch welche aus unserer eigenen Produktion. Wenn die vorhin in der Küche gesucht hätten, wären unsere Vorräte sicherlich futsch!" Ich schob den Tisch beiseite, krabbelte darunter und wühlte in meinem Versteck.

„Hier, das sind die letzten mit halbwegs brauchbarem Papier. Danach muss ich das gehäckselte Zeug in Zeitungspapier drehen, schmeckt nicht besonders, geht aber auch."

Ich tauchte wieder auf, nahm einen Fidibus, zündete ihn in der Glut unseres Herdes an, und schon pafften wir dicke Schwaden.

„Aber was können sie denn tun? Sie können mich doch nicht einsperren, da sind doch die Kinder!"

„Ich glaube auch nicht, dass sie dich von den Kindern trennen können. Aber wenn Karl nicht wiederkommt, wirst du aus der Werkswohnung fliegen, das ist so sicher wie das Amen in der Kirche. Darauf musst du dich einstellen." Nachdenklich folgten ihre Augen dem Rauch.

„Aber du musstest doch auch nicht aus deiner Wohnung, obwohl dein Georg schon seit Monaten im Westen ist."

„Das ist was anderes. Georg bekam von der Werksleitung den Auftrag, einige Fragen im Werk in Hannover zu klären, ganz offiziell. Darum kann ich in unserer Wohnung bleiben; wenn er aber nicht zurückkommt, sieht es auch für mich schlecht aus."

„Meinst du … er will nicht zurück?", flüsternd beugte ich mich vor.

„So weit ich weiß, soll er bald zurückkehren; aber er verlängert seinen Aufenthalt immer wieder. Noch akzeptieren sie seine

Wünsche, mal sehen, wie lange“, sie drückte ihre Zigarette aus und musterte mich warnend. „Kein Wort an niemanden, klar?“

„Von mir kein Sterbenswörtchen! Wenn ich aber hier raus muss … wo soll ich hin? Mit zwei kleinen Kindern? Es gibt keine Wohnungen! Alle freien Räume sind doch schon von Flüchtlingen belegt!“

Panisch sprang ich auf und räumte den Tisch ab. „Und DIE werden mir bestimmt nichts zuweisen“, lachte ich bitter, rupfte und zupfte an einem Küchenhandtuch.

„Wenn du jetzt das Küchenhandtuch in Fetzen reißt, bringt dich das auch nicht weiter; du musst unbedingt Ruhe bewahren!“ Sie ergriff meine Hand und zog mich auf den Stuhl zurück.

„Du hast gut reden“, brummelnd strich ich mir eine Haarsträhne aus der Stirn.

„Wenn rauskommt, dass Karl getürmt ist, hast du im Werk keine Freunde mehr, das garantiere ich dir. Also musst du dich an die halten, denen du vertrauen kannst. Die Hills, die Facks und natürlich Doktor Deilmann! Das sind ab heute deine wichtigsten Helfer! Auf die kannst du dich verlassen!“

„Das stimmt! Die lassen mich bestimmt nicht im Stich! Aber was mache ich mit den Möbeln?“

Erneutes Luftanhalten … hysterisches Ausatmen.

„Die lasse ich auf keinen Fall hier! Das fehlte noch! Die wären doch froh, wenn sie meine Sachen einsacken könnten!“

Wütend kreuzte ich meine Arme vor der Brust, trotzig suchte ich ihren Blick.

„Das könnte ein Problem werden“, Hilde runzelte nachdenklich die Stirn.

„Im Moment fällt mir dazu nichts ein, aber irgendwann findet auch ’n blindes Huhn ein Korn.“

Sie drückte sich vom Stuhl.

„Ich muss los. Halt die Ohren steif, du bist nicht allein!“ Sie umarmte mich und wandte sich zur Tür.

„Wie haben die Leute aus dem Haus auf die Aktion von heute morgen reagiert? Hat jemand was gesagt?“

Ich schüttelte den Kopf. „Ich habe noch niemanden getroffen.“

„Wenn man dir wohl gesonnen wäre, hätte wenigstens einer deiner Nachbarn nachgefragt. Mir scheint, da ist Vorsicht geboten; mit Verrätern oder Revisionisten lässt man sich nicht gern sehen!“

„Mit Revisionisten? Wie meinst du das?“

„Vaterlandsverräter, meine Liebe, oder wie man heute so schön sagt, Konterrevolutionäre. Wer türmt, gehört zu ihnen. Also, pass gut auf!“

Sie zwinkerte verschmitzt und öffnete die Tür. „Bis bald!“

Mit mulmigem Gefühl ließ sie mich zurück.

In den nächsten Tagen ließen sie mich in Ruhe. Keine Vorladung und keine Schikane, aber auch keine Nachfrage der Nachbarn.

Nervöse Anwandlungen schob ich beiseite. Meinen Alltag bewältigte ich wie immer: Organisierte Lebensmittel und ging mit den Kindern in die Pilze.

Aber die Anspannung ließ mich kaum schlafen. Bei jedem Geräusch zuckte ich zusammen und steckte damit die Kinder an, die auch schon unruhig herumzappelten.

Verdammt noch mal! Sie schmoren mich auf kleiner Flamme!

Als dann an einem Abend die Türglocke schrillte, war ich wie gelähmt und konnte keinen Schritt tun.

Reiß dich zusammen! Ich tapste ungeschickt durch den Flur, öffnete die Tür – und stand meiner Mutter gegenüber.

„Mutti! Mutti!“ Ich lehnte mich unendlich erleichtert an die Wand. Hätte nicht ville gefehlt und meene Beene wären weggeknickt und icke wie ’n Sack die Wand runter.

„Du siehst ja aus wie ’ne Leiche auf Urlaub!“, urteilte meine Mutter, während sie ihren Koffer und einen Rucksack in die Wohnung zog, leise die Tür schloss und mich dann wie einen lahmen Schimmel in die Küche bugsierte.

„Bin so froh, dass du da bist“, stammelte ich, sank auf den Stuhl, verbarg mein Gesicht und wollte partout nicht heulen – gelang mir nicht.

Sie ließ mich heulen, schleppte ihren Koffer in die Küche, wühlte wild darin herum, fand die gesuchte Flasche und schnappte zwei Gläser.

„So! Das trinkst du jetzt! Prosit!“

„Mann, tut das gut!“

Wärme verbreitete sich im ganzen Körper.

„Das ist wie Weihnachten“, murmelte ich und nahm den letzten Schluck.

Dann richtete ich mich auf, grinste schon wieder. „Und wenn du jetzt Hunger haben solltest, kann ich dir einen köstlichen Rübeneintopf mit Kartoffeleinlage anbieten! DAS Leibgericht aller Einwohner dieses Landes, darum gibt es ihn täglich in allen Variationen!“

„Nee, danke! Ich habe ja nicht umsonst den großen Koffer und meinen Rucksack mitgeschleppt – und gerettet! Was meinst du, wie oft ich um beides kämpfen musste? Du wirst beklaut, sobald du dich umdrehst!“

Sie schüttelte erbost den Kopf.

„Die Menschen, auch viele Kinder, klauen wie die Raben. Ist verständlich, weil sie alle Kohldampf schieben. Aber wem was gehört, kümmert niemanden mehr! Hier im Osten ist es ja auch viel schlimmer, es gibt einfach nichts!“

Sie beginnt, langsam ihren Rucksack auszupacken.

„Dagegen sind im westlichen Teil Berlins die Schaufenster voll. Alles seit der Währungsreform im Juni. Es gibt die herrlichsten Sachen! Das kannst du dir gar nicht vorstellen! Und keiner kann sich erklären, wo das so schnell herkam. Hatten die alles gut versteckt!“

Und während sie erzählte, füllte sie den Tisch mit Köstlichkeiten, die ich nur aus den Zeiten vor dem Krieg kannte: ein Viertel

Pfund echten Bohnenkaffee, zwei Dosen mit Mandarinen – und Ananasscheiben, ein Stückchen Butter, ein kleines Fläschchen Öl, kleine Pakete mit Mehl, Zucker und Grieß, sogar zwei Dosen mit Fisch. Und Schokolade, dann noch Seidenstrümpfe und echte Seife!

Ich kam aus dem Staunen nicht heraus.

„Und hier, das Wichtigste: Zigaretten! Gute amerikanische Zigaretten. Damit kannst du hier was erreichen; im Westen gibt es sie überall, natürlich nur, wenn du das Geld dafür hast."

„Und wie bist DU an all die Sachen gekommen?"

Sie kicherte und hielt sich den Handrücken vor den Mund.

„Du kennst doch deinen Vater! Der hatte doch immer einen Draht zum Schwarzmarkt. Er hat einfach unsere „Klebemark" unter die Schieber gebracht."

„Klebemark?? Wat is det denn?"

„Weißte nicht? Die haben doch unsere alten Reichsmarkscheine mit Wertmarken beklebt, damit sie sich als NEUE Währungsreformscheine von den alten unterscheiden", sie grinste. „Ideen haben sie ja, wenn sie auch sonst nichts haben. Ich habe keine Ahnung, in welchem Verhältnis dein Vater die Ostmark gegen die Westmark verhökert hat, das hält er auch geheim. Aber mit Westmark kannst du alles kaufen, siehste ja!" Mit einer ausladenden Armbewegung wies sie auf die Herrlichkeiten.

„Unglaublich! Wirklich wie Weihnachten!" Immer wieder streichelte ich die Sachen, nahm sie auf oder schaute sie einfach nur an.

„Nun glaub bloß nicht, dass du ALLES kaufen kannst! Es gibt nicht nur für uns im Osten Lebensmittelkarten. Für besonders knappe Güter brauchen die im Westen auch Marken; ist ja klar, vieles kommt aus dem Ausland", aus meiner Mutter rauschte ein Platzregen von Einzelheiten.

Ich nickte und tat so, als ob ich alles wie ein Schwamm aufsaugte. Aber mir brannte die entscheidende Frage auf den Lippen.

„Weißt du was von Karl?" Flüsternd schob sich die Frage in den Raum. Meine Mutter schloss sofort die Küchentür, angelte nach einem Stuhl, und ganz eng beieinander enthüllte sie mir die zentrale Botschaft.

„Karl hat mit Erich telefoniert. Sie hielten es für das Beste, wenn er sich erst einmal für eine Woche abmeldet; also schickte Erich in seinem Namen ein Telegramm ans Werk."

Sie sah mich an.

„Bist du schon verhört worden?"

„Nee, aber sie waren hier und haben sich wie die Vandalen aufgeführt! Rumgebrüllt, alles rausgerissen, die Kinder durcheinander gebracht, kurz: Angst und Schrecken verbreitet – wie früher!", zischte ich zornig. „Aber zum Verhör noch nicht."

„Also hast du erst mal eine Verschnaufpause. Wir wissen nur, dass er jetzt bei Hannover lebt und dort in der Kali-Chemie arbeiten will. Er hat, glaubt Erich, gute Karten, weil seine Entwürfe gefragt sind. Wo er wohnt, weiß ich nicht. Ich soll dir nur sagen, dass er mit einem verlässlichen Bekannten Kontakt aufnehmen wird, dem gibt er für dich Briefe, Geld und Zigaretten. Der Verbindungsmann arbeitet im Westen und wohnt hier in der Nähe von Vacha. Er wird bei dir immer gegen späten Abend auftauchen. Du kennst doch den Namen von Karls Schwester?"

„Klar, sie heißt Maria."

„Diesen Namen wird er nennen, wenn er das erste Mal erscheint. Danach kennst du ihn ja."

Sie lehnte sich zurück, Arme unter dem Busen verschränkt. „Mach dir nicht zu viel Sorgen, ich bin ja jetzt erst mal hier."

Während sie all die guten Sachen verstaute, schilderte ich ihr meine Erlebnisse, betonte das tapfere Verhalten meiner Kinder und berichtete ihr Hildes Sicht der Dinge.

Sie nickte bedächtig. „Tja, da kommt noch was auf uns zu!"

Und es kam einiges auf uns zu.

Zwei Tage später kam ein Einschreibebrief vom Amt. Hastig riss ich ihn auf, nachdem ich dem Amtsfritzen meine Unterschrift gegeben hatte.

„Mutti, die Vorladung!" Mit gemischten Gefühlen reichte ich ihr den Brief.

Mit der Brille auf der Nase studierte meine Mutter den Vordruck, aus dem deutlich wurde, dass ich morgen um neun im Bürgermeisteramt zu erscheinen habe. Zurückgelehnt, die Brille in der Hand, beobachtete sie meine plötzliche Unruhe.

„Wenn du morgen so nervös bist, haben die gute Karten!"

„Hör auf, das weiß ich selbst!" Ich fiel auf den nächstbesten Stuhl, ergriff das Schreiben. „Auf der einen Seite bin ich froh, dass endlich was passiert, auf der anderen habe ich einfach Schiss!"

„Verständlich!" Sie beugte sich vor und fuchtelte mit dem Zeigefinger vor meinem Gesicht.

„Wichtig ist, dass du immer dabei bleibst: nichts, aber auch gar nichts zu wissen. Du wusstest nicht, dass Karl in den Westen wollte, du bist noch heute davon überzeugt, dass Karl in Berlin zu deinem Vater wollte und da noch ist." Sie traute mir wohl nicht zu, dass ich diese Schwindeleien durchstehen würde. Sie stand auf.

„So, ich hole jetzt die Kleinen vom Kindergarten, du bereitest das Mittagessen."

„Frau Jansen, wir haben Sie gebeten, zu uns zu kommen, weil wir von Ihnen wissen möchten, was mir Ihrem Mann los ist, wann er gedenkt, sich wieder zu melden oder ob er noch immer bei seinem Schwiegervater die Krankenschwester spielt!"

Ich beobachtete den Parteisekretär hinter seinem Schreibtisch, wie er nervös Papiere von rechts nach links schob, seinen Füller auf und zu schraubte, mich anstarrte und wieder wegsah … seine Verlegenheit war deutlich. Kein Wunder, schließlich kannten wir uns ja von früher.

Karl hielt damals große Stücke auf ihn, weil er gute Arbeit leistete und sehr umgänglich war. Und nun war er die Karriereleiter raufgefallen und die rechte Hand vom Bürgermeister geworden – so änderten sich die Zeiten.

Er sorgte jedenfalls dafür, dass sich meine anfängliche Nervosität langsam auflöste und ich ihm offen ins Gesicht sehen konnte.

„Na, eine BITTE formuliert man doch wohl nicht in einem Einschreibebrief mit offizieller Vorladung!“, konterte ich, schlug ein Bein über das andere und setzte mich bequemer.

„Darum geht es nicht! Beantworten Sie bitte meine Frage.“ Ärgerlich sah er mich an und hielt meinem Blick stand.

„Ich weiß genauso viel wie Sie. Mein Mann hat sich bei mir noch nicht gemeldet. Ich vermute ihn in Berlin, aber ich weiß es nicht.“

„Wir haben erfahren, dass Ihre Mutter seit drei Tagen bei Ihnen ist. Sie sollte ja wohl wissen, ob ihr Mann noch so krank und ihr Schwiegersohn bei ihm ist? Das sind doch alles Lügen!“ Erregt schaukelte er auf seinem Stuhl und massierte sein glatt rasiertes Kinn.

„Wenn Sie schon alles wissen, dann müssten Sie auch wissen, dass meine Eltern geschieden sind, meine Mutter in einem anderen Stadtteil lebt als mein Vater und sie kaum Kontakt haben. Meine Mutter ist wie üblich nach Merkers gekommen, ihr Besuch war geplant. Wo mein Mann ist, weiß sie auch nicht. Vielleicht meldet er sich bald bei mir, dann werde ich Sie natürlich unverzüglich benachrichtigen!“

Ich kreuzte meine Arme vor der Brust: keine Lust mehr auf dieses Spiel!

„Also gut“, er schob den Stuhl nach hinten. „Wenn Sie was erfahren, wären wir ausgesprochen dankbar für eine Nachricht.“ Seine Worte trieften vor Ironie. Er machte eine joviale Geste. „Über eins sollten Sie sich allerdings im Klaren sein: Sollten wir in den nächsten Tagen nichts von Ihrem Mann hören, werden Sie die Wohnung verlassen müssen!“

Hörte ich Häme aus seinen Worten? Die Wohnungssituation im Lande kannte er doch. Mit einem gemurmelten „Auf Wiedersehen“ verabschiedete er mich.

„Na, das ging ja schnell, haben sie dich doch nicht dabehalten“, meine Mutter blinzelte durchtrieben.

„Nee, war alles halb so wild. Das lag am Parteisekretär. Wir kannten uns und da traute er sich nicht so.“

Ich hängte meinen Mantel an den Haken, ging in die Küche, rieb meine kalten Hände und hauchte sie warm.

„Schon verflixt kalt! Sie wussten übrigens, dass du hier bist; ansonsten nur Vermutungen, aber mir glauben sie kein Wort! Und aus der Wohnung müssen wir raus, das ist so klar wie Kloßbrühe!“

Ich lehnte mich an den Herd.

„Vielleicht sollte sich Karl ganz offiziell abmelden, irgendwelche Erklärungen abgeben. Damit kann ich besser umgehen als mit dieser quälenden Unsicherheit.“

„Möglicherweise hat er sich ja schon was überlegt“, beruhigte mich meine Mutter. „So, ich hole jetzt die Kinder vom Kindergarten. Du holst Milch und was es sonst noch gibt. Vielleicht hast du ja Glück!“

Groß war meine Ausbeute nicht, aber wenigstens eine Handvoll Möhren, Milch und einige Kartoffeln.

„Mika spielt noch draußen, und Bea will nicht ohne ihn rein; sie sind im Hof“, meine Mutter band sich ihre Schürze um und begutachtete meinen Einkauf. „Wenigstens mal keine Rübensuppe! Mit ein wenig Fett aus meinen Reserven fabriziere ich uns eine leckere Kartoffelsuppe. Du schälst die Kartoffeln!“ Und schon hockte ich am Tisch und half ihr bei der Zubereitung des Mittagessens.

„Bea is weg!“ Mein Sohn stand plötzlich vor mir, nickte heftig und zeigte nach hinten.

„Waaas? Was ist, Mika?“ Ich schüttelte seinen Arm. „Was ist mit Bea?“

„Is weg!“, brummelte er und drückte sein Holzauto an sich.

Meine Mutter und ich rannten auf den Hof, durchsuchten alle Winkel und Ecken und riefen ihren Namen. Ich hetzte rufend auf die Straße, lief in die eine und die andere Richtung – nichts!

„Lore, hast du Beate gesehen?“ Lore wohnte über uns und kam gerade aus der Schule.

„Beate? Nee, ich habe sie nicht gesehen. Jedenfalls nicht auf meinem Schulweg. Ist sie weg?“

„Sie war mit Michael im Hof, und nun ist sie verschwunden! Meine Güte, wo kann sie denn sein?“ Panisch suchte ich erneut die Straße ab.

„Hast du sie gefunden?“ Meine Mutter und auch Lore hatten erfolglos noch einmal den Hof und den Garten abgesucht. Ich schüttelte den Kopf.

Mika stand jetzt verlegen auf der kleinen Treppe.

„Michael, bitte erinnere dich.“ Ich kniete mich vor ihn und umklammerte seine Ärmchen. „Sie war doch bei dir! Du solltest doch auf sie aufpassen!“

Er stopfte seine Finger in den Mund und wand sich aus meinem Griff.

„Weiß nich, hab despielt … dann war sie weg“, schluchzte er, zog die Schultern hoch und lief ins Haus.

„Vielleicht ist sie im Keller?“ Zweifelnd sahen wir Lore an.

„Dann müsste sie ja die Treppe nach unten …“, schon stürmten wir beide die Kellertreppe hinunter, rannten durch die einzelnen Gänge … und blieben wie vom Donner gerührt stehen!

Da hockte meine Tochter auf einem kleinen Berg Kohlen, sah aus wie ein Schornsteinfeger, in jeder Hand eine Kohle und knabberte genüsslich daran herum.

„Was machst duuu denn da?“, brüllten wir. Ich musste mich zusammenreißen, um nicht loszuprusten, weil dieses Bild einfach zu kurios war. Sie krähte uns strahlend an und streckte uns ihre Kohlen mit einem quietschenden „da, da, da" entgegen und freute sich unbändig.

Ihre Großmutter schimpfte nun lauthals, ergriff das Kind und gab ihr einen Klaps auf den Po. Aus der sich keiner Schuld bewussten Kleinen wurde ein schreiendes Bündel, das wir an weit ausgestreckten Armen nach oben bugsierten. Mit einem „Danke dir, Lore!" schlossen wir die Tür und verfrachteten die brüllende Beate in die Küche, die sich erst beruhigte, als ihr Bruder ihr sein Holzauto aufdrängte.

„Bea is sratz", kicherte er.

„Das kann man wohl laut sagen", echauffierte sich meine Mutter, als sie das Kind aus den dreckigen Klamotten schälte.

„Die hat doch von den Kohlen gegessen! Vielleicht hat sie sich vergiftet", nervös hastete ich durch die Küche. „Ich laufe rasch zu Dr. Deilmann. Womöglich muss man ihr den Magen auspumpen oder noch was Schrecklicheres. Ich lass dich kurz allein, ja?", und ergriff meinen Mantel.

„Und du bist jetzt ganz lieb, Michael, ich bin gleich wieder da!" Ernster Blick zu meinem Sohn und schon hetzte ich davon. Der kurze Weg zur Arztpraxis erschien mir endlos, dann klingelte ich stürmisch. Endlich öffnete seine Frau.

„Ich weiß, es ist Mittagspause, aber es ist dringend", entschuldigte ich mich und schlüpfte durch die Tür.

„Was ist denn passiert, Frau Jansen?" Der Doktor erschien im Flur und reichte mir die Hand.

„Meine Tochter hat Kohlen gegessen! Jetzt weiß ich nicht, ob sie sich damit vergiften kann?" Atemlos lehnte ich mich gegen den Türrahmen.

„Regen Sie sich nicht auf", beruhigte er mich, „alles halb so wild! Wenn die Kleine an Kohlen knabbert, dann schmecken sie ihr. Und die schmecken ihr, weil ihr Mineralstoffe fehlen, und die sind in den Kohlen." Jetzt lachten beide. „So ein Kind weiß oft mehr als wir. Sie ist wohl zufällig im Keller gelandet und hat instinktiv das Richtige getan; verdauen wird sie den Kohlenstaub problemlos."

Glücklich verabschiedete ich mich.

„Det Kind broocht Mineralien und die hat se sich jeklaut", berlinerte ich mal wieder, während ich meiner Mutter half, den Tisch zu decken. „Wenn icke ihr det Zeug zum Knabbern jejeben hätte, hätte sie sicher jebrüllt wie am Spieß!"

Mit sauber geschruppten Kindern löffelten wir ganz beruhigt die von meiner Mutter gezauberte Kartoffelsuppe.

An einem der nächsten Abende klopfte es leise an der Hintertür. Wir saßen in der Küche, meine Mutter strickte beim schwachen Licht der Hängelampe an einem Handschuh und ich versuchte in diesem Halbdunkel, Socken zu stopfen. Wir hielten mit unserer Arbeit inne und warteten. Erneutes Klopfen. Ich legte meine Socken beiseite.

„Ich schau mal nach", tastete mich durch den hinteren Flur und öffnete die Tür einen Spalt.

„Frau Jansen?" Ein Mann mit Schiebermütze, dunkler Joppe und Hose stand draußen und beobachtete mich prüfend.

„Ja, die bin ich – um was geht's?"

„Ich möchte Ihnen etwas bringen, von Ihrer Schwägerin Maria."

Ich riss die Tür weiter auf und gab ihm ein Zeichen.

„Kommen Sie, wir gehen in die Küche", flüsterte ich und schob ihn vorwärts.

„N'Abend", brachte er hervor und zog sich die Kappe vom Kopf, auf dem jetzt dichte schwarze Haare erschienen. Seine dunklen Augen wanderten durch die Küche und landeten bei meiner Mutter, die er nickend begrüßte.

„Das ist meine Mutter. Bitte nehmen Sie Platz!" Ich schob ihm einen Stuhl zu. „Nein, nein, vielen Dank, ich möchte gleich wieder los. Hier …", er fummelte in der Innenseite seiner Joppe, holte ein dickes Kuvert heraus, legte es auf den Tisch, während er aus seinen Hosentaschen, seinen anderen Jackentaschen eine Packung amerikanischer Zigaretten nach der anderen herausnestelte. Über unsere erstaunten Blicke grinste er: „Besser alles einzeln verstaut, als mit einer Tasche auffallen. Es sind insgesamt zehn Päckchen, zwei hat mir Ihr Mann versprochen. So, zählen Sie nach!"

Er trat zurück, setzte schon seine Mütze auf.

„Grüßen soll ich natürlich; alles andere geht mich nichts an", knöpfte seine Jacke zu, nickte kurz, „Bis zum nächsten Mal", und ehe wir antworten konnten, hörten wir ihn schon die Hintertür schließen.

„Donnerwetter! Das war ja 'n kurzer Prozess!" Wir atmeten hörbar aus. „Der versteht sein Handwerk, den erwischen die nicht so leicht."

Ich krabbelte unter den Tisch. „Reich mir mal die Zigaretten für mein Geheimfach; was 'ne Menge Bestechungsgeld!", frohlockte ich von unten. „Von denen rauche ich nur bei besonderen Gelegenheiten!"

Das Päckchen auf dem Tisch wartete, und ich öffnete es mit einem mulmigen Gefühl.

Was prasselte nun auf uns ein? Wie ging es jetzt mit uns weiter?

Ich ahnte, nach Lektüre dieses Briefes veränderte sich unser Leben.

Ein langer Brief und ein Bündel Geldscheine flatterten auf den Tisch.

„Das ist ja alles Westgeld!", staunte meine Mutter und untersuchte jeden Schein. „Kannst du denn hier im Dorf damit bezahlen?"

„Weiß ich nicht, muss ich mich bei Papa Hill erkundigen. Für diesen Monat haben wir noch Ostgeld; damit ist dann Schluss. Dann bist du dran, Vater zahlt dir doch Ostgeld. Davon müssten wir dann leben."

Den empörten Blick meiner Mutter quittierte ich grinsend: „Dafür gebe ich dir dann Westgeld … wenn das kein guter Tausch ist!"

Als auch das Geld in geheimen Fächern verschwand, ruhte der Brief noch immer ungelesen auf dem Tisch.

Mit leicht bebenden Fingern faltete ich den Brief auseinander.

Liebe Helga!

Nun bin ich schon einige Zeit hier im Westen und kann Dich über die neue Situation unterrichten. Ich habe eine Anstellung in der Kali-Chemie in Sehnde, bei Hannover, erhalten und kann Dir deshalb über einen Vorschuss Geld und Zigaretten zukommen lassen. Der Mann, der Dir alles bringt, ist zuverlässig. Das ist sehr wichtig. Ich selber habe ein Zimmer bei einer Frau T. gemietet, die Adresse steht am Ende des Briefes. Mein größtes Problem besteht darin, dass mir Kleidung fehlt, Unterzeug, Hemden, Schuhe, Hosen und meine dicken Pullover. Zu kaufen gibt es zwar einiges, aber das ist für mich unbezahlbar. Wenn es für Dich möglich wäre, wäre es wunderbar, wenn Du mir Sachen bringen könntest, auch einige wichtige Akten aus der Schublade in der Küche. Du müsstest dann, wie ich, nachts über die Grenze und dich über Philippsthal mit dem Zug Richtung Hannover durchschlagen. In Oberzellar gibt es einen Bekannten, Herrn Schnaub, der Dir helfen und Dir den Weg weisen kann. Er wird sich mit Dir in Verbindung setzen. Ich würde Dir so ein Unterfangen nicht zumuten, wenn es nicht nötig wäre. Und eine Erlaubnis für einen Grenzübertritt werden sie Dir nicht geben, wenn der Mann getürmt ist; und über Berlin ist es seit der Blockade kaum möglich, in den Westen zu gelangen.

Ich grüble die ganze Zeit, wie ich Euch hierher holen kann, aber noch habe ich keine Lösung. Du kannst Dir nicht vorstellen, wie es hier und in Hannover aussieht: Alles ist zerbombt, es steht kaum noch ein Stein auf dem anderen. Man sieht nur

Ruinen, Bombenkrater und Menschen, die eine Bleibe suchen. Das alles macht die Sache nur noch schlimmer. Ich wüsste gar nicht, wo ich Euch unterbringen könnte.

Ihr habt es jetzt sicher auch nicht leicht. Ich hoffe, die Leute vom Werk quälen Dich nicht zu sehr. Sie erhalten in den nächsten Tagen einen Brief, in dem ich mich offiziell abmelde und ihnen Gründe für meine Kündigung nenne. Ich betone dabei, dass Du nichts von meinen Absichten wusstest und dass ich Dich genauso im Unklaren ließ wie sie.

Ich bin sehr froh, dass Deine Mutter jetzt bei Dir ist, denn gemeinsam sind die Schwierigkeiten leichter zu bewältigen. Sicher müsst Ihr bald die Wohnung verlassen. Glaube mir, ich würde Euch bei dem Schlamassel gern unterstützen. Was ich kann, mache ich von hier aus.

Grüße die Kinder, ich umarme Euch alle, küsse Dich,

Dein Karl

P.S. Bitte verbrenne den Brief, und behalte alles Wichtige im Kopf.

Ich ließ den Brief sinken und blickte in die erwartungsvollen Augen meiner Mutter.

„Und? Was schreibt er? Red doch schon!“

„Lies selbst!“, gab ihr den Brief, suchte mir eine Selbstgedrehte, zündete sie an und rauchte in Gedanken versponnen.

„Gut, dass er jetzt alles in die Hand nimmt“, stellte sie fest und legte Brille und Brief auf den Tisch. „Aber dass du nachts über die Grenze musst, ist kein Zuckerschlecken, denn die sind schärfer als früher.“

Nachdenklich erhob sie sich.

„Wenn die vom Werk seinen Brief erhalten, wirst du einbe-

stellt, ganz sicher. Am besten, du gehst morgen zu Hills und zu Deilmanns. Wir brauchen eine Wohnung! Das ist jetzt das Allerwichtigste! Vielleicht können sie uns helfen!"
Prüfend betrachtete mich unser Schreiner, während er seine Pfeife stopfte. Der brennende Fidibus schlug Flammen, als er kräftig am Mundstück saugte, bis er die Flamme durch heftiges Schütteln löschte. Durch die Rauchwolken studierte ich seinen konzentrierten Gesichtsausdruck.

„So, so! Ihr Mann ist also getürmt. Kann ich auf der einen Seite verstehen, denn die hätten ihm das Leben nicht leicht gemacht. Aber dass er Sie mit den Kindern einfach im Stich lässt, stört mich."

„Dann säß er jetzt im Knast, vielleicht sogar in Russland! Dann wär ick ooch alleene", konterte ich.

„Hast recht, Mädel!", nickte er. „Da wollen wir mal überlegen, was zu tun ist", er strich sich über sein unrasiertes Kinn, schlurfte in seiner Werkstatt auf und ab und schmauchte seine Pipe.

„Sie kennen ja die Butze nebenan, wo ihr damals, als die Amis kamen, kurz untergekommen seid. Das ging für ein paar Tage, aber jetzt im November ist das zu kalt, die Kaschemme ist ja nicht zu heizen."

Er setzte seine Wanderung fort und grübelte. „Wer mir auch einfällt – und sie müssen ja zuverlässig sein – bei denen sind Flüchtlinge einquartiert."

„Ich war auch schon bei den Daneels, bei den Markusch, keiner hat ein Zimmer frei. Bei den Deilmanns war ich noch nicht. Sie sind ja selber eine große Familie: Großeltern, zwei große Kinder und die kleinen Zwillinge, aber vielleicht kennen sie ja jemanden."

„Da fällt mir ein: Deilmanns haben in ihrem Garten ein kleines Häuschen. Keine Ahnung, wie groß es ist und ob es belegt ist. Vielleicht haben Sie ja Glück! Laufen Sie zu ihm und fragen Sie!"

Ich zappelte vor Aufregung, drückte ihm einen Kuss auf die Wange. „Danke, danke, versuchen muss ich alles!“ Und schon preschte ich davon.

Diese Deilmanns waren eine unglaubliche Familie: Für jeden hatten sie ein offenes Ohr, sie gaben einem das Gefühl, verstanden zu sein, und durch ihre Freundlichkeit verloren sich Ängste.

So erging es mir auch, als ich mit meinen Problemen bei ihnen erschien und sie mit mir beratschlagten.

„Der gute Hill hat recht, wir haben ein kleines Behelfsheim im Garten. Da leben jetzt meine Eltern. Aber ihr könntet vielleicht in Hellas Zimmer ziehen“, Herr Deilmann schaute zu seinen Eltern und Hella, die gerade aus ihrem Studienort zu Besuch war. „Dein Zimmer wird doch nur gebraucht, wenn du für ein paar Tage zu uns kommst – und für die Zeit kannst du doch auch bei den Kleinen schlafen.“

Die Familie saß im Wohnzimmer und überdachte seinen Vorschlag. Nach einigem Hin und her trafen sie eine Entscheidung, die für mich ein großes Glück wurde.

„Passen Sie auf“, er nahm eines der quengelnden Zwillingsmädchen auf den Schoß, reichte ihm einen Knust Brot und streichelte über sein Haar.

„Sie ziehen in das kleine Häuschen. Meine Eltern bringen wir in Hellas Zimmer unter“, er nickte seiner Ältesten zu. „Was meint ihr? Wie viel Zeit brauchen wir für den Umzug ins Haus?“

„Das ist keine große Sache. Ich räume mein Zimmer, bin ja sowieso in drei Tagen wieder weg, und die Sachen von Opa und Oma haben wir rasch aus dem Häuschen geholt.“ Hella zwinkerte mir zu und freute sich.

„Geben Sie uns eine Woche, dann ist bei uns alles geregelt! Und vorher werfen die Sie nicht raus, auch für die gelten Regeln!“

Er setzte die Kleine ab und erhob sich.

„Ich zeige jetzt Frau Jansen unser Gartenhaus. Kommen Sie!“

Ich folgte ihm, bedankte mich freudestrahlend bei allen und bewunderte Sekunden später das kleine Häuschen – meine neue Zuflucht.

Es stand am Rande des Gartens, besaß zwei kleine Schlafräume, eine recht geräumige Küche mit Tisch und Stühlen, einen kleinen Herd, ein Spülbecken sowie eine Anrichte, über der zwei Schränkchen an der Wand befestigt waren. Es war klein, aber für mich ein Traum!

„Den Raum mit den Stockbetten benutzen die Eltern nicht. Hier könnten Ihre Kinder schlafen, und in dem anderen Zimmerchen, Sie mit Ihrer Mutter. Es ist etwas beengt, aber es geht."

„Es ist wunderbar! Besser hätten wir es nicht treffen können! Tausendmal danke! Ich sage Bescheid, wann wir kommen", jubelte ich voller Glück und verabschiedete mich.

Nach zwei Tagen stand einer vom Bürgermeisteramt vor der Tür und übergab mir per Einschreiben die Kündigung. Ende des Monats mussten wir raus. Also hatten wir vierzehn Tage, um alles zu organisieren ... und Karl wartete im Westen auf seine Klamotten.

Wie sollte das gehen?

„Was mache ich mit den Möbeln? Die kriegen die auf gar keinen Fall! Und in das kleine Häuschen passen sie beim besten Willen nicht."

Wieder saß ich verzagt bei Papa Hill. Wieder grübelten wir über meine Situation. Wieder beobachtete ich ihn mit seiner Pfeife, aus der diesmal guter amerikanischer Tabak aufstieg.

„Nee, die nehmen unsere Möbel nicht weg! Das will ich auch nicht! Wir müssten sie irgendwo verstecken, vielleicht in einer Scheune. Aber außerhalb des Dorfes, sonst kriegt der Bauer Schwierigkeiten", er malte Kreise mit seiner Pfeife, ging ein paar Schritte und hypnotisierte seine Schuhe.

„Also, ich geh nachher mal zu Facks! Ich bin sicher, die finden einen Ausweg. Dann schau ich bei Euch rein und gebe Bescheid“, aufmunternd nickte er mir zum Abschied zu.

Solche Freunde zu haben, war ein großes Glück! Denn ehemals gute Bekannte aus dem Werk machten mittlerweile einen großen Bogen um mich und wechselten ostentativ die Straßenseite, wenn sie mir zufällig begegneten; sie schnitten mich, als hätte ich die Pest. Nie hätte ich das für möglich gehalten!

***

Am Nachmittag klingelt es.

„Wer ist ’n das? Der Arzt kann’s nicht sein, die Schwestern auch nicht.“

Michael führt Sabine und Kurt herein, zwei liebe Freunde, ehemalige Nachbarn.

Sie begrüßen alle voller Anteilnahme.

„Stören wir? Wolltet ihr gerade essen? Es duftet so lecker!“

„Nee, der Braten köchelt noch vor sich hin.“

„Mensch, Helga, wir haben von Karl gehört … stimmt das denn? Wir wollten noch kurz vorbeischauen, bevor das neue Jahr beginnt.“

Sie umarmen Helga und setzen sich zu ihr.

„Es geht wohl zu Ende; aber wie lange das dauern wird, kann der Doktor auch nicht sagen. Schön ist, dass er hier sterben darf und nicht im Krankenhaus“, erläutert Helga die Situation.

Das bedröbbelte Schweigen der beiden wirft Mutter, Sohn, Tochter und Schwiegersohn schlagartig in die Wirklichkeit. So lange sie unter sich sind, merken sie die Tragweite des Geschehens weniger. Sind plötzlich andere dabei, erhält das Sterben seine verdiente Tragweite.

„Er hat ja ein langes Leben hinter sich. Wir sollten uns freuen, dass wir so viel Schönes mit ihm erleben durften!“ Die praktische Sabine trifft den Punkt.

„Besonders sein ewiges Geklimper auf dem Klavier", stöhnt der Sohn.

„Mensch, Michael, das war doch schön! Was haben wir da gesungen und gelacht!"

„Gelacht schon, aber gesungen? Bei seinen gewaltigen Interpretationsläufen konnte keine Socke mithalten", griemelt er.

„Aber schön war's doch", bemerkt Kurt leise.

„Doch, die Feste bei uns waren wirklich fröhlich … und feucht! Was haben wir getanzt und gelacht!" Helga steckt sich eine an und pustet den Rauch aus Mund und Nase.

„Trinken wir ein Sektchen?"

„Meinst du wirklich?" Beide sind unschlüssig; darf man, wenn ein Mensch im Hause stirbt, ein Sektchen picheln?

„Kinder, das haben wir immer so gemacht. Wenn ihr kamt, gab's nen Piccolo! Warum nicht jetzt? Los, Horst, hol uns ein Pülleken, besser eine große!" Klare Worte der Hausherrin.

Gläser auf den Tisch, Flasche mit passendem Knall geöffnet und eingeschenkt. „Wir trinken auf Karl und sein langes Leben!"

Und dann fällt ihnen noch so viel ein: was sie mit Karl verbindet, was sich so alles zugetragen hat, als sie noch Nachbarn und die Kinder klein und alle noch so jung waren.

„Wir möchten uns von ihm verabschieden, meinst du das geht?", fragt Sabine.

„Das ist sogar gut. Wir haben ihn während unseres Gequatsches vollkommen vergessen."

Und dann stehen sie alle an seinem Bett.

Sabine und Kurt schlucken. Betroffen sind plötzlich alle. Vorher fiel seine langsame Veränderung gar nicht so auf – jetzt, mit dem Blick von draußen, erschreckt sein Verfall.

„Karl, hallo, Karl! Hörst du uns?" Sabine und Kurt spüren, der alte Herr nimmt sie bewusst nicht mehr wahr.

Und wie das so ist, beginnt ein Gespräch über seinen Zustand. Man spricht über mögliche Schmerzen, über die eingefallenen

Wangen, die jetzt auffallenden Ohren, die große Nase, die ja immer sehr groß war, manches fällt dem einen oder anderen noch ein – der dort Liegende bekommt ja nichts mehr mit.

Haste gedacht! Später erklärt der Doktor: „Das Gehör stirbt als Letztes."

Also hat er möglicherweise das Gerede über sich und alles andere doch mitbekommen.

Sie streichen zum Abschied über seine Hand.

Als die Tochter sie zur Tür bringt, folgt eine liebevolle Umarmung.

„Haltet die Ohren steif, und wenn ihr Hilfe braucht, meldet euch!"

Die Tür schließt sich hinter ihnen.

Das System Käseglocke übernimmt erneut die Leitung.

Wieder im Wohnzimmer vernehmen die Familienmitglieder die Einleitung eines immerwährenden Rituals: Die Hausherrin lamentiert, meckert, kommentiert nörgelnd die Menschen, die sie gerade so freundlich bewirtet hat.

„Nun halt aber mal die Luft an!" Aufgebracht wendet sich Michael an seine Mutter. „Das ist immer das gleiche, immer stänkerst du an den Leuten herum, die gerade hier waren. Das ist ja schon krankhaft! Ich bin sicher, auch wenn wir gegangen sind, wirst du uns madig machen, meckerst über alle, auch über Beate, über Horst und ganz bestimmt auch über mich und meine Familie!" Er nimmt einen kräftigen Schluck und lehnt sich zurück.

„Stimmt ja gar nicht!"

Sie kreuzt beleidigt die Arme vor der Brust, Mundwinkel nach unten und starrt schweigend vor sich hin.

„Doch, das stimmt", leise bestätigt Beate die Darstellung des Bruders. „Ich kenne das auch, ich weiß nur nicht, was dich dazu treibt."

„Will ich gar nicht wissen!" Wütend schiebt sie den Hocker zur Seite und drückt sich aus dem Sessel. „Ihr habt ja keine

Ahnung! Aber ihr seid ja so klug und gescheit!" Sie stolpert hektisch zur Tür, die hinter ihr laut ins Schloss fällt.

Die Stille im Zimmer schmerzt.

„Ich kapier das nicht!" Seufzend schüttelt Michael den Kopf.

„Vielleicht liegt es daran, dass sie in ihrem Leben nie richtig zufrieden, geschweige glücklich war", murmelt Horst aus seiner Ecke.

„Kann sein", nickt Beate, „schon früh habe ich gemerkt, dass sie sich nach einem anderen Leben sehnt, nach wirklicher Erfüllung und Geborgenheit."

„Tja, und wenn jemand dieses andere Leben scheinbar verkörpert, wird sie sauer, wütend und spuckt Gift und Galle! Zu blöd." Mika ergreift seine Buddel Bier.

Beate erhebt sich. „Ich schau mal nach ihr." Und während sie sich zur Tür wendet, brummt sie: „Dabei braucht gerade sie wirkliche Freunde!"

***

Eigentlich hatte ich immer Angst, anderen zu vertrauen.

Aber hier in Merkers erlebte ich plötzlich Menschen, die mir mit Selbstverständlichkeit zur Seite standen. Natürlich war mir klar, dass von mir auch Gegenleistungen erwartet wurden! Doch allein die spontanen Hilfsangebote überwältigten mich.

Als es am frühen Abend klingelte, wuselten die Kinder in der Küche unterm Tisch, wollten unbedingt mit demselben Spielzeug spielen und brüllten, dass die Wände wackelten. Meine Mutter versuchte Ordnung zu schaffen, und ich kämpfte verzweifelt mit einer kaputten Lampe, die einfach nicht so wollte wie ich.

„Tach alle miteinander!"

Herr Hill registrierte die Situation, grinste amüsiert und setzte sich auf den angebotenen Stuhl. „Na, ihr zwei? Was macht ihr denn da unterm Tisch?“ Er beugte sich nach unten und lächelte die mit einem Mal ganz friedlichen Kleinen an.

„Zeig mal dein Auto?“ Er nahm das von Mika vorsichtig gereichte Teil und bewunderte es ausgiebig, ehe er es zurückgab. Die misstrauische Tochter tauchte unter dem Tisch auf, stellte sich in gebührendem Abstand neben den Tisch und ließ den großen Mann nicht aus den Augen.

„Mika Auto“, stellte sie fest, „Will auch haben“, brabbelte sie, während von unten die laute Stimme des Bruders ertönte: „Is mein Auto, hört mir!“

Dann krabbelte auch Michael hervor, sein Auto fest mit den Händchen umschlossen.

„Na, da schaut mal, was ich euch mitgebracht habe!“

Hill griff in seine Joppe und förderte zwei geschnitzte Figuren zutage, die er den beiden reichte. Die Lütte griff flink danach, kurzer Blick, dann stopfte sie es in ihre Kittelschürze, machte eine Schnute und verzog sich wieder in sichere Gefilde, während Mika näher trat, seine Figur genau untersuchte, nickte, „Is Junge“ murmelte und sich bedankte.

„Da haben Sie eine Eroberung gemacht“, lachte ich. „Wie wär's mit einem Schnäpschen, das trinken Sie doch?“

Schon schnappte meine Mutter ein Gläschen, goss ein und stellte es ihm auf den Tisch. „Zum Wohlsein!“

Er schluckte, schüttelte sich leicht und stützte die Ellenbogen auf.

„So, jetzt will ich aber loswerden, was ich erreicht habe. Also: Herr Fack kennt einen Bauern aus Tiefenort. Der besitzt eine Scheune, in der wir die Möbel unterstellen können, natürlich gegen ein Entgelt. Er selber wäre bereit, mit seinen Ochsen die Fuhre zu übernehmen und die Sachen dort abzuliefern. Über den Preis müssen Sie mit ihm verhandeln.“ Er schaute auf. „Und ich werde, wenn Sie wollen, die Möbel auseinanderschrauben und sicher verpacken.“

In der nun folgenden Sprachlosigkeit, nahm er meinen zutraulich gewordenen Sohn auf den Schoß und schaukelte ihn auf seinem Knie. „Das is ja…das is ja, nee das is ja einfach… unglaublich!“, stammelte ich. „Was haben wir für ein Schwein!“, und strahlte ihn voller Bewunderung an.

„Na, da kriegen die da oben wenigstens nicht unsere Möbel“, schnaubte meine Mutter. „Das gönn ich denen!“

„Und wann soll es losgehen?“

„Ich würde sagen, so schnell wie möglich. Es könnte bald Schnee geben, dann wird es schwieriger. Wir fahren ja nicht die Hauptstraße. Darum sollten wir so früh wie möglich aufbrechen, am besten noch im Dunkeln. So bekommen nur wenige was mit.“

Jetzt langte er in seine Joppe, zog seine Pfeife aus der Tasche, stellte den Jungen neben sich, der ihn weiterhin aufmerksam beobachtete.

„Moment! Ich hole den Tabak!“ Schon lag ich unterm Tisch, kramte in meiner Schublade und reichte ihm einige Lucky Strikes.

„Sie kennen den Tabak ja mittlerweile“, und schon fummelte ich vorsichtig aus den Zigaretten das kostbare Zeug auf eine Zeitung und streute es ihm in seine dargebotene Hand.

„Der schmeckt wirklich besser, als der Selbstgemachte“, schmunzelte er, als seine Pipe endlich brannte und Rauchschwaden die Küche einhüllten.

„Kann ich denn auch andere Sachen, die wir nicht in das Häuschen mitnehmen können, mitgeben?“

„Wenn alles gut verpackt ist, warum nicht.“

Er erhob sich, wuschelte kurz durch Mikas Haare.

„Nu will ich mal wieder. Fangen Sie an zu sortieren und zu packen, so dass ich bald die Möbel auseinander nehmen kann.“ Dann ergriff er meine Hand: „Sehen Sie, irgendwie geht doch alles!“

Dann beugte er sich zu Bea, die sich hinter meinen Beinen versteckte, strich ihr über die Wange. „Dann man Tschüssi!", und ging.

„Solche Freunde findet man nicht oft", meinte meine Mutter, noch immer den Kopf schüttelnd.

„Das kannste laut sagen", murmelte ich, „aber das ist auch Karls Verdienst. Sie mögen ihn, obwohl er abgehauen ist."

Als ich mich wieder meiner Lampe widmen wollte, meine Mutter den Abendbrottisch deckte, klingelte es erneut.

Hatte er was vergessen?

„Man hört ja gar nichts von euch!"

Hilde schob sich in unsere Küche und ließ sich auf den gerade frei gewordenen Stuhl fallen. „Ich habe gerade euren Schreiner getroffen, war er bei euch?"

„Ja! Und alle helfen uns! Wollte ich dir alles berichten, bin einfach nicht dazu gekommen!"

Und während ich uns eine Zigarette anzündete, erzählte ich in Kurzform die Neuigkeiten: von Deilmanns Häuschen, den Möbeln, der Wohnungskündigung und dem Brief von Karl.

„Du willst heimlich rüber?", rutschte es aus ihr heraus. „Da reden wir noch mal." Sie warf einen warnenden Blick auf Mika, der aufmerksam von einem zum anderen sah. „Auch kleine Ohren hören, und kleine Münder können ausgefragt werden, nicht, Michael, das lassen wir nicht zu", sie beugte sich lachend zu ihm und stand auf.

„Ich bin etwas in Zeitdruck, komme morgen wieder und erzähle dir von meinen Neuigkeiten!" Kurzes Winken, die Tür fiel zu.

Und dann ging's rund!

In den nächsten Tagen entwickelte sich unser Heim in ein nicht mehr zu durchschauendes Chaos: alle Schränke aufgerissen, überall Haufen mit Kleidung für den Herrn, für die Dame, für die Kinder, Bettwäsche, Tischwäsche, Handtücher, Küchentücher, Tücher, Schals, Mützen, Strümpfe, Schuhe und Stiefel, dazwischen juchzende oder plärrende Kinder auf der Suche nach verlorenem Spielzeug, in der Küche sich türmendes Geschirr, Töpfe, Tiegel, Becher, Tassen, Besteck, Flaschen, Eingemachtes … und in diesem Durcheinander fielen die stöhnenden, händeringenden, völlig überforderten, übermüdeten, von Schmutz und Dreck umgebenen Frauen, meine Mutter und ich, kaum auf.

„Hier!“ Ich kämpfte mich mit großen und kleineren Pappkartons, die ich krampfhaft umklammerte, durch Berge von Klamotten.

„Die habe ich von Markuschs. Alle Kartons, die sie entbehren konnten.“

Ich knallte sie auf den Boden, rieb mir die schmerzenden Hände und betrachtete die Ausbeute mit zufriedenem Lächeln.

„Da kriegen wir schon eine Menge unter“, bemerkte meine Mutter, während ich begann, die Kartons nach Größe zu sortieren.

„Meins“, krähte die Lütte laut und krallte sich den größten, kletterte hinein und hopste voller Freude darin herum.

„Ich auch!“ Schon saß mein Sohnemann im nächsten Karton und stülpte sich einen kleineren über den Kopf.

„Nee, nee, Kinder, ihr macht sie kaputt! Wir brauchen sie heile“, schalt ich und hob Bea aus ihrer neuen Behausung. „Komm, Mika“, ich schnappte mir meine brüllende Brut und versuchte sie zu beruhigen, „ihr könnt nachher mit denen spielen, die übrig bleiben!“

Als am Nachmittag unser Schreiner, mit Schraubenzieher und allem möglichen Werkzeug bewaffnet, auftauchte, konnte er mit dem Abbau der Möbel beginnen, während meine Mutter und ich ihr Innenleben in diverse Behältnisse verstauten.

Wie viele Stunden wir werkelten, wie oft mein Rücken, meine Beine, meine Arme, meine Hände, mein Kopf sich nach oben, nach unten, zur linken, zur rechten Seite bewegen mussten …

das bewiesen später unzählige schmerzende Stellen. Auch meine Mutter stand breitbeinig, die Hände im Kreuz verschränkt, den Kopf im Nacken langsam rollend, vor einem Berg geordneter und verpackter Klamotten.

„Nich schön", mein Sohn schüttelte energisch sein Haupt, betrachtete die vielen Gepäckstücke, die zum Teil leeren Wände, rannte durch die anderen Zimmer, „Defällt mir nich", und verkrümelte sich unterm Küchentisch.

„Stimmt, Michael, gemütlich ist es nicht mehr", nickte Hill, als er sich auf einem Stuhl niederließ und seine Pfeife in Angriff nahm.

„Ihre Tochter scheint das alles nicht sonderlich zu stören", schmunzelte er und zeigte mit der Pipe auf die Kleine, die ganz friedlich auf einem Kleiderberg pennte.

„Die hat's gut", grinste ich, schnappte drei Gläser, nahm den Schnaps für besondere Gelegenheiten, setzte mich zu den beiden und prostete ihnen zu. „Den haben wir uns wirklich verdient! Papa Hill, Sie sind der Größte!"

„Bloß nicht", wehrte er ab, „aber wir haben viel geschafft. Morgen verschnüre ich die großen und kleineren Einzelteile."

Als er sich langsam erhob, sich seine Jacke schnappte, seinen Rücken nach hinten bog, merkten wir, dass der Tag auch an ihm nicht spurlos vorüber gegangen war.

Zwei Tage später, früh gegen sieben Uhr, stand der Leiterwagen mit zwei Ochsen vor unserer Tür. Hill und Fack begannen die Einzelteile unserer Möbel zu verstauen, schleppten, was das Zeug hielt, stolperten ab und zu über meine neugierigen Kinder, die in ihren Schlafanzügen das ganze Unterfangen als Abenteuer empfanden und kaum zu bändigen waren.

„So, ihr Racker, jetzt ist aber Schluss! Die Oma zieht euch an, macht euch Frühstück und bringt euch in den Kindergarten. Und brav sein, sonst muss ich schimpfen!"

Ich hockte mich zu meinem Großen und flüsterte leise: „Dass unsere Möbel jetzt weg sind, das bleibt unser Geheimnis, ja?

Das erzählst du keinem, auch nicht Tante Thea, versprichst du mir das?"

Er nickte ernst, schüttelte dann energisch seinen Kopf, hielt den Finger vor den Mund: „Bin danz still, sach nichs."

„Das ist gut." Ich strich beiden über ihre wuscheligen Haare, mummelte mich in warme Klamotten und machte mich bereit für die große Fahrt.

Obwohl bitterkalt, staunte ich über den langsam grauenden Morgen, über schummrigen Nebel, der die Landschaft in Watte packte, und glitzernden Rauhreif, der Bäume und Sträucher in bizarre Kunstwerke verwandelte.

Allerdings musste ich höllisch aufpassen, dass ich nicht vom Bock fiel. Unser Fuhrwerk rumpelte zwar eher gemächlich über Feldwege und Wirtschaftswege, schlingerte aber manches Mal gefährlich nach rechts oder links; einem Klammeraffen gleich krallte ich mich an der Bank fest.

„Halten Se sich ruhig an meiner Joppe fest", murmelte Herr Fack, der in der Mitte des Brettes die Zügel hielt und meine krampfhaften Versuche aus den Augenwinkeln verfolgte. War 'ne gute Idee! Jetzt saß ich mehr nach innen gewandt und konnte mein Gleichgewicht besser austarieren. Wie der Hill so stoisch ruhig seine Pfeife rauchen konnte, blieb mir ein ewiges Rätsel.

Geredet wurde nicht. Nur ab und zu wies Hill mit seiner Pipe auf eine Unebenheit oder ein Loch im Weg, brummte „hm, hm!" und wurde sofort verstanden.

Als sich die Nebel lichteten, die ersten Sonnenstrahlen durch die Wolken brachen und die Landschaft in eine funkelnde Traumwelt verzauberten, traten mir Tränen in die Augen. Dabei konnte ich Thüringen und die Thüringer, mit wenigen Ausnahmen, nicht mehr ausstehen!

Es war früher Mittag, als wir die Scheune erreichten. Nach der Rumpelei, dem verkrampften Sitzen und der frostigen Kälte, fühlte ich mich nur noch blockiert! Blockade in den

Beinen, in den Füßen, in den Händen, im Kopp: überall Sendepause.

Hopsen half! Also hopste ich in alle Richtungen, mal auf dem einen, mal auf dem anderen Bein, schwang die Arme, bis endlich das Blut zirkulierte und alles höllisch brannte. Eine große Hilfe war ich nicht. Aber als die kleineren Sachen an die Reihe kamen, konnte ich wieder mit anpacken.

Wie Verschwörer hockten wir dann auf Kisten in einer Ecke der Scheune und qualmten genüsslich vor uns hin. Ich entlohnte meine Helfer mit Westgeld, was sie alle bevorzugten, und natürlich mit Zigaretten: die eigentliche Währung dieser Zeit.

Auf dem Rückweg lief alles flotter, weil wir jetzt die Hauptstraße fahren konnten. Und irgendwann summten wir bekannte Chansons, bis ich sie lauthals schmetterte – nicht unbedingt zur Freude der Ochsen.

Ausgelassen sprang ich in Merkers vom Bock, bedankte mich und machte mich beschwingt auf den Weg nach Hause.

Das Durcheinander dort schubste mich sogleich in die Realität. Überall standen noch Kisten und Kasten, Klamotten türmten sich, es gab kaum ein Durchkommen.

„Na, wie war's?", tönte es aus einer Ecke, wo meine Mutter Sachen in Kartons stapelte.

„Schön war's", strahlte ich.

„Schöööön?" Ihre Gesichtszüge entgleisten. „Schöööön? Auf einem Ochsenkarren durch die Kälte schippern? Kann ich mir nicht vorstellen. Also HIER war's nicht schön! Neben dem Sammelsurium hier tobten die Gören und wollten partout keinen Mittagsschlaf halten; manchmal sind die kaum zu bändigen!", knurrte sie ärgerlich, „Hauptsache: DU hattest es schön!"

„Ist ja gut, Mutti, bin ja wieder da. Aber es ist wirklich alles gut gelaufen. Ich glaube nicht, dass uns jemand gesehen hat."

„Von den Deilmann-Töchtern war eine hier, nicht Hella, die andere, und berichtete, das Behelfsheim sei fertig. Wenn wir wollten, könnten wir einziehen. Und ein Brief von Karl ist auch da. Irgendjemand hat ihn unter der Hintertür durchgeschoben, als ich gerade die Kinder abholte."

Sie suchte ihn auf dem voll beladenen Küchentisch und reichte ihn mir. Ich pellte mich rasch aus meinen dicken Klamotten, ergriff den Brief, prüfte Vorder- und Rückseite, ehe ich ihn aufriss.

Die plötzliche Stille im Raum war ohrenbetäubend. Ruckartig riss ich meinen Kopf in Richtung Mutter: Tatsächlich versteinerte sie in ihren Bewegungen, und dunkle ängstliche Augen umklammerten mich.

„Reg dich nicht auf, Mutti, es ist nichts Schlimmes. Es geht ihm gut, er braucht allerdings Kleidung, die Kälte macht ihm zu schaffen. Herr Schnaub aus Oberzellar wird hier demnächst unsere Sachen mit dem Rad abholen, und von ihm aus soll ich dann losgehen. Karl hat überhaupt keine Ahnung, wie es bei uns im Augenblick aussieht! Dabei hatte ich ihm von den Möbeln und unserer Plackerei geschrieben! Aber ER braucht warme Kleidung!" Wütend schlug ich mit der Hand auf den Brief.

Am Abend kam Hilde.

„Schlafen deine Süßen?" Sie schaute sich um, ehe sie sich über Kartons, Taschen und Koffer einen Weg in die Küche bahnte und sich auf einen unserer alten Stühle niederließ. „Ihr müsst ja geackert haben wie die Berserker! Und alle Möbel versteckt? Das ging ja holterdipolter!"

Als ich bestätigend nickte, grunzte sie: „Bei mir sieht's ähnlich aus, bin auch ziemlich geschlaucht. Haste 'ne Zigarette?"

Sie beobachtete meine Verrenkungen, als ich mein neues Versteck in einem Seitenfach des Ofens ansteuerte. Als wir beide die Küche unter Qualm setzten, meine Mutter uns einen Tee kochte, legte sie leise los.

„Schorsch kommt nicht mehr zurück. Sie hatten ihm ein Ultimatum gestellt, und er hat es nicht eingehalten. Er will im Westen bleiben. Jetzt geht's mir wie dir, eine Galgenfrist, dann muss ich auch aus der Wohnung." Sie fixierte die Rauchkringel, dann uns. „Ich ahnte so was! Darum habe ich schon aussortiert und viel gepackt; nur das Nötigste. Meine ollen Möbel können die haben!"

„Mensch Meier! Dann bleibt ja keiner mehr von uns hier! Hanna, ihr Mann und andere sind noch über Berlin getürmt; jetzt du, dann irgendwann wir und die Kinder – von der alten Garde sind dann alle weg!" Ein schmerzhaftes Ziehen in der Magengegend verschlug mir die Sprache.

„Da sind wa ja bald janz alleene!" Obwohl meine Mutter sehr darauf bedacht war, immer Hochdeutsch zu sprechen, verfiel sie jetzt ins Berlinische. „Ohjottedoch, det jefällt mir janich!" Beinahe wäre ihr ein Unterteller weggerutscht, und ihre Hand zitterte über der Teetasse.

„Nu macht euch mal nicht ins Hemd! Auch wenn keiner mehr von UNS hier ist: Die Leute, die dir jetzt helfen, bleiben. Ich glaube nicht, dass von denen welche abhauen, sie sind einfach zu tief verwurzelt."

Hilde griff nach ihrer Tasse. „Heiß, verdammt heiß!", und rieb sich die Lippen.

„Und wie willste rüber? Offiziell lassen die dich nicht mehr raus", ich beugte mich vor.

„Ja, das ist die Frage." Ihre Augen blinzelten und hielten mich fest. „Du willst doch auch heimlich über die Grenze, warum soll ich das nicht auch probieren?"

Gespanntes Schweigen. Drei Augenpaare wechselten von einem zum anderen.

„Warum eigentlich nicht?" Ich setzte mich aufrecht. „Ich muss so schnell wie möglich rüber. Karl hat noch einmal geschrieben, er braucht Sachen und Unterlagen. Komm doch mit?"

Scheppterndes Lachen, Hilde lehnte sich weit nach hinten.

„Nee, nee! So schnell schießen die Preußen nicht", sie lachte noch immer, „bin doch kein D-Zug! Aber du erzählst dann, wie's gelaufen ist, und danach entscheide ich, ob ich auch über die grüne Grenze gehe."

Plötzlich in uns gekehrt, füllten Gedankensplitter den Raum.

Als sich Hilde verabschiedete, bot sie an, uns beim Umzug ins kleine Häuschen zu helfen.

„Du brauchst doch gar nicht dabei sein. Große Teile habt ihr nicht mehr, den Rest können deine Mutter und ich auch allein bewältigen. Mit dem Handwagen packen wir das, nicht wahr, Frau Herrmann?" Abwartend sah sie zu ihr.

Meine Mutter guckte skeptisch, nickte dann. „Warum nicht? Wenn die Kinder im Kindergarten sind, könnten wir eine Menge schaffen."

„Aber du hast doch bei dir zu Hause noch viel zu ackern?"

„Keine Sorge, das meiste ist schon weg, der Rest eine Kleinigkeit. Wenn du wieder da bist, kannste mir ja helfen!", grinste sie verschmitzt.

Wäre ich auch mit dieser Selbstverständlichkeit losmarschiert, wenn ich von den Schikanen gewusst hätte, die die beiden Frauen von Seiten der Merkersschen Obrigkeit erfahren mussten?

Zwei Tage später lernte ich Herrn Schnaub kennen.

„Ich war auf'm Amt", brummte er, bearbeitete seine Mütze mit beiden Händen, während er mich kritisch beäugte und rasch durch die Hintertür schlüpfte, „da dachte ich, ich komm mal eben vorbei, damit Se wissen, mit wem Se's zu tun haben", setzte er leicht grinsend hinzu. „Wenn Sie wollen, nehme ich schon Sachen mit, bin mit dem Anhänger da."

„Nun kommen Sie erst mal rein in die gute Stube," ermunterte ich ihn, bot ihm einen Platz an, während ich verstohlen seinen kräftigen Schädel, seine abstehenden Ohren, seine wuscheligen grauen Haare und seine kleinen dunklen Augen unter den wuchtigen Augenbrauen musterte.

„Ein heißer Tee steht noch auf dem Herd, möchten Sie?" Ich griff schon nach einem Becher und füllte ihn.

„Is nich nötig, wirklich nich … trotzdem, vielen Dank. Is ja auch schon verflixt kalt; ich glaube, es schneit bald“, vorsichtig pustend schlürfte er den Tee.

„Wenn Sie einen Augenblick warten, hole ich die Sachen. Es fehlen nur noch ein paar Kleinigkeiten.“

Ich rief die letzten Worte aus dem Nebenzimmer, in dem ich nun die letzten Habseligkeiten in zwei Koffer und einen Rucksack stopfte.

„Da hab’n Sie ja ganz schön was zu schleppen!“ Er erhob sich, setzte seine Mütze auf, schloss seine Jacke und ergriff die beiden Koffer, während ich den Rucksack an die Wand lehnte. Leise öffnete ich die Tür, überprüfte, ob die Luft rein war, und half ihm, das Gepäck im Karren zu verstauen.

„Hier, die olle Decke packen wir drüber“, er verzog verschwörerisch seine Lippen und flüsterte heiser: „Sie gehen in Richtung Vacha, biegen an der kleinen Wegkreuzung rechts ab, dann geradeaus bis Oberzellar. Die nach links zeigende Straße immer hoch, im letzten Haus warte ich auf Sie. Alles klar?“ Prüfend erwartete er mein Nicken.

„Wann soll ich kommen?“ Fröstelnd zog ich meine Strickjacke fester.

„Am besten morgen Nacht“, er blickte mit Kennermiene in den Himmel. „Am Schnee werden Se nich vorbeikommen, ziehn Se sich warm an!“

Er fasste grüßend an seine Mütze, zog dicke Handschuhe über und schwang sich aufs Rad.

Helligkeit und gedämpfte Stille am Morgen bestätigte Schnaubs Wettervorhersage: Draußen lag die Welt unter einer dicken Schneedecke. Prachtvoll sah es aus, weiß und unberührt, einfach märchenhaft!

Und icke sollte in dem jungfräulichen Schnee meine Spuren hinterlassen! Keine märchenhaften Aussichten.

Vor den Kindern versuchte ich, meine ansteigende Nervosität

zu verbergen, versorgte sie wie jeden Tag, ließ mir Wichtiges aus dem Kindergarten berichten, kochte, was zur Verfügung stand, und wollte irritierende Blicke meines Sohnes nicht zulassen. Der herrliche Schnee verdrängte aufkommende Unsicherheit. Es wurde getollt, mit weichen Schneebällen geworfen, sich im Schnee gewälzt, gejauchzt und gejubelt.

„Snee is sön und kalt", bemerkte Mika zufrieden, als er und seine Schwester ihr Abendbrot verzehrten. Beide wirkten rechtschaffen müde, rieben sich mit den kleinen Fäusten die Augen und gingen ohne viel Gezeter ins Bett.

„Morgen kommt Tante Hilde, die hilft uns bei unserem Umzug in das kleine Häuschen", erklärte ich, kuschelte beide in ihre Bettdecke und löschte das Licht. Ich traute mich einfach nicht, ihnen zu sagen, dass ich für einige Tage fort war, weiß auch nicht, warum.

Totzuschlagende Zeit zieht sich furchtbar.

Gute Ratschläge meiner Mutter, ja vorsichtig zu sein, kein Risiko einzugehen, bloß meine Klappe zu halten, auf das Gepäck zu achten, mich nicht zu verletzen, rauschten an mir vorbei und machten mich zappelig.

„Ist ja gut, Mutti, ich pass schon auf. Was sagst du morgen den Kindern?"

„Da muss eben dein Vater wieder herhalten oder deine kranke Großmutter in Berlin. Mir fällt schon was ein."

„Ich mach mich jetzt fertig und geh los!"

Die kleine Uhr zeigte halb zwölf.

Ich zog meine alte Skihose, darüber einen warmen Rock, einen Pullover, eine Strickjacke und dicke Stiefel an.

„Hoffentlich muss ich nicht rennen, liefe bestimmt wie 'ne bleierne Ente auf 'm Grund", kicherte ich, als ich mich nun noch in den dicken Mantel, den dicken Schal, die dicke Fellmütze und dicke Handschuhe fummelte und vor die Hintertür trat.

„Hier haste noch eine Thermoskanne Tee und Stullen."

Dann umarmten wir uns flüchtig. „Pass gut auf!"

„Wird schon schief gehen“, flüsterte ich und stapfte los.

Es hatte aufgehört zu schneien. Die Welt eisig und starr, versunken im Schnee, in dem meine Schritte kaum hörbar knirschten. Meine Augen gewöhnten sich langsam an die klare Nacht, und dicke Atemwolken begleiteten meinen Weg. Obwohl ich besser im Schutz der Büsche gehen sollte, blieb ich auf der Straße; schon gleich zu Anfang pitschnasse Stiefel und Hosenbeine … nee, det jefiel ma nich!

Weit nach Mitternacht klopfte ich leise an das Holztor des letzten Hauses in Oberzellar und hoffte, das richtige Haus und die richtige Tür getroffen zu haben. Es dauerte nur einen kurzen Moment, dann zog mich Herr Schnaub in die Tenne, wo er auf einer Bank vor einem kleinen Feuer ein Nickerchen gehalten hatte.

„Hat Sie jemand gesehen?“

Als ich verneinte, schien er zufrieden und bot mir auf einer Kiste einen Platz an, von dem aus ich Leiterwagen, Dreschflegel, Handwagen, Heu- und Mistgabeln und verschiedenes Ackergerät bestaunte. Von der Feuerstelle breitete sich ein angenehmer Duft verbrannten Holzes aus. Meine kalten Finger und Füße bedankten sich für die Wärme, auch meine Nase, die sofort anfing zu tropfen.

„Hier, nehm'n Se 'n Schluck, der wärmt“, er reichte mir ein Gläschen Selbstgebrannten, den ich mir tröpfchenweise einverleibte – tat gut, aber war auch verdammt scharf.

„Und nun?“ Ich lauerte auf seine Antwort.

Er sah auf seine kleine Taschenuhr.

„Wir warten bis zwei Uhr, dann gehn Se los. Sie müssen noch ein kleines Stück am Haus weiter geradeaus und dann nach links über die Kuhweiden. Die Zäune sind noch zu sehen; passen Se auf, dass Se sich nich am Stacheldraht verheddern. Wichtig is, dass Se immer bergauf gehen bis zum Waldrand. Da sind Se zwar sicherer, weil man Sie nich sehen kann, aber da sind auch die Grenzer. Um diese Zeit sind se nich so oft unterwegs, weiß man aber nie. Hoffen wir, dass se keine Hunde dabei haben … sonst wird's schwieriger."

Er hatte sich eine Zigarette angezündet, grunzte anerkennend.

„Gutes Material! Habe ich durch unseren Freund von Ihrem Mann, sind wirklich gut", der Rauch strömte gewaltig durch seine riesigen Nasenlöcher.

„Wenn Se im Wald sind, immer weiter nach oben, bis zum Kamm. Wenn Se den erreicht haben, müssten Se im Westen sein. Da könnten Se auch auf 'ne Patrouille stoßen, die sind dann aus Philippsthal. Es is gar nich weit, vielleicht 'n Kilometer, aber da is eben die Grenze dazwischen; und wegen der Berlinblockade hab'n se eben alles dicht gemacht. Vorher ging's leichter", er drückte seinen Stummel aus. Sein Blick wanderte zu meinen Sachen, die brav in der Ecke lagerten.

„Lassen Se das Zeug nich los, sonst rutscht es abwärts", nun grinste er breit, stand plötzlich auf, sah sich suchend um und kam dann mit einem langen Strick zurück. Er hielt ihn gespannt zwischen seinen Händen.

„Das könnte halten", murmelte er, ging zu meinem Gepäck, verknotete die Enden des Seils an den Griffen der Koffer, legte sich den Strick um den Nacken und schon schwebte das Zeug in Handhöhe über dem Boden.

„So könnte es gehen", nickte er zufrieden.

„Sie haben wirklich gute Ideen!"

Dann rauchten wir beide in uns versponnen, während mein Herz immer stärker zu pochen begann.

„Ham Se 'n weißes Tuch?"

Erschrocken sah ich auf.

„Im Koffer! Bettwäsche für meinen Mann", und schon kniete ich neben dem Koffer und wühlte, bis ich das Bettlaken in den Händen hielt.

„Das müsste gehen, groß genug ist es ja", ich faltete es auf und drapierte es um mich herum – beinahe hätte ich einen meiner Kindersprüche losgelassen: „Sieht Hekka nich äszückend aus?", ließ es aber ...

„Reicht! Ziehn Se's auch über'n Kopf, alles muss verdeckt sein."

Nach einer Weile erhob er sich.

„Dann marschieren Se mal los!"

Meinen Proviant stopfte ich in die Innentaschen des Mantels, packte mich in meine warmen Sachen, huckte mir den Rucksack auf, den Strick mit den Koffern legte mir Herr Schnaub darüber, dann schlang ich das Laken um Kopf und Körper und schloss es mit einer Sicherheitsnadel. Das Zittern meiner Hände konnte ich dabei nicht unterdrücken, fasste zuletzt die Griffe beider Koffer: Ich war bereit!

„Seien Se vorsichtig", warnte er, öffnete das Tor, blickte nach rechts und links, gab mir ein Zeichen und ließ mich dann allein in der Dunkelheit, aus der allmählich die weißen Schneefelder mit den Weidezäunen und die Umrisse des Waldes hoch oben auftauchten.

Fast geräuschlos setzte ich einen Fuß vor den anderen, suchte mit den Augen den angegebenen Weg und bog dann ab auf die unberührte weiße Pracht der Wiesen, aus denen einzelne Pfähle herausragten. An denen hangelte ich mich entlang durch den Schnee, an ihnen orientierte ich mich, wobei ich den einen oder anderen Zaun überwinden musste.

Trotz der Hilfskonstruktion an meinen Koffern ächzte ich gewaltig und prustete vor Anstrengung. Ich sah zwar aus wie eine weiße Wolke, die keiner ausmachen sollte ... keuchte dafür aber so laut wie eine Dampflokomotive! Ab sofort stöhnte ich lautlos.

Als ich den Wald endlich erreichte, sank ich auf meinen Koffer, atmete dicke Wolken aus und den Duft der Tannen ein.

Säße mir nicht die Angst im Nacken, hätte ich dieses Waldstück traumhaft schön gefunden.

Nun aber hieß es: aufpassen!

Ich krabbelte vorsichtig durch das Unterholz, zog mein Gepäck an dem Strick leise hinter mir her, achtete auf jedes Knacken und Knistern...als ich plötzlich Stimmen hörte, noch entfernt, aber deutlich. Rasch duckte ich mich, stapelte die Koffer hinter einen Busch und mich dahinter.

Mein weißes Tuch! Um Gotteswillen!

Hier, wo noch kaum Schnee lag, fiel ich auf wie'n Eisbär in der Wüste. Hastig riss ich mir das Laken runter, knäulte es zusammen, versteckte es unter den Koffern, zitterte jetzt doch wie Espenlaub und hoffte inständig, dass meine Zähne nicht zu laut klapperten ... und die Streife OHNE Hund unterwegs war.

Ich traute mich kaum zu atmen, zog die Mütze tief ins Gesicht, senkte den Kopf, umklammerte das Gepäck und betete, dass sie mein dröhnendes Herzkloppen nicht vernahmen.

„Und das hast du gehört? Ist doch nicht wahr!"

„Doch, kannst du mir glauben. Ich lüge doch nicht!"

Jedes Wort verstand ich. Und wenn ich gewollt hätte, hätte ich ihre Stiefel putzen können – und gottseidank ohne Hund!

Erst als ich keine Silbe mehr vernahm, alles wieder still und ruhig lag, wurschtelte ich mich aus der Umarmung mit meinem Gepäck, sortierte meine Knochen, musste dringend pullern – beinahe wär's in die Hose gegangen – verstaute mein versautes Laken, schnappte meine Habseligkeiten und stapfte langsam und vorsichtig Richtung Bergspitze. Hoffentlich liefen die Ostler nicht so oft Patrouille, zweimal solches Herzklabastern wär ein bisschen viel.

Als ich die letzten Meter zum Kamm kraxelte und versuchte, mich an kleinen Büschen festzuhalten und die Koffer zentimeterweise hochzuziehen, hätte ich mich beinahe an einem Stiefel festgeklammert!

In der einen Hand den Strick mit den Koffern, die Füße auf einem Stein, die freie Hand auf der Suche nach einem Halt, blickte ich auf … und in die Augen eines Grenzers, der auf mich herab sah und tatsächlich breit grinste. Ein zweiter gesellte sich zu ihm.

„Westler oder Ostler?", krächzte ich mit aufgerissenen Augen.

„Westler", antwortete er unerschütterlich, was mir sofort Tränen der Wut in die Augen trieb.

„Und da steht ihr und amüsiert euch!? Helft mir, verdammt noch mal! Packt mal meine Koffer an! Ist doch nicht zu glauben!" Nahm dann die angebotene Hand und stand endlich sicher auf dem Gipfel.

„Habt ihr immer soviel Spaß, wenn ihr auf Flüchtlinge trefft?"

„Nun regen Sie sich mal nicht auf, junge Frau, ist doch alles gut gegangen", beruhigte mich der eine, während mich der andere prüfend betrachtete. „Wo wollen Sie denn hin?"

Jetzt ließ ich mich erst mal auf einen Koffer fallen, suchte nach Zigaretten, bot jedem eine an, und gemeinsam pafften wir die Friedenspfeife.

„Ich muss nach Bebra und von da nach Hannover zu meinem Mann. Der braucht Wäsche und Kleidung", erklärte ich wieder ganz ruhig.

„Wir müssen Sie aber nach Philippsthal auf die Wache bringen. Geht nicht anders. Keine Sorge, meistens lassen sie die Leute sofort laufen. Und von da können Sie dann weiter", antwortete der, dem ich die angefangene Zigarettenschachtel zusteckte, als er sich zum Gehen wandte.

„Für euch beide", brummelte ich.

Zuerst schleppte ich meine Koffer und den Rucksack nach bekannter Art. Nach einer Weile summte ich alte Volkslieder, später bekannte Chansons, erst sehr verhalten, dann etwas lauter, bis auch die beiden leise trällerten.

Zum Schluss trug jeder der beiden einen meiner Koffer vor dem Bauch, trommelte den Rhythmus und amüsierte sich köstlich über unser kleines Konzert; ich hingegen schleppte den Rucksack ... und natürlich die Gewehre, in jeder Hand eins.

Kurz vor unserem Ziel tauschten wir unsere Utensilien, wie es sich gehörte, wär ja unmöglich, ich … mit den Gewehren!

So erreichten wir frühmorgens die Kaserne, wo mich meine sympathischen Sänger in der Wachstube ablieferten, Meldung machten und sich mit einem Augenzwinkern von mir verabschiedeten.

Nun begann der unangenehme Teil meines Ausflugs: Ich wurde verhört!

Warum ich rübergemacht bin? Ob ich hierbleiben wollte? Ob ich einen anderen Sektor bevorzuge, wenn ja, wohin ich wollte? Ob ich allein unterwegs sei, was ich mit mir rumschleppe …

„Zeigen Sie mal!"

Koffer öffnen, Wäsche und Kleidung herausnehmen, alles wieder einpacken, und natürlich: Papiere, Papiere, Papiere!

Natürlich hatte ich keine Erlaubnis für den amerikanischen Sektor. Wie denn auch? Hab mich ja schwarz und ganz alleene vom russischen zum amerikanischen geschmuggelt! Gut, dass mir Karl eine beglaubigte Kopie seiner Aufenthaltsgenehmigung für den britischen Sektor geschickt hatte, so genügte die Heiratsurkunde, um meinen Besuch zu erklären. Unfreundlich waren sie nicht, eher lustlos, ihre Schicht ging dem Ende entgegen und nun noch ich mit viel Papierkram.

„Hauen Sie ab, wir haben Sie nicht gesehen!", gähnte mein Gegenüber.

Gegen sechs Uhr durfte ich gehen, und sie erklärten mir noch, dass es in Heimboldshausen, fünf Kilometer von hier, einen Bahnhof gäbe, von dem aus Züge nach Bebra und weiter in den Norden fuhren.

Erleichterung auf der ganzen Linie, aber auch große Müdigkeit.

Auf dem Flur entdeckte ich eine Toilette mit Wasserspülung und tropfendem Wasserhahn über einer Emailleschüssel. Reichte mir. Ich wusch mich, benutzte die Toilette und normalisierte mich, indem ich meine Skihose ablegte – Hosen waren unfein – meinen Rock und die Strümpfe sorgfältig in Form brachte und meinen Mantel vom Dreck der Nacht befreite.

Auf dem Weg nach draußen spähte ich in einen Warteraum, in dem Menschen mit Koffern, Pappkartons und sonstigen Habseligkeiten schliefen oder vor sich hindösten. In der Ecke ein Bullerofen, der spürbare Wärme ausstrahlte. Ich hockte mich in seine Nähe, suchte nach meinen Stullen, futterte und trank genüsslich meinen kalten Tee. Dann zerrte ich an meinen Stiefeln, die ich nur unter großen Schwierigkeiten von meinen angeschwollenen Beinen lösen konnte, massierte kräftig und streckte sie weit von mir. Die Ruhe tat gut, aber bloß nicht einschlafen …

Draußen machten mich Kälte, eisiger Wind und leichter Schneefall schlagartig wieder wach. Ich schlich mit meinem Gepäck in Richtung Heimboldshausen, kämpfte gegen die Unbillen des Wetters und hatte das elende Gefühl, einfach nicht voran zu kommen.

Im kleinen Schaufenster eines Kolonialwarenladens, von einer winzigen Funzel beleuchtet, staunte ich über die ausgestellten Waren.

Deshalb nahm ich auch nicht wahr, als ein Auto hielt und ich ein lautes „Get in!“ vernahm. Meinten die mich?

Als ich mich umdrehte, las ich auf einem vor mir stehenden Jeep „Military Police“. Bevor ich mich suchend nach anderen Personen umschaute, stand schon ein GI vor mir, wies mit seinem Gewehr in Richtung Jeep und wiederholte mit lauter Stimme: „Get in!“

Entsetzt starrte ich in ein unnahbar kühles Gesicht, Augen unsichtbar unter dem weißen Stahlhelm, allerdings mit klaren unmissverständlichen Anweisungen zum Einsteigen.

Worte steckten in der Kehle, Humor und Witz verpufften in Angst und Schrecken – keine Diskussion, keine Widerworte.

Wortlos reichte man mir meine Koffer, lautlos setzte sich der Wagen in Bewegung, stumm saß ich und verstand die Welt nicht mehr.

Richtung Heimboldshausen! Na prima, die Strecke brauchte ich nicht mehr zu latschen.

Auf einem Hof vor einer Villa, offensichtlich die Kommandantur der Amerikaner, stoppte der Jeep, Wagentür aufgehalten und mit einem deutlichen „Get out!" Koffer und Rucksack daneben gestellt, dann Kopfbewegung in Richtung Tür: „Get in!"

Zorn stieg langsam vom Bauch in den Kopf. Ich will da nicht hin, ich schleppe meine Klamotten nicht da rein, dann bleiben sie eben draußen!

Ich stapfte wütend drauflos.

„Ihre Sachen!", tönte es laut und deutlich in deutscher Sprache. Erbost drehte ich mich um.

„Tragen Se se doch alleene", fauchte ich zurück und marschierte weiter. Und siehe da, ein offensichtlich Untergebener wurde beauftragt, mein Gepäck in das Haus zu tragen.

War det nu een Sieg oder hab ick mir damit alles vermasselt?

Jedenfalls verrauchte meine Wut so schnell, wie sie gekommen war, und ich folgte dem GI brav in einen Raum, wo er einem Offizier hinter einem großen Schreibtisch Meldung erstattete, bevor er sich zurückzog.

Da stand ich nun, sah aus dem Augenwinkel mein Gepäck, fixierte den lässig auf seinem Stuhl sitzenden Amerikaner und harrte der Dinge, die nun folgen mussten.

„Setzen Sie sich!"

Befehl ausgeführt: Beine nebeneinander, Hände im Schoß verschränkt, Augen geradeaus.

Ich blickte in ein recht sympathisches offenes Gesicht, glatt rasiert, die Haare ganz kurz geschoren.

„Wer sind Sie?“

Ich nannte ihm meinen Namen und Daten zu meiner Person.

„Wo kommen Sie her?“

„Aus Merkers in Thüringen.“

„Wo haben Sie die Demarkationslinie überschritten?“

„Ich bin nachts von Oberzellar über den Berg gestiegen.“

„Sind Sie auf eine Grenzpatrouille gestoßen?“

„Neein…“, ich zögerte nur einen Sekundenbruchteil, weil ich erst jetzt kapierte, dass meine netten Grenzer für die Besatzer arbeiteten.

„Sind Sie sicher?“

Aufpassen, Helga, aufpassen!

„Ja – ich bin sicher. Kurz vor dem Bergkamm musste ich mich vor Ostgrenzern verstecken, die haben mich aber nicht bemerkt.“

„Woher wussten Sie, dass es Leute aus dem Osten waren?“

„Sie sprachen sächsisch“, grinste ich, „das hört man.“

Seine Augen verengten sich.

„Warum haben Sie die Grenze überschritten?“

„Mein Mann lebt seit einigen Wochen in der Nähe von Hannover. Ich will ihm Wäsche und Kleidung bringen.“

„So, so! Sie nehmen ein solch gefährliches Unterfangen auf sich, bloß um Ihrem Mann Kleidung zu bringen?“ Er beschäftigte sich intensiv mit seinen Fingernägeln ohne mich aus den Augen zu lassen. „Und das sollen wir Ihnen glauben?“

„Stimmt aber!“ Trotzig sah ich auf, „Sie können ja mein Gepäck untersuchen. Was glauben Sie, was neue Kleidung kostet!“

„Haben Sie Geld dabei?“ Er fixierte mich mit fast geschlossenen Augen. Sein Ton wurde schärfer.

Jetzt wurde mir heiß, mein Gesicht glühte.

„Ja, ich habe Geld. Mein Mann hat mir Geld für die Reise geschickt.“

„Wieviel?“

„Kann ich so nicht sagen“, ich nestelte an meinem Mantel, suchte meine Geldbörse und reichte sie ihm. „Das ist alles, was ich habe.“

Er warf einen Blick in die Börse und reichte sie zurück.

„Das ist Deutschmark. Wie kommen Sie daran?“

„Ich sagte doch, mein Mann hat es mir geschickt“, Kehle wie zugeschnürt.

„Und Sie sind sicher, dass das Ihr ganzes Geld ist?“

„Natürlich bin ich sicher, bin doch kein Schieber!“

„Das müssen Sie uns erst beweisen!“

Er erhob sich und rief nach einem Untergebenen.

„Bringen Sie die junge Frau in eine unserer Unterkünfte, sie ist verhaftet und wird erst einmal hier bleiben. Nehmen Sie Ihr Gepäck und untersuchen Sie alles, aber in ihrer Gegenwart“, zu mir gewandt, „Sie folgen dem Sergeant!“

Ich trottete dem Mann hinterher – müde, hoffnungslos und ziemlich verzweifelt.

In einem kleinen Zimmer musste ich meine Koffer und den Rucksack öffnen, alle Habseligkeiten ausbreiten, die der Sergeant, an einen Tisch gelehnt, Arme vor der Brust verschränkt, kritisch beäugte.

Mein schmutziges, zusammengeknäultes Betttuch interessierte ihn.

„Was ist das?“

„Auf dem Schnee hätte man mich ohne dieses Tuch leichter ausmachen können, und dann ist es eben dreckig geworden“, murmelte ich, während ich mir die Augen rieb.

„Was ist in diesem Umschlag?“

„Das sind meine Papiere. Und Unterlagen, die mein Mann in seinem Betrieb benötigt. Er arbeitet doch als Ingenieur.“

„Sehr interessant, geben Sie her!“

„Aber ich brauche die Papiere, ohne die bin ich aufgeschmissen.“ Tränen traten mir in die Augen, meine Lage schien aussichtslos. Niedergeschlagen legte ich ihm den Umschlag in seine ausgestreckte Hand.

„Packen Sie Ihre Sachen zusammen, dann begeben Sie sich in das Zimmer nebenan. Dort finden Sie Betten. Da bleiben Sie, bis wir Sie rufen."

Bevor er sich entfernte, fragte er ganz nebenbei: „...und die amerikanischen Zigaretten? auch ein Geschenk Ihres Mannes?" Sein süffisantes Grinsen erwartete keine Antwort.

Dann war ich allein.

Leise schluchzend packte ich meine Sachen und begab mich in das von ihm angegebene Etablissement.

Gemütlich war was anderes: vier Stockbetten, alle mit Laken, Kopfkissen und einer Wolldecke ausgestattet und vor jedem Bett ein Hocker, wie in einer Jugendherberge.

Mir war alles wurscht! Ich wählte ein Bett in einer Ecke, verstaute mein Gepäck, legte mich hin, deckte mich mit meinem Mantel und der Decke zu und jammerte mich in einen traumlosen Schlaf.

***

Ob ihn schlechte Träume quälen? Träumen sterbende Menschen überhaupt? Durchlebt er noch einmal sein Leben, so wie ich im Augenblick?

Sie steht vor seinem Bett, beobachtet im Licht der kleinen Lampe seine sich hin- und herbewegenden Hände, seinen offenen, nach Luft ringenden Mund. Sie ergreift seine rechte Hand, hält sie fest und spürt einen Moment des Innehaltens.

„Du kämpfst, ich sehe, du kämpfst. Gehört wohl dazu, aber du sollst nicht leiden. Wir haben schon genug gelitten", brummt sie. „Die Schwestern sollen dir helfen", drückt seine Hand und lässt ihn allein.

Der durch den Flur wehende Duft des Bratens bringt sie in die Gegenwart zurück. In der Küche stellt sie fest, dass die Kartoffeln auf zu kleiner Flamme kochen, dreht sie höher, überprüft Braten und Gemüse, ehe sie sich zu den anderen ins Wohnzimmer begibt.

„Die Kartoffeln sind noch nicht gar, irgendein Idiot hat sie auf klein gestellt“, strafender Blick zur Tochter.

Sie lässt sich in ihren Stuhl fallen, legt die geschwollenen Beine hoch, verschränkt die Arme hinter dem Kopf. „Das Leben ist hart, aber ungerecht“, seufzt sie und greift zur Zigarette.

„Recht haste“, bemerkt ihr Sohn, der sich hinter der Zeitung verschanzt, während Schwester und Schwager weiterhin an der Bootsfahrt tüfteln.

Kurze Zeit später erscheint die Krankenschwester.

„Ich schaue nach dem Rechten, nur dass Sie Bescheid wissen“, schon verschwindet sie in Richtung Schlafzimmer.

„Geh mal mit, Bea, sag ihr, sie soll ihm das Schmerzmittel geben!“

Die Tochter springt hastig auf und folgt der Schwester.

„Mein Vater leidet offensichtlich, er stöhnt sehr. Wäre es nicht besser, Sie verabreichen ihm das Mittel. Der Arzt hat doch mit Ihnen gesprochen?“

„Hat er, ich weiß Bescheid.“

Beide stehen jetzt vor dem Bett des alten Herrn und betrachten ihn wie einen zu begutachtenden Gegenstand.

„Herr Jansen? Herr Jansen?“ So ist es wohl immer: Es wird gefragt, obwohl alle wissen, es gibt keine Antwort.

Ihre sicheren Handbewegungen, ihr kritisch prüfender Blick auf das veränderte Gesicht, den offenen Mund, die röchelnde Atmung, die fahrigen Hände und auch zum blutigen Gemisch im Urinbeutel flößen Vertrauen ein.

„Wenn Sie es für richtig halten, gebe ich ihm die Spritze.“

Scharf fixieren ihre Augen die der Tochter, verhaken sich einen Moment. Was meint sie? Ob ICH es für richtig halte?

Unsicher schaut ihr die Tochter ins Gesicht.

„Was meinen Sie? Er soll keine Schmerzen haben, das ist alles."
„Ich mein ja nur … es ist ein sehr starkes Mittel!"
Sie ergreift die Ampulle auf dem Nachtschränkchen.
„Es ist richtig, damit wird er keine Schmerzen mehr spüren."
Die Spritze wird aufgezogen. Den Stich in die papierene Haut des abgemagerten Arms des Vaters muss die Tochter nicht sehen, sie wendet sich ab.

„So, das wär's dann. Ich werde noch das Bett richten. Morgen kommen wir etwas später, wenn es recht ist, wir feiern auch ins neue Jahr." Klingt sie schnippisch, als sie das sagt?

Sie benötigt noch ein paar Minuten, ehe sie sich verabschiedet und ein frohes neues Jahr wünscht.

Bildet sie sich das nur ein oder fließt der Atem des Vaters tatsächlich ruhiger? Sie streicht über seine eingefallenen Wangen und Hände, ehe sie die Air von Bach leise durch den Raum fließen lässt.

Klingt schon fast wie auf einer Beerdigung, aber hier hört er die zarten Töne wenigstens noch.

„Nacht Väterchen, einen guten Weg."
Sie verlässt ihn geräuschlos und kehrt ins Wohnzimmer zurück.

***

Laute Geräusche rissen mich aus dem Schlaf.

Benommen setzte ich mich auf, wusste gar nicht, wo ich war, erkannte eine Frau, die heftig an einem Gegenstand zerrte und laut „Mist, so ein verdammter Mist!" brüllte und sich wütend auf eines der Betten warf.

„Was ist denn los?", fragte ich irritiert.

„Die Mistkerle haben mich geschnappt! Dabei war ich schon fast weg! Die sind einfach überall!", schimpfte sie, sprang erneut auf, schleifte ihre Sachen über den Boden und schob sie unter das Bett.

Langsam kehrte die Erinnerung zurück.

Eingesperrt, ohne zu wissen, warum, keine Papiere, zum Nichtstun verdammt, nur warten.

„Wissen Sie, wie spät es ist?"

Die noch immer fluchende Frau sah auf, betrachtete mich verwundert.

„Schätze, so gegen fünf, weiß nicht genau", sie stupste das Kopfkissen, zerrte an der Decke, hüllte sich darin vollständig ein, und kurz danach vernahm ich schnorchelnde Schlafgeräusche.

Fünf Uhr? Nachmittags? Früh? Wie lange hatte ich geschlafen?

In diesen Räumen ohne Fenster verlor ich vollständig die Orientierung.

Ich schlüpfte in meine Stiefel, es ging jetzt leichter, weil die Beene sich verdünnisiert hatten, ordnete mein Bett, nahm meinen kleinen Waschbeutel und suchte auf dem Flur nach einer Toilette mit Waschgelegenheit. Fast glücklich stieß ich auf einen Waschraum mit mehreren Hähnen über einer großen Rinne, rechter Hand drei abzuschließende Klos.

Na, das war doch was! Ungestört und ausgiebig widmete ich mich meiner Körperpflege und fühlte mich danach viel besser.

Zurück in meinem Zwangsdomizil zermarterte ich mir mein Hirn, um für ein weiteres Verhör halbwegs gewappnet zu sein.

Als es später an der Tür klopfte, wusste ich, eine erneute Vernehmung stand an.

Wie am Morgen nahm ich vor dem großen Schreibtisch Platz und beobachtete den Bezirkskommandanten, der interessiert in meinen Unterlagen blätterte, und mich schmoren ließ.

„Erklären Sie mir diese Zeichnungen!" Er hielt die Blätter hoch.

„Was das ist, kann ich auch nicht sagen. Mein Mann ist Ingenieur und tüftelt gern mit Maschinen oder erfindet neue."

„Wann und wo hat er sie angefertigt?"

„Er hat sie in Merkers angefertigt, wann, weiß ich nicht."

„Waren sie für das Werk in Merkers bestimmt?"

„Das glaube ich nicht, es sind einfach nur gezeichnete Ideen."

„Hat Ihr Mann noch zu anderen Betrieben Kontakt?"

„Nein! Ich weiß überhaupt nicht, ob es irgendwo Interesse für seine Zeichnungen gibt."

Er nickte nachdenklich und legte die Papiere beiseite.

„Wir haben uns im Werk in Hannover über Ihren Mann erkundigt. Ihre Aussage und unsere Ergebnisse sind zufriedenstellend."

„Wieso das alles? Warum?" Wortlos erwiderte er meinen fragenden Blick.

„Ach so, jetzt kapier ich: Spionage! Aufrufe warnen ja zur Genüge … sind ja auf jedem Amt angeschlagen", murmelte ich leise und schaute nach unten. „Und was geschieht jetzt mit mir?"

Er stopfte meine Unterlagen zurück in den Umschlag und reichte ihn mir.

„Sie können morgen früh die Kommandantur verlassen. Sie erhalten eine Bescheinigung, die es Ihnen erlaubt, sich in diesem Sektor aufzuhalten." Er erhob sich. „Wenn Sie hungrig sind, gehen Sie in unsere Kantine am Ende des Ganges. Ihren Schlafplatz kennen Sie ja bereits."

Fast schon aus der Tür, hörte ich ihn fragen: „Kehren Sie in den Ostsektor zurück?" Meine bejahende Antwort vernahm er noch durch die von mir geschlossene Tür.

Kurz vor sechs las ich auf der Uhr hinter dem wachhabenden Soldaten, bei dem ich mich abmelden musste. Er reichte mir das versprochene Papier.

„Und hier, diesen Betrag sind Sie uns für Unterkunft und Verpflegung schuldig", er beugte sich vor und wies auf eine Zahl auf einem kleinen ausgefüllten Zettel.

„Bitte?! IHR locht mich ein … und ich soll bezahlen? Das meinen Sie doch nicht ernst!" Kalte Wut kochte hoch.

„Ohne Bezahlung kann ich Sie leider nicht gehen lassen!"

Ich muss hier raus, sonst passiert was!!

Ich riss an dem Zettel, überflog den Betrag, fummelte in meiner Börse, warf das Geld auf den Tresen, packte zornig mein Gepäck, stürmte nach draußen – und prallte gegen eine Barriere.

„Verdammt, verdammt!", presste ich wütend heraus, vernahm einen Summton, drückte gegen die Schranke – endlich draußen.

Fuchsteufelswild stampfte ich auf, riss an meinem Rucksack, schnappte die Koffer und raste aufgebracht aus dem schwach beleuchteten Hof! Wenigstens steckte ein ordentliches Stullenpaket in meiner Tasche!

Das düstere Draußen kühlte mich rasch ab.

Grauer kalter Nebel waberte um Straßen und Häuser und erstickte den noch nicht mal angebrochenen Tag. Harte kleine Schneekristalle stachen in meine Augen, eisige Windböen zausten an Mütze und Mantel; mit Brachialgewalt stemmte ich mich vorwärts, hoffentlich in Richtung Bahnhof. Trotz der frühen Morgenstunde bemerkte ich bepackte Frauen wie mich, die alle eine Straße bevorzugten. Die zum Bahnhof? Meine Frage wurde nickend beantwortet.

Zahlreiche Menschen mit Gepäck warteten auf dem Bahnsteig, auf dem gegen acht Uhr ein Zug nach Bebra abfahren sollte. Die Fahrkarte erschwinglich, aber mein Budget magerte ab, und die Karte nach Hannover stand noch aus.

Als der Zug mit lautem Getöse einfuhr, kam Bewegung in die Menge. Türen wurden aufgerissen, rufend und schubsend stürmte sie die Waggons, jeder kämpfte gegen jeden.

Da musste ich durch. Also drückte und schob auch ich und drängte mich hinein, fand eine Ecke, in die ich meine Koffer stapelte, und durfte so einen sicheren Platz mein eigen nennen.

Die Fahrt dauerte über zwei Stunden.

Um den Bahnhof von Bebra überall Bombenkrater, zerstörte Gleise, Steinwüsten, vom Krieg hinterlassen. Ich hatte doch bisher nur davon gehört oder gelesen, jetzt traf mich die Wirklichkeit mit voller Wucht.

Bebra war ja ein Knotenpunkt, von dem aus die Soldaten in alle Richtungen transportiert wurden – ein Grund für die Bomben der Alliierten.

Zugig und deprimierend empfand ich den Bahnsteig mit den hastenden Menschen, die, wie ich, einen Zug nach Irgendwo erreichen wollten.

Am Fahrkartenschalter eine lange Schlange, in die ich mich einreihte, in der Hoffnung auf einen Zug in meine Richtung.

„Passen Sie ja auf Ihr Gepäck auf!“ Eine junge Frau wies auf meine Koffer. „Die Leute klauen wie die Raben! Wo müssen Sie denn hin?“

Ich nannte mein Ziel.

„Das ist auch meine Richtung, ich muss nach Göttingen. Eigentlich müsste bald ein Zug fahren, aber man weiß es nie genau. Pünktlich sind die nie, es ist einfach zuviel kaputt“, bemerkte sie achselzuckend.

Als ich meine Fahrkarte bezahlt hatte, konnte ich noch ganze fünf Pfennig mein Eigen nennen.

Die Frau und ich ergatterten einen Platz auf einer der Holzbänke, wo wir unsere Sachen verstauen konnten.

Für mich wurde es eine Fahrt durch eine unbekannte Welt, eine zerstörte, zerfetzte, zerschlagene Welt. Fassungslos starrte ich auf das zerbombte Kassel.

„Da steht ja kaum mehr ein Stein auf dem anderen! Sieht das überall so aus?“

Skeptisch sah sie mich an. „Sie kommen wohl vom Land?“

Als ich nickte, fuhr sie fort: „Die Dörfer sind weniger kaputt, aber die meisten Städte sehen so aus wie Kassel. Göttingen geht noch, aber Hannover!" Abschätzige Handbewegung. „Fahren Sie zum ersten Mal dahin?"

„Ja, ich besuche meinen Mann, er hat in Hannover Arbeit gefunden."

Ich verspürte wenig Lust auf Gespräche.

So klebte ich am Fenster, staunte über unberührte Schneefelder und bekam Beklemmungen, wenn mein Blick auf zertrümmerte Städte traf.

Mit vielen Wünschen verabschiedete sich meine Begleiterin in Göttingen.

Mittlerweile kein Schnee mehr, nur noch graue, eintönige Landschaft. Schritttempo um Hannover, eine Stadt, die es kaum verdiente, so genannt zu werden.

Eine Stätte der Verwüstung! Ruinen, stehengebliebene schwarze Mauerreste mit sinnlos in den Himmel ragenden Schornsteinen. Durch riesige Schuttberge schlängelten sich kleine Trampelpfade, auf denen sich Menschen mit Koffern, Pappkartons und Taschen wie Perlen auf einer Schnur bewegten.

Hier wollten wir ein neues Leben beginnen?

Als der Zug hielt, ich mich in die Schlange der Aussteigenden einreihte, bemerkte ein älterer Herr meinen verstörten Gesichtsausdruck.

„Die Innenstadt ist ziemlich zerstört, das sehen Sie selbst. Trotzdem gibt es auch dort bewohnbare Häuser, sogar mit Geschäften. Auch andere Viertel in und um Hannover sind noch intakt", beruhigte er mich und lächelte, als ich erleichtert aufatmete.

Vom Bahnhof fragte ich mich zum Kröpcke durch.

Früher der Mittelpunkt Hannovers, wo sich die mondäne Welt zum Stelldichein traf – heute fast alles kaputt.

Aber es stimmte, was der Mann sagte. Ich kam tatsächlich an einzelnen unversehrten großen Häusern mit Geschäften vorbei, in denen die neueste Mode angeboten wurde.

„New Look“ las ich, während ich mir die Nase platt drückte, um lange Mäntel und Kleider mit Pelzbesätzen, drapierten Schals und Rüschen zu bewundern.

Am Kröpcke erkundigte ich mich nach der Haltestelle nach Sehnde.

Als mir eine ältere Frau den Preis des Fahrscheins nannte, zwanzig Pfennige, brach alles zusammen!

Ich sank auf meine Koffer und schluchzte hemmungslos.

Da hatte ich die Grenze überwunden, war eingelocht worden, hatte Verhöre überstanden, die Strecke mit dem Zug geschafft und das Gepäck vor Dieben gerettet … und nun fehlten mir fünfzehn Pfennige!

Eine Hand legte sich auf meine Schulter.

„Was ist denn los, junge Frau, was ist denn passiert?“, fragte eine Männerstimme: „Kann ich Ihnen helfen?“

Verheultes Gesicht lugte hinter den Handschuhen hervor, tränennass noch immer, blickte ich in freundliche Augen.

„Ich muss nach Sehnde … bin aus dem Osten … und jetzt fehlen mir fünfzehn Pfennig für den Fahrschein“, flüsterte ich, immer wieder aufschluchzend.

Nun lächelte der nette Mensch.

„Wenn's weiter nichts ist“, zog seine Geldbörse und streckte mir zwanzig Pfennig entgegen.

„Sie sind wirklich zu nett“, lächelte ich unter Tränen und nahm das Geld entgegen. „Es ist zuviel, ich habe doch noch fünf Pfennige“, stotterte ich, aber er winkte ab.

„Vielen, vielen Dank“, stammelte ich, da war er schon weg, mein guter Engel!

„Ihr Mann ist im Urlaub!“ Schnippisch, die Arme über der Kittelschürze gekreuzt, abschätzig der Blick von oben nach unten, begrüßte mich Frau Thielke, die Zimmerwirtin Karls.

„Bitte?! Das ist doch nicht wahr!!“

Trotzdem fuhrwerkte ich das Gepäck in sein Zimmer, ließ die Olle stehen und mich aufs Bett fallen.

„Da bist du ja endlich!“ Karl stand plötzlich im Zimmer, freute sich sichtlich und schloss mich erleichtert in die Arme.

„Deine Wirtin sagte, du seist im Urlaub!“

„Urlaub? Wer macht denn heute Urlaub?“ Ungläubig sah er mich an: „Manchmal spinnt die wirklich!“

Karl freute sich über seine Sachen und sortierte alles ein. Geholfen habe ich nicht, fühlte mich einfach erschlagen, aber trotzdem heiter und unendlich erleichtert.

Später aßen wir in einer kleinen Kneipe zwei Buletten, tranken ein Bier und ich erzählte und erzählte.

Die Nacht in seinem schmalen Bett ähnelte nur am Rande den bekannten katholischen Nächten, vielleicht sehnten wir uns nach einander, vielleicht war es auch einfach lustiger, weil wir gewaltig aufpassen mussten, um nicht aus dem Bett zu fallen.

Wir frühstückten bei seiner Wirtin, die viel zugänglicher, geradezu schwatzhaft wurde. Aber sie sorgte für ein reichhaltiges Stullenpaket mit Pfefferminztee, weil sie von meinem langen Rückweg in den wilden Osten wusste.

Karl hatte den Vormittag frei und begleitete mich zum Bahnhof. Unterwegs füllten wir meinen Rucksack mit vielen Leckereien wie Wurst, Schinken, Fett und dem wunderbaren Gersterbrot, das es nur in Hannover gab, sowie mit Zigaretten und kleinen Geschenken für die Kinder.

Was es hier alles zu kaufen gab! Bei uns in Thüringen undenkbar. Auch meine schmale Geldbörse konnte sich wieder über Scheinchen und Kleingeld freuen.

Auf einen Zug Richtung Kassel und Bebra mussten wir über eine Stunde warten.

Wir hatten keine Lust, über herumliegende Steine oder zerstörte Gleise zu straucheln, verkrochen uns lieber in eine weniger zugige Ecke, wo mir Karl letzte Anweisungen für den Rückweg einschärfte.

„Du musst nicht über den Berg zurück. Du bleibst auf der Straße von Philippsthal nach Vacha und schmuggelst dich zwischen Leute mit einer Arbeitserlaubnis. Achte dann am Bahnhof auf wartende Güterzüge aus unserem Werk, du weißt ja, wie sie aussehen. Klettere in einen Waggon, aber pass gut auf, dass du nicht geschnappt wirst."

„Ach du lieber Himmel! Wenn die mich erwischen, lochen die mich doch sofort ein!"

„Du musst verdammt vorsichtig sein! Aber da an der Grenze meistens viel los ist, musst du deine Chance nutzen: und rein! Das schaffst du!"

„Sagst du! Aber warum nicht über den Berg zurück?"

„Du kennst die Strecke, sie ist viel weiter. Im Güterwaggon wirst du fast bis vors Haus gefahren; darfst nur nicht vergessen, rechtzeitig abzuspringen, sonst landest du auf dem Werkshof!" Beherzt nahm er mich in den Arm. „Wird schon schief gehen!"

Unser Abschied kurz, weil uns die vielen Menschen einfach zur Seite schubsten. Als der Zug heftig anruckte, kippte ich nach vorn, klammerte mich an einen fremden Mantel, versuchte noch zu winken, sehen konnte ich nichts.

Wie schnell gewöhnte ich mich an die schrecklichen Narben des Krieges. Fast teilnahmslos registrierten meine Augen die schon bekannten Zerstörungen; traurig, war aber so.

Mit meinem vollen Rucksack und einem leeren Koffer, wir brauchten das gute Stück noch, kämpfte ich mich in Bebra durch die Menge, ergatterte einen Zug nach Heimboldshausen, wo ich mich ja nun korrekt mit einer Erlaubnis von den Amis aufhalten durfte.

Mittlerweile war es dunkel und ein scharfer Wind mit harten Graupeln pfiff mir um die Ohren.

Unweit des Bahnhofs bemerkte ich einen uralten Autobus, aus dem gewaltige Abgaswolken die Luft verpesteten und vor dem rauchende Männer und Frauen warteten. Ich näherte mich der Gruppe.

„Wo fährt der Bus hin?“, fragte ich eine warm eingepackte ältere Frau.

„Wissen Sie das nicht?“ Misstrauisch sah sie mich an.

„Nee, tut mir leid. Ich habe Freunde in Philippsthal und muss in die Nähe von Vacha.“ Ich hoffte, ich lag mit meiner Wegbeschreibung nicht so ganz falsch.

„Dies ist der einzige Bus, der nach Vacha fährt. Der ist aber nur für Leute, die im Westen arbeiten. Er bringt sie zur Grenze.“ Wieder musterte sie mich skeptisch, als ein junger Arbeiter hinzutrat.

„Wo wollen Sie denn hin?“

„Nicht weit von der Grenze wohnen Freunde von mir. Und bei dem Wetter die ganze Strecke zu Fuß … da graut mir“, ich lächelte zaghaft.

„Na, Mensch, Ilse, da nehmen wir sie doch mit!“ Aufmunternd stupste er sie. „Die kontrollieren doch erst an der Grenze.“

Überzeugt schien sie nicht, aber ihr „meinetwegen“ ließ mich hoffen. Rasch zog ich Zigaretten heraus und das Eis war gebrochen.

Heimlich schob sie mich dann in die hintere Reihe und setzte sich so, dass mich kaum einer sehen konnte.

„Ist verboten, Fremde mitzunehmen“, flüsterte sie, „aber es wird selten kontrolliert. Und wenn kein Spitzel unter uns ist, haben wir Glück“, jetzt nickte sie sogar freundlich.

Als sich das Ungetüm in Bewegung setzte, mein Gepäck neben meinen Füßen verstaut stand, die Arbeiter müde ihre Augen schlossen und langsam einnickten, rückte sie näher und flüsterte: „Sie wollen doch rüber, oder?“

Was sollte ich sagen? Wollte sie mich den Grenzern ausliefern?

Mir wurde heiß und kalt, würgte an Worten, nickte nur.

„Hab ich mir doch gleich gedacht, von wegen Freunde …“, sie verzog das Gesicht. „Und wie wollen Sie das bewerkstelligen?“

„Ich weiß es nicht. Meine Kinder sind drüben, ich muss zurück“, murmelte ich schwach.

Jetzt betrachtete sie mich interessiert.

„Einfach ist das nicht! Am besten im Güterzug, andere fahren sowieso nicht. Da rein und dann rausspringen. Schaffen Sie das?“

Unsere Augen trafen sich.

„Ich probier's!“

Als wir uns der Endstation näherten, brummte sie: „Sie haben Glück“, und wies auf einen Güterzug, der recht weit über den Bahnsteig hinausragte. „Wenn jetzt alle aussteigen, dann ab die Post in den Zug! Viel Glück!“ Schon mischte sie sich unter die anderen, gab mir noch einen kleinen Schubs in die richtige Richtung – und schon krabbelte ich über einen Puffer und stand auf der anderen Seite des Zuges.

Ich huschte hin und her und suchte einen Waggon, der wenigstens einen Spalt geöffnet war … als ich plötzlich Stimmen hörte.

Grenzer? Gleisarbeiter? Kontrolleure? Oder Leute wie ich?

So schnell konnte keiner gucken, wie ich unter dem Waggon lag! Meine Pumpe schlug Purzelbäume. Angst, wenn jetzt der Zug anfuhr.

Ganz nah schlenderten zwei Männer an meinem Versteck vorbei, hauten mit einem Hammer mal hier und da gegen ein Eisenteil und unterhielten sich. Waren wohl zu faul sich zu bücken – mein Glück!

Als nichts mehr zu hören war außer entfernten Rufen und Rangiergeräuschen, tauchte ich auf, fand endlich eine offene

Waggontür, schmiss meine Klamotten hinein und wuchtete mich unter Aufbietung aller Kräfte in den verflixt hohen Wagen.

Ob die noch einmal die Türen kontrollieren? Dann wäre ich eingesperrt! Schon tastete ich mich krabbelnd durch den Waggon, fand einen Stein, legte das Teil in die Schiene und wuchtete vorsichtig die Tür bis an meine Sperre. Vielleicht sah sie von außen wie geschlossen aus.

Erneut zog ich die Trumpfkarte!

Nach einer Weile hörte ich Schritte und einzelne Waggontüren donnerten zu. Meine wirkte offensichtlich geschlossen. Meinen vom Herzen plumpsenden Felsen konnten sie nicht hören!

Als der Zug endlich anzog, klapperten mir nicht nur die Zähne vor Kälte. Ich versuchte mit Massage und Verrenkungen, Blut in meine Extremitäten zu pumpen, mit nur mäßigem Erfolg. Viel Zeit dufte ich damit nicht verschwenden, denn länger als eine halbe Stunde brauchte der Zug nicht, um das Werk in Merkers zu erreichen.

Und vorher musste ich raus!

Also drückte ich die schwere Tür millimeterweise auf und schob meinen Kopf in die Öffnung.

Erkennen konnte ich rein gar nichts; und die harten Schneegriesel in den Augen und der scharfe Wind erleichterten meinen Absprung mitnichten.

Ich lauerte darauf, dass der Zug endlich langsamer wurde.

In einer Kurve bremste er ab und verringerte das Tempo, jetzt hieß es: Abspringen!

Ich warf erst den Rucksack, dann den Koffer, dann mich selbst.

Hätte ich doch als Kind das Fallen gelernt! Schwimmen konnte ich prima, aber Körperbeherrschung beim Turnen – da stand ich einem Mehlsack in nichts nach.

Und so fiel ich auch! Knallte mit voller Wucht auf den Schotter, auf Knie und Hände … Schmerzen schossen Blitze!

Blieb einfach liegen. Prüfte dann vorsichtig Arme, Beine, Hände: gebrochen war nichts. Hände und Knie bluteten und aus zwei riesigen Löchern in der Hose quoll mein teures Blut – da hatte meine Mutter ganz schön zu stopfen!

Mit einem Taschentuch drückte ich auf die Wunden und verband sie, so gut es ging. Als sich die Augen an die Dunkelheit gewöhnt hatten, fand ich zuerst den Koffer und wenig später den unbeschädigten Rucksack. Wieder bepackt, taumelte ich an den Gleisen entlang in Richtung Merkers.

Nach schier endloser Zeit trottete ich in unsere Straße und wunderte mich über die dunklen Fenster – bei uns brannte immer eine kleine Lampe.

Und dann fiel mir ein: Da wohnte ja keiner mehr!

Also weiter, im Dunkeln, bei bitterer Kälte und schneidendem Wind.

Und endlich landete ich im neuen Zuhause: bei meiner Mutter, den schlafenden Kindern und der wartenden Hilde – allerdings vollkommen erledigt! Es gab keine Stelle, die nicht wehtat.

„Das war sie, meine Ost-West-Ost Geschichte", beendete ich grinsend meine Erzählung, während ich auf meine verbundenen Knie starrte und meine geschundenen Beine und Hände mühsam ausprobierte.

Mein Blick wanderte durch die kleine Küche, entdeckte noch einige unausgepackte Kartons, aber im Licht einer mit Stoff und Fransen umhüllten Lampe sah alles wohnlich und gemütlich aus – meine Leute hatten gute Arbeit geleistet.

Ehe ich mich nach den Erlebnissen meiner Familie erkundigen konnte, stand plötzlich mein kleiner Sohn in der Küche, lief auf mich zu, bremste abrupt, verzog sein Gesichtchen mit vorgeschobener Schnute, kräuselte die Stirn, seine schielenden Äuglein spieen Zorn und seine Händchen verkrampften sich vor der kleinen Brust.

„Mutti weg, Mutti weg", schleuderte sein Mund, während ein gequältes Schluchzen aus der Tiefe hervorbrach und Tränen erlittenen Schmerzes hervorschossen. Die kleinen Fäuste jetzt in die Augen gedrückt, zitterte der kleine Kerl und versuchte, mit aller Gewalt nicht zu weinen, bis ich ihn endlich in meine Arme schloss.

„Ein Junge weint nicht! Wie oft habe ich dir das schon gesagt!", tönte es aus dem Mund meiner Mutter, was von Hilde mit einem „Ach, hören Sie doch auf, Frau Hermann" quittiert wurde.

Erst stocksteif, dann langsam entspannt, schlief er mit einem tiefen Seufzer in meinen Armen ein.

„Er hat sehr gelitten. Fassungslos suchte er nach dir und konnte nicht begreifen, dass du fort warst; immer wieder stammelte er: ‚Mutti weg! Mutti weg!' Er war untröstlich, gleichgültig, was wir ihm erzählten", berichtete Hilde, wobei sie meiner Mutter missbilligende Blicke zuwarf.

„Wenn du noch mal rüber machst, musst du es ihm erklären! Er glaubte wohl, du kämst nie wieder … ist schon ein zartes Seelchen", schmunzelte sie. „Die Kleine ist anders. Die fragte nicht, stand nur beobachtend in den Räumen, Daumen im Mund und antwortete auf alles nur ‚Nein'. Ab und zu brummelte sie ‚Mutti' und klammerte sich an ihre kleine Puppe, aber eher wütend und biff–baff … wenn du weißt, was ich meine."

Und dann teilten mir die beiden ihre Erlebnisse während des Umzugs mit: Wie der Bürgermeister und ein Gehilfe plötzlich in der Wohnung standen. Wie beide wortlos durch die Wohnung stapften.

Wie sie sich Notizen machten und nach den Möbeln fragten.

Wie sie neugierig in unseren Kisten und Kasten schnüffelten.

Wie sie unsere Arbeit beobachteten und sich gegenseitig Blicke zuwarfen.

Auf unsere wütenden Hinweise, was sie denn zum Teufel hier wollten, reagierten sie nur mit breitem Grinsen, sich gegenseitig fragend, wo wohl die Hausherrin abgeblieben sei, die sie dringend zu sprechen wünschten.

„Sie haben es auf jeden Fall geschafft, uns nervös zu machen. Als dann der Kerl von Bürgermeister auch Michael ausfragen wollte, bin ich wie eine Furie dazwischen und habe sie rausgeworfen!“, schnaufte Hilde wütend. „Und sie sind tatsächlich gegangen! Aber am nächsten Tag standen sie wieder vor der Tür.“

Jetzt übernahm meine Mutter.

„Ich ließ sie einfach nicht rein. Ich fragte ganz höflich, was sie in unserer Wohnung verloren hätten! Sie quasselten was von Schäden, die sie festhalten müssten, schließlich sei es ja eine Werkswohnung, und noch irgendwelchen Blödsinn. Also blieben sie und amüsierten sich über unsere Nervosität. Widerlich, einfach widerlich!“, stieß sie ärgerlich hervor.

„Aber da war noch was … sie wedelten mit einem Papier und tönten, da seien Beiträge noch nicht bezahlt, wohl von der Krankenversicherung; hat Karl das vergessen? Weißt du was darüber?“

Ich schüttelte den Kopf. „Davon weiß ich nichts. Vielleicht ist es auch nur Schikane, die suchen doch so lange, bis sie was gefunden haben!“, gähnte herzzerreißend. „Leute, ich muss ins Bett!“

***

„Essen ist fertig!“

Auch wenn niemand wirklich hungrig ist, der appetitliche Duft des Bratens lockt an den Esstisch.

„Hier, Teller und Besteck!“ Sie verschwinden in der Durchreiche, werden auf der anderen Seite entgegengenommen und auf dem Tisch verteilt.

„Nimm die Kartoffeln, stell den Braten und das Gemüse auf den Holzteller und hier die Soße“, Beate knallt die Klappe der Durchreiche zu.

„Kommst du, Helga?“

Die Tür zum Schlafraum des Vaters öffnet sich.

„Er ist viel ruhiger“, die Mutter zieht leise die Tür zu. „Hab aber keinen Hunger, will nichts essen“, brummelt sie.

„Red nicht, jetzt wird gegessen!“ Die Tochter ergreift ihren Arm und schiebt sie ins Wohnzimmer.

„Riecht aber gut!“ Sie nimmt ihren Platz ein und greift dann doch zu.

Konzentrierte Stille.

Klappern der Bestecke.

Mahlende Essgeräusche.

Plötzlich legt sie Messer und Gabel beiseite, kichert und fixiert ihren Sohn.

„Erinnerst du dich noch daran, als wir euch über die Grenze in Vacha geschmuggelt haben und du ganz laut und deutlich, noch in Hörweite der Grenzer, fragtest: ‚Sind wir jetzt sraz über die Grenze gegangen?‘ Mir ist damals vor Schreck das Herz in die Hose gerutscht, schubste euch vorwärts und war froh, dass keiner von denen reagierte.“

„Keine Ahnung, weiß ich nich mehr“, brummt Mika und nimmt sich erneut von den Kartoffeln. „Wann war’n das?“

„Das muss im Frühjahr ’49 gewesen sein.“ Sie säbelt sich ein Stück vom Braten ab.

„Und die haben dich – einfach so – über die Grenze gelassen?“

„Na, so einfach war das nun auch wieder nicht. Ihr müsst euch das so vorstellen …“, sie räumt den Teller zur Seite und malt mit der Gabel die damalige Örtlichkeit, „hier ist die Werrabrücke von Vacha, die ist noch Osten. Am Ende der Brücke krümmt sich eine Straße nach rechts und nach links. Die rechte Seite bleibt im Osten, die linke führt nach Philippsthal, also in den Westen. Und die ist verrammelt. Da konnte man nur mit besonderer Erlaubnis rüber.“

„Also konntest du da nicht durch“, stellt die Tochter fest.

„Richtig, das ging nicht, der Witz in der Geschichte liegt im sogenannten Hoßfeldschen Haus.“

„Häh, was is’n das?“ Nun starren alle auf die imaginäre Zeichnung.

„Also: Wenn du die Brücke überquertest und über die Straße gehen wolltest, standst du vor einem großen Haus, das auf der einen Seite zum Westen gehörte und ein kleinerer Teil zum Osten. Das ist das Hoßfeldsche Haus, genannt nach ihrer Besitzerin, Frau Hoßfeld. Das war ne ehemalige Druckerei, ich glaube, so Ende des 19. Jahrhunderts. Und weil der größere Teil im damals preußischen Gebiet lag und die Steuern zur damaligen Zeit im Thüringischen höher waren, haben die Leute einfach ihre Maschinen alle in den preußischen Teil geschafft und zahlten so weniger Steuern. Raffiniert, was?“

„Und? Was hat das mit unserer Flucht zu tun?“

„Durch das Haus sind wir durch! Du musst wissen, hinter dem Haus, direkt an den Berg gelehnt, gab es ein schmales, verstecktes Gärtchen mit einer Pforte in den Westen. Die wurde von den Russen und den Ostgrenzern bewacht. Nur wenn die Russen Mittagspause machten und du die Grenzer mit Zigaretten bestochen hast“, sie wedelt mit ihrem dicken Zeigefinger, „ließen sie sich erweichen … und in dem Moment krähst du was von schwarz über die Grenze gehen, obwohl ich denen gerade erklärt hatte, der Vater wolle seine Kinder mal wieder sehen!“ Sie verdreht die Augen und zündet sich eine an.

„So war ich immer, wahrheitsliebend!“, grinst ihr Sohn und stopft sich ein Stück Fleisch in den Mund.

„Und als wir dann an der Werra in Richtung Philippsthal marschierten, da schmeißt du, Bea, einfach deine Puppe in den Fluss, als wärst du jetzt frei von allem; fand ich schon sehr merkwürdig!“

„Was? Das soll ich getan haben? Ohne meine Puppe in diesem elenden Kinderheim in Großburgwedel?“ Ungläubig schaut Beate zu ihrer Mutter.

Die nimmt nachdenklich einen Schluck aus ihrem Bierglas.

„Tja, dieses Kinderheim in Großburgwedel war wohl nicht die beste Idee“, sie trommelt mit den Fingern, „aber das wussten wir doch auch nicht! Wir mussten euch doch irgendwo unterbringen, bis wir eine Wohnung fanden! Wir hatten doch keine Ahnung, was die da mit den Kindern anstellten; unter ‚kirchlicher Obhut‘, das konnte doch nicht so schlimm sein … und wir waren einfach froh, ein Heim gefunden zu haben. Es gab so viele Kinder ohne Eltern, die Heime waren doch voll! Und das schöne Fachwerkhaus und der Garten beeindruckten uns. Was sollten wir denn machen?“

Sie schweigt hilflos, studiert die schmutzigen Teller, die Reste des Essens.

Die Stille tut weh, die gesenkten Köpfe bestätigen eigene Vorwürfe.

„Wenn euch Karl besuchte, ist ihm nichts aufgefallen. Mika zwar still, Bea mucksch oder biff-baff, brave Kinder, wohlerzogen“, gedankenverloren rollt sie die Serviette zusammen und fummelt sie in den Serviettenring.

„Es macht dir niemand einen Vorwurf. Die Zeiten waren schwierig, ihr habt das Beste gewollt, und wir haben überlebt!“

Dankbar nimmt sie die Worte der Tochter auf.

„Ihr habt damals ja auch nichts gesagt!“ Sie verteidigt sich weiter.

„Wenn Kinder durch Drill und Prügel zum Gehorsam gezwungen werden, wo niemand ein freundliches Wort für sie übrig hat, wo das Einhalten der Regeln wichtiger ist als der kleine Mensch, Toilettengänge erzwungen werden und nicht dem Bedürfnis der Kinder entsprechen, wo Vertrauen durch Zwang ersetzt wird, wo die Angst immer größer wird: da verstummen Kinder. Und – das darfst du nicht vergessen – in den Heimen war damals noch immer das gleiche Personal. Die kannten doch nur eine Erziehung: Drill, Härte, Gehorsam! Wie sollten die von heute auf morgen liberale und freundliche Erzieher werden? Erinnert euch, das dauerte doch noch bis weit in die sechziger Jahre, bis sich eine andere Erziehung entwickelte."

Beate löst den Knoten, das schlechte Gewissen wird schwächer.

„Natürlich ist mir euer gespenstisch braves Verhalten aufgefallen, als wir euch nach Monaten endlich abholen konnten", ihr Blick wechselt von einem zum anderen. „Ich weiß noch, wie entsetzt ich euch beobachtete, als ihr eure Kleidung am Abend Stück für Stück glatt stricht, sorgfältig auf den Stuhl deponiertet und mit gehorsamen Blicken zu mir aufsaht. Da fing ich an zu heulen, drückte euch an mich, ergriff den so hervorragend gestapelten Kleiderberg und schmiss ihn in die Luft. Dann forderte ich euch auf, es mir gleich zu tun … hat natürlich 'ne Weile gedauert, bis ihr dies antrainierte Verhalten ablegtet."

Sie greift zur Schachtel, zeigt mit der noch nicht angezündeten Zigarette auf ihren Sohn: „Du hast, glaube ich, am meisten abgekriegt!"

„Iiiich?!" Ironischer Blick mit spöttisch vorgeschobener Schnute. „Hab ich was abgekriegt? Wovon denn? Davon wüsst ich ja was!", und nimmt einen Schluck aus der Bierbuddel.

Ein Moment des Innehaltens. Die Mutter kennt ihren Sohn. Sie weiß um sein verlorenes Vertrauen, seine Ängste, die keine Nähe zulassen, immer Abhauen, wenn's um Gefühle geht, sein vieles Trinken … er wird sich dem kleinen Jungen von damals nicht nähern, seinem Alleingelassensein und seiner Traurigkeit nicht nachspüren.

Sie seufzt, nimmt einen Schluck.

„Du, Bea, du hast ja auch merkwürdige Anwandlungen mitgebracht. Jahrelang hast du abends im Bett fürchterlich geschaukelt; das Bett ist manchmal durch den ganzen Raum gewandert."

„Ja, daran erinnere ich mich. Das Schaukeln war nicht abzustellen. Hospitalismus heißt die Chose, typisches Verhalten bei vernachlässigten Kindern und Jugendlichen, dabei fühlte ich mich gar nicht vernachlässigt."

Sie steht auf und stellt Geschirr in die Durchreiche.

„Da kannste mal sehen! Jeder von uns schleppt so seinen Rucksack auf'm Buckel! Musst ihn nur richtig schuckeln, damit er beim Tragen nicht zu sehr kneift", schmunzelnd späht sie zu ihrem Bruder.

„Hab noch nie 'n Rucksack getragen, kommt mir nicht ins Haus. Wenn du damit rumrennst … dein Problem." Grinsen macht sich auf Mikas Gesicht breit, erneuter Schluck.

Dann rappelt er sich auf, geht in die Küche und ordnet das Geschirr in die Spülmaschine. Schließlich schaut er nach seinem Vater.

***

„Ach? Leben Sie jetzt mit meiner Uhrzeit?"

Sofort nach Eintreten in das Amtszimmer erkannte ich unsere kleine Kaminuhr auf dem Schreibtisch des Bürgermeisters. Hatte das Aas sie doch geklaut! Was erdreisten die sich!

Wir taxierten einander. Er auf der einen, ich auf der anderen Seite des ausladenden Schreibtisches. Meine ironisch heruntergezogenen Mundwinkel kommentierte er mit zornigen, zu Schlitzen verengten Augen. Aber die leichte Röte im Gesicht konnte er nicht verbergen.

„Sie sollten sich mit Ihren Verdächtigungen zurückhalten", zischte er mit zusammengepressten Lippen. „Gerade Sie! Sie haben uns schon genug Ärger gemacht!"

Herrische Handbewegung Richtung Stuhl, ehe er auf das Klingeln des Telefons reagierte, das schon eine Weile schrill läutete.

„Was ist denn?", brüllte er in den Hörer. „Das habe ich schon gestern befohlen! Kapieren Sie das denn nie?" Er knallte den Hörer auf die Gabel und warf sich auf seinen Stuhl.

„Und nun zu Ihnen! Sie wissen, warum wir Sie einbestellt haben?"

Er beugte sich vor, ergriff seine Zigarettenschachtel, klaubte sich eine raus, Streichholz an, gewaltige Rauchwolken ... während er sich zurücklehnte und mich nicht einen Moment aus den Augen ließ.

„Ich habe keine Ahnung! Und wenn ich was verbrochen habe, dann sollten Sie MICH ansprechen und nicht meine Familie, geschweige meine Kinder. Diese Methoden kenne ich noch von früher", ich lachte gereizt.

„Nun reicht es!" Er schlug mit der flachen Hand auf den Schreibtisch und beugte sich vor.

„Ihr Mann hat sich aus dem Staube gemacht und unseren Staat betrogen! Um nicht zu sagen: in verbrecherischer Absicht betrogen!"

Was sollte ich dazu sagen?

„Nicht nur, dass wir Ihnen die Werkswohnung noch bis zum Ende des Monats zur Verfügung gestellt haben – bei illegaler Grenzüberschreitung hätten wir Sie sofort raussetzen können – nein, im Betrieb hat Ihr Mann einen nicht mehr wiedergutzumachenden Schaden angerichtet. Seine Maschinen sind absolut unbrauchbar! Keiner unserer Arbeiter konnte sie je richtig in Betrieb setzen! Das nennt man – Frau Jansen – Sabotage!"

„Wenn niemand die Maschinen bedienen kann, könnte das nicht daran liegen, dass Ihre Leute zu wenig davon verstehen?"

„Wollen Sie etwa behaupten, unsere Ingenieure verstünden nichts von ihrer Arbeit?" Wut verzerrte sein Gesicht. „Ich verbitte mir eine solche Verunglimpfung der Arbeiterklasse!“ Erneut schlug er auf die Tischplatte und zerquetschte den Stummel im Aschenbecher.

„Aber das ist noch nicht alles! Hier …“ Er wühlte in seinen Aktenbergen, schob verschiedene Papiere beiseite, ehe er kurz ein Blatt überflog und es mir dann über den Tisch reichte.

„Lesen Sie selbst!“ Sein Finger wies auf einen Betrag. „Diese Summe ist Ihr Mann unserem Staat noch schuldig, weil er seine Beiträge für die Krankenkasse nicht beglichen hat!“

Ich nahm das Papier, studierte das formlose Schreiben, in dem tatsächlich ein Geldbetrag genannt wurde, der noch ausstand.

„So weit ich weiß, hat er doch offiziell gekündigt. Dann müsste doch die Krankenkasse ebenfalls unterrichtet werden. Er dachte wohl, das ginge automatisch. Mehr kann ich dazu nicht sagen. Kann ich das Schreiben behalten?“ Ohne auf seine Reaktion zu warten, verschwand es in meiner Handtasche. Die Sache gefiel mir gar nicht.

Sein triumphierendes Grinsen ärgerte mich gewaltig.

„Ich werde meinem Mann die Sache übermitteln. Vielleicht ist das alles nur ein Missverständnis. War's das?“

Ich erhob mich. Er musterte mich mit Siegermiene.

„Sie sehen jetzt hoffentlich, dass SIE in unserer Schuld stehen“, seine Augen streiften über meine kleine Standuhr. „Und dass wir jede Ihrer Transaktionen beobachten, ist Ihnen ja klar!“ hörte ich noch, bevor die Tür zuknallte.

Auf dem Wege nach Hause schäumte ich vor Wut. Dieser verfluchte Kerl! Dem ging es doch nicht um das Geld für die Krankenkasse! Das interessierte den überhaupt nicht! Der wollte was gegen mich in der Hand haben und dann unsere Möbel einkassieren. Mit Möbeln für vier Zimmer konnte er was anfangen, mit Geld nicht!

Krisensitzung um den runden Tisch in der Küche.

„Was machen wir jetzt?“

Hilde und ich pafften, meine Mutter goss Tee ein, Köpfe rauchten.

„Natürlich könnte ich versuchen, das Geld für die Krankenkasse aufzutreiben. Ich bin mir aber nicht sicher, ob das alles so stimmt." Ich drückte meine Zigarette aus und prüfte vorsichtig den Tee.

„Das Geld solltest du aber besser schon mal da haben, falls das ihr letztes Druckmittel ist; wenn alle Stricke reißen, wird dein Vater sicherlich einspringen", meine Mutter blieb gelassen.

„Und abhauen kannst du jetzt auch nicht, die passen gut auf dich auf!" Hilde ergriff ihre Tasse und stützte ihre Arme auf den Tisch.

„Weiß ich doch, wo sollen wir denn auch hin? Eine Wohnung in Hannover zu finden, ist unglaublich schwierig; schließlich sind wir mit meiner Mutter fünf Personen. Karl tut, was er kann; er sucht jetzt auch nach einer Bleibe für die Kinder, vielleicht ein Kinderheim."

Die schier ausweglose Lage bekümmerte mich mehr, als ich zugeben wollte. „Wenn ich allein agieren könnte, wäre alles leichter", ich stützte meinen Kopf in die Hände. „Natürlich wissen die, dass wir auch rüber wollen. Bin mir sicher, wenn ich denen meine Möbel lassen würde, begleiten die mich persönlich bis zur Grenze und geben mir einen Abschiedskuss!"

„Baah! Darauf könnte ich gut verzichten", lachte Hilde, „aber, um es kurz zu machen, ich muss nun auch rüber, egal wie!" Sie wurde ernst.

„Mitte des Monats muss ich die Wohnung verlassen. Georg hat offiziell gekündigt!" Sie lehnte sich zurück, Arme vor der Brust verschränkt, und schaute uns an.

„Wirklich? Mensch, Hilde, da reden wir nur über uns … und du sitzt auch in der Patsche! Drangsalieren die dich auch?"

„Nachdem sie Georgs Kündigung erhalten haben, bekomme ich ab und zu freundlichen Besuch", sie kicherte leise. „Sie überprüfen, was ich so zu bieten habe und was sie sich einverleiben könnten. Mit den Möbeln sollen sie selig werden, die sind hässlich und alt; was Wert hat, ist schon lange gepackt und versteckt. Georg kennt einen Bahnbeamten in Bad Salzungen, der gegen Zigaretten und Westgeld meine Sachen nach Berlin verfrachtet. Von da befördert eine Spedition alles nach Ronnenberg bei Hannover."

Sie zündete sich erneut eine an.

„Georg hat mittlerweile eine gute Stellung und eine Wohnung, alles geregelt!" Sie blies Rauchkringel. „Und nun will ich rüber; wenn's geht, so wie du, schließlich kennste dich ja aus!"

Ich blickte hinaus in den verschneiten kleinen Garten. Sträucher voller Schnee, wunderschön, aber verdammt kalt. Der Gedanke, sofort wieder durch die verschneite Nacht in den Westen zu stapfen, behagte mir nicht.

„Wir haben jetzt Anfang Dezember. Vor Weihnachten wollte ich sowieso noch mal rüber, Kinderkleidung und Wäsche bringen und die Sache mit der Krankenkasse klären", dachte ich laut. „Wenn wir bis dahin keine anderen Schwierigkeiten bekommen, können wir los. Und wenn du vorher aus deiner Wohnung musst, kannste für die paar Tage auch bei uns unterkommen, nicht Mutti, das ginge doch?"

Erna zuckte die Achseln. „Warum nicht? Sie haben uns so geholfen, da finden wir schon noch ein Bett!"

Fünf Tage musste sich Hilde mit einem provisorischen Bett begnügen, ehe wir unseren gemeinsamen Weg über die grüne, jetzt in weiße Pracht gehüllte Grenze starteten.

Die Kinder fanden die Zeit mit Hilde wunderbar! Sie tobten auf ihrem Bett, einem Strohsack, von den freundlichen Deilmanns zur Verfügung gestellt, hüpften über Koffer und Rucksäcke und genossen das Chaos, das fünf Personen in einem so kleinen Häuschen verursachten. Diesmal erklärte ich meinem Sohn ganz genau, dass ich mit Tante Hilde unbedingt fortmüsste, ich aber vor Weihnachten wieder da sein und schöne Geschenke mitbringen würde. Der Lütten genügte offenbar der Hinweis „Ich komme wieder".

In den fünf Tagen fummelten Hilde und ich an unsere Mäntel das, was ich im Westen als New Look gesehen hatte; wir suchten in Kisten und Koffern nach flauschigen Bordüren, am besten fellartig, die wir mit großer Mühe so aufbereiteten, dass wir sie mit Druckknöpfen an unseren Mantelsäumen befestigen konnten. Schließlich wollten wir im Westen nicht auffallen. Was haben wir bei dieser Aktion gelacht und gekichert, wie Backfische.

Über unseren Mittelsmann schickte mir Karl erneut Geld und Zigaretten, und unser Herr Schnaub vergaß nicht, unsere Klamotten am Abend vorher, diesmal mit einem Schlitten, abzuholen.

Als wir uns gegen Mitternacht auf die Socken machten, prusteten wir vor Lachen, wiesen mit den verpackten Händen je auf den anderen: Wir sahen aus wie eingeschnürte Mumien.

„Bin so dick eingepackt, kann mich kaum rühren! Wie soll ich da den Berg erklimmen", kicherte Hilde. „Gut, dass ich bei dem Gourmetessen hier einiges an Gewicht verloren habe, sonst müsstest du mich den Berg raufrollen!"

Wir umarmten meine Mutter, bedankten uns für Proviant und gute Wünsche und stapften los in die sternenklare Winternacht.

Im Gleichschritt knirschten wir durch den Schnee. Manchmal schubste ich ihr mit dem Fuß eine Ladung Schnee in den Weg, darauf folgte sofort die Retourkutsche, immer wieder … bis wir uns vor Lachen bogen und jeder „Pssst, pssst , nich so laut!" zischte und den Finger vor den Mund hielt, so weit das bei den dicken Handschuhen überhaupt möglich war.

Wenn wir weiter so vergnügt durch den Schnee tollen, weiter so hemmungslos lachen würden, dann säßen wir bald in irgendeiner Amtsstube, wo uns das Lachen schon vergehen würde …

Also riefen wir uns zur Ordnung, marschierten, wie es sich gehörte, in Richtung Oberzellar, wobei wir nicht vergaßen, immer wieder die Schönheit der Nacht zu preisen.

Die Hilde war einfach knorke!

Auch Herr Schnaub amüsierte sich über unsere drolligen Sprüche und unsere ausgelassene Stimmung, wurde aber zur gegebenen Zeit ernst und mahnte – nachdem er unsere Koffer wieder mit praktischen Stricken verknotet und uns für den Abmarsch begutachtet hatte – uns doch das Lachen während des Weges zu verkneifen, denn auch Grenzer hätten gute Ohren, von etwaigen Hunden ganz zu schweigen.

Wie brave Kinder nickten wir, riefen uns zur Räson, bedankten uns mit dem üblichen Zigarettengeld und standen kurze Zeit später vor den mir ja bekannten Wiesen, aus denen diesmal nur noch kleine Pfahlköpfe aus dem Schnee den Weg nach oben wiesen.

„Da soll ich rauf?" Hilde zeigte entsetzt in Richtung Berg. „Da kannste mich ja gleich wie 'nen Koffer um den Hals binden und hochziehen! Und dann noch die Plünnen ... das schaffe ich nie!"

„Es wird kein Zuckerschlecken, aber du schaffst das", flüsterte ich, überprüfte noch einmal ihren Rucksack und das Seil mit dem Koffer um ihren Hals, drapierte das wichtige weiße Laken um ihren Leib und befestigte es vorsichtig mit mittlerweile ganz kostbar gewordenen Sicherheitsnadeln.

„So! Du hast jetzt beide Hände frei und kannst dich an den Weidepfählen festhalten. Ich gehe vor und bereite uns den Weg."

„Werd mich wie eine Wildsau nach oben wühlen", brummelte sie, und schon wieder mussten wir die Zähne zusammenbeißen, um nicht loszuprusten, begannen dann aber ganz ernsthaft den Anstieg.

„Du siehst aus wie 'ne schwangere Nonne", witzelte sie über

meinen watscheligen Gang, mit dem ich den Weg durch den Schnee schaufelte.

Mit Verschnaufpausen, Atemschöpfen, nun ohne Quatschen und Lachen, kämpften wir uns an das kleine Wäldchen heran, und immer achteten wir auf Geräusche oder Stimmen.

Irgendwann erreichten wir, heftig keuchend, den von Büschen und Tannen gesäumten Waldrand und schnauften dicke weiße Wolken.

„Riecht ja wunderbar hier", flüsterte Hilde.

Ich hielt sofort einen Finger vor den Mund, schüttelte energisch den Kopf, und formulierte wortlos: „Kein Wort mehr! Hier patrouillieren sie!"

Wir befreiten uns leise von Tüchern, Rucksäcken und Koffern, schuckelten die angespannten Schultern und hockten uns gegen eine Tanne. Ruhe. Angespannt lauschten wir: nichts!

Nach der kleinen Pause verstauten wir unsere Betttücher in die Rucksäcke, huckten sie auf, nahmen die Koffer an den Stricken und tasteten uns vorsichtig den weiteren Weg nach oben. Jedes Knacken ließ uns zusammenzucken, regungslos, ehe wir uns weiter vor wagten.

Plötzlich erstarrten wir: Stimmen!!

Ohne uns zu verständigen, kroch Hilde in einer Geschwindigkeit, die ich ihr gar nicht zugetraut hätte, unter einen Busch, ihren Koffer hinter sich herzerrend. Ich tat es ihr nach und warf mich unter ein schneebedecktes, rettendes Gebüsch, die Koffer in beiden Händen vorneweg und merkte voller Entsetzen, wie mich meine Koffer nach unten zogen, immer tiefer... Jetzt bloß nicht schreien! Ich biss mir auf die Lippen, nur ein knurrendes Ächzen entfleuchte. Halt bloß die Koffer fest! Mein einziger Gedanke. Der Rucksack baumelte mittlerweile über meinen Ohren, die Mütze hing mir am Kinn, det Blut sauste im Koppe rum, Atmen wurde Schwerstarbeit, Arme zogen sich lang und länger, Beene strampelten in der Luft... Koppheister abjestürzt!

Wenigstens hielt mich das Gestrüpp.

Nach einer gefühlten Ewigkeit hörte ich ein leises Rufen.

„Helga? Helga, wo bist du denn?"

Meine dumpfen Laute und meine wackelnden Beine führten Hilde zu mir. „Na, so tief musstest du nun doch nicht sinken", kicherte sie.

„Nun hilf mir doch mal!", schimpfte ich von unten, bis ich spürte, wie sie meine Beine packte und langsam begann, mich hochzuziehen.

„Mann, bist du schwer", stöhnte sie. „Klammerst du dich etwa noch immer an die Koffer?"

Mein Nicken konnte sie natürlich nicht sehen, und sprechen kostete mich bei dem Kampf, mich mit den Ellenbogen nach oben zu robben, viel zu viel Kraft. Als Hilde, auf dem Bauch krabbelnd, endlich das Seil mit meinen Koffern zu fassen bekam, es Hand über Hand aus dem Gewirr hochzog, brauchte es nur noch ein paar Minuten, bis ich endlich das Licht der Welt erblickte.

„Puhhh! So'n Abgang stand nich auf'm Programm!"

Als mein Blick auf die vollkommen derangierte Hilde fiel, die sich mit Fellmütze schief im Gesicht, mit fuchtelnden Händen und lautlosem Lachkrampf im Schnee wälzte, konnte ich nur noch hauchen:

„So richtig nach New Look siehste nich mehr aus!"

Kichernd stemmten wir uns in die Höhe, begutachteten meinen tiefen Krater – wohl ein Überbleibsel amerikanischer Kampfeinsätze – überprüften Kleidung und Gepäck und kraxelten weiter in die Höhe, häufig mit drohender Geste: „Klappe halten!"

Kälte und Schnee hielten offensichtlich die Westgrenzer von uns fern, so dass wir den Kammweg ohne Störungen erreichten. Diesmal musste ich meine Koffer allein schleppen, keine Lieder, kein Trommeln, keine Gewehre – aber mit Hilde war's trotzdem schöner!

„Diesen Weg kenne ich; wenn wir dem folgen, kommen wir nach Philippsthal“, flüsterte ich. „Hoffentlich treffen wir nicht auf die Amis! Sobald wir ein Auto hören: abtauchen! Klar?“

Durch den Schnee schlitterten wir den Berg abwärts, bemühten uns tapfer, in der Aufrechten zu bleiben, was natürlich nicht gelang! Immer wieder mussten wir uns mit unterdrücktem Lachen aus dem Matsch zerren.

„Wie spät ist es?“

Hilde suchte ihre kleine Uhr. „Kurz nach fünf!“

„Das ist gut. Ich will die Wache finden, in der sie mich damals abgeladen haben; vielleicht können wir uns da rein schmuggeln und unseren New Look anlegen“, kicherte ich und deutete auf unsere verdreckten Mäntel, „und dann frühstücken wir!“

„Das ist das Wort des Morgens! Mein Magen hängt in der Kniekehle.“

Sich im Dunkeln zu orientieren, war nicht leicht, aber nach einer Weile standen wir vor der schwach beleuchteten Wache.

Wie selbstverständlich winkte ich dem halb schlafenden Wachmann, nuschelte was von „Toilette …“ und schon standen wir in dem Flur und ließen uns zielstrebig vom entgegenwallenden Kloduft leiten.

Gestank hin, Gestank her! Wir wollten wieder zivile Menschen werden! Unsere Körperpflege erledigten wir zügig, unsere Klamotten vom Dreck befreien dauerte eine Ewigkeit.

„Bis hierher ging's ja noch gut!“

Wir hockten im Aufenthaltsraum am Kachelofen, verdrückten Tee und Stullen, wobei wir mit klammen Fingern den New Look an unsere Mantelsäume fummelten.

Manierlich und fein gemacht, huschten wir durch die Wache, wo gerade das Personal wechselte und niemanden beachtete, und machten uns auf zum Bahnhof in Heimboldshausen. Dort mischten wir uns unter die Fahrgäste nach Bebra, später nach Kassel und Hannover.

Hilde verging das Lachen, als sie die unglaublichen Zerstörungen der Städte ins Auge fasste: auch für sie ganz neue Bilder!

Fassungslosigkeit und Grauen zeichneten sich auf ihrem Gesicht ab.

„Und in diesen Trümmerfeldern wollen wir bald leben", stellte ich lakonisch fest, als wir gegen späten Nachmittag Hannover erreichten.

„Ist ja furchtbar! Hoffentlich sieht es in Ronnenberg besser aus!"

Und dann entstiegen wir mit unseren schwarzen Mänteln mit eleganter Fellbordüre, schwarzen Hüten – Mitbringsel aus den Koffern – Seidenstrümpfen und den besten Pumps, die noch überlebt hatten, dem Zug. Nur die schmutzigen Rucksäcke und die schäbigen Koffer passten irgendwie nicht.

Auf dem Vorplatz erwarteten uns unsere Männer: Das von Hilde versandte Telegramm hatte seine Adressaten pünktlich erreicht.

Es wurde ein schöner letzter Abend, mit viel Lachen, Scherzen und vielen Erzählungen ... und Wehmut.

Am nächsten Tag schmerzte die Trennung von Hilde stärker als die von Karl.

Im Zug dann doch Tränen, die ich nicht wollte. Das Alleinsein haute mich um: kein Lachen mehr, kein Witz, keine Leichtigkeit!

Alles passend zum zerstörten Draußen.

Die Zugfahrt fast schon Routine.

In den Arbeiterbus nach Vacha, nun wieder mit schwarzer Mütze, Keilhose, dicken Stiefeln und ohne Gedöns am Mantelsaum, stieg ich wie selbstverständlich ein und verkrümelte mich auf die letzte Bank.

Diesmal war ich auf dem Güterbahnhof nicht allein. Dunkle Gestalten drückten sich um die Waggons, mehr Frauen als Männer, und alle mit schweren Rucksäcken und vollen Taschen.

Ich kapierte: Es ging auf Weihnachten, und da wurde auf Deubel komm raus geschmuggelt: was man verhökern konnte, schleppte man in den Westen, und da besorgte man sich, was es im Osten nicht gab!

Irritiert fragte ich mich, ob ich auch zu ihnen gehörte?

Meine Antwort: im Prinzip – ja. Schließlich steckten in meinem Gepäck auch viele Lebensmittel, sogar Bohnenkaffee, Zigaretten sowieso und natürlich kleine Geschenke für Weihnachten.

Lautlos huschten Frauen um die Waggons, öffneten ächzend die schweren Türen so weit wie nötig und hievten sich hinein. Ich fragte drei Frauen flüsternd, ob ich mit ihnen fahren dürfte, und schon krabbelte ich nach oben und suchte mit ihnen ein Plätzchen, das von der Tür aus nicht sofort einsehbar war. Als endlich der Zug anruckte, entspannten wir uns, nun konnte uns nichts mehr passieren!

Ein Trugschluss.

Der Zug rollte sehr langsam an. Dann stoppte er.

Kehlige Laute drangen an unsere Ohren. Wir hörten, wie Schiebetüren aufgerissen wurden, dazwischen Brüllen und kräftige Schläge gegen Waggonwände.

„Ohgottohgott!! Die Russen! Die Russen!“

Der unterdrückte Aufschrei der Frauen weckte alte Angst vor Vergewaltigung, Brutalität und Plünderung.

Bevor wir noch ans Zittern denken konnten, wurde unsere riesige Tür aufgerissen, Lampen leuchteten ins Innere und trafen uns Frauen, die mit Brachiallauten „Rrraauuss! Rrraauuss!“ zum Absprung gezwungen wurden.

Und da standen wir nun: Sieben Frauen und ein Mann, unsicher und verängstigt, und jeder hielt sein Hab und Gut fest umklammert.

Mindestens drei Russen in dunklen langen Mänteln, Fellmützen und Kalaschnikows im Anschlag brüllten „Dawai, Dawai!“, begleitet von heftigen Bewegungen ihrer Waffen.

Also trotteten wir ergeben hinter einem Russen her, während uns zwei seitlich mit kehligem „looos, looos, dawai, dawai" vorantrieben.

Das zittrige Jammern der Frauen „Was werden die mit uns machen, ohgottohgott, die werden uns vergewaltigen!" ging mir auf die Nerven.

Ich wollte mich von ihrer Angst nicht anstecken lassen.

„Nun wartet doch erst mal ab!", zischte ich und versuchte, mit den anderen Schritt zu halten. Um unsere Köpfe dicke weiße Atemwolken, Kälte fraß sich in Nasenlöcher, Wangen und Augen. Vereister Schnee ließ uns nur stolpernd vorwärtskommen, der düstere Wald beinahe undurchdringlich.

Jeder plagte sich mühsam mit seinem Gepäck, die ganze Truppe deprimiert, übellaunig die Russen.

Als nach ein paar Kilometern dumpfen Schweigens einer der Russen neben mir marschierte, fragte ich ihn: „Ihr habt doch so schöne Lieder! Wir könnten doch singen?"

Überrascht blickte er auf. „Du kennen Lied?"

„Ja! ‚Der rote Sarafan', zum Beispiel." Und schon begann ich das Lied erst zu summen, dann leise zu singen, bis dann auch die Frauen, die Russen und unser einziger männlicher Begleiter mit einstimmten.

Seufzer der Erleichterung.

Neue Lieder fielen uns ein, viele aus Russland. Und singend erreichten wir nach einer Ewigkeit die russische Kaserne in Dietlas.

Der Kasernenhof, von ein paar schwachen Lampen beleuchtet, wirkte unheimlich und bedrohlich. Gefrorene Pfützen, zerklüftete Spurrillen, schmutzige Schneereste und riesige Militärfahrzeuge am hinteren Rand, das sah alles nicht gerade einladend aus. Ein größeres Gebäude ragte an der rechten Seite heraus, offensichtlich Kaserne oder Kommandantur. Auf dem Hof Russen in Uniform, die sich Befehle zuriefen, mit den

Händen gestikulierten und wenig Notiz von unserem Häufchen Versprengter nahmen.

Unsere Begleiter brummten: „Ihrr waarrten!"

Einer von ihnen besprach sich mit einer höheren Charge, der dann in unsere Richtung zeigte.

„Schwaaarrrz, komm häärr!"

„Er meint Sie! Ohgottohgott, jetzt sind Sie dran!", entsetzten sich die Frauen. „Hat die ganze Singerei doch nichts genutzt!"

Ein elektrischer Schlag schoss mir vom Kopf bis in die Füße, ich schnappte nach Luft und stolperte dem Russen entgegen.

„Koommmän!" Er fixierte mich, begutachtete mit spöttisch heruntergezogenen Mundwinkeln meinen Koffer und Rucksack, und wies mit dem Kopf in Richtung Kaserne.

Mein Herz spielte verrückt und nur kräftiges Zusammenpressen der Lippen unterdrückte lautes Zähneklappern.

Du darfst keine Angst zeigen!

Erneutes Luftholen, Schultern nach hinten … spürbar verlor sich der Druck.

In der Kaserne führte mich der Russe in einen Raum mit Schreibtisch, einigen Holzstühlen, Wandregalen voller Akten und Papiere, alles eingetaucht in das Licht einer halbdunklen Deckenbeleuchtung, dazu ein undefinierbarer Geruch nach altem Papier und feuchter Kleidung.

Hinterm Schreibtisch schaute einer in Uniform gelangweilt auf und ließ sich von meinem Begleiter informieren.

Scheinbar ruhig und gelassen blieb ich in Nähe der Tür.

In klarem Deutsch mit russischem Akzent befahl er mir, mich auf einen der Stühle, die der andere rasch von Papieren befreite, zu setzen. Sein slawisch markantes Gesicht, seine etwas schräg stehenden dunklen Augen und sein fast kahl rasierter Schädel wirkten gar nicht bedrohlich.

„Wo kommen Sie und Ihre Leute her?"

Ich räusperte mich und sah ihn offen an.

„Wir waren alle im Westen und sind von Ihren Männern aus dem Zug geholt worden, als wir nach Hause wollten. Es sind nicht meine Leute, wir trafen uns zufällig.“

Er nickte. „Sie wissen, dass es verboten ist, die Grenze des sowjetischen Hoheitsgebietes ohne Befugnis zu überschreiten?“

Auf meine Antwort legte er keinen Wert und fuhr mit einer wegwerfenden Handbewegung fort: „Deswegen sind Sie alle festgenommen.“

Das Gespräch war beendet.

Auf dem Hof verharrten meine Mitgefangenen und schienen überrascht, mich nicht halb tot geprügelt, sondern wohlbehalten aus der Kaserne kommen zu sehen.

„Wir sind alle festgenommen! Wir müssen jetzt tun, was die sagen.“

Unser russischer Soldat winkte und schnarrte laut „Koomm! Koomm!“, wies auf den Eingang und schlurfte mit uns durch lange Flure bis zu einer Zelle, deren Tür er aufriss und „Hiieerr bleiben!“ brüllte.

In dem kleinen stinkenden Kabuff standen eng gedrängt einige Pritschen mit schmuddligen Matratzen und dicken braunen Decken, die wir angeekelt in Augenschein nahmen.

Erst mal verstauten wir unsere Klamotten in verschiedenen Ecken oder unter den Bettgestellen, während ich sie über das Gespräch mit dem Offizier informierte.

„Wie lange wollen die uns denn festhalten?“

„Und was geschieht mit unseren Sachen?“

Jetzt spielte nur noch die Schmuggelware eine Rolle, die Angst vor Vergewaltigung verblasste.

„Schwwarrrz, kommm hääärrr!! Ihr waarrten!“, ließ sich erneut unser Russe vernehmen.

Was sollte ich machen? Ohne mein Zutun hatte er mich zur Anführerin erkoren. Also trottete ich hinter ihm her, wieder durch dunkle Flure, bis er einen großen, ziemlich verdreckten Waschraum mit dahinter liegenden, extra abgetrennten, ebenso verdreckten Toiletten öffnete. Der Gestank trieb mir die Tränen in die Augen, kaum traute ich mich zu atmen.

„Hiiieerrr, iihrr alles waschen", und er deutete mit großer Bewegung auf die beiden Räumlichkeiten.

Mit kaum merklicher Stimme murmelte ich: „Wischen, das heißt, wischen!" Sein verblüffter Gesichtsausdruck, sein „Hhhrrää" veranlasste mich, lauter zu betonen, dass es nicht „waschen" hieße, sondern „wischen"; worauf er in schallendes Gelächter ausbrach, sich auf die Schenkel haute, mit dem Finger auf mich zeigte und „… du gut, du lustig!" brüllte.

Das nutzte uns aber alles nichts, die Frauen und unser einzelner Mann, Gerd, wurden abkommandiert, den russischen Dreck, um nicht zu sagen, deren Scheiße wegzuputzen.

Zuerst öffneten wir die Fenster und nahmen die Kälte lieber in Kauf als den Gestank.

Mein fröhlicher Russe schaute interessiert zu und wartete auf weitere Aktionen.

„Wir brauchen Wasser und Lappen, ohne können wir nicht wischen", wobei ich ihn angrinste. Er machte sich davon und kam dann mit zwei Eimern, einigen Fetzen, die Lappen sein sollten, und sogar so etwas ähnlichem wie einem Schrubber zurück.

Wir Frauen begutachteten unser Werkzeug. Ich hielt die vermeintlichen Lappen in die Höhe, schüttelte den Kopf: „Mit den Läppchen können wir das alles nicht wischen, wir brauchen größere", und reichte sie ihm zurück.

„Errst rabotti, dann sääähen", knurrte er, wies auf die Wasserhähne. „Da Waaassäär!"

„Das Wasser ist eisig", stellte eine der Frauen fest, „da gefrieren ja unsere Hände!" Ich merkte bald, dass seine Geduld nicht grenzenlos war.

„Du musst verstehen, mit Eiswasser geht nicht … wischen,

das wird nicht sauber!" Eindringlich fixierte ich seine kleinen Augen, sein etwas aufgedunsenes Gesicht und seine dicke Knubbelnase.

„Ist wirklich besser", beruhigte ich ihn.

Er brummte unwirsch, warf mir einen missmutigen Blick zu, machte sich aber wieder auf und kam tatsächlich nach einer Weile mit zwei Frauen zurück, die je einen Eimer mit warmem Wasser anschleppten.

Wie viele Stunden wir in jener Nacht schrubbten, konnte keiner von uns hinterher sagen; irgendwann durften wir in unsere Zelle, suchten uns auf den Betten und auf Decken einen Platz und schliefen erschöpft ein.

Meine Füße schmerzten fürchterlich! Es war absolut unmöglich, meine Stiefel von meinen dick angeschwollenen Beinen zu lösen.

Allerdings standen unsere Habseligkeiten noch immer unversehrt, niemand hatte etwas durchwühlt, geschweige gestohlen.

Der Lärm auf den Fluren – rennen, brüllen, knallende Stiefel – weckte uns, und es dauerte nicht lange, da donnerte jemand gegen unsere Tür, wobei die unverständlichen Töne wohl „aufstehen und rabotti" bedeuten sollten.

Nachdem wir uns halbwegs frisch gemacht hatten – Gerd stand vor dem Waschraum Schmiere – wurden wir in einen Essraum geführt, wo wir uns mit tiefen Tellern anstellen mussten, um aus einem riesigen Bottich eine Kelle Borschtsch zu erhalten, nicht gerade das, was wir als Leibspeise zum Frühstück schätzten, aber der Hunger würgte es hinein.

Die Hoffnung, nach Hause zu dürfen, trog.

Unser eigentlich recht netter Russe scheuchte uns erneut zum „Waschen", wieder Waschräume, wieder ekelhaft stinkende Klos, diesmal allerdings mit größeren Lappen.

Wenn ich auf den Knien schrubbte, konnte ich die Schmerzen in den Beinen noch ertragen, stehen oder laufen wurde aber zur unsäglichen Qual. Gerd stand mir oft zur Seite, half mir, wenn ich aufstehen musste, und übernahm zunächst allein die grobe Drecksarbeit in den Toiletten, bis wir Frauen die Feinarbeit übernahmen. Zwischendurch erhielten wir in einer Pause eine undefinierbare Suppe, aber immer noch kein Signal, gehen zu dürfen. Noch die Kantine und zwei andere Aufenthaltsräume, dann endlich entließ uns gegen Abend mit breitem Grinsen unser Russe: „Iiihrr gäääähen!"

Mit unserem nie kontrollierten Gepäck und keinerlei körperlichen Annäherungen waren wir endlich frei und konnten den Heimweg antreten.

Schön wär's! Nach ein paar Schritten sackte ich zusammen, hockte mich auf den Boden und schluchzte: „Ich kann nicht! Meine Beine!"

Gerd, der nach Salzungen wollte, versuchte mir aufzuhelfen, aber die Beine rutschten einfach weg.

Hildegard und Carla, zwei nette Frauen aus Dorndorf, kamen auf die glorreiche Idee: „Wir brauchen einen Handwagen!"

Blick zurück in den Kasernenhof.

„Ich versuch's. Ich frage unseren Russen", murmelte Gerd und stapfte zurück in die Höhle des Löwen. Im düsteren Hof konnten wir beobachteten, wie beide wild gestikulierten, sich entfernten, und nach einigen Minuten zerrte Gerd tatsächlich an einem kleinen Bollerwagen.

Und dann zogen und schubsten meine freundlichen Helfer den Handwagen mit mir und den Klamotten durch den Wald, über kleine Wege, später auf der Straße nach Merkers, wo sich die beiden Frauen verabschiedeten. Und nach ungefähr einer Stunde lieferte mich Gerd vor unserem Gartenhaus ab. Über die Zigaretten freute er sich, grinste noch mal „So schlimm waren die Russen gar nicht!" und machte sich auf seinen Heimweg.

Mit Hilfe meiner Mutter wankte ich ins Häuschen, krabbelte auf allen Vieren auf einen Stuhl, hievte meine Beine auf den Tisch und jammerte.

„Elefantenbeene", bemerkte meine Mutter trocken. „Die Stiefel müssen wir aufschneiden und die Hose auch."

Und schon bewaffnete sie sich mit einer Schere, schnitt vorsichtig die Hosenbeine auf, bis sie die aufgequollenen Beine am Rande der Stiefel erreichte. „Ich hole eine Drahtschere, mit der normalen geht das nicht."

Und dann begann eine fürchterliche Quälerei, auch Blut quoll … bis die Stiefel endlich zerschnitten und langsam von den Füßen geschält wurden, Elefantenbeene, ohne Zweifel.

Obwohl ich kaum krauchen konnte, musste ich auf drei reizende Einladungen ins Bürgermeisteramt reagieren.

Es war immer das gleiche Procedere: Das Geld sei nicht gezahlt! Meine Aussage, mein Mann habe alles in die Wege geleitet, interessierte sie mitnichten; ein Spiel, das sie nicht aus der Hand geben wollten, aber festhalten konnten sie mich auch nicht.

Ich funktionierte weiter und organisierte mühselig im Kampf mit Schnee und Eis halbwegs frische Lebensmittel.

Alle Versprechungen, mehr Waren auf Karten zu erhalten, waren schlicht und einfach gelogen! Ohne die Schmuggelware wäre unser Weihnachtsfest äußerst dürftig ausgefallen. ICH hätte gern darauf verzichtet! Aber die Kinder freuten sich über den kleinen Baum, den sie mit eigenhändig gebastelten Sternen schmückten, über ihre Geschenke, über ein recht leckeres Essen und über Weihnachtslieder, die sie im Kindergarten gelernt hatten.

Wenn ich mich zu einsam fühlte, flüchtete ich zu Papa Hill, rauchte eine mit ihm und wir machten Witze über die politische Lage; mit ihm konnte ich noch lachen. Auch Deilmanns halfen mir ein wenig über die festgenagelte Traurigkeit hinweg. Ihre Gespräche taten gut, aber ich glaube nicht, dass irgendwer merkte, wie verlassen ich mich fühlte, wie sehr ich mich weg wünschte. Wohin? Ich wusste es selbst nicht.

Wenn allerdings Mika und Bea mit den Kleinen von Deilmanns im Schnee tollten, wenn sie mit dem von Hill geschreinerten

Schlitten den Hügel runterdonnerten, wenn die Zwillinge mit fast nacktem Hintern – die Knöpfe ihrer hinteren Hosenklappe hielten ihrem Toben einfach nicht stand – im Schnee kullerten und juchzten, dann tobte ich mit ihnen und genoss die unbeschwerten Augenblicke.

Als ich von Karl endlich eine Quittung über das gezahlte Geld beim Bürgermeister vorlegen konnte, ließen sie mich in Ruhe, betonten aber, mich weiterhin zu beobachten.

Funktionieren, warten, funktionieren, warten.

Warten auf eine erlösende Nachricht aus Hannover.

Und im März 1949 kam sie endlich!

Karl habe zwar noch keine Wohnung, aber mit Hildes Hilfe ein Kinderheim in Großburgwedel ausfindig gemacht, wo man die Kinder für unbestimmte Zeit aufnahm.

Bei frühlingshaften Temperaturen überschritt ich dann mit den Kindern die Grenze in Vacha. Ohne große Schwierigkeiten, nur mit Zigaretten-Bestechungsgeld und kleinen Lügen huschten wir durch die Hoßfeldsche Gartenpforte und standen im Westen! Mein Sprüchlein, dass die Kleinen nur ihren Vater sehen wollten, glaubten die Grenzer bestimmt nicht; da aber die Russen gerade Mittagspause machten, schauten sie weg.

Auf dem Weg nach Philippsthal schmiss doch meine Tochter einfach ihre Puppe in die Werra! Was das nun wieder sollte! Verständnislos schimpfte ich – mucksch, mit einem Flunsch schwieg sie.

Ein Bauer nahm uns ein gutes Stück auf seinem Leiterwagen mit, und so erreichten wir den Bahnhof von Philippsthal. Hier hatte ich bei einer Nacht- und Nebelaktion – ohne erwischt zu werden! – zwei Koffer und einen Rucksack in der Gepäckaufbewahrung hinterlassen.

Für die Kinder war die erste Zugfahrt ihres Lebens ein Abenteuer!

Sie staunten und pressten ihre Nasen gegen das Fenster, um ja nichts zu verpassen.

Schüchtern und unsicher standen sie vor dem Vater in Hannover. Erst als Hilde auftauchte und sie lachend in den Arm nahm, tauten sie auf.

Mit Hildes Mann, dem als Direktor seines Werks ein Firmenwagen zur Verfügung stand, fuhren wir alle nach Großburgwedel und lieferten die Kinder im Kinderheim ab.

Beim Abschied in der großen Eingangshalle, neben ihnen je eine Kindergärtnerin, standen sie mit ihren kleinen Koffern, die Händchen ineinander verkrallt, beobachteten regungslos unser Winken, reagierten in keiner Weise auf unser „Wir kommen bald wieder" und verfolgten mit großen Augen unseren Weg zur Haustür. Der markerschütternde Aufschrei – Jungen gehörten in den Jungentrakt, Mädchen in den Mädchentrakt – gellte durch die Halle, drang noch an mein Ohr, bevor die massige Eichentür ins Schloss fiel.

Nicht hören! Nicht wahrnehmen! Nicht denken!

Der Weg war jetzt frei für das letzte Gefecht, das in Berlin beginnen und in Berlin enden sollte.

Ich brauchte die Hilfe meines Vaters.

Die Fahrt mit der S-Bahn durch die Stadt, die ich so liebte, trieb mir Tränen in die Augen – solche Zerstörungen hätte ich mir in meinen schlimmsten Träumen nicht vorstellen können!

Mensch, Berlin, wat haste dir verändert, sooo kenn ick dir nich mehr!

Was hat der verfluchte Krieg hier angerichtet.

Weißensee war weniger zerkloppt, eher kaputte Häuserfassaden als Bombenkrater und Ruinen.

Und dann stand ich in der Wohnung, in der ich aufgewachsen war, die nun nicht mehr zu mir, sondern zur neuen Familie meines Vaters gehörte. Stand in meinem früheren Kinderzimmer, der blaue Salon noch immer blau, das Klavier noch immer am gleichen Platz, nichts verändert. Trotzdem war alles anders.

Scheu begrüßte ich die Frau meines Vaters und die beiden Kinder, ein Mädchen, vielleicht neun Jahre, und ein Junge, nicht viel älter als meiner.

„Nu setz dir ma, nu trinken wa erst nen juten Kaffe."

Bisschen blümerant fühlte sich mein Vater schon, als er mich an den Kaffeetisch bugsierte und mir Kuchen auf den Teller häufte, während die neue Hausfrau echten, frisch gebrühten Bohnenkaffee kredenzte.

Nach den üblichen Fragen über meine Familie, den Stand der Dinge in Hannover und Merkers, dem ersten Likörchen und Zigarettchen lockerte sich die Stimmung, und mein Vater wurde wieder der Alte.

„So, Quade, wat haste nu uffm Herzen? Ick weeß ja, du bist nich nur zu Besuch hier anjetanzt, erzähl ma!"

„Recht haste, Vater, ich will von dir was über Möbeltransport wissen. Schließlich haste ja ooch 'n kleines Unternehmen mit dem knackigen Spruch: ‚Merk dir nur zwei Worte: Herrmann Schnelltransporte'" Und schon konnte ich ein Kichern nicht mehr unterdrücken, weil ich wusste, dass diese ‚Schnelltransporte' nur aus einer Ladefläche bestanden, die an einem selbst gebastelten Dreirad befestigt war, und nur zehn Stundenkilometer tuckerten, höchstens zwanzig, bergab und mit Rückenwind!

Wir lachten beide Tränen! Aber ich war trotzdem stolz auf meinen Vater, weil er so findig und pfiffig Möglichkeiten fand, die Geld einbrachten und seine Familie ernährten.

„Und wat willste wissen?" Er wischte sich ein Lachtränchen aus dem Augenwinkel.

„Ich will meine Möbel rausschaffen, ohne dass sie mir von den Aasgeiern in Merkers geklaut werden! Und die woll'n die, kannste mir glauben! Was gibt's da für Möglichkeiten?"

Er richtete sich auf, strich über sein glatt rasiertes Kinn, sah mich durch seine dicken Brillengläser prüfend an und wirkte plötzlich ernst und gewissenhaft.

„Also: Da jibt et zwei Möglichkeiten. Man kann solche großen Teile entweder als Frachtgut oder als Stückgut transportieren. Wenn de die Möbel als Frachtgut aufjibst, orderste einen Waggon, bei deinen Sachen wird wohl 'n halber jenügen, und dafür brauchste 'n Frachtbrief, auch Laufzettel genannt; und denn brauchste 'nen Wisch von dem Transportunternehmen, dat det Zeug am Bahnhof uffnimmt und zur anjejebenen Adresse kutschiert."

„Und das muss alles offiziell über die Reichsbahn laufen?"

„Ja, ohne die, det jeht nich. Musste kieken, wie de det hinkriechst. Wenn de aber det Zeug als Stückgut transportieren willst, brauchste offiziell keenen Waggon, da musste die Möbel nur so jut verpacken, det se als einzelne Stücke – wie der Name schon sagt – einfach so verladen werden. Und denn kannste se am Endbahnhof von 'ner Spedition abholen lassen, und weg sind se!" Er grinste verschwörerisch.

„Aha, so ist das also!" Meine Gedanken purzelten durcheinander und suchten krampfhaft die für mich passende Lösung.

„Ohne eenen Bahnbeamten kommste nich weiter. Kennste nich übern paar Ecken eenen, der …?" Seine krallende Handbewegung zur Hosentasche sagte alles.

„Hilde hat mir einen in Bad Salzungen genannt, vielleicht könnte der mir helfen." Nachdenklich kaute ich an einem Fingernagel. „Aber wie komm ich an eine Spedition aus Hannover? Die kontrollieren doch jeden Schritt!"

„Wenn de willst, det kann ick in die Weje leiten, ick kenn hier einige Transporter ausm Westen, det jeht", nickte er.

„Aber ich weiß doch nicht genau, wann das alles klappt?" Meine verzweifelte Stimme ließ ihn sacht über meinen Arm streichen.

„Nich verzagen, Erich fragen", kicherte er. „Da jehste einfach in Salzungen uffe Post, jibst 'n Telegramm uff – dette lesen se bestimmt – und da schreibste rinn, wann deine Mutter Erna ankommt, und icke weeß Bescheid und ordere die Mannschaft nach Weißensee; kannst och anrufen, is detselbe."

„Meinste, ich soll alles zum Bahnhof Weißensee schicken?"

„Warum nich? Icke sorge dann für allet andere!"

„Vater, du bist 'ne Wucht!" Begeistert klatschte ich in die Hände.

Zwei Tage schlief ich, wohl zum letzten Mal, in meinem ehemaligen Kinderzimmer, stromerte durch bekannte Straßen, die sich diesmal ganz anders anfühlten; stand an meinem geliebten Weißensee, an dessen Ufern ich mit Freundinnen, Eltern und Verwandten so viele Stunden verbracht hatte … werde ich jemals wieder herkommen können?

Viele gute Wünsche und Daumendrücken zum Abschied.

In Merkers traf ich auf eine vollkommen aufgelöste Mutter, die nicht wusste, wo ich geblieben war, die nicht wusste, was passiert war und weiter geschehen sollte, die losheulte, weil sie sich so schrecklich allein fühlte … na, da heulten wir wenigstens zu zweit!

Natürlich waren unsere reizenden Freunde vom Amt wieder erschienen und erwarteten von mir eine erneute Einlassung.

„Die kommen immer, wenn du nicht da bist! Die wissen ganz genau, wann du weg bist, die wissen mehr als ich", stöhnte meine Mutter und machte sich daran, unsere Sachen auszusortieren.

„Ich geh da nicht mehr hin! Wenn die was von mir wollen, sollen sie doch kommen, mir reicht's! In der nächsten Woche fahre ich nach Salzungen und suche Hildes Bahnfritzen!"

Ich mischte mich unter die Reisenden, tat, als interessierten mich die noch immer sichtbaren Verwüstungen der damaligen Explosion, suchte dabei aus den Augenwinkeln nach Bediensteten oder nach anderen, die mich möglicherweise beobachteten.

„Entschuldigen Sie bitte“, ich wandte mich an einen Bahnbeamten, „ich suche Ernst G., er soll hier arbeiten.“

„Was wollen Sie denn von ihm“, misstrauisch taxierte er mich.

„Nichts Wichtiges! Eine Freundin von ihm bat mich, ihm einen Brief zu geben, sie hatte seine Adresse verlegt.“ Ich lächelte beschwichtigend.

„Hm, er müsste noch da sein, fragen Sie unten bei der Bahnpost“, und wandte sich einem wartenden Mann zu.

Ich schlenderte langsam, immer wieder den Bahnsteig, dann die Bahnhofshalle kontrollierend, zur Abteilung Post, wo ich mich in die Schlange vor einem Schalter einreihte. Hilde erinnerte sich besonders an seine Nickelbrille; also sprach ich, mich aus der Warteschlange lösend, einen vorbeieilenden Bediensteten an, der so eine Brille trug.

„Entschuldigung, ich suche Herrn Ernst G., könnten Sie mir da helfen?“

Er musterte mich kühl.

„Der bin ich. Womit kann ich dienen?“

„Ich soll Ihnen Grüße von meiner Freundin Hilde S. ausrichten. Sie nannte mir Ihren Namen, wenn ich mal Hilfe brauche“, flüsterte ich.

„Dann kommen Sie bitte mit, das erkläre ich Ihnen anhand unseres Fahrplans“, antwortete er laut und bat mich ihm zu folgen.

In einem kleinen Kabuff, an dem riesige Zeichnungen an der Wand hingen, die offensichtlich den Lauf verschiedener Güter- und Personenzüge in alle Richtungen des Landes zeigten, hielt er inne und platzierte sich direkt davor.

„Falls uns jemand beobachtet, weise ich immer wieder auf den Plan, während Sie mir erzählen, was Sie vorhaben.“

Also fixierte ich die Zeichnungen, als hänge mein Leben dran, und erklärte ihm den ganzen Schlamassel mit der merkersschen Obrigkeit.

Indem er mit einem Bleistift auf den einen oder anderen Punkt an der Wand zeigte, erzählte er was über Fracht- und Stückgüter, aber ehe er zu einem ausschweifenden Vortrag ansetzen konnte, unterbrach ich ihn. „Darüber weiß ich Bescheid. Was ich wissen will: Welchen dieser Wege soll ich wählen? Und wie kann ich das bewerkstelligen, ohne dass mich die Kerle ausrauben?"

„Aha, ich verstehe", sein Bleistift pausierte am oberen Eckenrand, „da muss ich überlegen." Er kratzte sich jetzt mit dem Stift in Nähe seines rechten Ohres, wies dann erneut auf die Zeichnung.

„Beide! Wir müssen beide Strategien verfolgen, nur so geht es!" Triumphierend schaute er mich an, dann zum einzigen Fenster, durch das Gestalten zu erkennen waren, aber offensichtlich niemand, der uns beobachtete.

„Also: Offiziell beantragen Sie den erforderlichen Platz in einem Waggon. Das wird dann in Erfurt bestätigt, und Sie erhalten einen Termin, wann und in welchen Zug die Möbel verladen werden. Verstanden?" Seine prüfenden Augen hinter der Brille warteten auf bestätigendes Nicken.

„Sie müssen sich das so vorstellen: Die einzelnen Güterwagen werden nach ihren verschiedenen Zielen zusammengestellt, damit sie unterwegs in den Rangierbahnhöfen an die richtigen Züge angekoppelt werden. Und in den jeweiligen Bahnhöfen werden sie dann be- oder entladen."

Ich nickte wie eine eifrige Schülerin.

„Und woher weiß ich, wann und wo ich meine Sachen unterbringen kann?"

„Das steht auf dem sogenannten Laufzettel aus Erfurt, der Ihnen bedeutet, wann und in welchen Waggon Sie Ihre Möbel einladen können. Alles klar?" Selbstsicher grinste er. „Und anhand des Laufzettels weiß jeder Bahnbeamte, was zu tun ist. Auch Sie wissen es und die da in Merkers auch; also werden die zum angegeben Zeitpunkt hier erscheinen und den Waggon, beziehungsweise deren Inhalt beschlagnahmen."

„Und das dürfen die so ohne weiteres?"

Er lachte laut auf.

„Ob sie es dürfen, weiß ich nicht. Sie tun es einfach und finden schon Gründe dafür! Und diese Selbstherrlichkeit und Schikane ärgert mich am meisten", fügte er hinzu.

„Also gibt es keine Chance?" Ich war den Tränen nahe.

„Doch! Dafür haben Sie mich ja aufgesucht. Sie ordern alles so, wie ich es erklärt habe. Der Laufzettel landet hier, und die Leute aus Merkers werden auch da sein, nur – finden sie keine Möbel! Die müssen Sie verstecken und gut verschnüren. Und nach einigen Tagen, wenn sich alles beruhigt hat, sorge ich dafür, dass Ihre Möbel als Stückgut in einem Packwagen verladen werden. Dafür braucht man keine offizielle Genehmigung."

Am liebsten wäre ich ihm um den Hals gefallen!

„Sie sind wirklich ein Schatz!", strahlte ich, wohlwissend, dass er diese Aktion natürlich nicht gratis veranstaltete.

„In den nächsten Tagen kommen Sie offiziell hierher. Ich oder ein anderer Kollege wird dann einen Frachtbrief für Erfurt ausstellen, so wie ich es Ihnen gesagt habe. Wir müssen allerdings auch den VEB Transport angeben, der dann offiziell Ihre Möbel am Zielbahnhof in Empfang nimmt, um sie zur Wohnadresse zu bringen."

Als ich vor Schreck die Luft anhielt, beruhigte er mich.

„Keine Sorge, wo keine Möbel sind, können die auch nicht verladen. Ich glaube nicht, dass die wochenlang nach den Möbeln suchen!"

Erleichtert bedankte ich mich bei ihm und genoss den Gedanken, dem Bürgermeister und seinen Leuten ein Schnippchen zu schlagen. Jetzt waren sie die Schachfiguren, die sich nach meinen Zügen bewegten!

Gut, dass mir Karl genügend Zigaretten und Geld mitgegeben hatte, die ganze Chose kostete einiges.

Nachdem ich einige Tage später in Bad Salzungen alles Besprochene offiziell in die Wege geleitet hatte, diesmal bei einem anderen Beamten, begann die Plackerei in unserm kleinen Gartenhaus. Wir packten Kartons, Koffer und Rucksäcke, und mit Hilfe von Frau Deilmann verteilten wir Sachen an Flüchtlinge oder Bedürftige. Auch meinen Freunden schenkte ich, was sie gebrauchen konnten oder was ihnen besonders gefiel.

Dazwischen spannungsgeladene Warterei.

Die ersehnte Nachricht erreichte uns nach einer Woche: Am 20. April steht Ihnen in dem Waggon mit der Nummer 8076/B ein Bereich für Ihre Möbel zur Verfügung, die vor Ort zugeladen werden. Diese Nachricht geht auch an VEB Transport in Berlin Weißensee, wo das Gut entladen wird. Der originale Laufzettel ist an die Gütertransportstelle in Bad Salzungen versandt. Unterschrift, Stempel, Bahndirektion Erfurt.

Es war soweit! Die Sache kam ins Rollen.

Mit der Nachricht eilte ich zu Hill, der sofort seine Joppe überwarf und mit mir zu den Facks marschierte.

„Joo, dann können wir ja bald die Ochsen anspannen“, verschwörerisch blickte er in die Runde. „Wann hat Ihr Bekannter gesagt, sollen die Möbel in Salzungen sein?“

„Er meint, wir sollten noch eine Woche verstreichen lassen, dann sorgt er für die Verladung im Packwagen; davor müssten wir allerdings alles in Einzelteile verpacken.“

„Kein großes Problem“, Hill nahm seine Pfeife aus dem Mund, „die Möbel sind doch schon vollständig zerlegt, wir müssen sie nur mit Stricken zusammenbinden, das geht“, und qualmte genüsslich weiter.

„Nach dem 20. April spannen wir an. Ich werde mit meinem Leiterwagen einen oder sogar zwei Tage früher losschaukeln; wenn ich noch andere Sachen mitnehmen soll, bringen Sie sie vorbei.“

So war er! Der Fack fackelte nicht lange, seinen Worten folgten sogleich Taten.

Ich rührte mich nicht von der Stelle. Blieb in Merkers und verabschiedete mich von den Daneels, brachte Geschenke … dicker Kloß in der Kehle.

Die Spannung machte mich kribbelig.

An einem der nächsten Abende holperten wir beide mit Hills Bollerwagen durch die Dunkelheit und lieferten bei Facks noch Einiges ab.

Am Zwanzigsten erschien Papa Hill und meldete, das Ochsengespann sei schon in Tiefenort, er selber mache sich nun mit dem Fahrrad auf, um alles ordnungsgemäß zu verpacken.

„Wird schon klappen! Ich wäre gern dabei, wenn die durch die Waggons rennen und nichts finden", grinste er breit. „Das gönne ich denen!", schwang sich aufs Rad und verschwand.

Nun gab es nicht mehr viel zu tun.

Also bereitete meine Mutter ihre Fahrt nach Berlin vor, um dort ihre eigenen Angelegenheiten für den späteren Umzug nach Hannover zu regeln.

Auch wenn es unvernünftig war, ich wusste ja nicht, ob sie mich weiter bespitzelten, fuhr ich mit meiner Mutter nach Salzungen, um sie in den Zug nach Berlin zu setzen.

„Und du bist sicher, dass deine Möbel in Weißensee ausgeladen werden?"

„Ich hoffe es. Vater wollte eine Westspedition organisieren … ach, du lieber Himmel!" Ich schlug mir mit der Hand gegen die Stirn. „Jetzt fällt mir ein: Ich sollte ihm telegrafieren, wann du ankommst! Das sollte der Termin für die Ankunft der Möbel sein, und nu stehste ja hier!"

Meine Mutter sah irritiert auf. „Na und?"

„Falls unsere Spione mitkriegen, dass du schon heute nach Berlin fährst, kann ich doch kein Telegramm an Vater schicken, du kämst später!"

Mittlerweile war der Zug eingefahren. Menschen strömten auf den Bahnsteig, und vor den Wagentüren bildeten sich Trauben von Fahrgästen.

Während sich meine Mutter zwischen die Wartenden mengte, einen Platz ergatterte und ich zwei Koffer hinterher schleppte, raunte ich ihr zu: „Ruf Vater an, dass das Telegramm einen anderen Text bekommt, mir wird schon was einfallen." Und laut „Komm gut an und danke dir für alles!", ehe sich der Zug in Bewegung setzte.

Schrecklich gern hätte ich meinen Bahnbeamten getroffen und von ihm Näheres erfahren. Ich bückte mich, band mir meinen Schuh zu, beobachtete, ob sich irgendjemand in meiner Nähe herumtrieb, und als ich niemanden entdecken konnte, marschierte ich zielstrebig zur Poststation.

Ernst G. schloss gerade eine Tür, sah mich, schien nicht sehr erbaut, kam aber nach kurzem Blick in die Halle zu mir und schleuste mich in eine abgelegene Nische.

„Es ist alles gut gegangen", grinste er, „sie hatten tatsächlich eine amtliche Verfügung, um die auf dem Laufzettel der Bahndirektion angegebenen Möbel von Frau Jansen nach Berlin zu beschlagnahmen!"

„Wirklich? Die meinten es also ernst; manchmal zweifelte ich selber daran, aber ich ahnte es!"

„Doch, die meinten es ernst, sie rannten mit mehreren Leuten durch alle Waggons, schimpften wütend, fragten mich nach dem Frachtgut auf dem Laufzettel, aber ich wusste ja von nichts. Da sie den Zug nicht ewig festhalten konnten, mussten sie unverrichteter Dinge abziehen ... die schäumten vielleicht!"

Verschwörerisch lachten wir uns ins Fäustchen.

„Wann kommen Ihre Freunde?"

„Sie müssten morgen oder übermorgen auftauchen. Sie kennen die von Ihnen genannte Lagerhalle und bringen die Möbel da hin. Dann sind Sie noch mal dran."

„Ich glaube nicht, dass die sich noch einmal blicken lassen; diese Blamage reicht wohl", er schüttelte den Kopf. „Sobald Ihre Sachen hier sind, werde ich sie im nächsten Packwagen nach Berlin verfrachten. Einige Tage wird es noch dauern … die Fahrt eingerechnet, schätze ich, in spätestens zehn Tagen sind Ihre Möbel in Berlin." Er drückte mir die Hand. „Machen Sie sich keine Sorgen, das klappt! Bis später!"

Ein herrliches Gefühl ließ mich nach Hause schweben!

Als meine Möbel endlich nach Berlin unterwegs waren, ich mich bei meinem freundlichen Ernst G. mit Geld und Zigaretten bedankte, ein unverfängliches Telegramm aus Salzungen an meinen Vater schickte, standen mir wieder quälende Abschiede bevor: Von Papa Hill und seiner Frau, von der Fackfamilie, von den Deilmanns.

Meine Dankbarkeit war viel größer als meine Geschenke. Sie standen mir in dieser elenden Zeit so selbstverständlich zur Seite – und ich ließ sie jetzt im Stich.

Der Knoten im Bauch zwang mich zum raschen Abschied, Tränen von allen Seiten taten ihr übriges.

Wir wussten alle, das war ein Abschied für immer.

Aber ich blieb ihnen verbunden. Bis zu ihrem Tod schrieben wir uns Briefe, ich schickte ihnen Pakete und nahm weiterhin Anteil am Leben der Freunde. Dr. Deilmann, seine Frau und einen der Zwillinge besuchte ich Anfang 1990. Er war mittlerweile Anfang Neunzig und ganz lebendig; wir teilten an diesem Tag viele schöne Erinnerungen.

Aus dem Zug nach Berlin ein wehmütiger Blick zurück – verknüpft mit Schadenfreude über die genarrten Bonzen, die sich tatsächlich nicht mehr hatten blicken lassen. Das Kapitel war hoffentlich abgeschlossen.

Am Bahnhof Weißensee stand mein Vater.

Gemeinsam suchten wir die Lagerhalle, in der ich endlich

meine Möbel, in kleine und große Portionen verpackt, vor mir sah.

„Da sind Sie ja, Herr Herrmann, alles pünktlich angekommen?“ Ein Mann von der Spedition Meißner aus Hannover begrüßte uns. „Da können wir ja loslegen!“ Und schon griffen zwei kräftige Männer zu und schleppten die Einzelteile aus der Halle.

„Entschuldijen Se bitte, sind Sie zufällich Frau Jansen?“

Als ich bestätigend nickte: „Wir sind vom VEB Transport. Wir habn hier eene Bescheinigung, dat wa Möbel in die Bornholmer Straße bringen sollen.“ Er reichte mir einen Zettel, während er ärgerlich fortfuhr: „Mann, Se haben vielleicht Nerven … wir sind schon ’n paar Mal hier jewesen, von die Möbel keene Spur!“ Er glotzte misstrauisch. „Aber wa müssen den Auftrag erledijen und den Wisch hier zurückschicken.“

Mir rutschte das Herz in die Hose! Blick zum Vater, große Augen und ratloses Schulterzucken.

Im Koppe trommelte nur: Jetzt musste lügen, auf Deubel komm raus.

„Also … det is mir ja nu furchtbar peinlich. Natürlich is det allet richtig, wat Se da sagen. Aber ick hab mir blöderweise von eim ehemaligen alten Freund breit schlagen lassen, seine Spedition zu nehmen, wollte ihm eenen Jefallen tun … wenn Se verstehen.“ Ich wand mich wie ein Wurm und hoffte, dass mein Berlinisch wirkte. „Wenn ick janz ehrlich bin, ick hatte Sie total vajessen.“

Meine Augen, mein Lächeln troffen vor Ehrlichkeit.

Er beschäftigte sich erneut mit seiner Bescheinigung und strich sie immer wieder glatt.

„Und wat machen wa nu?“ Missbilligendes Stirnrunzeln.

„Ick kann Ihnen ja trotzdem bestätijen, det sie die Möbel richtig abgeliefert habn.“

Bedenklich strenger Blick zu mir.

„Und wer bezahlt mir dette? Det sind immerhin 45 Märker!"

„Na, det is doch klar, die kriegn Se natürlich!"

Waren seine Zweifel ausgeräumt?

Als er mir seinen Zettel zur Unterschrift vorlegte, ich ihm das Geld mit einer Schachtel Zigaretten reichte, er kurz auf den LKW aus dem Westen spähte, sich dann mit scheelem Grinsen und einem „Na, denn allet Jute!" verabschiedete, stand ich kurz vorm Herzinfarkt.

„Det haste aber prima hinjekricht, meine Kleene", hörte ich meinen Vater. „Nu solltest dir rasch verdünnisieren. Man weeß nie, wat denen noch so durch 'n Kopp jeht!"

Als alles verladen war und der Fahrer schon im Führerhaus saß, umarmte ich meinen Vater.

„Danke für alles! Ich schreibe …", wollte mal wieder nicht heulen, schluchzte trotzdem, schwang mich auf den Nebensitz, Winken – und ab ging's Richtung Grenzübergang Bornholmer Straße, in der auch meine Mutter wohnte.

Obwohl der Einzelne noch recht problemlos von Ost nach West und umgekehrt gehen konnte, mit einem Auto, zumal mit einem Lastwagen, kam niemand ohne Kontrolle durch.

Wortlos nahm ich, wohl zum letzten Mal, mein zerstörtes Ostberlin in mir auf; der Knoten im Bauch schwoll an.

„Und das bleibt dabei: Wir stellen die Möbel bei uns unter, bis Sie sie abholen?" Mein Begleiter übersah geflissentlich meine feuchten Augen.

„Richtig. Wenn wir, hoffentlich bald, eine Wohnung gefunden haben, löse ich die Sachen bei Ihnen aus."

„Ist nicht einfach, in Hannover was zu finden, nee!"

Wir näherten uns dem Grenzübergang. Vor uns eine Autoschlange aus Personenwagen und LKWs.

Jetzt schlug mein Herz zum Hals raus, zitternde Hände hielten sich krampfhaft fest und meine Lippen kauten unentwegt.

„Papiere!"

Mein Fahrer stieg aus, überreichte die Papiere, ging mit dem Grenzer nach hinten, öffnete den Laderaum; ich spürte die Erschütterung, als er sich hochwuchtete.

Hoffentlich sind die Papiere in Ordnung! Hoffentlich hat der vom VEB Transport nichts gemeldet! Hoffentlich sind die in Merkers nicht auf die Idee gekommen, hier … tausend Stoßgebete zum Himmel!

Mein Begleiter krabbelte zurück auf den Fahrerplatz, bemerkte mein krampfartiges Schlottern.

„Ich glaube, es ist alles in Ordnung. Er hat mir die Papiere zurückgegeben. Regen Sie sich nicht auf!"

Im Seitenspiegel beobachtete er, wie sich der Grenzer mit einem anderen unterhielt. Sie wiesen mit ausgestrecktem Arm auf unseren Wagen.

„Mist, er kommt zurück! Irgendetwas stimmt nicht!"

„Los!! Fahren Sie los!!", schrie ich.

„Aber die Schranke, die Schranke ist noch nicht hoch!"

„Durch! Wir donnern da durch! Fahren Sie doch endlich!!"

„Auf Ihre Verantwortung", legte den Gang ein, gab ordentlich Gas, der Wagen sprang nach vorn, kam in Fahrt ... und als der Schlagbaum am Auto zersplitterte, sah ich die Grenzer aus dem Seitenfenster laut brüllend und gestikulierend hinter uns her rennen.

Wir rasten über die Brücke!

Geballte Hände im Gesicht, Knie trommelten wie wild, alles vibrierte.

Als ich langsam zu Atem kam, mein Fahrer noch immer das Lenkrad umklammerte und tief aufstöhnte, entdeckte ich auf der rechten Seite Ecke Grünthalerstraße eine Kneipe.

„Stoooppp!"

Vor Schreck trat er auf die Bremse, der Wagen schlingerte, rutschte ein Stück nach rechts, blieb dann aber ohne Mucken stehen.

„Was ist denn in Sie gefahren! Wollen Sie wieder zurück!“ Wütend blitzte er mich an.

„Nee, nee!“ Ich schnappte nach Luft, grinste und zeigte auf die Kneipe.

„Da gehen wir jetzt rein!“

Und mit raumgreifenden Schritten steuerte ich auf die Theke zu.

„Wir brauchen zwei Cognacs, aber doppelte! Die haben wir uns wirklich verdient! Danke, tausend Dank, das war hervorragend!“

Unter schallendem Gelächter und Tränen in den Augen stießen wir freudestrahlend an.

„Prosit! Auf Ihr neues Leben im Westen!“

„Neu wird's sein, det stimmt … ick hoffe, ooch besser!“

***

„Das war wirklich der beste Cognac meines Lebens“, nickt sie, und betrachtet versonnen ihr Glas mit Weinbrand, ehe sie sich eine Zigarette anzündet. Durch die Flamme und den Rauch erkennt sie plötzlich in der geöffneten Wohnzimmertür ihren Sohn: „Ich hör nichts mehr!“ Die Worte prallen an ihr Ohr.

„Er atmet nicht mehr! Absolute Stille!“

„Waaas?“ Alle Augen starren ihn an.

Bea springt auf. Helga kämpft sich aus dem Sessel. Horst schält sich aus der Essecke. Michael verharrt stumm an der Tür.

Und plötzlich geht das Gerenne los. Alle stürzen zum Schlafzimmer des alten Herrn.

Vor seinem Bett im Schein der kleinen Lampe halten sie inne. Wortlos.

Nichts. Kein Prusten. Keine Bewegung.

Der Sohn beugt sich über seinen Vater, berührt seinen Hals, nimmt seine erschlaffte Hand und sucht den Puls.

„Ich fühle nichts, weder den Puls an der Halsschlagader noch am Handgelenk.“ Er wiederholt die Prozedur und schüttelt den Kopf.

„Im Krimi machen die das immer mit einem Spiegel“, raunt die Schwester.

„Gute Idee, hol mal einen.“

Sogleich hören sie sie im Badezimmer hantieren. Sie kehrt mit einem Handspiegel zurück und reicht ihn dem Bruder. Alle beobachten die Aktion und stellen fest: Das hat er noch nie gemacht. Er fummelt wie wild mit dem Spiegel, hält ihn mal seitlich, mal gerade … hätte nicht viel gefehlt und er hätte sich auf dem Brustkorb seines Vaters niedergelassen.

„Im Krimi sieht das aber anders aus.“

„Mach’s doch besser!“, brummt er ärgerlich.

„Ist er nun tot oder nicht?“ Die Mutter hat keine Lust auf das Gekabbele der Geschwister; sie sitzt auf dem Stuhl und wartet.

„Ich denke, ja. Auf dem Spiegel sieht man nichts.“ Er berührt die Hände seines Vaters. „Auch seine Hände sind ganz kalt.“

„Vater hatte immer kalte Hände!“ Sie verschränkt die Arme vor der Brust.

„So kalt aber nicht. Seit wann könnte er denn tot sein?“

Nachdenkliche Stille.

„Helga war vor dem Essen bei ihm, ich war kurz in seinem Zimmer, als ich während des Essens aufs Klo musste, da hat er noch geatmet. Vielleicht ne halbe Stunde?“

Erneutes Schweigen. Jeder versinkt in sich selbst.

„Und nun? Was machen wir jetzt?“

„Keine Ahnung. Wir müssen wohl den Arzt anrufen. Einer muss ja bestätigen, dass er tot ist.“ Mikas Stirn kräuselt sich, zwei Finger kratzen seine Nase, keiner antwortet.

„Normalerweise bindet man einem Toten immer ’n Tuch um ’n Kopp, damit der Mund geschlossen bleibt“, brabbelt Beate.

„Dann hol doch 'ne Serviette oder ein Küchenhandtuch, du kennst dich ja offensichtlich aus", gereizter Blick zur Schwester.

„Macht ihr mal, wir verziehen uns. Komm, Horst!"

Helga wirft noch einen Blick auf ihren Mann, ehe sie, vom Schwiegersohn gestützt, den Raum verlässt.

„Hier haste ein Küchenhandtuch! Musste ein- zweimal einschlagen", die Schwester drückt ihm das Tuch in die Hand.

„Im Film stopfen sie dem Toten ein Kissen unters Kinn."

„Du nervst ganz schön", Mika versucht mit allen Tricks, das Tuch um den Kopf seines verstorbenen Vaters zu friemeln, dreht und wendet das Ding, aber so richtig halten will es nicht, immer wieder rutscht es mal an der linken, mal an der rechten Wange herunter.

„Nimm mal das kleine Kissen und drück es unter das Kinn!"

Sie schiebt die Bettdecke etwas zurück, hebt vorsichtig das Kinn des Vaters, „…is ja gut, Väterchen, wir tun dir nich weh", ergreift das kleine Kissen, stopft es gegen den Hals, packt dann die Decke und zieht sie an beiden Seiten fest um seine Schultern.

„So, ich denke, das hält!"

Das Tuch ist nun auch fixiert, wenn auch der Knoten mehr linkslastig ausgerichtet ist, aber beide sind offensichtlich zufrieden mit ihrem Werk. Sie streichen die Bettdecke glatt und berühren noch einmal Wange und Hände des Toten.

„Schlaf gut, Väterchen!"

Die Tochter ergreift die am Boden verstreuten CDs und den Recorder, dann gehen sie ins Wohnzimmer.

„Und? Habt ihr alles hingekriegt?"

Die Mutter blickt die beiden aufmerksam an, während sie mit fahrigen Bewegungen über den Tisch wischt.

„Bisschen ähnelt er doch einem Osterei, nur jetzt mit Stehkragen und schiefer Schleife", kann sich die Tochter nicht verkneifen.

„Ich hätte euch doch mehr Pietät zugetraut", verständnislos schüttelt sie den Kopf.

„Ach Helga, das kennst du doch ... Gefühle im Zaum halten! Kennen wir doch alle! Außerdem würde sich Karl ganz schön wundern, wenn wir plötzlich bierernst würden und die Köpfe hängen ließen."

Die kleine Gruppe setzt sich um den Couchtisch, unschlüssig und ratlos.

„Es ist jetzt halb zehn, können wir denn den Doktor noch anrufen? Der feiert doch bestimmt Silvester."

„Versuch es!"

Sie wählt die Nummer des Arztes und wartet. Er ist selbst am Apparat, hört ihr zu, sie ihm – und legt auf.

„Er kommt sofort. Er meint, das sei besser."

Während Beate Ordnung schafft, Aschenbecher und leere Zigarettenschachteln einsammelt, Zeitungen beiseite räumt und das von Mika gebrachte Bier in den Kühlschrank stellt, geht ihr das Gespräch mit der Sozialschwester nicht aus dem Kopf – ist er an dem Schmerzmittel gestorben? Hat das seinen Tod befördert? Sie weiß es nicht.

Als es klingelt, öffnet sie dem Arzt.

Kurze Begrüßung im Flur, dann verschwindet er zum letzten Mal im Zimmer des alten Herrn.

Nach einer Weile erscheint er im Wohnzimmer, wo ihn die Familie schweigend erwartet.

„Mein Beileid!" Er reicht jedem die Hand, setzt sich und nimmt gern das angebotene Glas Mineralwasser. „Die Kinnlade zu fixieren, ist Ihnen gut gelungen, das ist gar nicht so einfach", lächelt er, ehe er Papiere hervorholt, sie mit seinem Kugelschreiber ausfüllt und sie dann der Witwe überreicht.

„Dies ist der Totenschein und alles, was sie für den Bestatter benötigen", er schaut in ihre Gesichter.

„Ihr Vater hat wirklich nicht gelitten, und zum Schluss ging es ja doch schneller als vermutet. Für ihn war es gut, in seinem Haus zu sterben", er blickt auf, „wollen Sie noch heute den Bestatter rufen?"

Er stößt auf Unsicherheit. Noch mehr Menschen am Silvesterabend stören? Die Antwort kann nur die Mutter geben.

„Nein, das machen wir nicht! Die Bestatter sind unsere Nachbarn, wir kennen uns gut", sie schüttelt den Kopf, „die sollen Silvester feiern! Morgen früh rufe ich an."

Der Arzt nickt. „Das ist vielleicht besser so, auch wenn es vielleicht für Sie befremdlich ist, einen Toten im Haus zu haben ... aber in alten Zeiten war das ganz normal."

Zur Verabschiedung stehen alle linkisch herum, lassen die übliche Floskel vom guten neuen Jahr über sich ergehen, schließen die Tür.

„Wenigstens muss er die Silvesterknallerei nicht mehr ertragen!", brummt Michael.

Schweigend gehen sie ins Wohnzimmer.

Nur Helga nicht, sie geht vom Bad aus noch einmal in sein Zimmer.

„Du hast es geschafft", murmelt sie, lächelt über seinen eingepackten Kopf, streift die kalte Hand und klaubt die vom Arzt hinterlassenen medizinischen Utensilien zusammen.

Sie erhebt sich, verharrt einen Moment.

Dann löscht sie das sanfte Licht der kleinen Lampe und zieht leise die Tür hinter sich zu.

Epilog

Und dann stirbt sie
Einfach so
Hat den Schalter umgelegt
Das Licht ausgeknipst
Einfach so

Will nich mehr
Kann nich mehr
Muss nich mehr
zuammenreißen
verdrängen
alles richtig machen

Sie stirbt allein
Ohne Abschied
Traurig
Glücklich
Einfach so

Am Abend vorher hat sie noch zu ihrer Freundin Maggi gesagt, „man müsste einfach einschlafen, durchschlafen, einfach rüberschlafen."

„Sie hat die ganze Nacht fest geschlafen und dann immer noch geschlafen und nun hat sie gesterbt!"

Der fassungslose Satz der Schwester im Krankenhaus auf Gran Canaria dröhnt der Tochter in Deutschland ins Ohr.

„B-i-t-t-e?? Sie ist TOT??"

Das kann doch nicht wahr sein!

Gestern Abend am Telefon war sie doch noch putzmunter.

Es gehe ihr gut … sie hätten ihr im Krankenhaus Infusionen verabreicht, weil sie doch durch die blöde Kotzerei so viel Flüssigkeit verloren habe.

„Du weißt doch, bin ausgerutscht, hingeknallt, und danach taten mir alle Knochen weh. Aber diese elenden Schmerztabletten hab ich nicht vertragen und musste laufend kotzen! War ja fast eingetrocknet", kicherte sie ins Telefon. „Maggi behauptet sogar, ich sähe jetzt wunderbar aus, die Haut ganz weich, fast faltenlos, gar nicht mehr so schlaff."

Und geschimpft hat sie an jenem Abend!

„Die geben mir hier nix zu essen, die wollen nur mein Geld, Maggi musste für 1600.– Euro bürgen! So sind die hier im Krankenhaus; aber ansonsten sind sie nett, lassen aber immer die Tür auf, haben wohl Angst, ich haue ab." Sie lachte in sich hinein. „Und wie sich das hier verändert hat! Du glaubst es nicht! Früher – na, so vor vierzig Jahren – war das ein ganz kleines Krankenhaus, jetzt haben die fast sieben Stockwerke!"

Und heute: nur ein paar Stunden später?!

„Wer sind Sie denn, mit wem ich sprechen, sind Sie Freundin?"

„Ich bin die Tochter, rufe aus Deutschland an. Ich kapier gar nichts!"

„Oh Madonna, und ich mit schlechtem Deutsch muss das sagen, tut mir leid! Kann nicht mehr sagen, hat einfach gesterbt."

So macht sie das: einfach sterben.

Und ihr Sohn sitzt im Flieger, um sie zurück nach Berlin zu holen. Eine Woche wollten sie noch gemeinsam verbringen, in ihrer geliebten Bucht in Patalavaca. Sie war schon zwei Monate dort, wie jedes Jahr. Die Tochter bringt sie, bleibt zehn Tage, sorgt für Hilfe, der Sohn holt sie zurück.

Und der landet dann in Las Palmas und hört: Mutter ist tot. Einfach so.

Kann man nichts machen. Sie wollte es, also – was soll's.

Er betrachtet sie im Krankenhaus. Ganz friedlich liegt sie. Strahlt Ruhe aus, nach der sie sich sehnte.

Tief Luft holen! Atmen kann auch ihm schwer fallen. Traurigkeit und Hilflosigkeit in den Augen, in den Händen, die sie nun sanft streicheln.

Nun ist sie weg – für immer.

Blick mit einem Hauch von Dankbarkeit, vielleicht sogar Erleichterung?

So wollte sie sterben
Nie im Heim krepieren
Nie lange leiden
Traum erfüllt

Was nun?

Auf Gran Canaria bei brütender Hitze, Mitte Januar 2011, mit einer toten Mutter, die beerdigt werden muss!

Sie sitzen gemeinsam im Appartement der Mutter: Bruder, Schwester, Schwager.

Wie wollte sie beerdigt werden?

„Sie wollte, das wisst ihr auch, zuerst anonym beerdigt werden, irgendwo. Bloß kein Familiengrab, bloß nicht mit Karl zusammen. Erinnert ihr euch?", erklärt Beate.

„Aber im Laufe der Jahre hat sie wohl ihren inneren Frieden mit ihm gemacht, und da wollte sie plötzlich doch mit in sein Grab", Michael grinst. „Sozusagen in Tüte obenauf, wie sie es nannte."

Diese Idee aber müssen sie sich abschminken. Die Friedhofsverwaltung bleibt hart: In ein Einzelgrab darf keine zusätzliche Urne.

Und ein einsames Grab auf dem Bothfelder Friedhof: Nee, das nicht!

Sie suchen nach weiteren Lösungen.

Mittwoch, also in zwei Tagen, soll Helgas Körper verbrannt werden.

„Warum verstreut ihr ihre Asche nicht in dieser Bucht? Sie hat sie doch wirklich geliebt! Außerdem schert sich doch hier keiner darum, was mit der Urne geschieht!“

Maggi, die Helga seit Jahren betreut, stellt die entscheidende Frage.

Die drei grübeln, wägen ab, diskutieren.

Warum eigentlich nicht?

„Helga wollte aber, dass irgendwo ihr Name bleibt, damit sie nicht ganz vergessen wird“, wirft Beate ein, „vielleicht kann man ja ihren Namen mit auf Karls Grabplatte gravieren.“

„Das geht!“, triumphiert Mika nach einem Telefongespräch mit der Friedhofsbürokratie, „ihr Name darf auf den Grabstein!“

„Und wenn sie dann die Grabplatte abnehmen, tricksen wir die aus“, sinniert Beate, „indem wir in einer Nacht- und Nebelaktion ein wenig von ihrer Asche in Karls Grab verbuddeln. Schon ist ein winziger Teil von ihr da, wo sie hin wollte.“

Abschied im Krematorium.

Sie liegt in einem kleinen, verglasten, stark gekühlten Raum. Der kaum erkennbare Sarg ist bis auf ihr Gesicht in weiße Tücher gehüllt.

Fremd wirkt sie, ihr Gesicht hergerichtet, das ist nicht mehr sie.

Nicht nur der schwere Duft des Blumenbuketts aus gelben Lilien macht das Atmen schwer … sie zu sehen, so ganz anders, zum letzten Mal.

„Wenn ich mal tot bin, sollen alle kommen, den Bolero von Ravel anhören und dann wieder gehen!“ Beate hört noch diese Worte der Mutter.

Und hier auf Gran Canaria, wo man klassische Musik mit der Lupe suchen muss, fand Michael in einer Grabbelkiste diesen Bolero!

Und so lauschen sie jetzt den anschwellenden Klängen.

Traurigkeit mit Tränen.

Beate trägt die Lilien. Am Ausgang wird ihnen erklärt, der Verbrennungsvorgang dauere sechs Stunden und beginne um zwei Uhr.

Der Bruder donnert dann mit geliehenem Auto durch die Berge Gran Canarias, überaus kurvenreich … schnell, schnell … irgendwie muss der schmerzende Knoten zu lösen sein!

Sechzehn Uhr, siebzehn Uhr, bald hat sie es geschafft.

Ihr Appartement spendet wenig Trost.

Ihr Geruch, ihre Kleidung, ihre Haarbürste, der gebastelte Kalender, in dem die Ankunft des Sohnes rot vermerkt ist, ihre Handtasche, die Medikamentenschachtel, auch Unterwäsche findet sich auf dem Stuhl.

Beate schluckt.

Sie nimmt jedes Kleidungsstück, ihre Schuhe, ihre Nachthemden, ihre Unterwäsche, jedes Teil berührt sie und beratschlagt mit der Mutter, was mitgenommen und was hier verschenkt wird – das hilft.

Um acht Uhr heben sie in ihrem Restaurant das Glas: Sie hat es geschafft!

Am nächsten Tag, gegen zwölf Uhr, klopft es.

Ihre Urne wird in passender Tasche abgeliefert.

Sie steht auf dem kleinen Tisch. Schweigen.

Wer öffnet die Urne?

„Wenn ihr euch nicht traut, ich mach's!"

Beate gelingt es nach einigen Fehlversuchen.

„Wie feiner grauer Sand mit kleinen schwarzen Partikeln, so also sieht man aus, wenn man verbrannt ist", die drei staunen.

„Gib mal einen Löffel!" Und pragmatisch löffelt Beate eine kleine Portion der Asche ihrer Mutter in ein dafür vorgesehenes Gefäß.

Die Urne wird wieder verschlossen.

Um fünfzehn Uhr ist das kleine Motorboot geordert, das sie zur letzten Ruhestätte bringen soll. Sie müssen sich umkleiden.

Lange helle Hosen, Hemden und Bluse, geschlossene Schuhe – und draußen zeigt das Thermometer 29°C.

Niemand darf erkennen, was sie vorhaben.

Horst trägt eine Plastiktüte mit Piccolos und drei Gläsern.

Beate trägt eine undurchsichtige Plastiktüte mit den Lilienblüten und einem Blumenstrauß von Maggi.

Michael trägt die Urne, auch in einer undurchsichtigen Plastiktüte.

Der Weg zum Boot misst ungefähr einen Kilometer, denn nur in der Nachbarbucht vermietet man Motorboote.

Hintereinander schreitend, erreichen sie die Terrasse des von Helga so geliebten Restaurants. Obwohl alle Tische besetzt sind, stehen Katrin und die befreundeten Kellner nebeneinander und verneigen sich zum letzten Gruß!

Weiter in Gänsemarschformation..

Männer mit braunen dicken Bäuchen in viel zu kleinen Badehosen, Kinder in niedlichen Badeanzügen und Schwimmflügeln, Frauen in knappen Bikinis mit verbrannter Haut, Geruch nach Frittenfett und Sonnenöl … sie kommen ihnen entgegen oder begleiten sie in dieselbe Richtung. Geschrei tobender Badender auch in der anschließenden Meeresbucht.

Und niemand ahnt, welch kostbare Fracht von den dreien getragen wird.

Amüsiert sie sich über dieses Schauspiel? Kichert sie?

Die drei wissen: Diese Beerdigung passt zu ihr. „Bloß kein Gedöns mit Popen und so …!“

Der Bootsverleiher erklärt die Bedienung des Bootes, und schon steuert Michael gekonnt zurück in Helgas Bucht.

„Von hier aus sieht man die Front der Appartementhäuser. Von dort hat sie oft bis tief in die Nacht Himmel und Meer betrachtet. Dieser Platz ist gut.“

Michael schaltet den Motor aus.
Das kleine Boot schlingert.
Das Meer kabbelt.
Die Sonne brennt.
Aufstehen bereitet Mühe; sie lachen, als sie bei einer plötzlichen Welle gegeneinander stoßen.
Während das Boot treibt, öffnet Michael die Urne.
„Du bist der Älteste, du zuerst!"
Das Boot dreht sich, der Platz verändert sich, Wechsel je nach Wind.
Das blaue Wasser nimmt die erste Asche auf.
„Nun du!" Er reicht Beate die Urne.
Sich über die Reling beugen, dabei eine recht schwere Urne halten und die Asche ausstreuen, ist gar nicht so leicht, das braucht einen kräftigen Schwung!
Wortlos verfolgen sie den weiß-grauen Schweif, der sich hinter dem Boot ausbreitet - ein zarter Schleier sinkt langsam in die tiefblaue Bucht.
Während die verstreuten Blumen auf dem Meer schaukeln, öffnen sie die Piccolos.
„Auf dich! Schön, dass es dich gab!"

Zum Schluss

Dieser Roman basiert auf vielen Erzählungen und Erlebnissen meiner verstorbenen Mutter, ohne die ich dieses Buch nicht hätte schreiben können, d.h. zahlreiche Personen und Schauplätze existierten tatsächlich oder existieren noch immer. Gleichwohl sind die Begebenheiten und Personen frei erfunden, wobei ich mich allerdings bemüht habe, historische Ereignisse aus Krieg- und Nachkriegszeit korrekt darzustellen.

Dank

Und zum Schluss möchte ich mich bei René Gymnich und seiner Frau Esther sowie bei Ireen Mommerz bedanken, die mich immer wieder ermutigten weiterzuschreiben; dazu gehören auch Harald Redle und der Autor Jürgen Scheiven mit seiner Frau Janina, die mir besonders bei Sprache und Ausdruck zur Seite standen; danke auch an meine Nichte Andrea Leopold und meinen Bruder Michael, die mich bei den Korrekturen tatkräftig unterstützten; Dank auch an Friedhelm Schell, der mir bei historischen Zusammenhängen wichtige Erkenntnisse vermittelte, sowie an Manfred Lange, durch den ich Informationen zur Geschichte Thüringens erhalten habe; ebenso verdanke ich Frau Dorothea Nennstiel-Deilmann detaillierte Kenntnisse zu Ereignissen aus dem Ort Merkers.
Dass ich den Wenz-Verlag und dadurch meine kompetente und reizende Lektorin Stefanie Konstanze Völker kennenlernen durfte, verdanke ich dem Freund meines Bruders, dem Autor Thomas Mac Pfeiffer. Und zuletzt geht mein Dank an meinen lieben Lamge, der mir immer wieder geduldig zuhörte und mir eine wunderbare Stütze war.